*The Heart is a Lonely Hunter*

# 心是孤独的猎手

［美国］卡森·麦卡勒斯 著
文泽尔 译

译林出版社

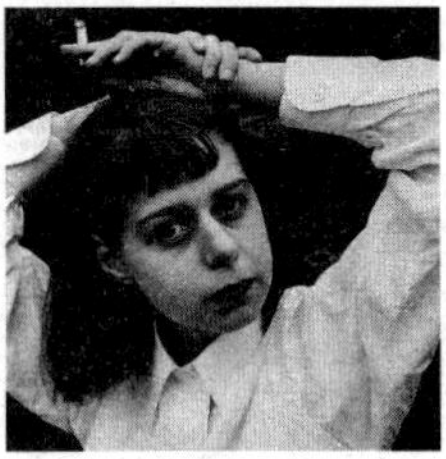

卡森·麦卡勒斯
Carson McCullers

原名卢拉·卡森·史密斯，1917年出生于佐治亚州府哥伦布，二十世纪美国最重要的作家之一。十七岁时，本来打算去纽约学习钢琴的她改变主意，进入哥伦比亚大学夜校学习文学创作，十九岁开始构思，二十三岁发表《心是孤独的猎手》，轰动美国文坛，一举成名。麦卡勒斯一生备受病痛折磨，因十五岁时患风湿热被误诊、误治，她经历了三次中风，并在二十九岁时瘫痪。无论生活还是作品，孤独、孤立和疏离始终是麦卡勒斯的主题。1967年8月，麦卡勒斯因脑部大出血陷入昏迷，四十五天后在纽约去世，时年五十岁。

卡森·麦卡勒斯的其他主要作品有《伤心咖啡馆之歌》《婚礼的成员》《没有指针的钟》《金色眼睛的映象》等。

# 目 录

# 第 一 部 分

# 1

镇上有两个哑巴，他们总在一起。每天一大早，他们都会从自己住的那间屋子里出来，挽着彼此的胳膊，一块儿走去上班。这两个好朋友之间，脾性大不相同。总抢在前面带路的那个哑巴，是个体态痴肥、行事恍惚的希腊佬。夏天的时候，他会穿件黄色或者绿色的Polo衫出门：前摆随便扎进裤子里，后摆垮着不管它。天冷些时，他就在Polo衫外面套件毫不挺括的灰毛衣了事。他的脸庞圆滚滚，面皮油腻腻，眼皮半耷拉着，嘴唇微曲，显露出一个既温柔又愚蠢的微笑。另一个哑巴个子很高。单从眼睛里就能看出来，这个人很是聪明、机敏。无论何时他都把自己捯饬得干干净净，穿着素净又得体。

每天早上，这两个好朋友都会这样挽着胳膊，默默前行。走到小镇的主商业街后，他们会在某间贩卖水果和糖果的商店外停下脚步，待一小会儿。希腊佬，即斯皮诺斯·安东尼帕罗斯——他为自己的表兄工作，而他表兄正是这间水果店的老板。在店里，斯皮诺斯负责生产糖果和蜜饯，装卸水果，还有打扫卫生。瘦高个哑巴，即约翰·辛格，几乎每到这时候，都会放一只手在这位好朋友的胳膊上，凝望他的脸庞片刻。如此道别之后，辛格便转身穿过马路，独自前往自己的工作场所。辛格在首饰店工作，他是银雕工匠。

下午晚些时候，两个好朋友再度相会：辛格回到水果店，等安东尼帕罗斯做完活儿，一起回家。这时候的希腊佬，要么正懒洋洋地给桃子或蜜瓜拆箱，要么就是在商店的后厨里，自己平时煮东西的地方，看报纸上刊载的连环漫画。下班回家之前，安东尼帕罗斯总要去打开一只纸袋子——工作的时候，他都会把这袋子偷偷藏在厨房的某个货架上。袋子里存放着他从店里四处搜刮来的各种零碎食物：一小份水果、供客人试吃的糖果，或者是肝泥香肠的香肠头。通常而言，在下班离开前，安东尼帕罗斯都会一步三晃地踱步到小店前台——储放着一些肉和奶酪的玻璃柜前。他会蹑手蹑脚地滑开玻璃柜，伸一只胖手进去，忘乎所以地抚弄一番里面那些自己梦寐以求的珍馐美味。诚然，有些时候，他的表兄，即这地方的主人，并不会看到他在做这些事情。不过，一旦他注意到了，马上就会瞪视自己的表弟，那张刻板、苍白的脸庞上，即刻浮现出警告的表情。每当这时候，安东尼帕罗斯都会伤心地把玻璃柜里散落的食物残渣，从一个角落扒拉到另一个角落，假装是在做清理工作。与此同时，辛格却是双手插在裤袋里，腰板挺得笔直，目光望向别处——

他不愿意看见这两个希腊人之间上演的这出小戏码。因为除了喝酒，还有某种独处时的私密愉悦方式之外，安东尼帕罗斯最喜欢的就是吃，胜过世界上任何其他的事情。

黄昏，这两个哑巴一起慢慢走回家。在家里时，辛格总是跟安东尼帕罗斯谈天：他用双手快速摆出一连串的哑语文字，脸上满是期盼，灰绿色的眼睛闪闪发亮。他要通过这双瘦长有力的双手，把这一整天发生的事情，统统告诉安东尼帕罗斯。

安东尼帕罗斯，则是一边懒洋洋地靠坐着，一边看着辛格打手语。安东尼帕罗斯几乎从不动手讲话，即便要讲，讲的也是他想吃东西，或者要睡觉，或者想喝酒什么的——用那固定不变、含糊又蠢笨的哑语文字，来来去去，讲的都是这么三件事。夜深了，只要安东尼帕罗斯没有喝得太醉，他都会在床前跪下，祷告那么一小会儿。他会用那双肥手打出"神圣的耶稣"，或者"上帝"，或者"亲爱的圣母玛利亚"的哑语手势。以上这些，就是平常安东尼帕罗斯会说的全部哑语词汇了。辛格从来都不知道，他告诉安东尼帕罗斯这个好朋友的所有事情当中，他能够理解的部分究竟有多少。不过，理不理解什么的，倒也并不怎么重要。

他们一起住在靠近小镇商业区附近某座小屋子的二楼，总共有两间房。在厨房间的一只煤油炉上，安东尼帕罗斯烹饪捣鼓出了他们俩平日里的全部饭菜。几把四平八稳、乏善可陈的餐椅，辛格平时会坐；一张鼓鼓囊囊的沙发，则属于安东尼帕罗斯。卧室里的家具，主要是一张铺着鸭绒被的大号双人床，专供大块头希腊佬使用；以及一张窄小的铁架行军床，属于辛格。

晚餐从张罗到吃完，总会花去很长时间，那是因为安东尼帕罗斯热爱食物，而且做什么事情都十分缓慢。吃完晚餐之后，大块头希腊佬会躺倒在自己的沙发上，用舌头慢悠悠地舔遍自己的每一颗牙齿。他这么做，或者是出于某种格调高雅的清洁要求，要么就是单纯不想失去刚刚那顿饭菜的好滋味而已——与此同时，辛格则负责洗碗。

有时，这两个哑巴晚上会下下国际象棋。辛格一直都十分喜爱下棋这项游戏，很多年以前，他曾经试过教安东尼帕罗斯下棋：一开始时，他的好朋友对于学习将造型不同的小木头块在棋盘上移动这件事感到兴趣索然。于是，辛格在棋桌下放了一瓶好酒，每教安东尼帕罗斯一课后，就把酒拿出来分享。这个希腊佬自始至终都没搞清楚过马的古怪走法，还有王后那横扫一切的机动性，尽管这样，他到底还是学会了少许套路，能够下几步开局了。安东尼帕罗斯喜欢下白棋，如果给他黑棋，他宁愿不下。最初几步之后，安东尼帕罗斯罢手，辛格要负责独自下完全局，他的好朋友则在一旁懒洋洋地看着。每当辛格使出漂亮攻势去打他自己的黑棋，最后以将掉黑方国王而终盘，安东尼帕罗斯都会感到十分骄傲、开心。

两个哑巴没有其他朋友，除了上班时间之外，他们离群索居，不与其他人来往。他们的每一天，都跟其他任何一天几乎完全相同，因为世界只有他们两个人，几乎没有什么能够打扰到他们。每周，他们会结伴去一次图书馆：辛格会去那儿借一本侦探小说。周五晚上，他们会一起去看场电影。每逢发薪日，他们都会去“陆军与海军”商店楼上的十美分照相馆——安东尼帕罗斯会在那儿拍张照片。以上这些，就是他们依惯例会去拜访的所有地方。镇上的很多地方，他们甚至连见都没见过。

小镇在深南部[1]的中心位置。夏天很长，凛冽冬日则很少。天空差不多总是如玻璃般清澈明亮的一片湛蓝，太阳的光芒暴虐放肆地倾泻而下。然后，十一月那轻柔微冷的雨水如期而至，或许之后会有霜降来袭，以及短短几个月的寒冷。冬天变化无常，夏天倒一直是如火般炙热。说起来，这个小镇还是相当大的——主街道由好几个不同的商业街区组成，每个街区都遍布两到三层高的商店和办公楼。不过，小镇里最大的建筑物还是那些工厂，它们雇用了镇里的很大一部分人口。这些棉纺厂体量巨大，欣欣向荣，镇里的大多数工人却十分贫穷。常常能从街道上行走着的路人们脸上，看到夹杂着饥饿和孤独的绝望神色。

尽管这样，这两个哑巴可一点儿也不孤独。在家里时，他们一起吃吃东西，喝喝小酒就已经很开心了，与此同时，辛格迫切地想用手语把脑袋里想到的所有事情都告诉自己的好朋友。于是，时间就这样一年一年地安静流逝，转眼之间，辛格已经三十二岁了：他跟安东尼帕罗斯一起，在镇上住了整整十年。

---

1 美国深南部是关于美国南方的特定称呼，尤指佐治亚、亚拉巴马、密西西比、路易斯安那和南卡罗来纳州。——译注，后同

然后突然有一天，希腊佬病了。他坐在床头，双手放在自己胖胖的肚皮上，油腻腻的泪珠子大滴大滴地顺着双颊滚落下来。辛格去找他好朋友的表兄，也就是那间水果店的老板，说明了安东尼帕罗斯的情况，同时，辛格也给自己请了假。医生给安东尼帕罗斯规划了一份食谱，说他以后再也不能喝酒了。辛格严格按照医生的吩咐来操作——他整天整天地守在好朋友的床前，做一切能做的事情，希望让安东尼帕罗斯的病榻时间打发得快些，但安东尼帕罗斯只是斜着眼看他，一副气鼓鼓的表情，看样子并没被辛格给逗乐。

希腊佬十分烦躁不安，面对辛格精心为他准备的果汁和食物，安东尼帕罗斯选择不停地找碴挑刺。他还时不时地让自己的好朋友把自己扶下床，方便他祷告。当安东尼帕罗斯跪下的时候，那对巨大的屁股瓣会压在他那双肥嘟嘟的小脚上。他用手语笨拙地打出“亲爱的圣母玛利亚”，然后握住用一根脏兮兮的绳子拴在脖颈上的黄铜小十字架。他的目光沿着墙壁向上，一直望向天花板，双眼中流露出恐惧的神色。然后，他开始生起闷气，不再愿意让好朋友跟自己多说一句话。

辛格很有耐心，做了自己能做的一切事情：他画了一些小画，有一次，他甚至给自己的好朋友画了一幅速写图，想要以此来取悦他。然而，这张画却伤害了大块头希腊佬的感情——他不愿意跟好朋友和解，直到辛格把画里那张脸改得十分年轻、英俊，将他的头发染成金黄色，眼睛画成中国青花瓷的蓝色之后，他才原谅了他。在那之后，安东尼帕罗斯又转而装模作样起来，试图掩饰自己的喜悦之情。

在辛格无微不至的照料下，才过了一个礼拜，安东尼帕罗斯就已经能够回去上班了。但是，自那次生病之后，他们的生活方式悄然改变：两个好朋友之间出现了麻烦。

安东尼帕罗斯不再生病了，但是他整个人却起了变化：他变得敏感易怒，再也不满足于安安静静地待在家里消磨晚上时光了。每当安东尼帕罗斯打算出门时，辛格都会紧紧跟在他的身后。安东尼帕罗斯有时会走进一家饭店。当他们两个在餐桌边就座后，安东尼帕罗斯会偷偷地把方糖，或者一只胡椒瓶，或者一些银质餐具放进自己的口袋里。每当出现这种情况，辛格总会为安东尼帕罗斯偷拿的东西买单，总算没有给别人造成困扰。回家后，他会因此斥责安东尼帕罗斯，但那大块头希腊佬只是无动于衷地看着他笑。

几个月过去，安东尼帕罗斯的这些坏习惯愈演愈烈。有天中午，他表情平静地从自己表兄的水果店里出来，走到马路对面，在大庭广众之下，对着第一国民银行的办公楼外墙撒尿。有时，他看马路上面对面走过来的路人不顺眼时，会直接去撞这些人，用自己的手肘和肚子去挤他们。有一次，他走进一间商店，把一柄落地灯给拖了出来，并且拒绝付钱；还有一次，他试图把陈列柜里看上的一列电动小火车给拿走。

对于辛格而言，这段时期可算是相当窘迫难熬的。他接连不断地牺牲午休时间，陪着安东尼帕罗斯去法院处理这些违法纠纷。辛格对法庭的行事程序越来越熟悉，整个人长期处于一种混乱焦虑的状态当中。他存在银行里的钱，都拿来付安东尼帕罗斯的保释金和各种罚款——全部的心力，全部的金钱，统统耗尽，只为了不让自己的好朋友因为诸如偷窃、公共猥亵，以及人身攻击等罪名被关进监狱。

安东尼帕罗斯工作的那家水果店老板，即他的希腊人表兄，对待这一大堆麻烦，完全采取置身事外的态度。查尔斯·帕克（就是那位表兄）虽然仍旧让安东尼帕罗斯待在水果店里，但却一直用那张刻板、苍白的脸监视着他的一举一动，完全没有任何帮助他的意思。对于查尔斯·帕克，辛格有种奇怪的感觉：他开始讨厌安东尼帕罗斯了。

辛格生活在接连不断的焦虑和担心中。但是，安东尼帕罗斯却一直都无动于衷：不管发生了什么事情，他的脸上始终挂着温和又无力的微笑。在过去那些年里，辛格觉得他这位好朋友的微笑里，藏着某些十分微妙又睿智的东西——他永远都弄不清楚，对于这世上的事，安东尼帕罗斯究竟能明白多少，以及他到底在想些什么。而今，在某种程度上，辛格认为自己可以从大个子希腊佬的微笑中，觉察出狡猾和嘲讽。他会使劲摇晃自己这个好朋友的肩膀，直到累得不行才停下来；他会用手语一遍一遍地向安东尼帕罗斯解释什么该做，什么不该做。但是，辛格所做的一切，并没有收到任何效果。

辛格全部的钱都花完了，不得不向自己上班的那家首饰店老板借钱。有一次，辛格付不起好朋友的保释金了，安东尼帕罗斯因此在拘留所里过了一晚。第二天，当辛格过来接他出去时，安东尼帕罗斯却很不开心——他不想离开拘留所了。因为他很中意晚饭提供的腌猪肉，还有浇满糖浆的玉米面包。崭新的睡觉安排，以及同住一个囚室的狱友，都使他感到高兴。

他们两个人以往的生活实在太过离群索居，以至于辛格完全找不到任何人来帮他摆脱这种不幸的状况。安东尼帕罗斯不愿意让任何东西干扰他找乐子，不想让任何人来纠正他的种种恶习。在家时，他偶尔会去试着烹饪一下自己在拘留所里吃过的新菜式；而一旦去到街上，就没有任何人能够预料到，他将要做些什么。

然后，终极麻烦来找辛格了。

这天下午，他去水果店见安东尼帕罗斯，查尔斯·帕克递给他一封信。信的内容是说，查尔斯·帕克已安排好，要把自己的表弟送去两百英里外的州立疯人院。为此，查尔斯·帕克动用了自己在镇子里的人际关系，具体流程细节上，已经完全处理妥当。安东尼帕罗斯将要离开小镇，被疯人院正式收编，时间就在下周。

辛格把这封信来来回回读了好几遍，有那么一小会儿，他的整个大脑都是一片空白。查尔斯·帕克正隔着吧台跟他说话，他却完全不想去读他的唇形，去弄明白他究竟说了些什么。最后，辛格拿出一直随身放在口袋里的小便函本，写道：

你不能那样做。安东尼帕罗斯必须跟我待在一起。

查尔斯·帕克激动地摇了摇头。他不太会说美国话。"这不关你的事。"他反反复复地念叨道。

于是，辛格知道，一切都完了——面前这个希腊人担心，如果任凭事情这样发展下去，未来某天，自己可能会受到表弟的牵连。查尔斯·帕克不怎么会说美国话——但他却很了解美元，他动用自己的金钱，还有人际关系，毫不迟疑地把自己的表弟送进了疯人院。

辛格对此无能为力。

接下来的一周充斥着头脑发热的行为。辛格不停地说啊，说啊，尽管他的双手一刻也没有停，还是说不完想要说的全部话语。他想要告诉安东尼帕罗斯自己脑中、心中的每一个念头，每一个想法，但是没有时间了。辛格那双灰绿色的眼睛闪烁不停，他那张聪明又机敏的脸，看起来压力巨大。与此同时，安东尼帕罗斯昏昏欲睡地注视着他的好朋友，辛格不知道，自己所说的话，他究竟能理解多少。

然后，安东尼帕罗斯必须离开的日子到来了。辛格取出自己的行李箱，十分细心地将他们两人共同财产当中最好的那部分打包。安东尼帕罗斯给自己张罗了一份午饭，打算在路上吃。下午晚些时候，他们最后一次挽着彼此的胳膊，从那条街上走过。这是十一月末的一个寒冷下午，他们眼前看得见嘴里呼出来的白气，一小团一小团的。

查尔斯·帕克要和表弟一起过去，但他只是在车站另一边远远地站着。安东尼帕罗斯挤进长途客车，折腾准备了半天，才在前面的一个位置上坐下。辛格隔着车窗，注视着安东尼帕罗斯，他用双手绝望地打着手语，最后一次跟他的好朋友交谈。然而，安东尼帕罗斯却在忙着检查自己午餐盒里的不同食物，耽误了好一会儿，完全没注意到辛格的一举一动。当长途客车马上要从路边启程的时候，安东尼帕罗斯突然转脸望向辛格：他脸上的微笑乏味又遥远——仿佛两人之间，早已相隔万里。

随后几周给人的感觉一点都不真实。整个白天，辛格都伏在首饰店后厢的加工台上工作；晚上，他独自一人回家。他特别想睡觉，超过其他任何事情。每天下班一回到家，他都会直接躺倒在自己的铁架行军床上，试着打一会儿盹。躺在那儿，半睡半醒之间，梦境便如期而至。所有的这些梦中，无一例外，都有安东尼帕罗斯存在。此刻，他的手紧张地颤动着，因为在梦中，他正在跟自己的好朋友打手语交谈——安东尼帕罗斯正认真地注视着他。

辛格试着去回想自己认识那位好朋友之前的时光，他试着向自己重述年轻时发生的种种。然而，所有他努力回忆起来的事情，没有哪一件令他感觉是真实存在过的。

他回忆起一件特别的事，但这件事本身对他而言，一点也不重要。辛格想起来，尽管他早在婴孩时期就已经聋了，却从来都不是一个真正的哑巴。他在很小的时候就被遗弃，成了孤儿，被送进一间聋人收容所。在那里，他学会了用手语交流，还有读书认字。九岁之前，他就能使用美式单手手语了——不仅如此，他也能够同时用上两只手，以欧洲人的手语对话。他学会了怎样去跟随人们说话时嘴唇的动作，以此来理解他们正在说些什么。最后，他被教会了像正常人一样开口说话。

在学校里时，他曾被认为是个十分聪明的人。在其他同学们还没弄明白功课内容时，他就已经学会了。但是，他自始至终都没能习惯开口说话。这件事对他而言，实在是太不自然了——嘴里的那条舌头，感觉就像是一条大鲸鱼似的。从那些跟他正常开口对话的人们脸上所浮现出来的空洞表情当中，他察觉到自己口中发出的声音，听起来肯定像是某种动物在叫；或者他的谈吐中涉及某些令人作呕的内容，而他自己却并不知情。对于辛格而言，开口说话是一件很痛苦的事，但是，他的双手却总是能准确表达出自己想说的话语。二十二岁时，他从芝加哥来到南方，来到了这个小镇，并且立即就遇到了安东尼帕罗斯。自那之后，他再也没有开口说过话，因为跟他的这位好朋友在一起时，根本就没有必要那样做。

除了跟安东尼帕罗斯在一起的十年时光之外，其他一切看起来都如同镜花水月。半梦半醒之间，他能够见到他的好友：近在眼前，栩栩如生。从梦中醒来之后，他的胸中便涌起带着剧痛的孤独感。时不时地，他会给安东尼帕罗斯寄一箱子东西过去，但却从来没有收到过任何回音。几个月的时间，就以这种空虚、恍然若梦般的方式度过了。

春天，辛格产生了某种变化。他失眠了，全身上下都焦躁难安。每天晚上，他都在房间里一遍又一遍地打转，片刻不停。即便这样，也还是无法排解掉某种前所未有的躁动感。就算他能够稍稍停下来休息，也得挨到黎明破晓前几个小时——那时他会恍恍惚惚地睡过去，直到早晨的阳光像一柄弯刀一般，突然划开他的眼皮。

为了消磨掉漫漫长夜，他开始在小镇上四处散步。他再也受不了安东尼帕罗斯曾经住过的房间了，便在离镇中心不远处——一座死气沉沉的木板屋里，租了个容身的地方。

他在只有两个街区远的一家餐厅里吃饭。这家餐厅坐落在一条颇长的主街道的尽头位置，取名为“纽约咖啡馆”。去那儿的第一天，他十分快速地扫了一眼菜单，然后写了张便条，递给餐厅老板：

每天早餐，我要一个鸡蛋、吐司面包，还有咖啡——0.15美元

午餐，我要汤（任何种类），一份带肉的三明治，还有牛奶——0.25美元

晚餐，请给我拿三样蔬菜（任何种类，但不要卷心菜），鱼或者肉，还有一杯啤酒——0.35美元

谢谢你。

餐厅老板读过便条，瞥了一眼辛格，眼神半是戒备，半是圆滑。这位老板是个中等身材的硬汉，脸上胡子蓄得很厚，颜色又深，使他的下半截脸看起来就像是用钢铁打造的一般。平时，他都站在角落里收银台的位置上，双臂交叉放在胸前，静静地观察自己周遭发生的一切。因为辛格一日三餐都在这位老板店子里的其中一张餐桌上完成，慢慢地，老板那张脸也从陌生变得非常熟悉了。

每天入夜后，哑巴辛格都会独自在街上闲逛好几个小时。晚上有时很冷，三月寒风湿冷刺骨，或许还会下起大雨。不过，对于辛格而言，这些都算不得什么。他的步履慌乱游移，双手永远紧紧插在裤袋里。接下来，好几周过去了，天气慢慢变得暖和起来，人也容易无精打采。辛格行走时的慌乱游移，逐渐消耗殆尽，只剩下疲惫。现在，从他身上能够看到某种深邃的平静——由他脸庞上渐渐孵育而出的那种安详平和，最经常出现在那些极为悲伤，或者极为睿智的人脸上。尽管如此，他依旧每日漫步在镇子的街巷上，永远沉默，永远孤独。

# 2

初夏时节，一个漆黑又闷热的夜里，比夫·布兰侬站在“纽约咖啡馆”的收银台后面。时间是午夜十二点。外面的街灯早已经熄灭，因此，咖啡馆里的灯光在人行道上投影出一个轮廓分明的黄色矩形光斑。街道上空寂无人，但在咖啡馆里，却还有半打客人在喝着啤酒、圣卢西亚[1]产葡萄酒，或者威士忌。比夫面无表情地守着场子，手肘撑在吧台上，用大拇指摁压自己长鼻子的鼻头。他的目光锐利明确，着重紧盯一个五短身材、穿着工装裤的胖男人：这人已经喝醉了，正在大声喧哗，胡言乱语。除了胖男人之外，比夫的目光还时不时地落在坐在店子正中间位置一张餐桌旁的那个哑巴身上，以及那些围坐在吧台前的客人们身上。目光转一圈之后，总是

1　位于美国加州的一个葡萄酒产地。

会回到那个穿工装裤的醉鬼身上。时间越发晚了，比夫还是继续守在收银台后面，一言不发。终于，在又一次环视过一遍整个餐厅之后，他穿过吧台后面的一道门，上了楼梯。

比夫安静地走进楼梯顶端的房间。里面很暗，他走得很小心。走几步后，脚指头碰到某样硬东西，于是，他便蹲下身来，在黑暗中摸索放在地板上的那只手提箱的提手。比夫统共也不过在房间里待了几秒钟时间，正当他打算离开时，房间的灯突然被人打开了。

爱丽丝从那张已经睡得皱皱巴巴的床铺上坐起身来，看着比夫。“你拿那手提箱干吗？”她质问道，“你就不能直接打发掉那个疯子，不要把那些他早就喝干净了的东西再拿过去给他吗？”

“清醒一点，自己下去看看吧。要不要给警察打个电话，把他抓起来，用铁链子锁上，投进大牢里，每天吃玉米面包和水煮豌豆？要的话就快去，布兰侬夫人。”

“我当然会的——如果明天他还在楼下的话。不过，不管怎样，你都不许动那个手提箱。它不再属于那个吃白饭的家伙了。”

“我完全清楚吃白饭的人都是些怎样的货色，布朗特可不是个吃白饭的。”比夫说，“至于我自己——我虽然并不算特别了解自己。但我也不是那种随便偷拿东西的人。”

说完，比夫很平静地把手里拿着的箱子放在了门外的楼梯上。房间里的空气，并不像楼下那般闷热难闻。他决定在这里多待一会儿，回去之前，好好用冷水洗把脸。

“我已经跟你说得很清楚了——如果你今晚不把那个家伙打发

走，我是不会袖手旁观的。每天白天，他就在店子后面睡大觉；到了晚上，你把晚饭和啤酒端到他的嘴边。整整一个礼拜时间，他一分钱都没付过。不仅如此，瞧瞧他那些放肆粗野的言行，再体面的生意都会被毁掉的。”

“你压根儿不懂什么是人情世故，你也不懂什么才是真正的生意。”比夫说，“那个你认为麻烦的家伙第一次出现，是在十二天前，对于我们镇子而言，他是个陌生人。第一周，他给我们带来了价值二十美元的生意——至少二十美元。”

“是的，自那之后就一直赊账了。”爱丽丝说，“一连赊了五天账，还喝得那么醉，使生意蒙羞。况且，除了是个流浪汉、怪胎之外，他什么都不是。”

“我就喜欢怪胎。”比夫说。

“算是发现你喜欢怪胎了。你肯定是喜欢怪胎的，布兰侬先生——因为你本人就是个怪胎。”

他摩挲着自己泛青的下巴，对她置若罔闻。在他们婚姻生活的最开始十五年里，他们还曾经简称对方为比夫和爱丽丝。然后，在许多次争吵中的其中一次之后，他们便开始以先生、夫人来互称了。自那之后，他们俩的关系就再没能好到足够将尊称改回简称的程度。

“我只是在警告你，我明天下楼的时候，他最好是已经不在那儿了。”

比夫进了卫生间。好好洗了把脸后，他决定再腾出时间来刮个胡子。他的胡楂又黑又密，仿佛已经整整三天没刮过了似的。比夫站在镜子前，摩挲着自己的脸颊，若有所思。跟爱丽丝交谈，使他感到后悔——与她在一起，保持沉默反而更好。在那个女人身边，总是令他觉得和真实自我相隔甚远：她使他显得粗鄙、渺小又平庸。比夫的眼神冰冷，目光凝重，眼袋愤世嫉俗地耷拉下来，遮住了他一半的眼睛。结满老茧的手，第五根手指上，戴着一枚女式婚戒。身后，卫生间的门是开着的，他能从镜子中看到，爱丽丝正躺在床上。

"听着，"他开口说道，"你的问题在于，你连一点点货真价实的同情心都没有。我所说的这种真正的同情心，在我认识的人当中，只有一个女人拥有。"

"噢，我早该知道，你会做这种全世界男人都引以为耻的事儿的。我早该知道——"

"也或许，我所说的不是同情心，而是好奇心。眼前发生的任何重要事情，你从来都是置若罔闻。你从来不去观察，不去思考，不愿意想办法弄清真相。或许，这就是我跟你之间最大的不同点，别忘了。"

爱丽丝几乎快要再次睡着。透过镜子，比夫用与己无关的冷漠目光打量着她：在她身上，没有任何特别之处，能够吸引到他的注意力。比夫的视线，从她浅褐色的头发，一直滑向被单下方、那双粗短肥胖的脚的轮廓。她脸部温吞的线条，一直延伸到屁股和大腿。当他把目光从她身上移开时，脑袋里连哪怕一丁点儿关于她的细部特征都想不起来——在他记忆当中，她根本就是个无从分割的整体形象。

“欣赏一场好戏的乐趣，你永远都不可能知道。”他这样说。

她回应的声音很疲惫。“楼下那家伙就是一场好戏，好吧，还是一场马戏呢。只是我应付他也应付得够了，筋疲力尽了。”

“该死，那家伙对我而言，根本什么意义都没有。他既不是我的亲戚，也不是我的好兄弟。但是，把亲眼所见的一大堆细节统合到一起，从中找出某种真相——你对此根本是一无所知。”比夫打开热水，开始麻利地刮起胡子来。

五月十五日早晨，没错，杰克·布朗特就是那时进来的。比夫立即就留意到他，并开始观察他：这个男人个子很矮，宽宽的肩膀像是体操平衡木一般。他蓄着一小撮乱糟糟的八字胡，胡须下方，他的下嘴唇鼓鼓的，似乎像是被黄蜂蜇了一口。这家伙身上，有很多看起来自相矛盾的地方。他的脑袋很大，作为成年人而言，形状十分正常，可他的脖子却是既柔软又纤细，跟小男孩的脖子一样。那撮八字胡看上去也像是假的，像是为了参加化装舞会而专门贴上去的——仿佛一旦说话说得太快，就会从唇边掉下来。胡须使他看起来似乎人到中年，但他那高高的、没有皱纹的前额，还有睁得很开的眼睛，又使他看上去很年轻。他的手很大，脏兮兮的，结满老茧，身上穿着一套廉价的白色亚麻西装。在这个男人身上，有某种令人感到十分好笑的东西存在；与此同时，又有另一种感觉，让你笑不出来。

他点了一品脱烈酒，才半个小时就全喝光了。然后，他坐到店里的其中一个卡座上，吃掉一大份鸡肉晚餐。接下来，他开始读一本书，并且还点了啤酒喝。最开始时就是这样。尽管比夫十分仔细地观察布朗特，却完全猜不到这之后将会发生的各种疯狂怪事——比夫之前从未见识过，在区区十二天时间里，一个人竟然会变化那么多次；他也从未见识过，一个家伙居然能喝下那么多酒，醉那么长时间。

比夫一边用大拇指把自己的鼻头往上顶，一边刮起上嘴唇边的胡子。完成之后，他的脸看起来清爽多了。当他从卫生间出来，穿过卧室要下楼时，爱丽丝已经睡着了。

箱子很沉。比夫把它拎到餐厅前台，收银台后面，他每天晚上都会站的位置上。出于习惯，比夫又环顾了一眼餐厅。相比刚才，有几个客人已经离开了，餐厅不再像之前那样拥挤，但是，这里的整体格局还是一样的。那聋哑人还是坐在店子正中间位置的一张餐桌旁，独自一人喝着咖啡。醉鬼依旧在胡言乱语——他并没有跟身边某个特定的人讲话，与此相对应的，也没有任何人在听他说。这天晚上，布朗特走进餐厅时，穿的就是这身蓝色工装裤，而非那套接连穿了十二天的、肮脏不堪的亚麻西装。他的袜子不见了，两边脚踝都有擦伤，上面还沾着泥巴。

比夫集中注意力，从布朗特的一人独白中，多少辨识出了些只言片语：这家伙似乎又在讲某些令人感觉不快的政治话题。昨天晚上，他讲的是自己曾经待过的地方——关于得克萨斯，还有俄克拉何马，以及南北两个卡罗来纳州的事情。他曾经讲到过有关妓院的话题，扯完妓院那档子事后，他讲的段子也开始变得赤裸裸的，比夫不得不猛给他灌啤酒，才使他安静下来。不过实际上，大部分时候，没人能够听明白他到底讲了些什么。只是不停地说——说——说。各种词汇仿佛大瀑布一般，接连不断地从他喉咙里涌出来。值得注意的一点是，他说话时所使用的口音，一直在不停变化，用到的词汇也与此类似，总在改变。有时，他说起话来像是个棉纺厂工人，有时又像是哪所大学里的教授。他会使用那些写起来足有一英尺长的生僻词，然后又一不小心犯个语法错误。他的出身很难说清，他来自这国家的哪个部分，很难道明。总而言之，他永远在变。比夫一边摩挲着自己的鼻尖，一边思索不停：眼前所观察到的这一切之间，完全没有任何关联。不过，话说回来，所谓"关联"，通常是建立在大脑能够进行正常逻辑思考的基础上。眼前这个男人，头脑确实不错，这点毋庸置疑，但是，他从一件事讲到另一件事时，背后却根本没有逻辑可言——他就像是个因为某件事而失忆的人一样。

比夫弯腰倚靠在吧台上，开始仔细读起晚报来：头条写的是，经过为期四个月的慎重考虑，本镇议员委员会一致认为，财政预算无法负担部分危险十字路口的交通灯费用。左边的纵列位置，报道了亚洲的战争情况。比夫十分认真地读完了这两则新闻。当他的目光随着铅字移动时，所有其他的感官仍旧小心留意着周遭此起彼伏的喧嚣嘈杂。文章读完后，比夫的视线并没有从报纸上移开，反而是半眯着眼睛，暗自琢磨。他感到很紧张——眼前这家伙是个麻烦，天亮之前，必须得想些办法，应付掉他才行。而且，比夫没来由地预感到，今晚将会有大事发生。毕竟，这家伙总不可能永远保持现在这种状况不变。

这时，比夫忽然察觉到，有人正站在餐厅门口。于是，他立即抬起头来，将目光移转过去：那是个瘦高个子、浅金色头发的孩子，一个年纪十二岁左右的女孩，她正站在门口，往里张望。女孩穿着一条卡其布短裤，蓝色的衬衣，还有网球鞋——这样的穿着，让她第一眼看上去像个十分年轻的男孩子。比夫一看到是她，就把手里的报纸放到一边。当她向着比夫走过来时，比夫的脸上露出了微笑：

"你好啊，米克。去参加女童子军了吗？"

"没有，"她说，"我可不属于她们那帮人。"

从眼角的余光中，比夫留意到，那醉鬼重重一拳打在店里的一张餐桌上，然后，从一个客人身边扭头走开了——他刚刚还在跟那个客人不停说话。于是，当比夫再次开口，跟眼前这个女孩对话时，他的声音也不觉变得粗哑起来：

"午夜之后还不回家，你的家人知道吗？"

"没问题的。今天晚上，我们这一区可是有一大帮孩子，都在外面玩得很晚呢。"

比夫从来没有见过她跟其他同龄孩子一起到这里来过。好几年前，她总是紧跟在她哥哥后面过来——凯利一家是个人丁兴旺的大家庭。后来，她又会拖着一辆装了几个流鼻涕婴孩的手推车过来。不过，只要她不是需要帮家里人带孩子，或者企图跟大家伙们保持一致，她就总是一个人过来。此时此刻，这孩子正站在那儿，看起来似乎没办法决定自己想要些什么。她不停地用手掌把自己那湿漉漉的淡金色头发往后捋。

“麻烦你，我想要一包香烟。最便宜的那种。”

比夫想要开口说点什么，犹豫片刻，终究还是什么都没说，转而将手伸到了吧台里。米克掏出一方四个角被系在一起的手帕，开始解角上的结——手帕里装着她的钱。她猛地一拽手帕角，里面装着的硬币一下子散落到了地上，叮当作响，滚向了布朗特。此时的布朗特，正站在那里喃喃自语。硬币滚过去后，有那么一小会儿，他只是茫然地看着硬币发呆，不过，在女孩追过来之前，他已经蹲下身去，小心地捡起了这一小笔钱。然后，他迈着沉重的步伐，走到吧台前，一边让那两个一分、一个五分、一个十分的硬币在手掌上晃悠，一边开口问比夫：

“现在连最便宜的香烟都要十七美分了吗？”

比夫一言不发地候着，米克望望比夫，又看看布朗特。那醉鬼把这小笔钱在吧台上摞成一叠，那只又大又脏的手，始终护在钱上面，不让其他人碰它。然后，他慢慢地拿起最上面的一分钱，轻轻抛到一边。

“五厘钱赏给种烟草的车把式[1]，另五厘钱赏给卷烟草的傻子，”他这样说道，“最上面这一分钱给你，比夫。”醉鬼试着将失焦的目光聚集到硬币上，以便看清楚五分和十分硬币上的铭文。他不停地

1 Cracker，对几乎从未受过教育的美国南方贫苦白人的蔑称。

用手指玩弄那两枚硬币，把它们摁在吧台上画圈圈。最后，他又一把将它们推开，说道："这是一次谦逊的致敬——致敬自由解放，致敬民主和暴政，致敬随心所欲和烧杀抢掠。"

比夫波澜不惊地拾起那些硬币，把它们放进收银机的抽屉里。米克看起来似乎是打算在这儿消磨一阵子：她先是盯着那醉鬼瞧了半天，然后又将目光移向餐厅的正中间位置——哑巴正独自一人坐在那张餐桌旁。就这样过了一小会儿，布朗特也开始时不时地往哑巴坐着的方向望了。哑巴沉默地坐在自己那杯啤酒前，用一根燃过的火柴棒，漫无目的地在餐桌上随手涂画。

杰克·布朗特是第一个说话的："有点意思，前三四天晚上，我每次做梦都能见到那家伙。在梦里，他就是不肯让我一个人待着。不知道你们有没有注意到，他似乎从来就没有开口说过哪怕一句话。"

比夫几乎从不跟一个客人谈论另一个客人的事。"是的，他没说话。"比夫的回答不置可否。

"有点意思啊。"

仍旧站着的米克，把身体的重心从一只脚挪到另一只脚上，顺手把那包香烟塞进自己的短裤口袋里。"如果你知道些关于他的事情，就不会觉得多有意思了。"她这样说道，"辛格先生跟我们住在一起，他在我们那栋屋子里租了房间。"

"真的吗？"比夫问道，"实话实说——这件事我可一点都不知道。"

米克朝着餐厅大门走去，听到比夫的问话，她头也不回地答道："千真万确。他已经跟我们一起住了三个月了。"

比夫把卷起来的衬衣袖子放下来，然后又小心仔细地重新卷了上去。直到米克离开餐厅为止，比夫的视线一直没从她身上挪开过。甚至，在她走掉几分钟之后，他仍旧一边折腾自己的衬衣袖子，一边凝望空无一人的餐厅大门。好一会儿之后，他才双手交叉放在胸前，回过头来，重新关注那个醉鬼来。

布朗特整个身体都瘫靠在吧台上。那双褐色的眼睛睁得大大的，看起来有些湿润，目光茫然呆滞，不知所措。他全身上下都臭得跟山羊似的，显然需要尽快洗个澡。被汗水浸湿的脖子上有不少泥垢，脸上挂着一块油污。布朗特的嘴唇又厚又红，他的褐色头发搭在前额上，乱成一团。工装裤不合身，太短了，他把手放在自己的裤裆上，拽拉不停。

"我说伙计，搞清楚点儿状况吧。"比夫终于还是开口了，"你不能像这个样子四处晃悠。怎么会呢——我可真是感到相当吃惊，你居然到现在还没被当成流浪汉给抓起来。你得醒醒酒了，洗个澡，剪个头……圣母玛利亚！你压根儿就不应该跟其他人走在一起。"

听到这话，布朗特的脸上浮现出愤怒的表情，同时咬住了自己的下嘴唇。

"好了，别觉得自己是受了什么侮辱，也别搞得怒气冲冲的。照我对你说的去做：到后厨去，告诉那个黑人孩子，让他给你张罗一大锅热水。告诉威利，给你一条毛巾，一堆肥皂，好好把自己清洗一番。洗好后，吃点儿牛奶吐司，打开你那个行李箱，给自己换上一件干净衬衣，外加一条合身的马裤。到了明天，你就能够开始做任何你想做的事情，去任何你想要去的地方工作，重新振作起来了。”

“你知道自己该管些什么的，”布朗特醉醺醺地说，“你只能——”

“行吧，”比夫十分平静地回应道，“我可不是只能管你认为的那些事而已。现在，你最好给我放规矩点。”

比夫去了吧台的另一侧，回来时，带过来两杯生啤酒。酒鬼动作笨拙地拿起他那一杯，啤酒洒到他手上，把吧台也给弄脏了。比夫慢条斯理地啜饮他那一杯酒，眼睛半睁不闭地打量着布朗特，神态从容。布朗特不是个怪胎，尽管你第一眼看他的时候，他会给你留下那样的印象，好像他的某一部分发生了变异一样——但是，当你仔细观察他时，却发现这个人身体的每一部分都很正常，都是它们该有的样子。如此这般，如果这种变异并非存在于他的身体，那很可能就是在他的脑子里了。布朗特像是个在监狱里关过一段时间的人，或者曾经在哈佛读过书，又或者——在南美洲住了很长时间，每天跟外国人在一起。总之，他像是那种去过其他人不太能去的地方，或者做过其他人不好做到的事情的人。

比夫转过头来，问道：“你从哪里来？”

“没从哪儿来。”

“这么说吧，你肯定是在哪个具体地方出生的。北卡罗来纳——田纳西——亚拉巴马——某个地方。”

布朗特的眼神有些恍惚，眼睛没有看任何东西。“卡罗来纳。”他回答道。

“我看得出来，你去过不少地方。”比夫给出一个巧妙圆滑的暗示。

但醉鬼此刻并没有听他说话。他已经从吧台这边转身，望向餐厅外面，那漆黑又空无一人的街道。过了一会儿，他迈着散乱的脚步，走向了餐厅大门。

“再会了[1]。”他朝着身后喊了一声。

比夫又是一人独处了。他再次给了整间餐厅一次快速、彻底的检视：时间已经过了凌晨一点，整个餐厅里只有四五名客人。哑巴还是独自坐在中间餐桌那儿。比夫懒洋洋地望着他，晃了晃自己杯底剩下的最后一点啤酒。然后，他将剩下的一点酒慢条斯理地一口喝完，继续去读散放在吧台上的报纸。

不过，这一次他却没办法将注意力集中在眼前的铅字上了。他想起了米克——他想搞清楚，自己究竟应不应该把那包香烟卖给她，以及孩子们抽烟是否当真有害。他忆起米克眯起眼睛，用手掌心把额前刘海一缕一缕往后捻的样子；他也忆起她那略显沙哑、男孩子一般的嗓音，还有她总是将卡其布短裤往上扯，像电影中的牛仔那样大摇大摆走路的嗜好。比夫的胸口涌起刹那温情，他开始变得心神不宁了。

1 原文为Adiós，美国西南部惯用的西班牙短语。

怀着焦躁不安的心情，比夫把注意力转移到了辛格身上。哑巴坐在那里，双手插在荷包里，他面前那杯喝了一半的啤酒，已经变得温吞又浑浊。在辛格离开餐厅之前，比夫打算请他喝一小杯威士忌。比夫曾经跟爱丽丝说过的那段话，并没有错——他确实喜欢怪胎。对于病人和残疾人，比夫总是怀有某种特殊的亲近感。无论何时，只要有某个唇裂患者，或者结核病病人[1]到餐厅来，比夫都会请他喝啤酒。但如果客人是驼子，或者重度残疾的话，请的就会是威士忌。有个在锅炉爆炸中被炸飞了小兄弟和整条左腿的家伙，无论何时，只要他到镇子里的这家餐厅来，都会有整整一品脱的免费酒水恭候着他。那么，如果辛格是个嗜酒的人，只要他在这餐厅里点烈酒，任何时候都可以拿到对折优惠——想到这里，比夫自顾自地点了点头。然后，他将手里的报纸整齐叠好，放到吧台下面，跟其他一些报纸聚在一起。等到本周最后一天，比夫会把这些积起来的报纸统统挪到厨房后面的储藏室里。在储藏室里，有他完整保存的、过去二十一年发行的全部晚报，一期不落。

凌晨两点时，布朗特又走进了餐厅里。他带了个高个子黑人进来，这黑人拎着个黑色的包。醉鬼试图把黑人带到吧台那边喝上一杯，但那黑人，在意识到布朗特把他领进餐厅来的意图的同时，就立即离开了。比夫认出了那个黑人是谁——一个黑人医生，自打他能够记事起，他就已经在镇上行医了。这黑人跟后厨的小威利似乎还

---

1 原文为T.B.，结核杆菌（tubercle bacillus）一词的缩写。

有些亲戚关系来着。在黑人离开之前，比夫看到他回头瞪了一眼布朗特，目光里尽是颤巍巍的厌恶之心。

看到那个眼神，醉鬼只是傻站在那儿，什么也没做。

“你莫非不知道，你是不能够带黑鬼到白人喝酒的地方来的吗？”有人开口问道。

比夫隔着一段距离，观察着这边正在发生的事情。布朗特很生气，现在，任谁都可以轻而易举地看出来，他醉得有多么厉害。

“我自己就有黑鬼的血统。”他像是要挑战这不成文规矩似的，大声嚷道。

比夫提高警惕，紧盯着他的一举一动。餐厅里鸦雀无声。看他那厚鼻孔和三白眼，他所讲的这句话，倒有那么点儿可能是真话。

“我有黑鬼血统，还是意大利难民，也是东欧苦工后代，以及中国人——全部都是。”

人们笑了起来。

“不只这样，我还是荷兰人，是土耳其人，是日本人，是美国人。”他一边说着，一边歪歪扭扭地绕着哑巴喝咖啡的桌子打转，声音洪亮又刺耳，“我是个谁也不知道的人——我是个陌生人，待在一块陌生的土地上。”

“安静下来。”比夫对他说道。

除了那个哑巴，布朗特对餐厅里其他任何人的一举一动都置若罔闻。比夫和哑巴对视着，哑巴的眼神冷淡又温和，就跟猫一样，仿佛用整个身体在听对方说话。醉鬼按捺不住，终于爆发了：

“你是这镇子里唯一一个明白我在说些什么的人。”布朗特说，“整整两天了，我都在脑袋里面跟你对话，因为我知道，你懂我真正想要表达的东西！”

餐厅卡座里坐着的几个客人笑出了声，因为那醉鬼不知道，他千挑万选找到的倾诉对象，居然是个聋哑人。

比夫频繁地将目光投向这两个男人，全神贯注，仔细聆听。

布朗特在餐桌边坐下，附身向前，靠近辛格：“有些人一清二楚，有些人一无所知。每一万个一无所知的人当中，才能找出一个一清二楚的人。这在无论什么时候，都是个奇迹——事实就是，数以百万计的人们，知道太多太多的事情，却完全不知道这一点。这就像是在十五世纪时，每个人都相信，世界是平的，只有哥伦布和少数其他几个家伙知道真相。但是，这两件事之间还是有区别：指出地球是圆的，需要天赋，而我所说的这个真相，实在太过直白明显——也正是因此，人们不知道这一点，才真是从古至今最了不得的一个奇迹。你懂的。”

比夫把自己的手肘支在吧台上，满脸好奇地看着布朗特，问他道：“懂什么？”

“别听他的，”布朗特对辛格说，“别理那个扁平足、青下巴、好奇心泛滥的杂种。你瞧瞧看，我们这两个一清二楚的人，能够遇见彼此，可以称得上是个大事件了。这样的事情，几乎从来没有发生过。有时，人们不过是萍水相逢，都不知道对方就是那个一清二楚的人——这是件很糟糕的事情。这样的情况，在我身上发生过很多次了。无论如何，你瞧瞧看，像我们这样一清二楚的人，真的是太少了。”

“共济会分子？”

“闭嘴，你这家伙！如果你再不闭嘴的话，我会把你的胳膊拽下来，拿它当武器，把你给揍得体无完肤！”布朗特怒吼道。他弓起身体，直接凑到哑巴面前，声音放低，低成一阵醉醺醺的呢喃：“怎么会这样呢？为什么这个蒙昧的奇迹，能够旷日持久地存在下去？只因为一件事，一个阴谋：一个波及广泛又用心险恶的阴谋。那就是——蒙昧主义。”

卡座里坐着的那几个男人还在笑，笑这醉鬼竟然试图跟一个哑巴交流。只有比夫，是在认真看待这件事：他想要搞清楚，哑巴是否真能明白别人对他所说的话。这家伙频频点头，表情看上去是若有所思。相比平常人，他只不过是慢一点而已——仅此而已。布朗特开始在这场关于“一清二楚”主题的交谈中，插入少许笑话。而哑巴不等到笑点被抖出来几秒钟后，从来都不会露出微笑表情；然后，一旦交谈再度变得沉闷无聊，那微笑就会僵在他脸上一小会儿——这家伙真是太怪异了。人们甚至在察觉到他身上有些什么不一样的东西之前，就已经不知不觉地将注意力移到了他的身上。他的眼神会使一个人觉得，这哑巴听说过某些其他人从来未曾听过的东西，知道某些从来没人能够想得到的事情——他看起来根本不太像是正常人类。

杰克·布朗特整个人趴在了那张餐桌上，各种各样的话语接连不断地自他口里涌出来，就仿佛他体内的大坝坏掉了似的。比夫再也没办法听明白他到底在讲些什么了。因为喝了太多酒的缘故，布朗特舌头打结，语速又快得如同暴风骤雨，导致声音全部都甩到一起，分辨不清了。比夫很想知道，当爱丽丝把他从餐厅里驱逐出去后，他会去哪里。到了早上，她就会过来做这件事了——就跟她曾经说过的一样。

比夫无精打采地打了个哈欠，用指尖轻轻拍打自己张开的嘴，直到下巴彻底放松下来。差不多凌晨三点了，到了最滞怠的时刻——白天也好，夜里也罢。

哑巴很有耐心，他已经听布朗特絮叨了将近一个小时。现在，他开始时不时地看看钟了。布朗特没发现这点，继续滔滔不绝。最后，他总算是停了下来，卷了一根烟。这时，哑巴突然抬了下头，向着挂钟所在的方向示意了一下，用他特有的隐秘方式微笑片刻，就从餐桌旁起身了。双手还是插在口袋里，跟往常一样，他迅速走了出去。

布朗特醉得太厉害了，根本不知道发生了什么。他甚至完全没有发现，那个哑巴已经没有再去回应他了。布朗特开始大张着嘴巴，环视餐厅，整个人昏头昏脑的，眼珠滚动不停。他的前额上，有一条青筋暴起——他开始愤怒地捶打那张餐桌。现在，他的狂饮海喝持续不了多久了。

“快过来，”比夫和善地说道，“你的朋友已经走了。”

这家伙还在继续寻找辛格。他之前还从来没有醉成像现在这样，看起来丑态百出。

“这儿，我有些东西要给你，想跟你说一小会儿话。”比夫哄劝道。

布朗特挣扎着爬起来，跨着大咧咧的步子，有气无力地出了餐厅门，又一次回到了大街上。

比夫斜靠在墙上。来了又去——来了又去。无论如何，这都不关他什么事。现在，餐厅里空荡荡的，很是安静。分分秒秒的时间，仿佛都被拖长了。他任由自己的脑袋疲惫地耷拉着。一切的生机，仿佛都在慢慢从这餐厅里逃离。吧台、脸庞、卡座和餐桌，角落里的收音机，天花板上悬挂着的吊扇——所有这一切，看上去似乎都慢慢变得模糊不清、滞怠不动了。

比夫结结实实地打了个盹儿。这时，有只手在摇他的胳膊，他慢慢回过神来，抬起头，想看看对方有什么需要。威利，即厨房里的那个黑人孩子，正站在他的面前，头上戴着帽子，身上系着他那条长长的白围裙。威利说话结结巴巴：他总是对要说的事情感到万分激动，压根儿不管说出来的具体是些什么。

“就是这样，他正把拳头对着砖墙……墙……墙不停捶……捶……捶打着。”

“说什么呢？”

“就在两扇……扇……扇门开外的一条巷子里边。”

比夫挺直了他那颓下去的肩膀，整理了一下自己的领带。

“什么？”

“他们打算把他带到这里来，他们随时都有可能进来——”

“威利，”比夫耐心地说，“从头开始讲，让我听明白究竟是怎么回事。”

“就是这儿那个矮个子白人先生，蓄着胡……胡……胡子的那个。”

“布朗特先生，没错。”

“对的……最开始是怎么回事，我没看见。听到喧闹声时，我正在后门那儿站着。那声音，听起来像是在巷子里打着架似的，打得很凶。就这样，我跑……跑……跑过去看。这儿的那个白人先生简直像是发了狂。他把自己的脑袋往砖墙上撞，用拳头打。他不停咒骂，我从来没有看过任何一个白人先生，会像他那样死命揍自己，死命跟一面墙作对。他要继续这样打下去的话，肯定会把自己的脑袋给打坏的。然后，另外两个白人先生也听到了喧闹声，就跑过去围观了……”

“接下来发生了什么？”

“对的……你知道这儿的那个哑巴绅士……手插在口袋里的……这儿那个……”

“辛格先生。”

“他走近来，刚刚站定，想要看清楚到底发生了些什么事儿。然后，布……布……布朗特先生看到了他，就开始絮絮叨叨，大嚷大叫。再然后，突然之间，他倒在了地上。没准，他真的已经把自己的脑袋给撞开了。一个警……警……警……警察赶了过来，有人告诉那警察，布朗特先生之前在这儿待过。”

比夫垂额低首，想把自己刚刚听到的这番故事给捋清楚。他揉着自己的鼻子，想了一小会儿。

“他们分分钟都会冲进来。”威利走到餐厅门口，朝着大街上张望，“他们现在全都过来了。他们不得不拖着他走。”

一打看热闹的，还有一名警察，全都争着抢着要挤进餐厅里来。餐厅外面，几个妓女正隔着窗户往里面看。真是好笑！这儿一旦有什么不同寻常的事情发生，马上就会聚起一大帮人，想要挤进来看热闹，都不知道这些人是从哪里冒出来的。

“不要再制造更多混乱了。”比夫开口道。他看了一眼扶着醉鬼的那名警察，接着说道：“与事件无关的人，或许应该尽早离开才是。”

警察把醉鬼安置在一把椅子上，又把一小群拥进来的人赶回到了大街上。做完这一切后，他转头问比夫道：“有人跟我说，他之前一直跟你一起待在这儿。”

“没有的事。不过，他待在这儿大概也是可以的。”比夫说。

“希望我把他带走吗？”

比夫想了想，说：“他今晚应该不会再惹更多麻烦了。当然，我对此概不负责——不过我想，这应该会让他冷静下来。”

“好吧。在下班之前，我会再过来瞧瞧的。”

人群终于散去，只有比夫、辛格，还有杰克·布朗特还留在餐厅。比夫把注意力放在了醉鬼身上——自打被人们抬进来之后，这还是他第一次打量他。看起来，布朗特的下巴伤得很严重。他整个人瘫倒在餐桌上，用一只大手捂住嘴，前后晃动个不停。他的脑袋上有一条很深的伤口，血顺着他的太阳穴流下来。手指节上的皮肤外翻，人也脏得要命，看起来仿佛是被人揪着脖子从哪处下水道里拽出来的一样。他的所有精力，都已从那个身体里喷射殆尽，整个人现在已经完全垮掉了。哑巴坐在对面的桌子边，他的灰色眼睛，将一切尽收眼底。

然后，比夫看见布朗特其实并没有伤到自己的下巴，他只是用手捂住嘴而已，因为，他的嘴唇正在不停颤抖。眼泪，开始从他那张沾满污垢的脸上滚落下来。他时不时地瞥一眼比夫和辛格，为他们不得不看着自己哭泣而生气——这太尴尬了。比夫对着哑巴耸了耸肩膀，挑一下眉毛，摆出一副“该怎么办”的表情。辛格把脑袋歪向一边。

比夫显得有些犹豫不决：他冥思苦想，想要搞清楚究竟应该怎样对付这种局面。当哑巴把菜单翻过来，开始在上面写起东西时，比夫仍旧没有做出任何决定。

> 你想不出来他的容身之处，他可以和我一起回家。先准备些汤和咖啡，会对他有帮助。

比夫松了一口气，忙不迭地点头。

他在餐桌上摆了三份昨天晚餐供应的特价菜，两碗汤，咖啡和甜点。但布朗特不肯吃。他不愿意把手从嘴上拿开，仿佛自己的嘴唇是身体上某个行将暴露在外的隐私部位似的。他的呼吸中夹杂着嘶哑的啜泣声，宽厚的肩膀不安地抽动着。辛格用手指指向其中一碟菜，又指向另一碟菜，但布朗特仅仅只是坐在那里，手捂住嘴，不住摇头。

为了让哑巴能够读清楚唇语，比夫字正腔圆、一字一顿地评判道："神经兮兮、过度紧张——"他用的是很口语化的说法。

汤呼呼地冒着热气，一刻不停地蒸腾到布朗特脸上，就这样过了一小会儿，他摇摇晃晃地拿起了汤勺。布朗特喝了汤，吃了些甜点。那对又厚又肥的嘴唇，仍旧颤抖个不停，为了不让人看到嘴唇，他的脑袋低垂下来，几乎要埋进碟子里。

比夫注意到了这点。他不觉想到，几乎每一个人身上，都有某个特殊的身体部位，是无论如何都要保护起来的。对于哑巴而言，是他的双手。米克那个孩子，会用手去拉自己上装的前衬，以免布料摩擦到那对胸脯上刚刚开始成长起来的、新鲜又娇嫩的乳头。至于爱丽丝，则是她的头发——当他在自己脑袋上抹过发油之后，她就绝不愿意和他一起睡了。那么，他自己呢？

比夫反复转动着戴在自己小指上的那枚戒指。无论如何，他至少知道身体哪部分不是。不是，不再是。他的额头上浮起一道深深的皱纹，插在口袋里的那只手，紧张不安地伸向自己的私处。他开始用口哨吹一首歌，一边从餐桌边坐起。不管怎样，从其他人身上找出隐秘部位这件事，总归是很古怪的。

他们帮助布朗特站起身来。布朗特虚弱无力，踉踉跄跄。他不再继续哭泣了，但看那样子，似乎还在为某件羞耻又郁闷的事儿闷闷不乐。布朗特任由自己被牵引着走。比夫把手提箱从吧台后面拿出来，向哑巴解释了一下关于这个手提箱的事情。看辛格的样子，似乎任何事情都不会使他感到吃惊。

比夫跟他们一起走到餐厅入口处。“振作起来，别再犯事了。”他对布朗特说道。

漆黑的夜空开始慢慢亮起来，显出崭新早晨的深蓝色。不过，始终还能看到几颗银白色星星，散发出微弱的光亮。街上空空荡荡，静默无声，温度微冷。辛格左手提着手提箱，另一只手扶着布朗特。辛格朝着比夫点点头，示意道别，然后他们就沿着人行道走远了。比夫仍旧站在原地，注视他们。等他们走到半个街区外之后，便只能隐隐约约望见两人隐没在泛蓝色黑暗当中的身形——哑巴身子挺得笔直，看上去很坚定，宽肩膀的布朗特倚在他的身上，走路磕磕绊绊。当比夫再也看不清他们两人后，又等了一小会儿，便开始抬头检视起天空来：天空的广袤使他着迷，同时又如巨幕一般压迫着他。比夫揉了揉自己的额头，返身走进一切都亮得棱角分明的餐厅里。

当他站在收银机后面，竭力回想这整个晚上发生的所有事情时，面容不觉皱成一团，表情也变得硬邦邦的。比夫心中有种感觉，得向自己解释清楚某样东西才行。于是，他开始巨细无遗地回忆起那些事件的种种细节，却始终迷惑，一无所获。

餐厅大门开开合合好几次，客流量突如其来地增加。夜晚结束了。威利把其中一些餐椅架在桌子上，用拖把拖起地来——他马上就要回家了，正在哼着曲儿。威利常偷懒：在厨房里做工时，他总会停下来吹吹随身带的口琴。而现在，他正梦游似的拖着地，反反复复哼唱那些孤独的黑人音乐。

餐厅里尚未人满为患——此刻，正是那些彻夜未眠的家伙，与刚刚醒来、准备开始新一天的人们交汇的时分。困意绵绵的女服务员，同时供应啤酒和咖啡。没有喧闹声，或者谈话交流的声音，每个人看起来都形单影只。刚醒的人们，与那些正在辞别漫漫长夜的人们之间，相互存在的不信任，给每个人都造成了疏离感。

破晓时分，街对面的银行大楼看上去苍白无比。随后，大楼外墙上的白砖逐渐变得清晰可辨。终于，当朝阳的第一缕光芒开始普照街道时，比夫最后巡视了一遍餐厅，上了楼梯。

比夫旋开门把手进房间时，故意弄出很大动静，不肯让爱丽丝安宁："圣母玛利亚啊！"他这样说道，"真是不得了的一夜！"

爱丽丝满怀戒备地醒来。她躺在凌乱的床铺上，仿佛一只闷闷不乐的猫咪，兀自伸了个懒腰。在新鲜又火热的朝阳照射之下，整个房间显得单调无聊。一对丝袜松松垮垮、萎靡不堪地悬挂在百叶窗的升降绳上。

"那个长醉不醒的傻子，还在楼下晃悠吗？"她质问道。

比夫脱下自己的衬衣，检查衣领，看看那儿是否干净到足够可以再穿下去。"你自己下去看吧。我已经跟你说过了，如果你要把他扫地出门，没有人能够劝得了你。”

爱丽丝睡眼惺忪地伸手往床下探，从床边的地上取过一本《圣经》、一截餐厅点菜单的空白纸面，还有一本主日学[1]书籍。她快速翻过《圣经》前面的一厚叠页码，直到找到一处特定的段落，然后开始朗读起来。她全神贯注，费尽心力，将每个词都念得很大声——今天是礼拜天，她这是在为自己教堂少儿部的那班男孩子们备课，每周一次。“耶稣顺着加利利的海边走，看见西门和西门的兄弟安得烈，在海边撒网。他们本是打鱼的。耶稣对他们说，来跟着我，我要叫你们得人如得鱼一样。他们就立刻舍了网，跟了他。”[2]

比夫进了浴室，打算洗一下。爱丽丝继续大声读着备课内容，声音传过来后，化成一阵温和的呢喃。他默默听着。“……早晨，天未亮的时候，耶稣起来，到旷野地方去，在那里祷告。西门和同伴追了他去。遇见了就对他说，众人都找你。”[3]

她不再读了。比夫回味着这些话语，让它们徐缓地在自己脑海中打转。他试着把《圣经》里面的这些原文文字，与爱丽丝一字一顿读它们时的声音隔离开。比夫想要回忆起，当自己还是个小男孩时，他的母亲曾经给他读过的那些段落。想到这里，他抱着怀念之情，低头看了一眼自己小指上的那枚婚戒——那曾经是属于她的。比夫不禁再次琢磨起来：如果母亲知道他现在抛弃教堂，摒弃宗

---

1 基督教会在星期天开办的课程，包括学习基督教教义和查经班等。

2 出自《新约·马可福音》第1章16—18节。

3 出自《新约·马可福音》第1章35—37节。35节起首的And被原文省略。

教，她的心里会是怎样的感觉。

“今天这一课是关于召集信徒的，”爱丽丝继续备课，自言自语，“《圣经》的原文是，众人都找你。”

比夫从沉思中陡然惊醒，他一下子把水龙头拧到最大水量，脱掉汗衫，开始洗起来。系皮带位置以上部分的身体，他总是洗得特别严谨认真。每天早上，比夫都会用肥皂洗自己的胸口、胳膊、脖颈和双脚——在这个季节，他大概只进过两次浴缸，以便把身上每一个部位都洗干净。

比夫站到床边，不耐烦地等待着爱丽丝起床。从窗户往外看，他能够看出，今天不会刮风，天要热得烧起来了。爱丽丝读完了课堂上的内容，但仍旧慵懒地横卧在床上——尽管她很清楚他正在等她。一股平静又阴沉的怒火，在比夫胸中腾腾升起。他冷笑出声，然后又用挖苦的口气对爱丽丝说道：“如果你想要继续这样的话，我大可以坐下来读一会儿报纸。不过，我希望你能够让我现在就睡。”

爱丽丝终于开始穿衣服了，比夫整理了一下床铺。他十分熟练地将被单翻来倒去：把最上面那一层铺到最下面，再把它们统统翻过来，正面朝下。当整张床终于被捣鼓得服服帖帖之后，比夫就等着，直到爱丽丝离开房间，然后，马上脱掉自己的裤子，上了床。比夫那双脚藏在被单下面，看起来特别凸出，他那长着粗硬胸毛的胸口，在枕头映衬下，显得格外黝黑。没有把醉鬼身上发生的事情告诉爱丽丝，比夫觉得很开心。他很想把这一切说给某个人听，因为，如果他能够大声把所有事情说出来的话，或许就能够触碰到那令自己感觉迷惑的"某样东西"。那可怜的、婊子养的家伙，不停地说啊说啊，却根本不打算让任何人明白他究竟是个什么意思。很可能连他自己也弄不明白。还有，他竟会被那个聋哑人吸引，千挑万选地选中了他，努力把自己的一切，作为一件免费的大礼，送给哑巴。

这究竟是为什么？

因为对于某些人而言，在某个适当时候抛弃掉与个人相关的一切，抛给某个特定的人，或者某个特定的想法，是一种天性——在那一切还没有腐烂变质、病入膏肓之前，他们不得不这样做。对于某些人，这就是天性——恰如那《圣经》原文所说的，"众人都找你"。或许那就是原因——或许——他是个中国人，正如这家伙之前亲口所说的那样。而且还有黑鬼血统，还是意大利难民，还是犹太佬。如果他足够相信这些，可能这些就都是真的了。他所说的每一个人、每一件事，都可以信以为真……

比夫把两只胳膊一起伸出被单，将两只光脚交叉斜放。早晨阳光之下，他的眼皮闭成了皱皱的两团，又浓又密、像铁一般的胡须遍布脸颊和下巴。慢慢地，他的嘴部变得柔和、放松起来。朝阳迸发出耀目的、黄色的光线，透过窗子，普照到这房间中来，使这里变得燥热又敞亮。比夫疲惫地翻了个身，用双手遮住眼睛。除了巴塞洛缪[1]——也即有两个拳头、快嘴快舌的老比夫——也即布兰侬先生之外，他谁也不是，他只是他自己而已。

---

1 Bartholomew，基督十二使徒之一，比夫的教名。

# 3

朝阳唤醒了米克——尽管前一天晚上，她在外面待到很晚。天很热，早餐甚至连咖啡都喝不下去，于是，她选择喝加糖浆的冰水，吃冷饼干。米克在厨房里耽搁了一小会儿，然后就走到门廊去读今天报纸上刊载的连环漫画。她想着，没准辛格先生会在门廊那儿读报纸，就跟他大部分星期天早上会做的一样。但是，辛格先生却不在。这天的稍晚些时候，她爸爸说，辛格先生昨晚很晚才回来，他的房间里还有个朋友在。她等了辛格先生很长时间，所有其他住客们都下楼了，但他没有。最后，她又回到厨房，把拉尔夫从他坐着的那把高高的椅子上抱下来，给他换上一件干净的衣服，再把他的脸擦干净。接下来，等到巴伯尔从主日学课堂上回来后，她就得带着孩子们出门去了。她让巴伯尔跟拉尔夫一起坐在手推车里，因为他光着脚——人行道的路面滚烫，会把他的脚给烫伤的。米克拉着手推车，一连走过八个街区，直到来到一座很大的、尚在建设中的新房子后才停下来。那把梯子仍旧支撑在屋顶的边缘上，她鼓足了勇气，开始往上爬。

"你来照顾拉尔夫，"她回头对巴伯尔喊道，"留心那些会叮人的小虫子，别让它们咬到他眼皮上去了。"

五分钟之后，米克站在了屋顶上，故意把自己的腰杆挺得笔直。她张开双臂，仿佛它们是一对翅膀似的。这里是每个人都想要站的地方——最高点。然而，并没有多少孩子能够做得到：他们中的大部分都怕得要死，因为一旦你失去平衡，从屋顶边缘失足掉下去的话，可能就会死掉。这四周全部都是其他房子的屋顶，还有绿油油的树梢。镇子的另一端，是教堂的尖顶，还有棉纺厂的巨型烟囱。天空是明亮的湛蓝色，天气炙热如火。太阳使大地上每一样事物都化为令人头晕目眩的白色或黑色。

她想唱歌。所有她知道的歌曲，一下子涌上她的喉咙，但却没有发出任何声音。上个礼拜，有个大男孩也来到了这屋顶最高的地方。他先是大喊了一声，然后又开始大声诵读一篇刚刚在高中课堂上学到的著名演讲："朋友们、罗马人们、同胞们，请听我说！"登上最高处就是这么一回事，它会给你一种狂野的感觉，使你想要大喊，或者唱歌，或者张开双臂，开始飞翔。

这时，她感觉自己穿的那双网球鞋的鞋底胶齿有些打滑，便将整个人放松下来，就这样跨坐在屋顶的峰脊上。这座房子已经快要竣工了。它将会是这一地段最高大的建筑物之一——有两层楼，天花板特别高，还拥有着她所见过的全部房子当中最陡峭的坡顶。然而，工程行将结束，木匠们也要离开了，孩子们不得不再找新地方玩耍。

米克独自一人，身边没有其他人，很安静，她可以想一会儿自己的事。米克从短裤口袋里拿出昨晚买的香烟，慢慢将烟气吸进肺里。烟给了她一种喝醉酒的感觉，脑袋沉甸甸的，仿佛垂在肩膀上似的，尽管这样，她还是得把这支烟吸完。

M.K.——这是她将会写在每一样东西上的名字首字母缩写——等到她十七岁，十分有名时，就会这样做了。她会开一辆红白色的帕卡德[1]汽车回家，车门上会有这个缩写。她的手帕、内衣上都会写上红色的M.K.。或许，她将会成为一名伟大的发明家——她会发明一种微型无线电收音机，尺寸跟豌豆一样大，人们能够把它塞在耳朵里面到处跑；还有飞行机器，可以把它固定在后背上，就跟背包一样，可以嗖嗖地飞遍全世界。在那之后，她会成为首个凿通世界、建造通往中国的巨型隧道的人，人们可以乘坐大号的气球下去。以上这些就是她将会发明的第一批东西，它们已经在筹备中了。

米克抽掉半支烟后，突然把剩下的烟掐灭，将烟蒂顺着屋顶的斜坡轻轻弹了下去。接着，她向前俯卧下来，一边把脑袋撑在手臂上休息，一边兀自哼起了曲子。

---

1　二十世纪前半叶美国最具影响力的高端汽车制造商，1958年破产。

这很有趣——不过，几乎是无论什么时候，她的脑袋里都有某首钢琴曲，或者其他一些曲子在回旋往复。不管她在做些什么，想些什么，差不多总在那里。布朗小姐——这位跟他们家合住的房客，房间里有一台收音机。去年，整整一个冬天的时间里，每个星期天下午，米克都会坐在台阶上，按时收听广播里的音乐节目。放的那些大概是古典音乐，虽然不能确定，但它们却是全部曲子当中，使她记忆最深的。有个很特别的家伙所演奏的音乐，每次听的时候，都能使她心脏一紧。有时，这家伙的音乐就像是小小的、五彩缤纷的水晶糖果，还有些时候，又像是某种她能够想象得到的、最温柔、最感伤的事物。

一阵突如其来的哭泣声传来。米克立即坐直了身体，听那声音从哪里传过来。风吹乱了她额前的刘海，闪耀的阳光，照得她脸上苍白又模糊。哭声仍在继续，米克用手和膝盖慢慢沿着陡峭的屋顶挪动。当她抵达屋脊边缘后，再次俯卧下来，用腹部做支撑，这样一来，她的脑袋就可以伸出边缘位置之外，看清楚下面的情况究竟如何了。

孩子们还在她刚刚离开时的地方待着。巴伯尔蹲在工地的某样东西上面，在他旁边，有个小小的、矮人般的黑影。拉尔夫好端端地在那手推车里：他刚刚到能够自己坐起来的年纪，现在正抓住手提车的边缘位置，小帽子歪戴在脑袋上，放声哭泣。

“巴伯尔！”米克朝下面大喊道，“去看看拉尔夫想要什么，赶紧给他。”

巴伯尔站了起来，努力端详了一会儿那婴儿的脸。“他什么都不想要。”

“噢，那就好好摇摇他，哄哄他吧。”

米克爬回到刚才她坐着的位置上。她想要花上一大段时间，好好思考一下关于某两三个人的事情，给自己唱唱歌，并且做一些筹划。但是，拉尔夫还在号啕，她根本没办法获得哪怕片刻的安宁。

于是，她开始冒冒失失地往下爬，想要爬到屋顶的另一侧边缘、放梯子的那个位置上去。坡顶十分陡峭，只有少数几块木头钉在上面，而且彼此之间相隔很远——这些是工人们拿来作踏脚用的。她觉得头晕目眩，心脏狂跳不已，这使她跟着颤抖不停。紧要关头，她用命令的口气，大声对自己说道：“用你的双手紧紧抓住这儿，然后滑下去，直到你的右脚趾踩牢那边的踏脚。接下来，稳住身体，再腾挪到左边去。加油，米克，你必须时刻满怀勇气。”

无论什么样的攀爬行为，下来总是最难的。回到梯子、回归安全状态，花了她不少时间。当米克终于回到地面上之后，她看上去仿佛矮了一截，小了一圈，不仅如此——有那么一小会儿，她的双腿就好像要跟她整个人一起崩塌掉一般。米克拽了一下短裤，把皮带扣紧了一格。拉尔夫还在哭，但她毫不理会那哭声，而是独自走进了那座刚刚建好的、空空荡荡的房子里。

上个月，他们在房子前面立了一块告示牌，上面写着“儿童不允许入内”。有天晚上，一群小孩子在新房的各个房间里扭打玩耍，有个晚上看不清东西的女孩，跑进了一间还没有安装地板的房间，结果直接跌落下去，摔断了腿。那女孩现在还在医院住院，腿上打着石膏板。无独有偶，另外有一次，一帮糙性子男孩一起对着房子的其中一面墙撒尿，把整面墙都撒遍了，还随手涂鸦了一些相当恶劣的脏话。然而，无论竖立多少"请勿入内"的告示牌，他们都不可能真正阻止孩子们进来，直到房子上好油漆，整体完工，有人真正搬进来。

这些房间闻起来都有一股新鲜木头的味道。当米克在房子里四处行走时，她那双网球鞋的胶底制造出咚咚咚的声音，在房子各处四散回响。这里的空气十分闷热，也很安静。米克在大厅的正中央位置静静站了一会儿，然后，她突然想起来某件事。她把手伸进口袋，摸出两支粉笔——一支绿的，一支红的。

米克用很慢的速度，一笔一画地涂写巨大的字母：最上面写的是"爱迪生"，在"爱迪生"下面，她涂抹了"狄克·崔西"[1]和"墨索里尼"这两个名字。再然后，拿绿色粉笔在每个角落用最大号的字体写下她自己的名字缩写——M.K.，并用红色粉笔在字母外面描了边。做完这件事后，她径直走到正对面的墙壁前，写下了一个十分恶劣的词——"屄"，并在这个词下方也写下了自己的名字缩写。

此刻，她站在这空荡荡房间的正中央位置，注视着自己方才所做的一切。粉笔还握在她手中，但她并没有真正感到满意。她试着去回想去年冬天时，在收音机广播里听到的，写那支曲子的那家伙的名字。为此，她曾经询问过学校里的一个女孩——那女孩有一架

1 切斯特·古尔德（Chester Gould）的纯科幻漫画作品。

钢琴，同时也上过关于那家伙的音乐课程——女孩则去问了她的音乐老师。从她打听到的情况来看，这个写曲子的家伙似乎只是个小孩子，很久以前，曾经在欧洲的某个国家居住过。然而，即便只是个很小的孩子，却也已经写出了所有这些优美的钢琴曲、小提琴曲，并且也为乐队，或者交响乐团完成过大作。在米克的脑海中，能记起大约六段不同的旋律——全部来自她曾经听过的，由这个家伙所完成的曲子。其中几段是那种节奏很快又叮当作响的，还有一首有些像是春天时节，一场细雨过后，能够闻到的味道。尽管旋律各有不同，但不知为何，它们全都能够使她同时感觉到悲伤和兴奋。

米克哼唱了其中一段旋律。就这样哼了一会儿之后，在这个既炎热，又空荡荡的房间里独处的她，感觉到有泪水正涌上眼眶。她的喉头发紧，声音嘶哑，没办法再继续唱下去了。就这样，她在那个名单的最上面位置，飞快地写下了那家伙的名字——“莫扎特”。

拉尔夫仍旧待在那辆手推车里，就跟她刚刚离开时一样。他安静地坐直了身体，那双肥肥的小手抓牢手推车的边缘。因为蓄了宽宽的黑色刘海，眼珠又是黑色的缘故，拉尔夫看起来像是个中国小婴儿。阳光直射在他的脸上，这也是他之前号啕的原因。巴伯尔不在附近，当拉尔夫看见米克正在走过来后，又开始高声痛哭了。米克把手推车拉到新房子一侧的阴凉里，从衬衣口袋里取出一颗蓝色的糖豆[1]，又将这糖果塞进小婴儿那张温暖、软嫩的小嘴里。

1 jelly bean，美国最大的糖果公司Jelly Belly生产的标志性产品。

“差不多得了，这就够可以的了。”米克对拉尔夫说道。某种程度上而言，这就是一种浪费，因为拉尔夫现在还太小了，品尝不出糖果真正的美妙滋味。一枚干净的小石子，对他而言，几乎跟这糖果是一回事，唯一的问题，是这个小笨蛋会把石子给吞下去。就跟不明白“品尝”一样，拉尔夫也不明白“对话”是怎么回事。如果你跟他说，拖着他四处跑真是又腻烦又疲累，你真的很想把他给扔到河里去——这句话对于拉尔夫而言，似乎就跟你说你一直爱着他是一样的。无论什么事情，对他而言都没有太大区别，这就是拖着他四处晃这件事使人感到极端厌烦的根本原因。

米克把自己的双手紧紧合起来，鼓成杯子的形状，透过两根大拇指之间的间隙，向里面吹气。她的两颊鼓起——最开始时，只有空气快速穿过她拳头的声音，接着，一阵尖厉刺耳的哨声响起。几秒钟后，巴伯尔从房子的角落位置现身了。

米克将一些锯末从巴伯尔的头发里扒拉出来，又给拉尔夫整了整帽子。这顶帽子是拉尔夫所拥有的最精致的东西了。它是由蕾丝面料制成的，上面绣满了花纹。系在下巴底下的缎带，一面是蓝色，另一面是白色，两边耳朵位置都有很大的玫瑰花图案装饰。对于这顶帽子而言，拉尔夫的脑袋太大了，而且也有些糟蹋了帽子的刺绣部分。尽管这样，每次米克带拉尔夫出去玩时，都会给他戴上这顶帽子。相比大多数附近的婴孩而言，拉尔夫没有一辆真正像样的婴儿车，或者哪怕一双夏天穿的毛线鞋。他不得不被一辆劣质又老旧的手推车拖着到处走，这还是她三年前得到的圣诞礼物。但是那顶精致的帽子，却给他长了脸。

街上完全没有人，因为这已是礼拜天临近中午的时候了，热得要命。手推车吱嘎作响，发出快要散架似的声音。巴伯尔赤着脚走路，滚烫的人行道几乎要把他的脚给烧着。苍翠的橡树在地面上投下看起来很凉爽的黑影，但那根本称不上是树荫。

“上手推车吧，”米克对巴伯尔说，“让拉尔夫坐在你大腿上。”

“我可以走，没什么问题。”

冗长的夏季时光，经常引起巴伯尔腹部绞痛。他没有穿衬衣，肋骨突兀，皮肤很白：阳光并没有把他的皮肤晒成棕色，反而使他更显苍白，那对小小的乳头，就仿佛放在他胸口上的蓝色葡萄干。

“我不介意推着你走，”米克说，“快上来吧。”

“好吧。”

因为一点也不急着回家的缘故，米克慢悠悠地拖着手推车。她开始跟孩子们聊起天来。只是，相比跟他们两个说话，反而更像是自言自语。

“这是件很有趣的事——近来，我一直都在做同一个梦。就像是我正在游着泳，但并不是在水里：我伸出双臂，在很大一群人当中游弋。那人群比星期六下午在克雷斯商店里见到的要大上一百倍，是这世界上最大的人群了。有时，我是在这人潮当中哭喊、游动，我一游到哪儿，就把那儿的人全部撞倒——还有些时候，我待在地上，人们从四面八方走过来，践踏我，我的五脏六腑，全都从身体里面淌出来，流到人行道上。我猜，相比平常的梦境，这更像是一场梦魇。”

每逢星期天，房子里总是挤满了人，因为房客们有各种客人过来拜访。报纸被人们翻得窸窣作响，雪茄烟气弥漫，楼梯上总有脚步声。

“有些事情，你真的就是希望能够保持私密。并不是因为它们不好，而是因为你就是想让它们保密。大概有两到三件事吧，即便是你们，我都不想让你们知道。”

走到马路拐角处时，巴伯尔下来，帮米克把手推车从马路牙子上搬下来，然后，在下一处人行道边时，又帮她一起抬上去。

“不过呢，还是有这么一样东西——为了它，我可以用任何东西去交换。那就是钢琴。如果我们有一架钢琴，那么，我每天晚上都会练习弹琴，学习世界上的每一首曲子。那就是我最想要的，比其他任何东西都更想要。”

现在，他们已经走到他们自己家所在的街区了。他们家的房子只有几栋房子远了，那是小镇整个北侧地区最大的几栋房子之一——有三层楼高。尽管房子不小，但整个家里却有足足十四个人住着。真正的凯利家血亲可没有那么多人——但这些人在这儿吃饭，在这里睡觉，付五美元一个人的费用，因此，你不得不把他们也算进来。不过，辛格先生并没有算到这十四个人里面，因为他仅仅只是租了一个房间而已，其余部分都归他自己来打理。

房子整体很窄，很多年没有刷漆。它看起来建得不够牢固，不足以支撑起三层楼的高度，房屋的一侧已经下陷了。

米克把拉尔夫从手推车上解开，抱起来。她飞也似的奔过走廊，透过眼角的余光，看见起居室里塞满了房客。她爸爸也在里面，妈妈应该是在厨房里。这些人全都聚在那里，等待着用餐。

米克走进凯利家族为自己保留的三个房间中的第一间，她把拉尔夫放在爸爸和妈妈睡觉的床上，给了他一串珠子当玩具。这时，她听到通往隔壁房间的那扇紧闭房门后面，有人在说话，于是，她决定进去看看。

黑兹尔和埃塔一看见她，马上就不说话了。埃塔坐在窗边的一把椅子上，用红色指甲油涂抹自己的脚指甲。她的头发，用一堆钢制发卷固定住，正在弄发型。她下巴底下的一小块地方，抹了少许白色面霜——因为那儿出了一小颗粉刺。黑兹尔则是懒洋洋地耷拉在床上，跟往常一样。

“你们都在聊些什么？”

“多管闲事，与你无关，”埃塔说道，“赶紧闭嘴，别处玩去吧。”

“这也是我的房间，在这里，我跟你们所拥有的权利都是一样多的。”米克昂首阔步地从房间的一个角落走到另一个角落，她走来走去，直到把房间每一块能走的地方都走遍了，才接着说道：“不过，我在乎的可不是要跟你们挑起任何争斗，我只想要属于我自己的权利。”

米克用手掌向后抹了一把额前乱蓬蓬的刘海，她经常做这个动作，以至于额头位置折腾出了一小缕摁不下去的翘毛。米克吸了吸鼻子，对着镜子里的自己做了个鬼脸，然后又开始在房间里打起转来。

作为亲生姐妹，黑兹尔和埃塔还算凑合。不过，埃塔简直就像是脑子被虫给蛀空了似的——她所想的全部事情就是电影明星，以及想方设法在电影里露面。她曾经写信给珍妮特·麦克唐纳[1]，收到一封用打字机打出来的回信，里面写着，如果她去好莱坞的话，可以顺路来她家串个门，在她的游泳池里游泳。自那以后，那个游泳池就一直盘旋在埃塔的脑海里，搅得她六神无主。她所想的全部事情，就是在攒够长途汽车费后，前往好莱坞，找一个秘书工作，跟珍妮特·麦克唐纳成为好伙伴，然后自己也能在电影里成为角儿。

最糟糕的部分在于，她一天到晚都在梳妆打扮。埃塔不似黑兹尔那般天生丽质。埃塔的主要问题在于，她连一点下巴都没有。她会用力拉扯自己的下颚，根据所读电影书中的指导，做大量的下巴运动练习。她总是对着镜子看自己的侧脸，努力把嘴巴摆到一个合适位置。但这一切都是徒劳。有时，埃塔会因为这个问题而用双手捂住脸，在深夜哭泣。

黑兹尔相当懒散。她的样子长得不错，但脑子却笨得要死。她已经十八岁，是家里除了比尔之外年龄最大的孩子，这或许正是麻烦所在。无论什么东西，她总是能得到最新和最大的那份——新衣服总是由她第一个穿，任何特别的好处，她都能拿到最大份额。黑兹尔从来都不必去争抢任何东西，也正因为如此，她的性格十分温和。

---

1　珍妮特·麦克唐纳（1903—1965），出生在费城的著名美国电影女星。

“你打算在这房间里四处踩踏一整天吗？看你身上那些蠢男生才会穿的衣服，真使我感到恶心。总该有人来好好教训你一顿才行——米克·凯利，让你规矩点。”埃塔说。

“闭嘴吧。”米克回应道，“我之所以穿短裤，是因为不想穿你们替换下来的那些旧衣服。我不希望自己像你们当中的任何一个，也不希望跟你们穿得一样。不只现在，今后也是如此——这就是我要穿短裤的原因。无论哪天，我都更希望自己是个男孩子，而且，我还希望自己能够搬去比尔的房间住。”

米克爬到床下面，取出一只巨大的帽盒。当米克抬着帽盒走到房间门口时，两个姐姐不约而同地在她身后大喊：“谢天谢地，总算是解脱了！”

比尔拥有的房间，是全家所有人当中最棒的，就像一个地下基地——他完全拥有这个地方——除了还需要让巴伯尔住在这儿之外。比尔把杂志上剪下来的照片用图钉摁在墙上，其中大多数都是漂亮女人们的脸。房间的另一角，是米克去年在免费艺术课堂上画的一些图画。整个房间里只有一张床和一张桌子。

比尔正趴在那张桌子上读《大众机械》[1]。米克走到他身后，把胳膊环绕在他的肩膀上。“嘿，你这个老王八蛋。”

他却并没有像以往一样，跟她扭打在一起。“嘿。”他一边回应着，一边稍微摇晃了一下肩膀。

1 *Popular Mechanics*，美国主要的机械科普杂志。

“我在这里待一小会儿，会打扰到你吗？”

“当然不会——如果你想要留在这儿，我可一点都不介意。”

米克跪坐在地上，解开了帽盒上系着的绳子。她的双手已经悬在盒盖的边缘位置，但是，出于某种原因，她始终没办法下定决心打开盒盖。

“我一直在想着，自己之前在这堆东西上面究竟捣鼓出了什么，”米克开口说道，“它或许能使用，也可能完全没办法使用。”

比尔不理不睬，仍在读那本杂志。米克还是跪在盒子旁边，但仍旧没打开帽盒。她的目光游移，飘忽到比尔身上：比尔坐着，背对着她。在读书时，他的其中一只大脚，始终踩在另一只脚上面。比尔的两只鞋子都磨坏了。有一次，他们的父亲曾说，比尔全部的午饭都吃到了那双脚上，早饭给了一只耳朵，晚饭给了另一只耳朵。某种程度上讲，这算是比较刻薄的说法了，比尔曾经为此闷闷不乐了一个月——不过，这个说法倒是很有意思。因为比尔的那对耳朵长得像喇叭一样，向两边展开，而且颜色很红；还有，尽管他才刚刚高中毕业，鞋子已经穿到了十三码。比尔站着时，总试图把一只脚放在另一只脚后面磨蹭刮擦，以此来掩饰自己的大脚，效果却是适得其反。

米克把盒子掀开几英寸，然后又把它给关上了。她觉得自己此刻实在太过激动，根本没办法正视里面的东西。米克站起身来，在房间里走来走去，直至心情可以稍稍平复。几分钟后，她在一张画前面停了下来：这是去年冬天，她在政府为上学的孩子们举办的免费艺术课堂上画的画。这是一幅描绘大海上暴风雨场面的画，一只海鸥正被狂风侵袭拉扯。这幅画的名字叫作《暴风雨中全无退路的海鸥》。在最开始的两三堂课上，老师描述了大海，那也是差不多每个人开始动笔画画时所选择的主题。虽然画的是海，但大多数孩子都跟米克一样，从来没有真正亲眼见过大海。

这是米克画好的第一幅画，比尔把它用图钉摁在了自己房间的墙上。她其他的画里，全都画满了人。起先，她画了更多海上暴风雨时的场景——其中一幅有架飞机失事坠毁，人们纷纷从机舱里跳出自救，还有一幅画的是艘横跨大西洋的邮轮正在沉没的过程，大批人群挤着登上一个很小的救生艇。

米克走进比尔房间的储藏间，从里面翻找出其他一些她在艺术课堂上画的画儿——有些是铅笔画，有些是水彩，还有一幅画在帆布上的油画。这些画无一例外，全都画满了人。她曾经设想过在宽街[1]上发生一场大火时的场景，并将那场景画了下来：火焰的颜色全是亮绿与橙黄，布兰依先生的餐厅，还有第一国民银行，是唯一烧剩下来的建筑物。人们横死在大街上，侥幸存活者四散奔逃——有个男人穿着睡衣，一位女士正努力将一大捆香蕉抱走。另一幅画，名为《工厂锅炉爆炸》：人们从窗户里跳出来跑路，一小群穿工装裤的孩子站在一起，挤挤攘攘的，手里全都攥着给自己爸爸带过来的午

1 Broad Street，费城和查尔斯顿的宽街都很有名。依据麦卡勒斯生平，此处的宽街应是在影射查尔斯顿。

餐饭盒。那幅油画描绘的内容，是全镇人在宽街上斗殴的场景。米克完全不知道自己为什么会画这样一幅画，并且，她也无法为它想出一个合适的名字。在这幅画中，你看不到任何火焰，也没有暴风雨，甚至没有任何说得过去的理由——没法解释这场战斗是怎么发生的。只是在这幅画中有着相比其他画作更多的人，还有更多的人物动作。这幅画是所有画当中最好的，因此，想不出真正合适的名字这件事，也就显得很糟糕了。不过，在她的潜意识里的某处，其实是知道这幅画该叫什么的。

米克把画放回到储藏间里的架子上——这些画中，没有哪一幅是特别值得称道的。画中的人们没有手指，其中一些的胳膊比腿还长。尽管如此，艺术课堂倒是挺有意思。她只不过是把脑海中出现的所有东西统统画下来而已，没有任何理由——在米克心中，绘画这件事，并没有给她接近音乐的那种感受。任何东西都没办法真正跟音乐相提并论。

米克重新跪到地板上，飞速拿起了大帽盒的盖子。里面是一把裂开了的尤克里里琴，装了两根小提琴弦，一根吉他弦，还有一根班卓琴弦。尤克里里琴后背板上的裂缝，用创可贴干净利落地补了起来，中间的圆形破洞，拿一块木头盖住。一块小提琴用的琴桥[1]，在琴体末端负责支撑起那些琴弦，琴桥两边，各自凿刻出好几个发声孔。

1　又名琴马或琴码，是除琴箱主体外，对音质影响最大的配件，被称为“提琴的心脏”。

米克正在为自己造一把小提琴。她把这柄小提琴放在大腿上，心里产生一种感觉，仿佛自己之前从来都没有真正端详过这把琴似的。之前，她曾经用雪茄盒跟橡皮筋，给巴伯尔做过一把小小的、可以演奏的曼陀林，那件事令她产生了造琴的念头。自那以后，她四处搜集不同的部件，每天都往这项工程上添砖加瓦。在她看来，除了把自己的脑袋也当作部件装上去外，她已经把能做的事情统统做了。

"比尔，这玩意儿跟我以往看过的任何一把真正的小提琴都不一样。"

比尔还在读着杂志："是吗？"

"看上去怎么也不对劲，看上去怎么也不——"

那天，米克本来是打算用拧琴轴的方式，给小提琴调音的。然而，她突然间意识到，之前所有的辛劳换来的结果，是她根本不想再多看这玩意儿一眼。她慢慢地拨弄那些琴弦，一根接一根发出的全部都是同样微弱、空乏的啪啪声，没有任何区别。

"我该用什么办法，才能弄到一把琴弓呢？你确定琴弓只能用马毛来制作吗？"

"是啊。"比尔不耐烦地说。

"像是细铁丝，或者把人的头发系在一根软木棍上，就没办法用吗？"

比尔的两只脚，你磨磨我，我蹭蹭你，就是不见他本人开口回答。

愤怒，使得米克的前额上沁出了点点汗珠，连她说话的声音，也变得沙哑起来。“这甚至连一把劣质小提琴都算不上，至多是一把曼陀林和一把尤克里里琴的杂交产物。我讨厌这堆东西，我讨厌它们——”

比尔转过头来。

“从头到尾，错得离谱。它压根儿没法演奏，一无是处。”

“冷静点吧，”比尔开口了，“你刚才莫非是想继续折腾那把又老又破的尤克里里琴？它把你忽悠得还不够多？我一开始就应该告诉你，觉得自己可以硬造一把小提琴出来这样的事情，简直就是痴人说梦。那不是你只要坐下来动动手就能够办得到的——你得去花钱买。我曾经以为，随便哪个人都知道，事情就该是这个样子。不过，我当时预想的却是，如果由你自己亲自去发现这个真相，你其实也不会觉得太伤心。”

有时，比尔简直就是米克在这个世界上最恨的人。他整个人都跟过去完全不同了。米克气得差点儿就把那把小提琴摔到地上，再一脚踩上去，但她并没有这样做，而是把它粗暴地放回到了帽盒里。米克眼中的泪水，就像火焰一般滚烫。她踢了那盒子一脚，看都没再看比尔一眼，就飞奔出了房间。

当米克东躲西闪地穿过走廊，打算前往后院时，她跟妈妈撞上了。

“你是怎么搞的？你现在要去哪儿啊？”

米克试着从妈妈怀里挣脱出去，但妈妈伸出手来，一把抓住了她的胳膊。米克突然用手背抹了一把脸上的眼泪。妈妈刚才在厨房里忙，她穿着围裙，还有家居鞋。跟往常一样，她看起来似乎心事重重，没时间问米克更多问题。

“杰克逊先生带他的两个姐妹过来用餐，没有足够的椅子可以坐了，所以今天你要跟巴伯尔一起，在厨房里吃饭。”

“在厨房吃饭，我觉得挺棒的啊。”米克答道。

妈妈放开她，去解围裙了。餐厅那边传来开始用餐的铃声，以及突如其来的愉快聊天声。米克听见她父亲说，在髋骨骨折前，因为没有继续交意外伤害保险，导致他损失了多少多少钱。本来有办法搞到钱，但最终却没办法搞到——这是她爸爸永远没办法排遣的事儿之一。餐厅里的碟子碰得叮当响，过了一会儿，聊天的声音便停止了。

米克斜靠在楼梯的护栏上。方才突发的哭泣，使她开始打起嗝来。当她回想前一个月里发生的各种相关事儿时，她觉得自己的理性似乎从来都没有真正相信过，那把小提琴当真能够演奏，只不过是内心一直在努力使自己相信罢了。即便是现在，要她完全不去相信这件事，也很难办到。过去，她曾经坚信比尔是这世界上最伟大的人。无论比尔去哪里，她都会紧随其后——到森林里钓鱼，去比尔跟其他几个男孩一起建的秘密基地，去玩布兰侬先生餐厅后面放着的那台老虎机——任何地方，绝无例外。或许，比尔并不是故意让她这么失望的。但是，无论如何，他们两个再也不会是好伙伴了。

走廊里弥漫着香烟和礼拜天正餐的味道。米克深吸了一口气，转身朝着厨房的方向走去。饭菜的香气开始传过来，米克觉得饿了。她能够听见波西娅跟巴伯尔说话的声音——她似乎是在半哼半唱着什么曲子，或者是在给巴伯尔讲故事。

“这就是我为什么比大部分黑皮肤女孩子幸运得多的原因之一了。”波西娅一边开门，一边说着。

“为什么呢？”米克问她。

波西娅正跟巴伯尔一道，坐在厨房的流理台前，吃着他们的午饭。波西娅的身上穿着的绿色印花连衣裙，与她深褐色的皮肤配在一起，给人一种凉爽清新的感觉。她戴着绿色的耳环，头发梳理得非常细密、整齐。

“你总是这样，硬抓住别人说话的小辫子不放，偏想搞清楚每字每句都说了些什么。”波西娅评价道。她起身走到热腾腾的炉灶旁，弄了些饭菜，放到米克的碟子里。“巴伯尔和我刚才在聊我外公的家——就在老萨迪斯街上。我告诉巴伯尔，我的外公和叔叔们是怎样全凭自己的力量得到那整个产业的。十五亩半的田地，他们一直都是四个人一起种棉花，只在部分年份改种豌豆——那是为了保持泥土肥沃。还有一整亩的山地，只拿来种桃树。他们几个人拥有一头骡子，一头生崽用的母猪。而且，无论什么时候，都维持着二十只到二十五只数量的下蛋母鸡和嫩鸡仔。除此之外，他们还拥有一小块菜地，两棵山核桃树，以及大量的无花果树、李子树和浆果树。这就是事情的真相，比我外公的地种得还好的白人农场，可没有多少。”

米克把手肘撑在流理台上，埋头吃着碟子里的饭菜。相比其他任何东西，波西娅最喜欢聊的，永远都是农场——她的丈夫和兄弟除外。听她聊着聊着，你会觉得她那个由黑人经营的农场，简直就是总统住的白宫。

“那个家，最开始仅仅只有一个小房间。历经多年，他们一直建设不停。最终，我的外公，他的四个儿子，还有他们的妻子、孩子，以及我的兄弟汉密尔顿，才都有地方可以住。在起居室里，他们有一台货真价实的管风琴，还有一台留声机。他们在墙上挂了一幅巨大的画像，画的是我外公穿着民兵会社制服的肖像。他们把所有水果和蔬菜都弄进罐头里，不管冬天里天有多冷，雨有多大，他们几乎总有吃不完的东西。”

“这样的话，你为什么不去跟他们一起生活呢？”米克问道。

波西娅停下手里削土豆皮的活儿，修长的褐色手指在流理台上敲打着，声音合着她说话的节拍：“在这里，一切就是这样安排的。瞧瞧——每一个人都在他的家族里，为自己挣来了一席之地。在以往那些年里，他们全都辛勤工作。而且眼下这时局，每个人都过得很辛苦。不过，你瞧瞧——当我还是个小女孩的时候，我曾经跟我外公住在一起。可是，自那以后，我从来都没有努力为家族做过任何贡献……当然啦，无论何时，一旦我和威利，还有高仔陷入什么大麻烦里，我们永远都可以回家去。”

“你的父亲有没有挣到一间房呢？”

波西娅停止了咀嚼。“谁的父亲？你的意思是，我自己的父亲？”

“显然嘛。”米克说。

“你分明就一清二楚，我的父亲是个黑人医生，就在这镇子上行医。”

米克之前确实曾经听波西娅讲过，但她只当那是她讲的一个故事而已。一个黑人，怎么可能当医生呢？

“在这里，一切就是这样安排的。在我妈妈嫁给我父亲之前，是个绝对纯真善良的人，简直像张白纸似的。我的外公本人也是位善心先生。但是，我的父亲却跟他完全不一样——就仿佛白天跟黑夜之间的区别。”

“是个恶人？”米克问道。

“不，他并不是恶人。”波西娅娓娓道来，“只是因为，这其中有些问题——我的父亲跟其他黑人们不一样。这不一样的地方，很难解释。我的父亲一直都在自学。早在很久以前，他就已经产生了各种各样的、关于一个家族究竟应该如何去维系的想法。家里的事情，事无巨细，他都要指手画脚一番。每到晚上，他还试图给我们这些孩子授课。”

“我觉得，这些听起来也不怎么糟糕啊。”米克说。

“听我继续给你说。你知道，大部分时候，他都表现得十分安静。但是，到了某些晚上，他会突然爆发，就像疯子一样——他可以比我见过的任何疯人都更疯癫。每个认识我父亲的人都会说，他是个货真价实的狂人。他曾经做过不少狂暴、疯癫的事情，因此，我们的妈妈离开了他——那时我十岁。妈妈把我们这些孩子带着一起走，去了外公的农场，我们在那里被抚养长大。一直以来，我们的父亲都希望我们能够回到他身边。但是，即使是到妈妈去世之后，我们这些孩子也一个都没有回那个家生活。所以现在，我们的父亲就只有独身一人了。”

米克走到炉灶边，再次把自己吃饭的碟子给盛满。波西娅的语调时而高亢，时而低沉，就像是一首歌。此时此刻，没有任何东西能够阻止她继续讲下去了。

“我能见到自己父亲的机会，并不太多——大概每周一次——但是，我却常常想些关于他的事情。我为他感到难过的程度，比其他任何人都深。我估计，他读过的书，比这个镇子上的任何一个白人都要多——他确实已经读过比别人更多的书，而且，他也操着比别人更多的心。他早就扔掉了上帝，背弃了信仰——他所有的麻烦，也正是因此而来。”

波西娅很激动。每当她谈到上帝——或者威利，即她的弟弟；或者高仔，即她的丈夫时——她就会变得很激动。

“瞧瞧，我可不是个粗声粗气没教养的家伙——我是隶属于长老教会[1]的，我们才不搞在地上打滚，说话含混不清、满是方言的那一套[2]呢。我们不必每周都去教堂做礼拜，在那里沉湎祷告。在我们的教会里，我们会唱歌，让那些专门负责传道的人去传道就好。

---

1　美国的一个归正宗教派。

2　这里是在讽刺其他教会的传教方式。

实话实说，我不认为稍微唱唱歌、祷祷告，对你而言有什么害处，米克。你应该带着你的小老弟一起去上主日学课程，况且，你也老大不小了，可以坐到教堂里去。看你最近那副自以为是的样子，照我的想法，你的一根脚指头已经踩到地狱里去了。”

“我才不在乎呢。”米克说。

“瞧瞧高仔吧，在我们结婚之前，他可是个很虔诚的少年仔。每个礼拜日，他都热衷于去接受圣灵引导，大声叫嚷，忏悔自己的罪过。但是，在我们结婚之后，我想办法让他加入了我这一边。尽管有时候，让他保持安静比较困难，但我觉得他做得还算是不错了。”

“我再也不信上帝了，就像我不相信有圣诞老人一样。”米克说。

“你等等！就是这个，这就是为什么我有时会觉得，你比我认识的任何一个人都更像我父亲的原因了。”

“我？你说我像他？”

“我指的不是脸，或者任何外表上的部分长得相似。我说的是你们灵魂的形状和颜色。”

巴伯尔坐在那儿，看看米克，又望向波西娅。他的餐巾系在脖子周围，手里仍旧握着他那只空空的汤勺。“上帝都吃些什么？”他插嘴道。

米克从流理台边起身，站在门口，准备离开了。有时候，捉弄波西娅会很有意思。她总是保持同样的论调，说些同样的事情，一遍又一遍——就仿佛所说的是她所知的全部似的。

“像你还有我父亲那样，不愿意去参加教会活动的人，永远都不可能得到内心的安宁。瞧瞧我，现成的例子——我相信上帝，因此我得了安宁。还有巴伯尔，他也拥有属于他自己的安宁。还有我家高仔，我的威利也一样。照我看来——只是看一眼就知道，这里的那位辛格先生，同样拥有安宁。自从我第一眼看到他时，我就感觉到了。”

“你开心就好。”米克说，“你发起疯来，可真比你的无论哪个父亲都更疯癫。”

“可是，你根本没有去爱过上帝，甚至没去爱过任何一个人。你就像一块母牛皮一样，死硬又粗鄙。不过呢，这也正是我所认识的那个你。今天下午，你又会无所事事地到处游荡，无论做什么，内心永远都不得安宁。你会四处搜寻，疲惫不堪，筋疲力尽，就仿佛你不得不去找到某样丢失的东西似的。你会用莫名其妙的兴奋点，把自己弄得亢奋不已。你会心跳加速，加速到足够杀了你的地步，因为你不去爱，就没有安宁。结果，到了某天，你将会崩溃，被整个儿摧毁掉。到那时候，什么都救不了你了。”

“什么啊，波西娅？”巴伯尔追问，“上帝他吃些什么类型的东西啊？”

米克不停笑着，脚步踏得山响，离开了厨房。

这天下午，她确实无所事事地在房子周围四下游荡，因为她心里有事，无从排遣。之前的一些日子，其实也跟这天一样。一方面，小提琴的事儿，一直都令她感到心烦意乱。她永远都没办法把它做成一把真正的小提琴——而且，经过好几周的筹谋酝酿，这个制作小提琴的计划，早已令她感到恶心厌倦。然而，她之前怎么就那么肯定，这个点子能够奏效呢？自己怎么会那么蠢呢？或许，当人们太过渴求一样东西的时候，那份渴求会使他们相信任何事情——只要能够让他们有机会得到渴求的东西就行，哪怕机会微乎其微。

米克不想回到有家里人待着的那些房间。而且，她也不想遇到任何一个不得不去开口招呼的房客。除了大街上以外，她无处可去——但大街上的太阳实在太烤人了，热得跟烧起来似的。她在走廊里漫无目的地来回踱步，接连不断地将额前乱糟糟的头发用手掌抹到后面。"该死，"她自言自语，大声嚷嚷，"除了一架真正的钢琴外，我最想要的，肯定就是一个属于我自己的地方了——其他什么都比不上。"

那个波西娅显然有着某种黑人们独具的疯狂，但她为人还算是可以的了，她从来不会像某些黑人女孩那样，偷偷伤害巴伯尔或者拉尔夫。但是，波西娅刚才说她从来没有爱过任何人……米克不再走动，兀自僵立在那儿，攥紧拳头，反复摩擦自己的脑袋瓜。如果波西娅真的知道了那件事，她会怎么想？她到底会怎么去想？

波西娅肯定也保守着自己的秘密，毋庸置疑。

米克慢慢爬上楼梯，她走过二楼，向着三楼去了。为了通风敞气，一些房间的门敞开着，整座房子里充斥着各种声响。

米克在最后一级台阶那儿停住，坐了下来。如果布朗小姐开了她的收音机,她在这儿就能听见音乐。没准会有些好的节目正在播放。

米克把脑袋撑在膝盖上,系好自己的网球鞋带。如果波西娅知道,她心里总是一个人接一个人地换,她会说些什么?每一次变换,她内心的某个部分都像是被炸成了一百个碎块似的。

但她一直都保守着这个秘密,没有任何人知道。

米克在台阶上坐了很长一段时间。布朗小姐没有打开收音机,除了人们发出的各种噪声外,再没有其他什么声音了。米克也想了很长一段时间,同时不停用双拳捶击自己的大腿。她觉得自己的脸仿佛已经散落一地,成了碎块,她没办法再把它们拼回一处。这种感觉比没有吃饱饭要糟糕得多,不过,倒有一些像是那样一种心情:我想要——想要——想要——关于那种心情,这就是米克所能想象出来的全部了,但是就连她自己也不清楚,这里面“想要”的究竟是些什么。

大约一个小时之后,三楼的那边传来门把手转动的声音。米克马上抬起头来——是辛格先生。他在走廊里站了几分钟,脸上的表情既悲伤又平静。然后,他去了房间正对面的卫生间。他的那个朋友,没有跟他一起出来——从米克坐着的位置上,多少能够窥见辛格先生房间里面的情况。那个朋友正在床上睡觉,身上盖着被单。

米克等着辛格先生,等他从卫生间里出来。她的双颊很烫,不由得伸手摸了摸,感受一下那滚烫的感觉。或许她特意时不时地爬这些高高的楼梯上来,不过是为了在听楼下住着的布朗小姐播放收音机音乐的同时,顺道看一眼辛格先生。她很想知道,既然辛格先生的耳朵听不见，那么，在他的脑海中回响着的，究竟会是怎样一种音乐呢？没有人知道。如果他能够开口说话的话，他又会说些什么呢？同样没人知道。

米克等待着，过了一会儿，辛格先生就出来了——他又回到了走廊上。米克希望他能够低头瞧上一眼，冲着她微笑一下。然后，当他走到自己房间门口时，当真低头扫了一眼米克，并且对着她点了点头。米克回他以微笑，笑得很夸张，连身体都在颤抖。辛格先生回了自己的房间，关上了房门。没准，他其实是想要邀请她进去，看看他——突然之间，米克变得很想要进他的房间看看了。不久之后，当他的房间里没有朋友在时，她当真会进去，去看看辛格先生的。她会那样做，千真万确。

炎热的下午慢悠悠地过去了，米克仍旧独自坐在台阶上。那个叫莫扎特的家伙所作的曲子，再度出现在她脑海中。真是滑稽，但恰恰是辛格先生令她忆起了这首曲子。米克希望能够有这么一个地方，能够让她把这首曲子大声哼唱出来。有些音乐着实过于私密，没办法在挤满了人的屋子里哼唱。一处拥挤不堪的屋子里，一个人竟会如此孤独，这也挺滑稽的。米克试图找出一些自己能够去的、比较隐秘的地方，可以在那儿独自琢磨这首曲子。然而，即便她为此想了许久，米克一开始就知道，这样的好地方，其实根本就不存在。

# 4

下午晚些时候，杰克·布朗特醒了过来——他觉得自己总算是睡足了。他躺着的这个房间面积不大，被打理得干净又整洁，布置有一个衣柜、一张桌子、一张床，还有几把椅子。衣柜上，一台桌扇正缓慢地摇着头，风从一面墙扫向另一面墙。当一阵清风拂过杰克的脸颊时，他联想到了清凉的水。窗户旁边，有个男人坐在桌旁，低头端详着面前的国际象棋棋局。白日阳光的照射之下，杰克觉得这个房间很陌生，不过，他马上就认出了那个男人的脸——仿佛他已经认识这个人很久了似的。

大片回忆在杰克的脑海中纠结交战。他一动不动地躺着，双眼圆睁，两手张开，掌心朝上。在白色被单的映衬下，他那双手更显巨大，褐色皮肤也尤为明显。当他抬起手臂，将双手放到面前时，看得见两只手上满是划伤和青肿——血管肿胀暴起，似乎他曾经花费很长时间，紧攥过某样东西。他的神态疲惫，面容邋遢，褐色头发散落下来，覆住他的前额，胡子也歪了。连他那对如鸟翅般张开的粗眉，也被折腾得杂乱不堪。杰克躺在那里，嘴唇翕动了一两次，因为紧张的缘故，脸颊抽搐，胡须颤抖不停。

过了一会儿，他坐起身来，抡起一只大拳头，狠命捶击了一下脑袋一侧，希望能够让自己清醒过来。他这样做时，那个正在下独棋的男人很快地抬了下头，看了他一眼，冲着他微笑。

“上帝啊，我真渴。”杰克说道，“渴得就像是一整溜俄国军队穿着长筒袜在我的嘴巴里行军似的。”

那男人瞧着他，脸上依旧保持着微笑，然后，他突然弯下腰去，从桌子的另一端取过一只外面凝了层霜的、装了冰水的陶罐，还有一个玻璃杯。杰克气喘如牛，一通海喝——他半裸着身体，站在房间中央，脑袋后仰，其中一只手紧握成拳。连着喝完四杯水，他才深吸一口气，稍微轻松了点儿。

转瞬之间，几段特定的回忆浮上脑海——记不得自己曾跟这个男人一道回家，但稍后发生的事情，此刻却逐渐变得清晰起来：醒来的时候，他正浸在满满一浴缸的冷水里，然后，他们两人喝了咖啡，聊了会儿天。他把胸中积郁的一大堆事，一股脑地倾诉出来，那个男人则默默倾听。他说话说到喉咙嘶哑的地步，不过，相比自己曾经说过的任何话语，那个男人当时脸上的表情，他反而记得更加清楚。清晨，他们一起上了床——百叶窗拉上了，外面的光透不进来。一开始，杰克接连不断地被梦魇折磨，反复惊醒，不得不开着灯，让自己保持清醒。灯光同样也弄醒了身边的这个家伙，但他一点都没有抱怨。

“昨天晚上，你怎么没有直接把我扫地出门？”

男人没有说话，只是又一次报以微笑。杰克很好奇，想知道他为什么如此安静。他环顾房间，想要找到自己的衣服，发现他的手提箱就放在床边的地板上。杰克完全不记得，自己究竟是怎样把这手提箱从还赊着酒账的餐厅里拿出来的了。他的一些书、一套白色的西装，还有些衬衣，跟自己打包时一样，原封不动地放在那手提箱里。他马上就开始穿起衣服来。

杰克才刚穿好衣服，桌上放着的一只电咖啡壶，已经在不停滤下新煮的咖啡了。男人把手伸到椅背上放着的一件马甲口袋里，取出一张名片。杰克满是疑惑地接过名片。这个男人的名字——约翰·辛格——刻印在名片中央。名字的下方，是一行用墨水精心写就的，跟刻印一样精致的简短信息：

> 我是个聋哑人，不过我读唇语，能明白跟我讲话的内容。请勿大声喧哗。

杰克目瞪口呆，整个人飘飘忽忽的，像是失了魂儿。他和约翰·辛格彼此对视着，“我可真搞不懂——我竟然花了这么长时间才发现。”杰克开口说道。

当他说话时，辛格很仔细地瞧着他的嘴唇——这点他之前就已经注意到了，但却没有反应过来。真是个蠢货！

他们俩坐在桌旁，用蓝色的杯子喝着热咖啡。房间里很凉快，半开的百叶窗，使窗外耀目的阳光变得柔和起来。辛格从自己房间的储藏间里取出一只锡盒，里面放着一整条面包、几个橙子，还有奶酪。他吃得不多，仅仅是向后靠坐在自己的椅子上，一只手插在口袋里。杰克饿得不行，一通胡吃海喝。他觉得自己必须赶紧离开这地方，好好筹谋打算一番：一旦陷入困境，理应赶快四处打探，找点活计来做。这个安静的房间，实在是太过闲适安逸，会使人彻底忘掉烦心事——他想出去，独自散会儿步。

“这里还有其他聋哑人吗？”杰克问道，“你有很多朋友？”

辛格仍旧保持着微笑。一开始时，他没来得及跟上杰克说话的速度，杰克不得不把刚说的话重复了一遍。辛格扬起自己边缘分明的黑色眉毛，摇了摇头。

“这个样子，觉得孤独吗？”

男人摇着头，看他摇头的方式，似乎同时可以表达是或不是。他们彼此沉默地坐了一小会儿，然后，杰克便站起身来，准备告辞了。他反复谢过辛格，感谢他给他提供了一夜住宿。他说话小心翼翼，嘴唇移动得很慢，以便确保辛格能够明白他的意思。哑巴依旧微笑着，耸了耸肩膀。当杰克开口问他，能否将手提箱寄放在他床下几天时，哑巴点了点头，表示可以。在那之后，辛格把手从口袋里伸出来，很仔细地用一支银杆铅笔在小便函本上写了一段话。写好之后，他把便函本举起来，递到杰克面前给他看：

我可以在地板上放个床垫，你可以一直留在这儿，直到找到住的地方为止。我一天的大部分时间都在外面。一点也不会麻烦。

突如其来的感激之情，使杰克感到自己的双唇止不住地颤抖。但是，他不能接受这个提议。“谢谢。”杰克说道，“我已经有住的地方了。”

杰克离开的时候，哑巴递给他一条已经被紧紧卷成一小捆的蓝色工装裤，还有七十五美分的硬币。那捆工装裤很脏，在杰克认出那是自己穿过的裤子的同时，也瞬间被拖入到上周发生的种种事情所构筑的回忆旋涡当中。至于那笔钱，辛格跟杰克解释——那是在他的几个口袋里翻找到的。

“再会了，”杰克说，“过不了多久，我就会回来的。”

说完他就走了。哑巴站在门前，手依然插在口袋里，脸上挂着半截微笑。走下几级台阶后，杰克回过头来，挥了挥手。

哑巴也用挥手来回应他，然后就把门给关上了。

外面的阳光突然侵袭过来，刺得他睁不开眼。他站在房子前面的人行道上，一开始甚至连东西都看不太清楚，整个人头晕目眩的。有个孩子坐在房前的围栏上。杰克曾在某处见过她——他记得她穿的那条只有男孩子才会穿的短裤，还有她瞥眼看人的方式。

杰克抬手示意了一下手里那捆肮脏的工装裤。“我想要把这条裤子给丢了。知道垃圾桶在哪儿吗？”

那孩子从围栏上跳下来，说道："就在后院里。我带你过去。"

他跟着她一道走过房子旁边那条狭窄、潮湿的小巷。他们两个到了后院后，杰克发现后门台阶上坐着两个黑人。这两个黑人穿的都是白色西装，白色皮鞋。其中一位个头相当高，领带和袜子都是亮绿色的；另一个平常人个头，带点白人混血——他正在膝头上反复摩挲一只锡制的口琴。他穿的袜子和领带都是火红的，这点和他那位高个子同伴形成了鲜明的对比。

孩子指了指后院篱笆处的垃圾桶，然后，走到厨房的窗边，对着里面喊道："波西娅！高仔和威利都在这儿等你呢。"

厨房里的一个声音温柔地回答道："你没必要说那么大声的。我知道他们在那儿。我正在戴帽子呢。"

在把工装裤扔掉之前，杰克重新展开了它：因为挂满了泥巴，这条裤子变得很硬。一边的裤腿扯破了，几滴血迹挂在前半截。他把裤子扔进垃圾桶里。这时，一个黑人女孩从房子里走出来，跟后门台阶上坐着的、穿白西装的男孩们走到了一块儿。杰克发现，那个穿着短裤的孩子正在非常仔细地打量着他。她站在那儿，把自己的重心从一只脚移到另一只脚，看样子很兴奋。

"你是辛格先生的亲戚吗？"她开口问道。

"完全不是。"

"是他的好朋友？"

"好到能跟他一起过夜。"

"我不过是想知道——"

"主街该往哪个方向走?"

她指了指右边。"沿着这条路,走过两个街区就到了。"

杰克用手指梳了梳自己的胡子,正式启程了。他把七十五美分硬币放在手心里,摇得它们叮当作响。他狠狠咬住自己的下嘴唇,直到上面出现点点血斑,成了猩红色才松开。三个黑人慢悠悠地走在他前面,彼此之间有说有笑的。杰克在这个陌生的小镇里,感到十分孤独,所以,他一直紧紧跟在这三个人后面,听他们讲话。女孩同时挽着两个男孩的胳膊。她穿着一条绿色的连衣裙,戴红色的帽子,穿红色的鞋。走路时,男孩们跟她挨得很近。

"今天晚上,我们有什么计划吗?"她开口问道。

"这完全看你想做什么了,甜心,"高个子男孩说道,"威利和我都没什么特别计划。"

她左右各看了两人一眼:"你们两个必须得做个决定。"

"这样的话——"那个穿红袜子、个子比较矮的男孩说,"高仔和我觉得,或……或许我们三个可以去去教堂。"

女孩用三种不同的声调,唱出了她的回答:"好——的——啊!去完教堂之后,我有个打算,想去我父亲那儿,待一会儿——就待一小会儿。"他们三个在第一个路口拐弯了,杰克站在路口,目送了他们好一会儿,才接着走自己的路。

主街安静又燥热,几乎空无一人。直到此刻,杰克才意识到,原来今天是礼拜天。一想到今天是礼拜天,就让他感到十分沮丧。那些店门紧闭的店铺,全部支起了凉棚,在炫目阳光的照耀下,建筑物看上去统统萧条惨淡。他路过纽约咖啡馆。餐厅的门开着，但里面看起来空空荡荡，而且还很暗。这天早上，他连一双袜子都找不到，没袜子可穿，滚烫的人行道路面，透过脚上鞋子薄薄的胶底，炙烤着他的光脚。太阳给人的感觉，就像是一块烧红了的烙铁，死死摁压在他的头上。这个小镇，看起来比杰克所知道的任何地方都要更加孤独。街道的寂寥，给了他一种全然陌生的感觉。他之前喝醉时，这地方看上去狂暴混乱，活力十足。而现在，仿佛突然之间，所有东西都陷入猝不及防的停滞状态中去了。

杰克走进一间贩卖水果和糖果的商店，买了一份报纸。报纸上的招工栏目小得可怜。登载的几个电话，招的都是二十五到四十岁之间、有汽车的年轻人，做推销各种不同产品，按比例提成的销售工作。这类型的招工广告，他都快速跳过了。一条招聘卡车司机的广告，吸引了他几分钟的注意力。但是，还是招工栏目最下方的一则招工启事，最使他感兴趣。这则启事的内容如下：

> 需要：有经验的机械师。阳光迪克西秀[1]。
>
> 申请地点：编织工小巷与第十五街拐角处。

毫无察觉间，杰克又走回到消磨掉自己前两周时间的那个餐

---

1 Sunny Dixie Show，迪克西指美国南部各州及该地区的人民，与指美国北部人的洋基意义相对。

厅门前。这是整个街区上，除了水果店之外，唯一没有关门的店了。杰克突然做了决定，要进去看一下比夫·布兰侬。

从亮晃晃的室外进去后，咖啡馆里面显得十分暗。相比回忆中的场景，所有东西看起来都更肮脏破旧，更不值一提。布兰侬跟平常一样，站在收银台后面，双臂交叉放在胸前。他那长相标致、体态丰腴的妻子，坐在吧台另一端，用指甲锉修着指甲。杰克发现，当他进到餐厅里时，那夫妻俩彼此对望了一眼，交换了一下眼色。

"下午好。"布兰侬开口道。

杰克察觉到，这儿的气氛有些不对。没准这家伙心里正在暗笑，因为他回忆起了他喝醉酒的时候发生的种种事情。杰克木讷地站在那儿，心中愤恨不平。"请给我一包塔吉特烟[1]。"在布兰侬伸手到吧台下面拿烟时，杰克得出结论：他并没有笑他。在白天，眼前这家伙的脸色，并不像晚上时那么难看——布兰侬的脸苍白而无血色，似乎是没有睡过觉；他的双眼，看上去跟一只疲惫不堪的秃鹫眼睛没有两样。

"不妨讲讲清楚，"杰克说，"我到底欠你多少钱？"

布兰侬打开抽屉，把一本公立学校封皮的记事本拿到吧台上，一页一页慢慢翻查着。杰克则盯着他看。相比平常用来记账的手册，这记事本看起来更像是布兰侬的私人日记本，里面写着一长条又一长条的数字，有加、除、减，还有些小的涂鸦图画。布兰侬翻到

---

1 Target，一个老的美国香烟品牌，以价格低廉著称，现已停产。

某一页后，停了下来。杰克看到，自己的姓氏就写在这一页的角落位置。这页里连一个数字都没有——只有小小的钩和叉。页面上随意画了些小小的、坐着的胖猫，以长长的曲线来描绘尾巴。杰克仔细端详了一下：那些小猫的脸庞都是人脸，而且都是女人——那些小猫们的脸，画的全是布兰侬夫人。

“这里我打钩的地方，表示是啤酒，”布兰侬说，“叉都是正餐，直线则代表威士忌。让我算算看——”布兰侬摩挲着自己的鼻子，眼皮垂了下来。半晌之后，他合上了记事本。“大约二十美元。”

“这笔钱，得花费我不少时间，”杰克说，“不过，你大概还是可以拿到的。”

“也没那么急。”

杰克斜靠在吧台上。“说说看，这个小镇到底是个怎样的地方。”

“很寻常的地方，”布兰侬答道，“跟其他面积相同的小镇没什么不一样。”

“人口多少？”

“大约三万。”

杰克打开那包烟丝，给自己卷了一根烟。他的双手抖个不停。“大部分都是工厂工人？”

“你说对了。有四家大型棉纺厂——那些就是主要的厂子，一家袜子厂，一些轧棉厂和锯木厂。”

“工资是个什么档次？”

“要我说的话，大概每周平均十美元，或者十一美元吧——不过，工人们也时不时会被解雇，理所当然。你是因为什么才问这个的？看你的意思，是打算在工厂里找个活儿干？”

杰克用拳头揉了揉眼睛，看样子是有些昏昏欲睡。“不知道。我或许有这个打算，或许没有。”他把报纸放到吧台上，指了指自己刚刚读过的那则广告，“我想，我会去这个地方，看看会怎么样。”

布兰侬读了读那则招工启事，思考片刻，最后说道：“噢，我之前也看过那场秀，没太多意思——不过是些新奇机器，比如旋转木马，还有秋千什么的。吸引来的全是黑人、工厂工人，还有小孩子。他们在镇上几个不同的闲置地区挪来挪去，招揽生意。”

“给我指指路——应该怎样去那个地方。”

布兰侬跟他一起走到门边，指了指方向。“今天早上，你跟辛格一起回家了吗？”

杰克点了点头。

“你觉得他这个人怎么样？”

杰克咬了咬自己的嘴唇。在他脑海中，哑巴的面容十分清晰，就像是已经认识很长时间的、好友的脸庞似的。自从离开了那个房间之后，他就一直在想这个男人。“我之前甚至都不知道他是个哑巴。”他最后这样说道。

杰克又开始沿着炙热、空旷的大街走起来。他走路时的样子，并不像是一个在陌生城镇里行走的异乡人，倒像是在寻找某个人。不久之后，他进入河岸边的一个工厂区域。街道逐渐变窄，路面也没有再铺，不过，路上倒是不再空空荡荡了：一群群外表脏兮兮、看起来饥肠辘辘的孩子们，彼此间大声叫嚷呼喝，玩着游戏。路旁两居室的棚屋，木材腐朽，从不上漆，跟周围其他棚屋没什么区别。厨余垃圾与污水的腐臭味，跟空气中的灰尘混杂在一起。由于上游河水的落差，水流倾泻，带来些微湍急的水声。居民们沉默无声地站在屋外门廊边，或者懒洋洋地靠在台阶旁休息。他们抬起面黄肌瘦、毫无表情的脸庞，端详着杰克。杰克则用自己大大的褐色眼睛回敬他们。他走走停停，时不时地用自己毛茸茸的手背抹一把嘴。

在编织工小巷的尽头处，有一处闲置的地块。这里曾经是老旧汽车专用的弃置场地。生锈的机件和破掉的汽车内胎，仍旧乱扔在地上。一辆大拖车停在空地一角，拖车旁边是用帆布部分遮盖住了的旋转木马。

杰克慢慢走近那地方。有两个穿工装裤的小孩子站在旋转木马前。在他们旁边，临近黄昏时刻的阳光笼罩下，一个黑人正坐在一只大盒子上面开小差。他的膝盖互相抵住，其中一只手里，拿着一包化掉了的巧克力。杰克亲眼看着他把两根手指插到糊成泥状的巧克力里，再慢慢吮舔沾上来的巧克力。

“这个秀场的经理是谁？”

黑人将自己的两根甜手指在唇边狠刮了几下，又用舌头把它们舔舐干净。“是个红头发的男人，”黑人把手指上沾着的巧克力全部舔完后，回答杰克道，“我只知道这个，船长大人。”

“他现在在哪儿？”

“他在那后面，那个最大的货车后面。”

走过那片草地时，杰克把自己的领带解开，塞进了自己的口袋里。太阳正开始从西边隐没，连绵不断的屋顶组成黑色的天际线，天空氤氲成温暖的深红色。秀场的主人独自站在那儿抽烟，他那头红色的头发，从脑袋上方炸开来，像一团海绵。他用那双无神的灰色眼睛，瞧着走过来的杰克。

“你就是经理？”

“嗯哼。帕特森，我的名字。”

“我是为今天早报上登的招工启事来的。”

“噢。这儿可不要生手，我要的是有经验的机械师。”

“我有大把经验。”杰克说。

“你做过些什么？”

“做过编织工、纺机修理工。我还在修车厂工作过，还有汽车改装店。各不相同的活计。”

帕特森领着他去了被帆布盖住的旋转木马那儿。在夕阳余晖的照耀下，那些静止不动的木马看上去颇为奇幻：它们的腾跃姿势是完全静止的，身体被暗淡的镀金支杆贯穿。最接近杰克的那匹木马，马臀处有一处碎裂开来的木头裂纹，马眼中弥漫着盲目和狂热，眼窝附近漆的油漆剥落了好几处。静止状态的旋转木马，在杰克眼中看来，简直就像是醉酒后的幻梦中出现的场景。

“我需要有经验的机械师来操作这个，还要负责让它保持好的状态。”

“我可以做得很好。”

“这可是个两方面都要兼顾的活儿。”帕特森解释道，“你需要整体负责这个游乐项目：除了照料机器之外，你还必须要维持人群的秩序。你需要确保每个坐上去的人都有票，还需要确保所有的票都没问题，不会有人拿过了期的舞厅招待券来滥竽充数。每个人都想骑这些木马——那些没钱的黑鬼们将会想方设法在你身上要把戏，保准会使你大吃一惊。每时每刻，你都得打起十二分的精神，紧紧盯住他们。”

帕特森带着杰克去了旋转木马内部的机械室里，指明其中的不同部件。他摆弄了一下某个控制杆，机器驱动的干瘪演奏声便叮叮当当地开始了。他们身边的木制马队，仿佛把他们与外面世界整个地隔开了。木马停下来后，杰克问了几个问题，然后就开始自己操作起机器来。

“之前我雇的那家伙，从我这儿辞职走掉了，”他们俩从旋转木马那儿出来，再次回到空地上时，帕特森说道，“我一直都很讨厌引新手进门。”

“我什么时候开始工作？”

“明天下午。我们每周营业六个白天，六个晚上——下午四点开始进场，午夜十二点关门。你得三点钟过来，让东西运作起来。每天晚上的秀场结束后，还需要大约一个小时时间来收拾家伙。”

“工资呢？”

“十二美元。”

杰克点点头，帕特森则向杰克伸出那只白得如同死人一般的、瘦骨嶙峋、指甲脏脏的手。

离开那处闲置地块时，天已经晚了。蓝得发亮的天空已经泛白，白月亮从东方升起。黄昏时分的光线，使沿街房屋的轮廓变得柔和起来。杰克并没有立即从编织工小巷那里返回去，而是选择在附近的邻舍楼宅之间晃悠。隔着远远的距离，嗅到的某种气味，听到的某些话语声，都可以引得他时不时地在暗淡的街道上驻足片刻。他走起路来摇摆不定，漫无目的地从一个方向晃到另一个方向。他觉得自己的脑袋轻飘飘的，仿佛整个脑袋都是用薄玻璃制成的，他体内起了某种化学变化，身体系统里曾经接连不断储存进去的啤酒和威士忌，联合起来产生反应，使他与酩酊大醉的状态之间，擦出了火花。刚才还死气沉沉的街道，转眼之间就鲜活了起来。街道旁边绵延着一长条生长得稀疏错落的青草地，杰克沿那草地走着走着，发现地面似乎在向上升，离他的脸越来越近。于是，他停下来，坐在草地边缘，身体斜靠在一根走电话线的电线杆上。他放松身体，松弛下来，以土耳其人的方式，舒舒服服地盘腿端坐，用手把自己的胡子尖捻顺抚平。话语自动涌到唇边，杰克仿佛梦游一般，大声将那些话语说了出来，说给自己听：

“愤懑，是最可贵的贫困之花。正是如此。”

说话很好——开口说话的声音，令他感到愉悦。那些说话声，似乎产生了回响，在空气中停驻，以至于每一个单词，都能听到两遍声音。杰克咽了下口水，润了润自己的喉舌，又开始讲了起来。猝不及防间，他又想返回到哑巴那安静的房间里，告诉他自己此刻的心之所想了。想要跟一个聋哑人说话——这可真是件反常[1]的事情。可是，他很孤独。

夜晚来临，杰克面前的街道也随之暗淡。在那条狭窄的街道上，有些男人时不时与坐着的杰克擦身而过，那些人之间会用单调低沉的声音彼此交谈。他们每走一步，脚边就会腾起一团由尘灰组成的云雾。或者是成群结队经过的女孩，或者是一位把孩子架在肩膀上的母亲。杰克木讷地坐了好一会儿，最后他终于站起身来，继续走了下去。

编织工小巷很暗。各家各户的煤油灯，在门廊内和窗户边投下昏黄、战栗的光影。有些屋子完全是漆黑一片，屋子里住着的那家人，坐在屋前台阶上，仅仅凭借着邻居家屋子的余光反射来看东西。有个妇女从窗子里探身出来，往街上泼了一桶脏水，有几滴溅到了杰克的脸上。一些房子屋后传来语调高昂、语气愤懑的说话声，另一些则传来安乐椅缓慢摇晃时发出的平和声响。

杰克在一间屋子门口停下——这间屋子门廊前的楼梯上，坐着三个男人。屋内暗淡的黄色灯光，映照在他们的身上。其中两个男人穿着工装裤，但都没穿汗衫，脚上也没穿鞋。这两个男人当中，有一个很高，身上关节长得粗大松散；另一个身材矮小，嘴角长的

1　原文为queer，也即中文语境中的“酷儿”一词。如今，这一词汇通常被用来形容同性恋者或同性恋相关族群。

疮，发炎流脓。第三个男人穿着汗衫和长裤，在他膝盖上，放了一顶草帽。

“嘿。”杰克冲他们打了声招呼。

三个男人抬起沧桑蜡黄、全无表情的面庞，打量着他。他们嘟嘟囔囔了一番，但却都没挪动位置，还是坐在那儿。杰克掏出口袋里那包塔吉特牌香烟，递了过去，请他们自己卷了吸。然后，他坐到最下面的那级台阶上，把自己的鞋子脱掉了。凉爽又潮湿的地面，使他的脚感到很舒服。

“正在做事吗？”

“是啊，”膝盖上放着草帽的那个男人答道，“大部分时候都要做事。”

杰克掏了掏自己脚指甲之间夹着的污垢。“我这儿有些可以传福音的故事，”他说，“想把它讲出来给人听。”

那几个男人笑了。隔着狭窄的街道，可以听到有个女人正在唱歌。他们抽烟时呼出的烟雾，在凝滞的空气当中悬停着，紧紧环绕在他们周围。一个小孩子沿着街道跑过来，停下脚步，扯开裤链，就地放水。

“拐角那儿有个帐篷，今天又是星期天。”终于，身材矮小的那个男人开口了，“你可以到那里去，把你想讲的福音故事统统讲完。”

“不是你理解的那种类型的福音故事，是更好些的，是真实的故事。”

“到底是什么类型？”

杰克吸了一下自己的胡子，没有回答。过了一会儿，他又说道："你们这里曾经罢过工吗？"

"有过。"个子很高的男人答道，"这里最近的一次罢工，发生在大约六年前。"

"当时发生了什么事？"

嘴巴上长疮的那个男人挪了挪脚，把手里卷烟的烟蒂扔到了地上。"是这么回事——不干活，只因为他们想要每小时二十美分的工钱。大概有三百人这么做了，当然他们也不过是一整天在街上晃来晃去而已。所以，工厂方面派了大卡车出镇，一周之后，整个小镇上就挤满了来这里找活做的人。"

杰克转过头去，面朝着他们。那几个男人坐在比杰克高两个台阶的地方，使他不得不高高仰头，才能和他们对视。"出现这种情况，不会使你们发疯吗？"他问道。

"你说的是怎么个意思——发疯？"

杰克额前的血管鼓起来了，涨得通红。"全能的基督啊，天哪！我的意思就是发疯，fa发——feng疯——发疯。"他昂起头来，怒目圆睁，瞪着那几张困惑不已、蜡黄无血色的脸庞。在他们身后，透过开着的前门，杰克可以看见屋子里面的样子：前面的一间房里摆着三张床，还有一个脸盆架。后面的那间房里，有个光脚女人，正坐在一把椅子上睡觉。附近不知哪座房子的门廊那儿，传来了弹吉他的声音。

"我就是坐着大卡车来这个镇子的人之一。"高个子男人说道。

"那也没什么区别。我正试图告诉你们的东西，十分直白、简单：拥有这些工厂的那帮畜生们，个个都是百万富翁。然而，工厂里的落纱工[1]、起毛技师[2]，以及所有那些在机器后面纺线织布的工人们，却几乎挣不到足够让他们饿得咕咕叫的肚子安静下来的工钱。发现了没？因此，当你在大街上走着，思考着这件事时，再去看那些饥肠辘辘、心力交瘁的人们，还有那些顶着一双佝偻病弯腿走路的小家伙们。这些难道还不足以让你们发疯吗？还不够吗？"

杰克满面潮红，表情阴郁，嘴唇颤抖不停。三个男人纷纷对他投过警惕的眼神。然后，膝盖上放着草帽的男人开始笑了。

"你们就尽情取笑吧。坐在那儿，干脆把你们的肚皮给笑炸吧。"

男人们从容又随意地笑着——毕竟是三个人联合起来，取笑区区一个人。杰克把自己脚底板上沾着的尘灰拂拭干净，重新穿上了自己的鞋。他双拳紧握，扭曲的嘴角边，挤出一抹愤怒的冷笑。"笑吧——你们也就这么点能耐了。我真心希望你们就一直坐在那儿，笑个够，笑到你们身子都烂掉。"杰克僵直了身体，继续沿着街走，那些人的笑声，还有口哨声，仍旧跟随着他。

主街上灯火通明。杰克在街角晃悠，抚弄着口袋里的几枚硬币。他的脑袋抽痛，尽管晚上天气炎热，他却感到一丝寒意，穿透自

1 Doffer，棉纺厂里把满纱摘下来换空纱管上去的简单工种，过去常雇用童工来完成。
2 Carder，棉纺厂里负责操作起毛机的工人，利用机械作用将织物表面均匀拉出一层绒毛或长毛。

己的身体。杰克想起了那个哑巴，他巴不得能够马上回到那个房间里，跟他一起坐一会儿。在下午曾经买过报纸的那家卖水果和糖果的商店里，杰克选了一个用玻璃纸包装的果篮。柜台后面的希腊佬说，这个卖六十美分，于是，当杰克付完钱后，就只剩下一个五美分硬币了。他才刚走出商店就发觉，拿这份礼物送给一个健康男人，似乎有点滑稽。这时，几颗葡萄从玻璃纸下方滑到了外面，他立即将它们从葡萄藤上摘了下来，急急匆匆，像是个饿急了的人。

杰克抵达辛格家时，辛格正好在家。他坐在窗边，面前桌上摆着一盘国际象棋残局。房间里的状态，跟杰克之前离开时一模一样：桌扇开着，桌边放着装冰水的陶罐。床上有一顶巴拿马帽和一个纸质包装袋——这样看来，哑巴也是刚刚进屋。杰克进来后，辛格立即抬头，脑袋转向桌子对面的那把椅子，并且把面前的棋盘推到一边。他把身体向后靠，双手插回到马甲口袋里，看他脸上的表情，似乎是在询问，杰克离开这里之后，都发生了些什么事。

杰克把水果放到了桌上。“就今天下午而言——”他这样说，“以格言体来表达是这样的：出去找一只章鱼，然后给它穿上袜子[1]。”

哑巴回以微笑，杰克却仍旧搞不明白，他是否听懂了自己在说些什么。哑巴看了看那些水果，露出颇感意外的表情，然后就直接把玻璃纸外包装给揭开了——这家伙处理水果的时候，脸上洋溢着

1 自找麻烦之意。

某种十分古怪难解的神情。杰克试图去理解其中的含义，最终却一无所获。过了一会儿，辛格的脸上又浮现出明朗的微笑来。

“今天下午，我找到个活儿做，是在某个秀场里面——负责运作旋转木马。”

对此，哑巴看起来一点儿不惊奇。他走进储藏间，取出一瓶红酒，还有两只玻璃酒杯。他们两个沉默无言地喝着酒。杰克觉得，自己之前从来没有在如此安静的房间里待过。头顶的灯光，在他举在面前的、亮晶晶的红酒杯上，映照出他自己古怪的[1]投影——同样夸张变形的自我投影，他之前也曾经留意过好多次：在水壶或者锡制马克杯的曲面上——他的脸被扭曲成蛋形，压得扁扁的，胡须四散蔓延，几乎要爬到自己耳朵上。在他对面，哑巴用双手捧着杯子。红酒开始在杰克的血管中嗡鸣，他觉得自己已经再次陷入醉意构筑的万华镜中。由于激动，他的胡须抖动不停。身体朝前倾，手肘撑在膝盖上，他死死地盯住辛格，瞳孔放大，目不转睛。

“我敢打赌，我是这个镇上唯一发疯的人了——我说的是真正的发疯——已经疯了有整整十年那么久。就是刚才，我他妈差点跟人打起来了。有时候，我甚至觉得，自己大概真的是神经病。仅仅是自己不知道而已。”

辛格把红酒推到自己的客人面前。杰克直接用酒瓶喝了起来，

1 原文为queer。作者遣词极为讲究。当时该词指涉虽不似今日这般狭窄，却也有隐晦挑明性倾向与情感变化的双重用意。

一边喝，一边摩挲自己的头顶。

“你瞧瞧，这就像是——同时存在着两个我。其中的一个我，是个受过教育的男人。全国最大的那些图书馆，我曾经去过其中一些。我读书，我总在读书，我读那些揭示纯粹、坦率真相的书。在那边，在我的行李箱里，就有卡尔·马克思和托斯丹·范布伦[1]的书，还有跟他们类似作家的作品。我一遍又一遍地读这些书，我钻研得越多，发疯就发得越厉害。我知道每一页上印刷的每一个词语。一开始时，我就是单纯喜欢那些词语：辩证唯物主义——虚伪搪塞。”杰克用满怀热爱的肃穆音调，让组成这些词语的音节在自己口中打转——“目的论倾向。”

哑巴用一块叠得很整齐的手帕擦了擦自己的额头。

“不过，我想表达的意思其实是——某个人在自己很清楚的情况下，却完全不能令其他人也明白，他应该怎么办才好？”

辛格伸手取过杰克的酒杯，倒酒进去，直到酒满到边缘才停下，又将装满酒的杯子稳稳塞到杰克那满是瘀伤的手中。“应该一醉方休，对吗？”杰克说着说着，胳膊抖动了一下，酒杯摇晃，几滴红酒洒到了他的白裤子上。“可是，听着！不管你看向哪儿，看到的都只是无尽恶意和腐化堕落。这个房间，这瓶葡萄酒，果篮里的这些水果——全部都是利润和亏损作用之下，生产出来的商品。一个家伙如果不去被动接受那些无尽恶意，他就活不下去。埋头苦干，累得

1 Thorstein Veblen，伟大的美国经济学巨匠，制度经济学鼻祖。

半死，只为了挣得每一口我们吃下去的饭，每一针我们身上穿的衣服——看起来，真的是没有人明白。每个人都瞎了，哑了，头脑失灵，又恶意满满。”

杰克用双拳抵住自己的太阳穴。他的思绪，同时向着好几个不同的方向狂奔，自己完全没办法控制。他想歇斯底里暴怒一番，想要冲出门去，跟拥挤大街上的某个人狠狠地干一架。

哑巴仍旧饶有兴味地看着他，同时取出了他那柄银杆铅笔。在一页便函纸上，他十分仔细地写下了一行字：

你是民主党人，还是共和党人？

然后，将这页纸递到桌子的另一边。杰克接过纸条，把它攥在手心里。这整个房间又开始在他周围旋转起来——他甚至连那一行字都读不了了。

他把目光集聚在哑巴的脸上，以此来保持自己平衡。辛格的双眼，是这整个房间里看过去唯一不动的东西。这双眼睛的颜色变化多端，闪动着琥珀色、淡灰色，还有浅棕色。杰克久久凝望那双眼睛，几乎要把自己完全催眠。他失去了变得狂暴的强烈欲望，再次感到安宁。这双眼睛似乎了解他想要诉说的一切，同时也在向他表达某种信息。过了一会儿，房间重新稳定了下来。

“你领会得到。”杰克用模糊不清的语调说道，“你明白我的意思。”

自遥远地方传来绵软和煦、如银铃般清冽的教堂钟声。隔壁房子屋顶上，洒满了白色月光，天空是温柔的夏日深蓝。不需要言语，两人之间达成了默契：在杰克找到属于自己的房间之前，可以跟辛格一起住几天。红酒喝完后，哑巴在床边放了一个床垫。杰克直接躺了下来，衣服都没脱，很快就睡着了。

# 5

在离主街距离很远的地方，小镇黑人居住区的某一个街区里，本尼迪克特·马迪·科普兰医生独自一人，坐在漆黑的厨房里。九点已过，礼拜日的整点钟声不会再敲了。尽管这夜晚十分炎热，在那滚圆形的柴炉里，仍旧生着一小团火。科普兰医生离火很近，坐在一把直背厨房椅上，屈身向前，用修长纤细的双手捧住自己的脸颊。炉子里的火焰噼啪作响，炉火的红光映在他的脸上——在这光亮之中，黑皮肤的反衬下，他那对厚嘴唇看起来几乎是紫色的；还有那头灰白的头发，紧紧贴在头皮上，仿佛一顶羊毛毡帽——同样被映上了一层蓝色。他一动不动地坐在这个位置上，坐了很长时间。甚至连那对藏在银色眼镜框后面的眼睛，也一直没有改变僵直、阴郁的凝望方向。这时，他突兀地清了清喉咙，从椅子旁边的地上拿起一本书。周围的空间，全部都很暗，他不得不把那本书举得更靠近炉火，以便看清楚上面所印的铅字。今天晚上，科普兰读的是斯宾诺莎。他并不能完全理解那些错综芜杂的概念演绎，以及纠缠往复的词组。不过，在阅读的时候，他能够感受到词语背后那种强烈的、真实的目的，因此，他觉得自己差不多也算是理解了。

晚上，尖厉刺耳的门铃声常常会搅扰他的安宁，铃声响过之后，在前面那个房间里，他将会见到一位骨折，或是带着刀伤的病人。不过今天晚上，他并没有被人打扰。于是，在漆黑一片的厨房间里独自坐了几个小时之后，科普兰医生开始缓慢地摇摆身体——从一边摆向另一边。他的喉咙里也开始发出某种如歌如泣的呻吟声。波西娅来的时候，他正发出这种声音。

科普兰医生早已知道她到了自己屋前：房子外面的街上，传来了用口琴演奏布鲁斯曲子的声音，他一听见那声音，便知道是威廉姆[1]——自己的儿子正在吹着口琴。他没有开灯，直接起身穿过客厅，打开了前门。但是，他并没有走到门廊上，仅仅是站在纱门背后的黑暗当中。月光明亮，波西娅、威廉姆，还有高仔的影子，黑黝黝的，结结实实地映在满是尘灰的大街上。

附近的房子，看起来都很惨淡。科普兰医生家的房子，与周围房子截然不同，它是用砖块和灰泥结结实实砌起来的。面积不大的前院四周，装着尖木桩打制的篱墙。在大门口，波西娅和自己的丈夫，还有兄弟道别，敲了敲那道纱门。

1 William，威利的全名。

“你为什么要像这样，坐在这儿，坐在黑暗里？”

他们一起走过黑漆漆的客厅，返回到厨房里。

“你有好得不得了的，用电力驱动的灯，却一直要像这样，坐在黑暗里，这不正常。”

科普兰医生扭了一下桌子上方悬挂着的灯泡，房间里瞬间变得灯火通明。“黑暗跟我很配。”他这样说道。

这里很干净，几乎没什么陈设。餐桌的一边放着书和墨水台——另一边是一把叉子、一把汤勺，还有一个碟子。科普兰医生刻意把自己的身体挺得笔直，两条长腿交叉放好。波西娅一开始坐下时，姿势也很生硬。父亲和女儿彼此长得很像——两个人都有宽而扁平的鼻子，一样的嘴和前额。不过，与父亲相比，波西娅的肤色要浅一些。

“这里简直就跟烤箱一样。”她说，“照我的意见，除了做饭时，以后你还是及时熄灭掉这个火吧。”

“如果你不想待在这儿的话，我们可以上楼，到我的办公室去坐坐。”科普兰医生说。

“我觉得……也没什么的，还是在这儿好了。”

科普兰医生扶了扶自己那副银框眼镜，然后便把双手交叠在了大腿上。“我们上次见面之后，你过得怎么样？你和你的丈夫——还有你的兄弟？”

波西娅放松了些，把脚从那双半高跟鞋里滑了出来。“高仔和威利，还有我，过得都还行。”

“威廉姆还跟你们住在一起？”

“他当然是跟我们住在一起，”波西娅说，“你瞧瞧——我们有属于我们自己的生活方式，也有我们自己的规划安排。高仔——他付房子的租金；我用我自己的钱来负担所有的食物；还有威利——他负责应付我们全部人的教会会费、保险、物业杂费，还有星期六晚上的娱乐安排。我们三个有我们自己的计划，各司其职。”

科普兰医生坐在那里，脑袋深深垂下来，拉扯自己长长的手指，直到全部的手指关节都已噼啪作响过一番，方才停下来。身上所穿衬衣的干净袖口，垂到他的手腕下方，从手腕处再往下，他那双消瘦的手，肤色看起来比身体其他部分都浅，手掌部分已是淡黄色的了。他那双手，永远是清爽无垢、尽量避免触碰的状态，仿佛它们刚刚被一把大刷子给彻底擦洗过，又在一大盆清水里浸泡了很长时间似的。

“看这儿，差点就忘了我带过来的东西了。”波西娅说，“你已经吃过晚饭了吗？”

科普兰医生总是仔细认真地说话，每一个音节仿佛都被那对阴沉、厚重的嘴唇给过滤了一遍。“没有，我没有吃东西。”

波西娅展开了她放在餐桌上的一个纸袋。“带了些很不错的甘蓝叶过来，我想，或许咱们可以一起吃晚饭。我还带了片腌肉——这些青菜需要用那个来协调味道。甘蓝叶和肉一块儿，你不会介意的，对吧？”

“没有问题。”

“你还是不吃肉吗？”

“不吃。我是个素食主义者——纯粹出于私人原因。不过，如果你确实希望把甘蓝和肉拿来一起做菜的话。没有问题。”

于是，波西娅站在桌边，开始仔细地择起菜来，她的脚上没有穿鞋。“这里的地板让我的双脚感觉很舒服。我不想再穿回那双紧巴巴的、勒得脚生疼的半高跟鞋，就这样光着脚走来走去，你不会介意吧？”

“不会，”科普兰医生回应道，“一点问题都没有。”

“那么——我们一会儿就可以吃到这些鲜嫩的甘蓝，一些玉米饼，还有咖啡了。至于我呢，还会从这片白花花的腌肉上，切个几小条下来，煎给自己吃。”

科普兰医生的目光，一直跟随着波西娅的动作：她脚上穿着长筒丝袜，慢悠悠地在厨房里忙来忙去，自墙上取下擦洗干净的平底锅，将炉火生得旺旺的，冲洗掉甘蓝叶片上的泥沙。其间，科普兰医生曾经张开嘴，想要说些什么，但终于还是合上了嘴唇，一言不发。

“也就是说，你跟你的丈夫，还有你兄弟——你们拥有你们自己合作相处的方式。”他最终还是开口了。

“说得对。”

科普兰医生突然狠拽了一下自己的手指，试图让那些关节再度发出清脆的响声。“你们有要孩子的计划吗？”

波西娅看也没看自己的父亲，她愤懑不平地把装了甘蓝叶子的平底锅里的水泼了出去。“有些事情，”她这样说，“在我看来，完完全全是由上帝来决定的。”

他们没有再多说其他什么话了。波西娅把晚饭放到炉火上煮着，自己一言不发地坐下来，修长的双手无精打采地垂到膝间。科普兰医生脑袋低垂胸前，看那样子仿佛睡着了一般。不过，他其实并没有睡着：他的脸庞，时不时地因为神经紧张而抽动，使他不得不一次次地深呼吸，调整自己的面部表情。晚饭的香味开始在这个使人透不上气来的厨房间里弥漫。碗柜顶上的那只座钟，于寂静无声的背景之下，走动的声音变得很响——因为他们两人刚才说过的那番话，秒针一格一格单调走动的声音，就好像在一遍一遍重复说着“孩——子，孩——子”一样。

他总是在跟其中哪个孩子相逢相遇——光着身子在地上爬的，或者正在参与弹子球游戏的，或者甚至是在一条黑暗的街道上，他的双臂环抱在哪个女孩身上。本尼迪克特·科普兰，男孩们的名字都叫这个。不过，对于女孩们而言，就会有像是邦妮·梅[1]或者玛迪本[2]，或是本尼迪娜·马汀[3]这样的名字了。之前的某一天里，他曾经计算过：有超过一打的孩子，用了他的名字来命名。

然而，在他的整个生命中，他都忙于告知、解释和规劝。你不能做这个——科普兰医生会这样说。为什么这第六个，或者第五个，或者第九个孩子不能要，其中一大堆的原因，他都会告诉他们。更

1 Benny Mae，本尼迪克特·马迪名字的女用变体。

2 Madyben，马迪的女用变体。

3 Benedine Madine，本尼迪克特·马迪名字的女用变体。

多的孩子，并不是我们真正需要的，我们需要的，是让那些已经降生在这地球上的孩子们得到更多的机会。黑人种群的优生优育，正是科普兰医生会拿来规劝他们的具体内容。他会使用简单的语言来告诉他们这些，每次都是同样的一套说辞，经年往复，这套说辞已经化作某种烂熟于心的愤怒诗篇了。

他努力学习，知道任何新理论的发展。他自己掏钱，亲自将避孕工具[1]散发到他的诊治对象们手中——即便没有付诸行动，只是想到这样去做，到目前为止，他也是镇子上全部医生当中的第一个。他给出工具，耐心解释，告诉他们该怎样做……然后，接生——每周大约四十次左右吧。玛迪本和邦妮·梅。

只有一个目的。只有一个。

在科普兰医生的一生当中，他一直都很清楚，自己的工作是有明确原因的——他总知道要去教育自己的同胞们。他成天都带着自己的医生包，一间屋子一间屋子地跑，他会跟同胞们聊任何事情。

漫长的一整天工作过后，沉重的疲惫感侵袭了他。不过，晚上他一打开自家大门，疲惫感就会烟消云散：家里有汉密尔顿和卡尔·马克思，有波西娅和小威廉姆。黛西也在家里。

波西娅把炉火上平底锅的盖子移开，用一把叉子搅拌甘蓝叶。“父亲——”过了一会儿，她开口说道。

科普兰医生清了清嗓子，往手帕上吐了口痰。他的声音听起来

1　根据前后文，原文devices应为contraceptive devices的缩略。

苦闷又嘶哑。“怎么了？”

“我们还是结束彼此之间的这种争吵吧。”

“我们现在并没有在争什么。”科普兰医生说。

“制造一场争吵，不一定要用言语。”波西娅说，“照我看来，像我们这样的，就是永远都在争论。甚至像现在这样完全安静地坐在这儿，也是在吵架。我跟你实话实说吧——每次我来看你，就跟我要把自己给折腾死是同一回事。所以，我们还是试着不要再争吵了：无论什么形式的争吵，都不要再有了。”

“争吵什么的，显然不是我的本意。如果你真有那种感觉，那么，我感到很抱歉，女儿。”

她倒了咖啡，将其中一杯不加糖的递给了父亲。她自己那杯，则加了好几勺糖。“我越来越饿了，这个，我们喝起来都会感觉很好的。你喝咖啡，我告诉你一件不久前发生在我们身上的事情。现在，这件事已经彻底结束了，整体看来，它似乎有点儿滑稽，不过，我们有足够的理由，不至于过分嘲笑这件事。”

“说吧。”科普兰医生回应道。

“好的——不久之前，有个外表相当标致，穿得精心整齐的黑人，来到了这个小镇上。他称呼自己为B. F. 迈森先生，从华盛顿特区过来的。每天白天，他都在街上走来走去，手里执着拐杖，身上穿着件漂亮的染色衬衣。然后，到了晚上，他会去协会咖啡厅。在那儿，他吃得比镇上任何一个人都好。他每晚都会给自己点一瓶杜松子酒，两份带骨猪排作为晚餐。无论对谁，他总是给予微笑，女孩子来了他会鞠躬，给你掌门，方便进门或者出门。大约一个星期时间，他不管到哪里，都令自己变得很受欢迎。人们开始交头接耳，询问这个有钱的B. F. 迈森先生究竟是谁。在那之后——当他被镇子里所有的居民了解了之后，很快地，他就开始做起正事来了。”

波西娅噘起嘴唇，往自己的咖啡碟[1]上吹了吹气。“我猜，你应该在报纸上读过关于这个政府定缴项目的内容？那是专门为老年人准备的。”

科普兰医生点了点头。“养老金。”他回应道。

“就是那个——他跟这个项目有联系，他是政府那边派来的人。从华盛顿特区的总统那儿到这边来，让每个人都加入到政府定缴项目当中。他挨家挨户地拜访住民，向他们解释，你是怎样通过支付一美元来加入这个项目，在那之后，每周再交二十五美分——以及在你四十五岁之后，你是怎样从政府那里每月拿到五十美元，每月不断，直至终老。我认识的所有人，都对这个项目感到激动万分。他会给每个加入的人一张免费的总统画像，下面有总统的亲笔签名。他还告诉大家，六个月之后，每个加入的成员都将领到免费的制服。这个俱乐部的名字叫作：黑人定缴者大联盟——两个月缴完，所有人都能领到一根橙色的缎带，上面印有俱乐部缩写‘黑缴盟’。你懂的，就像政府所有那些使用首字母缩写的玩意儿一样。

1　过去咖啡并不是放在杯中饮用，而是装在咖啡碟里喝的。美国南部有相当一段时间，两种喝法并存。

他在这附近一间屋子一间屋子地敲门，带着个小小的本子，每个人都开始想要加入了。于是，他就把他们的名字写在本子上，拿走相应的加入费用。每个星期六，他会再来收钱。三个星期时间，这位B. F. 迈森先生已经在项目里聚集了一大帮人，星期六都没办法把所有人家全部走一遍了。于是，他不得不花钱请人来给他收费，每三到四个街区就安排一个人。我，每个星期六一早，需要帮忙收我们家附近的那二十五美分。当然，威利一开始就已经给他自己、高仔和我报名加入了。”

“我已经在你们住的那附近的不少房子里，看过一大堆总统画像了，我也记得有人跟我提过迈森这个名字。”科普兰医生说道，“听说他是个骗子？”

“他就是个骗子。”波西娅说，“有些人开始发现这个B. F. 迈森先生的秘密，然后，他就被警察给逮捕了。他们发现，他完完全全就是亚特兰大人，连华盛顿特区的味儿都没闻到过，总统的事也是子虚乌有。所有的钱都被藏了起来，或者直接花掉了。威利的七美元五十美分打了水漂。”

科普兰医生情绪激动了起来。“那就是我说的那个什么——”

“死了之后，”波西娅说，“那个人在阴间醒来时，肚子里肯定插着一柄滚烫的干草叉。不过现在，在这整件事情都过去了之后，回头审视起来，似乎真有那么一点儿滑稽。当然，我们有很充足的理由，不至于笑得得意忘形。”

“整个黑人种群，凭着自己的意愿，每个星期五都会爬到十字架上。”

波西娅双手一颤，咖啡从她正拿着的咖啡碟中滴了几滴下来。她舔了舔自己胳膊上沾着的咖啡，说道：“什么啊，你的意思是？”

“我的意思是，我一直都在看着。我的意思是，如果我能够找到区区十个黑人——十个同胞——有骨气，有头脑，有勇气，他们愿意奉献所有——”

波西娅放下了手中的咖啡。“我们不聊像那样的任何东西。”

“只要四个这样的黑人，”科普兰医生继续说道，“只需要汉密尔顿、卡尔·马克思，还有威廉姆和你这样的，加起来就行了。只要四个有这些真正真实的品质和胆量的黑人——”

“威利、高仔和我都有胆量，”波西娅生气地回应道，“处在现在这个艰难时世当中，照我看来，我们三个挣扎求生到现在，过得都还不错。”

他们彼此间沉默了一两分钟。科普兰医生把眼镜放在桌上，用几根手指肚上起了皱的手指，摁压自己的眼袋。

“你一直都在使用‘黑人’那个词，”波西娅说，“那个词或多或少都会伤到人的感情，甚至连‘黑鬼’这个老掉牙的称法，都比那个词要好些。不过，有礼貌的人——不管他们是哪种肤色——说的永远都是‘黑人’。”

科普兰医生没有回应什么。

“拿威利和我举例。我们也不完全是黑人。我们的妈妈，肤色真的很浅，我们两个体内有不少白人的血液在流淌。还有高仔——

他是印第安人。他体内有很大一部分印第安血统。我们当中没有哪一个可以称得上是纯种黑人，因此，你一直以来都用的那个词，或多或少都会伤到我们的感情。”

“我对那些借口，一点兴趣都没有。”科普兰医生说，“我只对货真价实的真相感兴趣。”

“很好，那么，我这就告诉你一个真相：每个人都怕你。如果打算让汉密尔顿，或者巴迪，或者威利，或者我的高仔走进这栋屋子，肯定得事先灌他们很多杜松子酒，才有可能。威利说，他记得自己还是一个小男孩时，你那时的样子——从那个时候开始，他就已经很怕自己的亲生父亲了。”

科普兰医生突兀地咳嗽了一声，清了清嗓子。

“每个人都有感情——不管他们是谁——没人会愿意走进一间他们确定自己将会受到伤害的屋子。你也是一样的。我看到你的感情，被白人们伤害过太多次，他们甚至都不知道自己是在伤害你。”

“不是这样的，”科普兰医生说，“你根本没看过我被别人伤害到感情。”

“当然啦，我也意识到，威利或者我家高仔，或者我——我们当中没有哪一个人拥有学者身份。不过，高仔和威利两个人都跟金子一样优秀。他们和你之间，不过是有少许区别而已。”

“没错。”科普兰医生说道。

“汉密尔顿、巴迪、威利、我——我们当中没有人希望像你那样讲话。我们讲话的方式，就跟我们妈妈一样，跟她的亲戚，还有这些亲戚的先祖们一样。你在脑子里思考所有事情。而我们，更愿意用我们内心深处的某样东西去交谈——那样东西，已经存在我们内心当中很久了。这就是区别之一。”

“没错。”科普兰医生说。

“一个人不能够一把拎起自己的孩子，然后把孩子硬挤成自己想要他们成为的那个样子。不管这个过程会不会伤到孩子。不管这是对还是错。你曾经那么努力，试着教育我们，比任何一个人能够做的都多。然后现在，我却是我们当中唯一一个愿意走进这间屋子，跟你像这样坐在一块儿的孩子。”

科普兰医生的双眼里有光芒闪过，波西娅说话的声音响亮又生硬。科普兰医生咳嗽两声，整张脸都在颤抖。他试着去拿起那杯已经冷了的咖啡，但伸出去的手却没办法稳稳握住杯把。眼泪涌上他的眼帘，他转而伸手触碰自己的眼镜，以此掩饰涌起的泪水。

波西娅看到了，她快步走到他身边，双臂环抱着他的脑袋，把自己的脸颊贴在他的前额上。“我伤到自己父亲的感情了。”她温柔地说。

科普兰医生的声音却很冷酷。“没有伤到。不断重复这个关于伤害感情的说法，真是既愚蠢又蒙昧。”

泪水慢慢顺着他的脸颊流淌下来，炉火使眼泪染上了蓝、绿、红交织的颜色。“我真的感到很抱歉，真心实意。”波西娅说。

科普兰医生用他那块棉质手帕擦了擦脸。“没什么的。”

“我们还是不要再吵架了。现在这样彼此争执的状况，我实在是没办法承受。在我看来，我们每次在一起时，都有某种很不好的东西滋生。我们还是再也不要像现在这样吵架了。”

“不吵架。”科普兰医生说，“我们还是别吵了吧。”

波西娅吸了吸鼻子，用手背擦了擦。然后，几分钟时间里，她一直保持站姿，双臂环抱着父亲的脑袋。过了一小会儿，她最后擦了一次自己的脸，然后就走回到了炉火旁边煮着青菜的锅子前面。

“刚刚好，这些都已经煮软了。”她高兴地说道，“现在，我想我应该做些好吃的小玉米饼，和它们搭配着吃。”

波西娅迈着那双穿着长筒丝袜的脚，慢悠悠地在厨房里来回忙碌，她父亲的视线也紧随着她。两人之间又是一阵沉默。

因为眼睛湿润的缘故，眼前各种东西的轮廓都是模糊的——波西娅长得真的很像她母亲。很多年前，黛西也是跟波西娅一样，在厨房里一言不发，来回忙碌。黛西的肤色，没有他这么黑——那是像深色蜂蜜般的美丽色彩。她永远都很安静，也很温柔。不过，在她那种软弱的温柔底下，却又藏着某种执拗，无论他怎样细致钻研，都无法理解自己妻子所拥有的这种温柔的执拗。

他会规劝她，会把自己心里的所有东西都向她倾诉，而她在这个过程中也始终保持着温柔。不过，与此同时，她也始终不会听从他的主张，而是继续按照她自己的方式走下去。

接下来，就有了汉密尔顿、卡尔·马克思、威廉姆和波西娅。他们来到这世界上所应达成的、真正真实的目标，给了他极为强烈的感觉，他清楚地知道他们身上应该发生的每一件事：汉密尔顿将会成为一名伟大的科学家，卡尔·马克思是专为黑人族群服务的教师，威廉姆成为律师，与不义行为做斗争，波西娅则是给妇女和孩子们看病的医生。

甚至当他们还是婴儿的时候，他就告诉他们，必须挣脱掉他们肩上与生俱来的枷锁——屈从和懒散的枷锁。当他们稍微长大一点后，他就不断向他们强调，上帝并不存在，只有他们的生命才是神圣的，他们每一个人都拥有一个真正真实的目标。他一遍又一遍地向他们重复这些话，而他们则是离他远远地坐着，用大大的、黑人孩子特有的眼睛，望向自己的母亲。黛西只是坐着，完全不听他在说些什么，温柔又执拗。

汉密尔顿、卡尔·马克思、威廉姆和波西娅的真实目标一清二楚，他知道其中的每一项细节该是怎样：每年秋天，他都会带他们全部人一起进城，给他们买质量上乘的黑鞋子，还有黑色长袜。他给波西娅买黑色羊毛质地的料子，用那料子为她做洋装，衣领和袖口部分则选用白色的亚麻布。他给男孩子们张罗黑色羊毛呢料的裤子，精良的白亚麻衬衣。他不希望他们穿那些五彩斑斓、料子差劲的衣服。可是，当他们上学之后，那却成了他们最希望穿的衣服了。黛西对他说，他们很尴尬，他对他们太严格了。他很清楚家应该是什么样子：不应有轻浮夸张的物什——不需要俗艳的台历，或者蕾丝边枕头，又或者各种各样的小摆设——家里的每一样东西都必须朴实无华，颜色深沉，以此来暗示勤奋努力，还有真正真实的目标。

接下来，有一天晚上，他发现黛西在小波西娅的两边耳朵上都穿了耳洞，准备给她戴耳环。还有一次，在他回家时，发现壁炉台上放着一只穿着羽毛裙的丘比[1]娃娃。黛西温柔又执拗，不愿意把它挪开。对此，他也清楚是怎么回事——黛西在用那只娃娃来教育孩子们，教他们温驯纯良的优良传统。她跟他们讲有关地狱和天堂的故事，不仅如此，她还说服他们，让他们相信这世上有幽灵，还有闹鬼的地方。黛西每个礼拜天都会去教堂，满怀悲伤地跟那里的传道者聊自己的丈夫。因为执拗，她也一直带孩子们去教堂做礼拜——他们都听她的话。

整个黑人族群都在生病，他整个白天都很忙碌，有时还要忙到半夜。漫长的一天过后，巨大的疲倦感侵袭了他，不过，只要打开家中大门，那疲倦感就会溜走。然而，走进屋子之后，威廉姆可能正在用一柄用厕纸缠绕的梳子演奏乐曲，汉密尔顿和卡尔·马克思玩着掷双骰游戏——用他们的午饭钱做赌注，波西娅正跟她母亲一道，笑个不停。

对于他们，他打算从头开始，但是，这次需要使用一种不同的方式。他拿出他们的作业本，和他们讲道理。他们则紧紧靠坐在一起，望着母亲。他说了又说，但他们一个都不愿意去弄懂他究竟说了些什么。

1 kewpie，美国著名的玩具娃娃品牌，诞生于1909年，深受儿童欢迎。

某种感觉笼罩了他，那是黑暗的、恐怖的、黑人特有的感觉。他勉为其难，坐在自己的办公室里阅读、冥想，直到心情重新平复下来，能够重新开始。他把房间的百叶窗拉下来，让房间里只剩下明亮的灯光、书本，还有冥想的感觉。然而有时，这种安宁并不会到来。他很年轻，光是努力修炼，那糟糕的感觉并不会就此消失。

汉密尔顿、卡尔·马克思、威廉姆和波西娅害怕他，而且还都望着他们的母亲——有时，只要他一意识到这点，那种黑暗感就会立即征服他，他不知道自己到底做了些什么。

他没办法阻止这可怕的感觉降临，那感觉过去后，他又完全无法理解。

“这晚饭闻起来很不错啊，我觉得，”波西娅说，“照我看来，我们最好马上开始吃，因为高仔和威利可能随时都会冲进来。”

科普兰医生扶了扶眼镜，把自己的那把椅子拉到餐桌边。“你丈夫和威廉姆今天晚上在哪儿过？”

“他们在扔马蹄铁玩儿。就在这里的雷蒙德·琼斯家后院里，有个扔马蹄铁的场地。雷蒙德，还有他的姐妹拉芙·琼斯，每天晚上都玩。拉芙是个长得特别丑的女孩，所以，我压根儿不介意高仔和威利去他们家——无论什么时候，只要他们想去，都可以过去。不过，他们已经跟我说了，十点差一刻的时候，会回来找我。现在，我觉得他们随时会到。”

“趁我还没忘记，先开口问下你——”科普兰医生说，“我猜，你那边应该常有汉密尔顿和卡尔·马克思的消息吧。”

“确实有汉密尔顿的消息。他几乎把我们外公那儿的全部活儿都揽下来了。不过，巴迪，他现在在莫比尔[1]——你很清楚，他写信从来都不怎么在行。但话说回来，巴迪一直很擅于与人打交道，因此，我一点儿都不担心他。他是那种无论如何都可以过得很不错的人。”

他们不再多说什么，只是沉默地坐在餐桌前，晚饭摆在眼前。波西娅不停地看橱柜上的座钟，因为高仔和威利说好过来的时间已经到了。科普兰医生脑袋低垂在盘子上。他手里握着叉子，似乎那柄叉子很沉似的，手指也颤抖不停。他仅仅尝了两口那些菜，每一口都吞咽得很艰难。两人之间的紧张感，油然而生，尽管他们俩似乎都想再找些什么话说。

科普兰医生不知道应该怎样开始。有些时候，他觉得自己在过去那些年里，对孩子们说得太多了，而他们真正理解的却少得可怜，此时此刻，反而再没有什么可以说的了。过了一会儿，他拿手帕擦了擦嘴，用犹豫不决的声音，开口说道：

“你几乎没有说你自己。告诉我，你工作的情况怎么样，最近在做些什么事呢？”

“显而易见，我还是待在凯利家，”波西娅说，“不过，我得告诉你，父亲，我自己也不知道，还能够在他们那里待多久。工作很辛苦，我总是需要花很长时间才能干完。不过，那倒不怎么令我烦心。

---

1 Mobile，亚拉巴马州的一个小镇。

主要是报酬，让人有些担心。按理说，我一个礼拜应该拿三美元工钱——可是有时，凯利夫人会在总数上缺个一美元，或者五十美分。当然，她总是会尽可能快地给我补上差额。但是，这到底还是让我心里有些七上八下。”

“那样做明显不对，”科普兰医生说，“你为什么要忍受这个呢？”

“也不算是她的错。她是身不由已，”波西娅说，“那大屋子里的半数房客不付房租，维持每样东西正常运转，已经是不小的开销了。我跟你说句实话吧——凯利家只要再行差踏错一步，就得上法庭见法官了。他们现在可是相当不好过。”

“应该有些其他工作，是你可以做的。”

“我很清楚。不过，凯利一家当真是十分不错的白人家庭，值得我为他们做事。我喜欢这家人，真心实意。那三个小孩子，就跟我自己的亲人似的。我觉得，巴伯尔和那个婴儿简直像由我在亲自养育着一般。尽管米克和我总是陷入争吵，对她，我也有一种真正亲人之间才有的喜爱。”

“但是，你还是必须得为自己考虑考虑。”科普兰医生说。

“现在的米克啊——”波西娅说，“她真是个不得了的麻烦。这天底下，就没有哪个人知道，应该怎样对付那个孩子。她简直趾高气扬、固执任性到了极点。她脑袋里面总有些鬼点子。对那个孩子，我有种蹊跷的感觉——假以时日，她当真可以震惊世人。可是，那究竟是好的震惊，还是坏的震惊，我还完全不知道。有时候，米克使我感到困惑。但无论如何，我还是很喜欢她。”

"你必须要把自己的生计摆到第一位。"

"我不是说了嘛,这并不是凯利夫人的错。要运作那栋又大又老的房子,可是要花一大笔钱,而房客们又不付房租。不过,房子里倒是有一个人,为他那间房支付每月可观的费用,而且从来都没有拖欠过——那人刚刚搬进去不久。他是这个镇上的聋哑人之一,是那群人当中我第一个近距离打量过的——不过,他当真是个不错的白人。"

"个子很高,人很瘦,眼睛是灰绿色的那个?"科普兰医生突然开口问道,"他总是对每个人很有礼貌,穿着十分得体?不像是这个镇里的人,倒更像是北方人,或者也可能是个犹太人?"

"就是他。"波西娅答道。

科普兰医生的脸上,显出急切的表情。他又有了食欲,把自己那份玉米饼掰成一小块一小块的,蘸着眼前碟子里的甘蓝汁,开始吃了起来。"我有一个聋哑病人。"他说。

"你是怎么认识辛格先生的呢?"波西娅问他。

科普兰医生咳嗽起来,他用手帕捂住自己的嘴。"我只见过他几次。"

"我最好现在就开始收拾,"波西娅说,"看时间,威利和我的高仔早该到了。还好,这儿有这么个货真价实的洗碗池,也有了不起的自来水,这些小碟子,我眨眨眼的工夫就能对付了。"

白人那种悄无声息的傲慢,是他多年以来努力想要从脑海中赶出去的一样东西。每当愤懑难平时,他都会沉思、钻研。当他走在街上，周围都是白人时，他的脸上总会显露出不可侵犯的庄重模样，嘴上不发一言。在他更年轻些时，别人叫他“小伙计”——不过现在，人们称呼他“大叔”。“大叔，快跑到街角那个加油站那儿，给我找个机修工过来。”不久之前，一个坐在车里的白人，冲着他喊出了这么一段话。“小伙计，这个，帮我搭把手。”“大叔，那个，做一下。”他根本不听这些话，而是继续走路，维持那不可侵犯的庄重模样，嘴上不发一言。

前几天晚上，一个喝醉了的白人走到他面前，突然开始拉他，拉着他一起在大街上走。因为他当时随身带着医生包，所以认定是有人受伤了，那人要拉他过去治疗。然而，这醉鬼却把他拉进一家白人开的餐厅，吧台那边的那些白人，立即开始傲慢无礼地叫嚷起来。他很清楚，那些酒鬼正在拿他取乐。就算是在那种情况下，他还在维持他的庄重。

可是，在这个高高瘦瘦、长着灰绿色眼睛的白人身上，却发生了某些事情，那样的事情，在他以往跟其他白人打交道时，从来都没有发生过。

这件事发生在一个漆黑无光，下着雨的夜晚，时间是几周之前。他刚办完一个产科接生的病案，站在某个雨水纷飞的街角，费尽心思，想要点一支烟。然而，火柴盒里的火柴一根接一根地呲灭，燃不起来。他就那样站在那里，嘴里叼着没点着的香烟。这时，有个白人走了过来，擦燃了一根火柴递过去。四周漆黑一片，两人之间燃着一团火焰，照亮了彼此的脸庞。那个白人对着他微笑，为他点着了香烟。他不知道应该说些什么，这样的事情，之前从来没有发生在他身上。

他们一起在街角站了几分钟，然后，白人递了张卡片给他。他想跟这个白人聊聊，问他一些问题，但却并不确定，他是否真能明白他想说些什么。这都是因为全体白人一贯的傲慢无礼，他害怕自己一旦对他们友好，可能就会失去自己那份庄重。

可是，这个白人给他点过烟，还向他报以微笑，看起来似乎是想要跟他聊聊。在那之后，他把这个念头反复想了许多遍。

“我有一个聋哑病人，”科普兰医生对波西娅说道，“那个病人是个五岁大的男孩。我觉得，他之所以成了聋哑人，应该归咎于我——不知为何，我就是没办法摆脱这种感觉。是我给他接生的，两次产后问诊后，理所当然，我就把他的事给忘掉了。他的听力逐渐出现了问题，但他母亲并没有在意从两只耳朵里流出的脓液，也没有带他到我这儿来。当他的病情终于使我注意到时，已经太晚了。他那时当然已经完全听不见声音，也就肯定没办法说话了。不过，我很仔细地观察过这个孩子，照我看来，如果他的耳朵没出问题的话，他将会是一个十分聪明的孩子。”

“你一直都对小孩子有很大的兴趣，”波西娅说，“你对他们的关注，比对那些已经长大成人的人要多太多了，不是吗？”

“在年轻孩子身上，有更多的希望。”科普兰医生说，“但是，这个聋了的男孩——我一直都在四处打听，看是不是能找到某些机构，可以收留他这样的人。”

“辛格先生会告诉你的。他真的是一个很不错的白人，而且，他一点都不自大。”

“我不知道——”科普兰医生说，“我曾经想过那么一两次，想要就此写张便条给他，然后看他是否会给我些信息。”

“如果我是你的话，当然会写。你是个了不起的写信行家，我会帮你把便条转交给辛格先生的。”波西娅说，“大概两三周以前，他拿了几件衬衣到厨房里来，想让我帮他清洗一下。那些衬衣完全不脏，就算是施洗者圣约翰本人穿过的衣服，也不过如此。我唯一需要做的，不过是把它们浸泡在温水里，稍稍搓洗一下领口，再用熨斗压烫下就好了。可是，那天晚上，当我把五件干净的衬衣送到他房间时——你知道他给了我多少钱吗？”

“不知道。”

“他就跟往常一样，对我微笑，递给我一美元。整整一美元，只为洗那几件微不足道的衬衣。他真的是一个好心又友善的白人，不管问他什么问题，我都不会害怕。我甚至都不介意亲自给那位友好的白人写封信。你赶紧动笔，开始写吧，父亲——如果你真想那样做的话。”

“或许我会动笔。”科普兰医生这样说。

波西娅突然坐直了身子，开始打理她那头服帖的、抹了油的头发。外面有微弱的口琴声音传过来，随后，曲声逐渐增大。“是威利和高仔。”波西娅说，“现在，我必须得出去了，去见他们。你好好保重，如果需要我做什么事的话，就给我捎个口信吧。我很享受和你共进晚餐,还有一块儿聊天的这段时光。”

口琴吹出的曲声,现在已经非常清晰了,听那声音,他们都知道威利正吹着曲儿,等在大门那里。

“等一会儿,”科普兰医生说,“我只在有你在的时候,见过你丈夫大概两次,而且,我相信我跟他之间,是从来没有真正彼此介绍、引见过的。还有,威廉姆上次拜访他父亲,也已经是在三年以前了。为什么不跟他们说,让他们进来坐一小会儿呢?”

波西娅站在走廊上,用手指拨弄头发和耳环。

“上次威利来这里时,你伤了他的心。瞧瞧,就算是现在,你也根本就不明白应该怎样——”

“好好好,”科普兰医生说,“这仅仅是个建议。”

“等等,”波西娅说,“我这就去叫他们。我现在马上就邀请他们进来。”

科普兰医生燃起一支烟,在房间里来回走动。他完全没办法把眼镜扶到合适的位置上,因为他的手指一直都在颤抖。前院里传来低语声,然后,客厅里有了重重的脚步声。波西娅、威廉姆,还有高仔走进了厨房。

“我们在这儿了,”波西娅说,“高仔,我简直不敢相信,你和我的父亲竟然还没有真正彼此介绍过。不过,你们彼此之间还是知道谁是谁的。”

科普兰医生和他们两人握了握手。威利有些害羞地退到后面,靠在墙边;高仔却向前迈了一步,很正式地鞠了一躬。“我总是能听到许多关于您的事情，”他说，“能够认识您，我感到十分高兴。”

波西娅和科普兰医生从客厅里搬来些椅子，他们四个人一起围坐在炉火旁。他们都不说话，都有些心神不宁。威利局促地环顾这个房间——看那些放在餐桌上的书，看洗碗池，看那倚墙放着的折叠床，也看他自己的父亲。高仔一边露齿而笑，一边伸手拉扯自己的领带。科普兰医生似乎想要开口说话，他润了润嘴唇，却始终保持着沉默。

“威利，你可真是越来越会乱弹琴了，”终于，波西娅开口了，“照我看来，你和高仔刚才肯定是跑去喝哪个人的杜松子酒了。”

“没有，夫人，”高仔十分礼貌地答道，“从礼拜六到现在，我们就什么都没碰过了。我们刚才就只是在享受我们的马蹄铁游戏而已。”

科普兰医生还是没有说话，他们全都偷偷瞥他，耐心等待着。房间里很闷热，寂静的状态，使每个人都感到紧张。

“他们这几个男孩子的衣服，是我面对的最艰难的考验，”波西娅说，“每个礼拜六，我都要给他们俩洗白西装，一周还要烫两次。然后，看看这两套衣服现在是个什么样子。显然，除非做完事回家之后，他们都不会穿它们。可是，只不过穿了两天，两件西装看起来就像是小孩子用过的便桶一样脏了。我昨天晚上才给他们熨好的裤子，熨得一条褶缝都不剩。”

科普兰医生依旧沉默。他的目光一直放在自己儿子脸上，可是，当威利发现这点之后，他却移开了目光，低头看自己的双脚，并且开始咬起自己又粗又钝的手指头来。科普兰能够感觉得到自己手腕和太阳穴上的脉搏，像锤击一般跳动不停。他咳了咳，握紧拳头，放在自己胸口位置。他想跟自己儿子说话，但他却完全想不出来应该说些什么。那些老调重弹的愤恨突然涌上心头，他完全没时间去思考，没办法去抚平。身体里的脉搏不停锤击着，迷惑住了他。然而，他们所有人，却都在看着他，那沉默的力量太大，他必须得说点什么才行了。

他的声音很高，听起来完全不像是从他自己嘴里说出来的。"威廉姆，我想弄清楚，在你还是个孩子时，我跟你说的那一切当中，现在依旧留在你脑子里的还剩多少。"

"我不知道你在说什……什……什么。"威利说。

在科普兰医生搞清楚自己究竟想要说什么之前，话已经出口了："我要说的是，我把自己给掏空了，所有都给了你，还有汉密尔顿，还有卡尔·马克思。我把全部的信任和希望都给了你们。而你们回报给我的，只有完完全全的误解、懒散的生活，还有泯然众人的平庸。我所投入的一切，什么都没剩下。我的一切都被夺走了。所有我曾经努力为之奋斗的——"

"嘘——"波西娅说，"父亲，你答应过我，我们不会再吵架的。这简直是疯了。我们没办法再承受争吵了。"

波西娅站起身来，开始朝着大门走去。威利和高仔也赶紧跟了上去。科普兰医生是最后一个跟上去的。

他们一齐站在大门口的黑暗当中。科普兰医生很想说些什么，但他的话语似乎已经迷失在了内心深处。威利、波西娅和高仔全都站到了一起。

波西娅用一只胳膊挽住自己的丈夫和兄弟，另一只手伸向科普兰医生。“现在，在我们走之前，和好吧。我没办法忍受我们之间像这样争个不停了。我们以后真的不要再吵了。”

一片沉默之中，科普兰医生再一次跟他们每一个人握了握手。“我很抱歉。”他对他们说。

“我完全没事。”高仔礼貌地回应道。

“我也完全没事。”威利咕哝道。

波西娅把他们几个人的手都摁到了一起。“我们真的是再也没办法承受争吵了。”

他们说了再见，科普兰医生站在黑漆漆的门廊那儿，望着他们，看他们一起在大街上慢慢走远。他们走路时的脚步声，听起来很孤独，而科普兰医生自己则感到虚弱又疲惫。当他们走到一个街区开外之后，威廉姆又开始吹起了口琴。那曲子的声音很悲怆，也很空洞。科普兰医生一直站在门廊那里，直到他再也看不见他们的身影，听不见他们的声音才作罢。

科普兰医生关掉了房子里的灯，于漆黑一片之中，坐在炉火前面。然而，他的内心却并不能平复下来。他想把汉密尔顿、卡尔·马克思和威廉姆从自己脑海当中抹去。波西娅刚才对他所讲的每一个词，正以一种响亮、强硬的方式返回到他的记忆里。他突然站起身来，打开了灯。然后，坐在自己那张摆着斯宾诺莎、威廉·莎士比亚和卡尔·马克思所写著作的桌子前。他兀自大声地朗读斯宾诺莎——那些词语发出丰富的、漆黑的声响。

他想到了他们之前谈论到的那个白人。如果那白人能够帮得上奥古斯塔斯·本尼迪克特·马迪·路易斯,即那个聋孩子的话,会是件很好的事。给那个白人写信应该没错——即使没有这个理由,没有这些问题要问,也都一样。科普兰医生双手撑住脑袋,他的喉咙里面,发出某种奇怪的、如歌如泣的呻吟声。他回忆起那个白人的面庞:那个雨夜里,他在昏黄暗淡的火柴火焰后面,冲着他微笑——他的内心平复了下来。

# 6

盛夏时分，辛格的访客比宅子里住着的其他任何人都多。每到晚上，他的房间里几乎总会传出某个客人说话的声音。在纽约咖啡馆用过晚餐后，他会洗澡，然后从他那些凉爽的浴袍当中挑一件穿上——照他的规矩，这样之后就不会再出门了。

房间里很凉快，也很舒适。他的储藏间里放着一只小冰盒，用来存放冰啤酒和果汁饮料。辛格从来都不会太忙，也不怎么赶时间。每一次，他都会在门口迎接客人，脸上带着欢迎的微笑。

米克很爱到楼上辛格先生的房间里去。即便他是个聋哑人，却还是能够理解她对他说的每一个词。跟他聊天，就好像在做游戏。可是，这件事却比做游戏要有意义得多——就像从音乐当中发掘出新东西。她会告诉辛格先生她的一部分筹划，除了辛格先生，她不会告诉其他任何人；而辛格先生，则让她摆弄他那些小巧玲珑的国际象棋棋子。有一次，她一时激动，把自己衬衣的衣角给卷进了电风扇里。他用十分友善得体的行动来帮助她，一点也不令她感到难堪。除了爸爸之外，辛格先生是她认识的最好的男人了。

科普兰医生给约翰·辛格写了一张便条，内容是关于奥古斯塔斯·本尼迪克特·马迪·路易斯的，返给他的是一封很有礼貌的回信，以及请他合适时候过来与他当面聊聊的邀请。科普兰医生先是走到那房子后面，在厨房间里，跟波西娅坐了一小会儿。然后，他上了楼梯，去了那个白人的房间。这个男人身上，确实没有那种无声的傲慢。他们一起喝了柠檬汁，哑巴写下了他想要知道的那些问题的答案。这个男人，跟科普兰医生之前曾经遭遇过的白人都不一样。这件事之后，科普兰医生花了很长一段时间仔细琢磨这个白人，想搞清楚他究竟是怎么回事。后来，因为受到辛格热情友好的邀请，希望他能够再回去看看，他就又去拜访了辛格一次。

杰克·布朗特每周都来。当他上楼去辛格的房间时，整个楼梯都在晃动。通常而言，他来的时候都会带来整整一纸袋的啤酒。他说话的声音，经常会从房间里传出来：声音很大，满怀愤怒。不过，在走之前，他的声音会逐渐安静下来。当他最终走下楼梯时，怀里便不再抱着那包装满啤酒的纸袋了。步行离开时，杰克总是若有所思，似乎压根儿不在意自己究竟要去往哪里。

某个晚上，甚至连比夫·布兰依都来到了哑巴的房间里。但是，因为他向来都不能够离开餐厅太长时间，结果半个小时不到就离开了。

辛格对每个人都是一视同仁——坐在窗边的一把直背椅上，双手紧紧塞在口袋里，间或点头，或者微笑，以此来向自己的客人们表明他明白他们所说的意思。

如果哪天晚上没客人来，辛格就会去看一部场次比较晚的电影。他喜欢坐在后排，看演员们在银幕上说话、走路。在进到电影院里面之前，他从来都不会去看现在正放映着的电影的名字——无论银幕上放些什么，他都会用同等的热情，去看放映的每一幕场景。

接下来，七月里的某一天，辛格不告而别，一切突如其来。他敞开了自己房间的门，房间里的桌上，放着一只信封，写明要交给凯利夫人。信封里面收着四美元——那是上周的房租。他放在房间里的那些简朴又稀少的私人财产也不见了，房间非常干净，简直空空如也。他的客人们来到大房子，看到这间空房间，然后离去，满怀诧异，略显伤感。没有人能够想到，他为什么会像现在这样匆匆离去。

在安东尼帕罗斯住的那个疯人院所在的小镇上，辛格度过了他的整个暑假。这趟旅程，辛格筹划了数月时间，想象着他们将会在一起的每时每刻。出发两周前，酒店就已经订好了，去程火车票收在一只信封里，放在他的随身口袋中，一放就是很长时间。

安东尼帕罗斯完全没有任何变化。当辛格进到他房间里时，他表情平静，慢悠悠地走过来迎接他的朋友。他现在长得甚至比以前还要胖，脸上浮现出的恍惚微笑，却还是跟以前一样。辛格双臂下面夹着好几包东西——大块头希腊佬最先注意到的就是那些。辛格给安东尼帕罗斯带来的礼物是，一件猩红色的长睡袍、柔软的卧室拖鞋，以及两件绣印有字母图案的睡衣。安东尼帕罗斯很仔细地查看了那些礼物盒当中、薄棉纸下面都包了些什么，当他发现根本就没有什么好吃的东西藏在里面时，便满怀鄙视地将礼物统统甩在自己床上，再也不理会它们了。

安东尼帕罗斯住的房间相当宽敞，阳光也很充足。几张床放在一起，排成一排。有三个老头儿，正在房间一角玩着“排杰克”[1]，完全没在意辛格或者安东尼帕罗斯——这两个好朋友坐在房间的另一端，身边没有其他人了。

对于辛格而言，他们之前在一起的时光，仿佛已经过去了很多年。有太多的话要说，打手语的速度，怎么样都不嫌快。灰绿色的眼睛燃烧着，汗珠沁在额间，闪闪发亮。过去那种快乐的、如临天堂般的感觉，眨眼又回到了他身上，使他完全无法控制自己。

安东尼帕罗斯那双乌黑、浑浊的眼睛，一直注视着自己的朋友，身体一动不动，两只肥手慢慢悠悠、动作笨拙地扯弄着裤子的裆部。除了其他说到的事情之外，辛格还告诉了安东尼帕罗斯，关于前往租屋看他的那些访客们的事情。辛格告诉自己的好朋友，那些访客帮助了他，帮他排遣孤独。他告诉安东尼帕罗斯，他们都是些奇怪的人，说个不停——尽管这样，他还是喜欢他们过来。辛格当场给杰克·布朗特、米克和科普兰医生画了速写。然后，他一发现安东

1 Slapjack，一种简单的多人纸牌游戏，通过翻牌和喊数判断，以及拍牌速度快慢来决定胜负，模式类似“抢板凳”游戏，又名“盖棉被”。

尼帕罗斯对此毫无兴趣，就马上把这些速写画像揉成团，不再去提这件事了。护工进来说他们俩的见面时间已经结束了时，辛格想说的话才说了不到一半。但他离开房间时已经很累了，同时也感到很开心。

住院的病人只能够在周四和周日与他们的朋友见面。不能跟安东尼帕罗斯在一起的那些天里，辛格就在自己的酒店房间里来回走动。

他第二次跟好朋友见面的情况，与第一次很相似，除了房间里那几个老头儿：这次，他们无精打采地观察着他们俩，不再玩“排杰克”了。

克服掉不少麻烦之后，辛格取得了能够带着安东尼帕罗斯一道，外出几个小时的许可。他提前安排好了这次小小远足的每一项细节：他们俩先坐出租汽车去郊外，然后，四点半时，再去酒店的餐厅。安东尼帕罗斯相当享受这次额外的加餐，他点了菜单上一半的菜，狼吞虎咽，十分贪心。就算这样，当他全部吃完之后，却还是不想离开——安东尼帕罗斯抱住餐桌，赖着不走了。辛格哄劝他，出租汽车司机打算使用暴力。安东尼帕罗斯软硬不吃，冷淡顽固地坐在那里，一旦两个人靠得太近，他就会做出些淫秽下流的手势。最后，辛格从酒店经理那里借来了一瓶威士忌，才把安东尼帕罗斯重新骗回到出租车上。当辛格把完全没有开过口的威士忌酒瓶扔出出租车窗时，带着失望和愤懑，安东尼帕罗斯哭了起来。他们这场小小远足的收尾，令辛格感到十分难过。

辛格的下次探视就是最后一次，因为他的两星期假期差不多快过完了。安东尼帕罗斯忘记了上次探视时曾经发生过的事情，他们还是一起坐在房间里属于他们的那个角落。一分钟又一分钟，时间飞快流逝。辛格用那双手绝望地打着手语，一张窄脸渺无血色。终于，离别的时刻到了。辛格放一只手在好朋友的胳膊上，凝望他的脸庞，就跟过去每天前往工作场所之前，他会做的一样。安东尼帕罗斯昏昏欲睡地回望他一眼，一动也不动。然后，辛格把双手紧紧撑在自己的口袋里，离开了房间。

辛格才刚回到他所租住的、提供膳宿大屋子里的那个房间，米克、杰克·布朗特和科普兰医生就又开始过来串门了。他们中的每一个都想知道，辛格究竟去了哪里，他为什么不让他们提前获知他的这一系列安排。不过，辛格却假装自己听不懂他们所提的问题——他脸上的微笑，看起来简直高深莫测。

他们一个接一个地来到辛格的房间里，和他共度夜间时光。哑巴一直都很睿智体贴、安静平和。他那双温柔的眼睛，迸发无尽光华，目光如男巫般深邃寂寥。米克·凯利、杰克·布朗特和科普兰医生愿意来这里，愿意在沉默无声的房间里开口讲诉——因为他们觉得，无论对哑巴说些什么，他永远都能理解。而且，或许甚至比他们想要讲述的，理解得还要多。

# 第 二 部 分

# 1

这个夏天，跟米克能够忆起的任何其他时候都不一样。值得她在脑海中回味，或者用语言复述的事情，几乎没怎么发生过——尽管这样，却还是有种变化的感觉。这一整段时间里，她都很兴奋：每天早上，她等不及要从床上爬起来，立即开始过一整天的生活；而每到夜里，她则对于又得上床睡觉这件事，恨得牙痒痒。

一吃完早饭，她就会带孩子们出门，除了回来吃饭之外，他们白天的大部分时间都在外面。这其中，又有许多时间是在大街上四处闲逛——她拖着拉尔夫的手推车，巴伯尔紧紧跟在后面。她一直都在忙着思考那些想法和计划。有时，她会猛一抬头，四下看看：这时，他们往往已经走到镇上某个连她都认不出来的地方了。有那么一两次，他们还在街上碰到了比尔——米克忙于思考，无暇顾及其他，比尔不得不抓住她的胳膊，让她意识到他就在旁边。

清晨，天气微凉，他们的影子在面前的人行道上抻得老长。不过，每当正午时分，天空永远都是火烧般的热。那亮光实在太耀眼，一直睁着眼睛，会令眼球灼伤。大部分时候，米克所筹划的那些将要发生在自己身上的事情，都跟冰雪相关。有时，她好像是身处瑞士，所有的山峦都被覆盖上了白雪，而她，则正在冰冷的、泛着绿光的冰面上滑冰。辛格先生也跟她一起滑着雪。收音机里播着的，或许是卡洛尔·隆巴德[1]，或者阿尔图罗·托斯卡尼尼[2]。他们并排滑，然后辛格先生一不小心，坠入冰中。于是，她不顾个人安危，毫不犹豫地跳入冰水中，在冰面下游泳，最终救了他的性命——这是一直在她脑海中打转的计划之一。

通常情况下，他们走了一阵子之后，米克都会停住手推车，将巴伯尔和拉尔夫放在某个阴凉的地方休息。巴伯尔是个很了不起的孩子——她把他教得很好。一旦她告诉巴伯尔，不要去听不到拉尔夫哭声的地方，那么，她就肯定不会撞见巴伯尔跟两三个街区外的孩子们玩弹子球游戏的场景。巴伯尔会独自一人，在手推车附近玩耍，即便米克有事离开他们，也不需要太过担心。米克要么就是到图书馆里，浏览一下《国家地理》杂志；要么就只是四处闲逛，想东想西。但凡她身上有点儿钱，就会在布兰侬先生那里买瓶碳酸饮

---

1 Carole Lombard，二十世纪三十年代好莱坞最有才华的女星之一。

2 Arturo Toscanini，意大利指挥家，现代主义指挥学派奠基人。

料[1]，或者来一块“星河”[2]巧克力：他给孩子们折扣，五美分的东西只卖三美分。

但是，无论何时，无论她在做些什么，都有音乐。有时，她会在走路的时候，自哼自唱，其他时候，她会静静聆听脑海深处奏响的各种曲子。在米克的脑海中，什么样的音乐都有。有些是她在收音机里听过的，有些是早就存在于她脑中，从来没有在其他任何地方听过的。

晚上，孩子们一上床，她就自由了。那是她所有时间里最为重要的一段时间。当她独处时，很多事情都在黑暗中发生。一吃完晚饭，她就再次跑出了屋子——她不能告诉任何人，自己在晚上都做了些什么。当妈妈问她与之相关的问题时，她会用各种听起来合理的小故事来搪塞。不过大部分时候，一旦有任何人喊她，她都会装作没听见，径直跑开。她对每个人都是那样，除了爸爸——爸爸说话的声音里，有某种东西，让她没办法逃避。他是整个小镇上块头最大、个子最高的男人之一，但他说话的声音却很轻，也很和善，当他开口说话时，人们都会感到吃惊。不管她正打算去做的事儿有多急，只要爸爸喊了她，她都不得不停下来。

在这个夏天里，她意识到了某些关于她爸爸的事情——这些事

---

1 原文为dope，变体自荷兰语doop，原意是麻醉剂或麻药。在美国南方，因为可口可乐处方中含有古柯碱的新闻广为传播，使该词逐渐转变为代指可乐类加气软饮料的俚语，并非专指可乐。

2 Milky Way，玛氏公司招牌产品。

情，她之前从来都不知道。知道这些事之前，她从来都没有把自己的爸爸考虑成一个真正独立的人类个体。他喊过米克很多次，只要他喊她，她就会到他做事的房间去，在他旁边站个几分钟——不过，听他讲话时，米克的注意力从来都没有集中到他对她所讲的那些话上。就这样，有一天晚上，她突然明白爸爸是怎么回事了。那天晚上，并没有发生什么不同寻常的事情，米克自己也弄不明白，究竟是什么使她明白这一切。在那之后，她觉得自己长大了些，似乎能像理解其他任何一个人那样，理解自己的父亲了。

那是八月下旬的一个晚上，她走得很急，九点钟的时候，必须要到这个房子才行，没有宽限的余地。爸爸喊了她，然后，她走进了前面的那个房间。他正坐在自己的工作台上，情绪低迷。不知何故，在这里看到他，总让人觉得有些不太自然。去年出事故之前，爸爸做油漆匠和木工的活儿。每天早上，太阳还没升起之前，他已经穿上工装裤，离开了大屋，一整天都在外面忙活。然后到了晚上，他还时不时会去摆弄一下钟表，作为一门额外工作。爸爸曾经尝试过很多次，想要在珠宝店里谋一份工作，在那里，他可以穿一件干净的白衬衣，系着领带，独自坐在一张桌子前面，一忙就是一整天。现在，没办法再做木工活的情况下，他在大屋的前面竖了一块招牌，上面写着“便宜修钟表”。可是，爸爸看起来跟大部分珠宝匠都不一样——那些在商业区工作的珠宝匠，尽是些机灵敏捷、皮肤黝黑的小个子犹太男人。对于那个工作台而言，米克的爸爸实在是太高大了，他那副大骨架，看起来仿佛垂落下来，挤到了一起似的。

爸爸仅仅注视着她，一言不发。她看得出来，其实他刚才喊她，并没有什么特别原因，仅仅是很想跟她说说话而已。他尝试着找个合适的话题，开始对话。爸爸那对褐色的眼睛，相较又长又瘦的脸而言，有些大得过分，因为头顶上的每一根头发都已经掉光，那苍白的秃顶使他看起来像是被剥掉了衣服。他仍旧看着她，什么也没说，她却必须要赶时间。她必须在九点整的时候到房子那儿去，没办法再浪费时间了。爸爸看出来她很急，终于清了清嗓子，说道："我有东西要给你，"他这样说，"不算多，不过，你或许可以用它给自己买点什么。"

如果仅仅只是因为孤独想要说话，他其实根本没必要给她任何五美分，或者十美分的硬币——他所做的事情，只够挣到大约每周两次的买啤酒钱。此刻，他椅子旁边的地板上，放着两只啤酒瓶，其中一只空空如也，另一只刚刚打开。无论什么时候，他只要是在喝酒，都想要找个什么人聊天说话。爸爸在皮带上笨拙地摸索着，她把目光移开了。这个夏天，他跟个孩子一样，把那些五美分、十美分的硬币悄悄藏了起来。有时，他把它们藏到自己的鞋子里，有时又藏到专门在皮带上切出来的小缝里面。她其实并不太情愿去拿这十美分，不过，当爸爸将硬币掏出来时，她的手自然而然地就展开了，做好了接过来的准备。

"我有太多事儿要做，不知道从何开始。"他说。

事实与他说的完全相反，他很清楚这点，就跟她也很清楚这点一样。爸爸从来都没有多少手表要修，很快修完之后，他就会在大屋里四处晃悠，做任何需要去完成的零碎事。然后，到了晚上，他坐在自己的工作台前，给旧发条和飞轮做清洁，千方百计地忙活到睡觉时间。自从他摔断髋骨，没办法再在外面从事固定工作后，他就没停下来过，每分钟都得做点什么才行。

“今天晚上，我想了很多。”爸爸说。他倒了一杯啤酒，在自己的手背上撒了几粒盐。然后，他舔掉盐粒，喝了一口杯中酒。米克实在是太赶时间了，很难静下心来站在那里。爸爸注意到了这点。他想找些话说——然而，他刚才叫她过来，原本就不是要告诉她什么特别事情，只不过是想要跟她随便聊一小会儿天而已。他开始讲些话，却又半途噎住。两人就这样互相对视，沉默的时间越来越长，谁也说不出一个字来。

就是在那个时候，米克了解了自己的爸爸。这并非表示她学会了全新的知识——她并没有用自己的大脑去领会，而是由其他任何可能的途径去感知到了这点。现在，她不过是在突然之间，意识到“自己已经了解爸爸了”而已。他孤独，而且已经是个老男人了。因为没有孩子会去找他，对他有所求；因为他挣钱不多，觉得自己被整个家族孤立。身处孤独之中，他希望能够亲近自己的其中一个孩子——孩子们，他们全都很忙，对这点一无所知。爸爸觉得自己对任何人都没多大用处。

当两人互相对视时，米克明白了这点。这给她带来一种古怪的感觉。爸爸拿起一只手表里用的发条，拿一柄在汽油里浸过的刷子对它进行清洁。

“我知道你现在正赶时间。我喊你,不过是想跟你打个招呼。”

“没有,我不怎么着急,”她说,“真的。”

那天晚上,米克在爸爸工作台旁的一把椅子上坐下来,两个人说了一会儿话。爸爸聊起关于账目和花销的事情,并假设自己当时如果设法选择了不同方法,现在将会变成什么样子。他喝啤酒,一旦眼睛里积了泪水,便用衬衣的衣袖擤一把鼻子。那天晚上,米克跟爸爸一起待了好一阵子。出于某种原因,尽管她马上就要赶不及了,却还是没办法把自己脑中真正想着的事情告诉爸爸——关于那些炎热、黑暗的夜晚。

这些夜晚是秘密,在整个夏日里,它们是最重要的时光。在黑暗之中,她独自行走,仿佛自己是整个镇上唯一一个人似的。在夜里,对她而言,几乎每一条街道都跟她自己家所在的街区一样单调。有些孩子会害怕在黑夜中经过陌生的地点,但她不怕。女孩子怕有个男人会从什么地方突然蹦出来,把他胯下的那个茶壶嘴塞到她们身体里,就像结了婚的人们会做的那样。大多数女孩都是疯子。对于米克而言,如果一个体型像是乔·路易斯[1]或者山人迪安[2]那样的人跳出来,想跟她打一架的话,她会逃走;但是,如果是个体重与她相差不到二十磅的家伙的话,她会狠狠揍他,然后马上走掉。

夜晚真是美妙极了。她根本没时间去思虑这些个吓人的事情。

---

1 Joe Louis,美国职业拳手,重量级拳坛领军人物。

2 Mountain Man Dean,美国重量级职业摔跤手。

无论何时，只要她置身于黑暗的环境之中，马上就开始想起音乐来。当她独自一人，走在大街小巷时，米克都会自己给自己唱歌。唱歌的时候，她感觉整个小镇仿佛都在聆听，却不知道唱歌的这个人就是米克·凯利。

夏日时节，在这些自由自在的夜晚里，米克学到了很多关于音乐的知识。当她走在小镇的富人居住区时，每栋房子里都有收音机，所有的窗户都开着，她能听见令人感到万分惊奇的悠扬乐声。走了一会儿后，她就已经弄清楚，哪些房子里开着的收音机节目，是她真正想听的。有一栋十分特别的房子，在那儿会播放所有素质很高的管弦乐。于是，到了晚上，米克都会去这栋房子那里，偷偷潜入漆黑的后院里，待在那儿聆听音乐。这栋房子四周，有着美丽的灌木丛，米克会坐在靠近窗边的一处灌木下方。在收音机里播放的音乐全部结束后，她会独自站在漆黑的后院里，双手插进口袋里，思考很长一段时间。那正是她整个夏季里最为真实的部分——听收音机上播放的音乐，并且琢磨这些音乐。

"Cierra la puerta, señor."[1]米克说。

巴伯尔的回应，就跟荆棘的刺一般，针锋相对："Hágame usted el favor, señorita."[2]

在职业培训学校里上西班牙语课简直太棒了。讲一门外国语言

1　西班牙语：关上门，先生。

2　西班牙语：帮帮忙吧，小姐。

这件事，有某种独特的魅力，使米克觉得自己见多识广。每天下午，课程开始后，朗读新学的西班牙语单词和句子，让她开心得意。米克刚开始教巴伯尔学西班牙语的时候，他被彻底难住了，米克一边讲着外语，一边瞧着他那张脸，觉得很好玩。那之后，巴伯尔很快赶了上来，不久之前，他已经能够有样学样地复述她开口说出的所有东西了。不仅如此，他还记住了自己学过的所有生词。当然，他目前还并不知道所有句子的含义，可她同样也是句不走心，词不达意。又过了一段时间，由于那孩子学得实在太快，她能够教他的西班牙语已经全部用完，只能急促不清地发出一些生造出来的含混声音，企图蒙混过去。但他没多久便拆穿了她的把戏——没有人可以瞒得过巴伯尔·凯利这个老油条。

"我一会儿将会装成是第一次走进这座房子，"米克说，"这样一来，我才能够更好地判断，这里面整体的装饰摆设，究竟是好看，还是难看。"

说罢，她便走了出去，走到门廊上，然后又折回来，站回到客厅里。米克、巴伯尔、波西娅和爸爸，花费整天工夫装饰客厅和餐厅——为了举办聚会。装饰品有秋天的落叶、葡萄藤，以及红色绉纸。餐厅的壁炉台，还有挂帽架后面的钩子上放些亮黄色的落叶，葡萄藤挂在墙上，桌上则是盛潘趣酒用的大酒碗该放的位置。红色绉纸从壁炉台上垂下来，摆成长流苏形状，并且还要缠绕到椅背上——装饰够多了。没问题了。

米克抬起手来，蹭了蹭自己的前额，把眼睛眯成了一条缝。巴伯尔站在她旁边，模仿她做的每一个动作。"我真的特别希望这次聚会能够一切顺利。我说真的。”

这将会是米克正式举办的第一场聚会，她亲自去过的聚会，也不超过四场或者五场。去年夏天，她曾经去参加过一场舞会，但那些男孩子们，没人邀请她做舞伴，或者仅仅是跳一支舞。米克只好独自站在大酒碗旁边，等到桌上摆着的点心零食全部吃完之后，她就回家了。这次聚会，肯定跟那一次全然不同。再过几个小时，她邀请过了的那些人便会陆续到来，热闹喧哗即将启幕。

她究竟是如何兴起办这场聚会的主意的，现在已经很难回想起来了。反正，开始上职业培训学校不久之后，办聚会的念头就跑到了她的脑海里。中学很棒。关于中学的一切，都跟文法学院[1]里大不相同。如果她是跟黑兹尔和埃塔一样，不得不去选上速记课的话，就不会那么喜欢中学了——她得到了特别许可，可以像个男孩子一样，进入机械车间学习。车间、代数和西班牙语都很棒。英语的难度却很高。她的英语老师是米勒小姐。每个人都说，米勒小姐把自己的大脑卖给了一个著名的医生，卖了一万美元。在她死掉之后，那个医生就能够将那团大脑切开，瞧瞧她为什么会那么聪明了。英语写作课上，米勒小姐劈头盖脸地甩出了类似以下这样的问题："列出八位当代知名的约翰逊博士。"以及"引用十行《威克菲牧师传》[2]中的内容。"她按照字母顺序清点班上的人数，上课的时候，始

---

1　在当时的美国，文法学院相当于小学教育，如今则近似于初级中学。

2　英国作家奥立佛·哥尔斯密撰写的小说，出版于1768年。

终将成绩记录簿展开着。她纵然如此聪明,却仍旧是个老处女。西班牙语老师曾经在欧洲旅行过。她说,在法国,人们直接扛着长棍面包回家,连包都不会包一下。他们会站在大街上聊天,长棍面包噼里啪啦打在路灯柱上。还有,法国是一丁点儿水都没有的——只有酒。

职业培训学校几乎是十全十美,除了一点以外:课间休息,他们会在走廊里来回走动;午休时间,学生们则都在体育馆里消磨——就是在这一点上,有件事很快就开始令米克感到苦恼了。在走廊里时,人们会聚在一起,来来回回走动,每个人看起来似乎都属于某个特定的群体。在一周或许两周的时间里,米克认识了走廊里的人们,还有上课时的同学,会跟他们说说话,但那就是全部了,她仍旧不是任何群体当中的一员。在文法学院时,无论她想要加入哪群人,都可以顺利融入进去,然而这种情况,现在已经行不通了——这里是完全不一样的。

整个第一周,米克都在走廊里独自来回踱步,思考这个问题。她反复筹划着,想要加入哪个圈子里去,对于这件事,几乎跟她思考音乐所花的时间一样多了,两股思绪一直在她脑海中打转。最后,她终于想出了举办聚会的主意。

米克对邀请对象的选择十分严格:不能是文法学院的孩子,不应有人在十二岁以下——她只邀请十三岁到十五岁之间的人。通过在走廊里对话的方式,米克对自己邀请的每一个人的情况,都有了相当的了解——当她不知道对方名字的时候,也都直接问了名字。她给那些家里有电话的人们打了电话，剩下那些没电话的，就在学校里当面邀请了。

在电话里，米克讲的全是一样的话。她让巴伯尔竖起耳朵在旁边听着。“这是米克·凯利。”她这样说。如果对方没听清楚名字，她会再说，直到他们听明白。“我将要举办一场舞会，时间是星期六晚上八点整，现在我正式邀请你。我住在第四街103号，公寓A。”这个所谓的“公寓A”，在电话里听起来特别棒。差不多每一个人都回应说，他们很高兴参加舞会。几个爱捣蛋的男孩子自作聪明，一遍又一遍地问她名字。其中一个想装老成，故意说：“我不认识你。”米克的回答，立即镇住了他：“赶紧滚蛋！”除了那个装老成的家伙之外，共有十个男孩子，十个女孩子，米克知道他们都会来的。这是一场真正的聚会，它将比她之前曾经去过，或者听说过的任何一次聚会都要好，而且与众不同。

米克最后检查了一遍客厅和餐厅。在挂帽架前面，她停了下来——那里有张“老脏脸”照片。

这是一张她妈妈祖父的照片。南北战争时期，他是一名少校，在一次战役中被人给杀死了。曾经有孩子在他的这张照片上涂了眼镜和胡子，当那些铅笔印记被擦掉后，他的那张脸就被完全弄花了。那就是米克为什么会喊他“老脏脸”的原因。这张照片放在一个三联相框的中间位置，照片两边是他儿子们的照片——他们看起来差不多是巴伯尔的年纪。身上穿着制服，脸上是一副吃惊的表情。他们也在战场上被人给杀死了。那都是很久以前的事了。

“为了聚会，我要把这个给取下来。我觉得它看起来太普通了，你不觉得吗？”

“我不知道。”巴伯尔说，“我们不都很普通吗，米克？”

“我可不是普通人。”

米克把照片放在了挂帽架下面。装饰方面没问题了。辛格先生回到家后，看到这些，应该也会很高兴的。这些房间看起来很空，也很安静。餐桌一切就绪，可以吃晚饭了。晚饭过后，就是聚会开始的时间。米克走进厨房，去看点心零食准备得怎么样了。

“你觉得一切都会正常进行吗？”米克问波西娅。

波西娅正在做小甜饼。点心零食什么的，都放在灶台上面了：有花生酱搭果酱三明治[1]、巧克力曲奇和潘趣酒。三明治用浸湿了的洗碗布盖着。米克偷看了一眼三明治，但并没有拿一块出来吃。

“我已经跟你说了四十遍了，一切都会正常进行。”波西娅说，“我一搞定家里的晚饭，就马上回来，系上那条白围裙，漂漂亮亮地安排食物。不过，九点三十，我就得离开了。这可是周六的夜晚，高仔、威利还有我，也有我们自己的安排。”

“没问题，”米克说，“我只要你帮我把聚会开头打点好——你知道的。”

米克向三明治缴械投降，拿了其中一块。然后，她让巴伯尔跟

1 美国人喜爱的一种三明治做法，将吐司切两等份后，一面抹花生酱，一面抹果酱，然后夹在一起。

波西娅待在一起，自己去了中间的房间。她今晚将要穿的礼服，就摆在房间的床上。黑兹尔和埃塔都很不错，把自己最好的衣服借给了她——她们会这样做的前提，是因为她们自己不会参加这次聚会。这其中有埃塔的蓝色长双绉[1]晚礼服，一些白色的半高跟鞋，还有一顶镶满水钻的头冠给她束头发用。这些装束真是华丽极了。很难想象她穿上它们之后，会是什么样子。

黄昏来临，太阳透过窗子，在房间里投下长长的黄色斜影。假设她要花两小时来为聚会梳妆打扮，那么，现在就应该开始了。米克一想到自己将要穿上这些高级衣服，就一点儿都坐不住了。她慢悠悠地走进浴室，脱下了自己身上一直穿着的短裤和衬衫，打开了水龙头。她不停擦洗自己的脚后跟和膝盖，尤其是手肘上皮肤粗糙的那些部分。这次洗澡花了她很长时间。

然后，米克光着身子跑进了中间的房间，开始穿衣服了。她先是穿上了丝质的连衫衬裤，然后是真丝的长筒女袜。她甚至还穿了一件埃塔的胸罩——仅仅是为了好玩。然后，她十分小心地穿上了礼服，脚踩进那双半高跟鞋里。这是米克生平第一次穿晚礼服，她在镜子前面站了很长时间。她的个子实在是太高了，以至于那件礼服只能够及到她脚踝上面两三英寸高的地方。鞋也小得过分，勒得她脚疼。她花了很长时间，伫立镜前，最终结论是：自己要么看起来像个傻瓜，要么看起来十分美丽，两者择一。

1 一种用生丝织成、表面有细绉纹的织物，多染成单色。

米克给自己的头发尝试了六种不同的造型。额前的那一小缕翘毛是个小麻烦，于是，她选择把刘海浸湿，弄成三簇外突的小卷。这一切做完之后，她把满是水钻的头冠插进头发里，再涂上厚厚的唇膏，浓妆艳抹。完成以后，她像电影明星们常做的那样，抬起下巴，半闭双眼，慢慢地把脸庞从一侧摆到另一侧。她看起来很美——现在只有美丽了。

她觉得自己完全不是自己了。她是某个跟米克·凯利完全不同的人。聚会开始之前，还有两个小时需要消磨，她不好意思让任何一个家里人发现，自己提前这么久就已经打扮好了。于是，米克再次走进浴室，锁上了门。她不能坐下，因为那样会弄乱礼服，所以，她选择站在浴室正中间的地板上。周围封闭的墙体，仿佛把她所有的兴奋都压缩在了一处。她觉得自己跟之前的米克·凯利全然不同，因为她知道这场聚会比自己整个人生当中所经历的任何事情都更美好。

“咦！这儿有潘趣酒！”

“那是最漂亮的礼服——”

“快说说看！你是怎么算出那道题的？关于三角的那个，长四十六，宽二十——”

“让我过去！别挡着我的路！”

人们蜂拥而至，进到大屋里来——每一秒钟都能听到大门开合的声音。尖细的嗓音与温柔的嗓音共同响起，直到混合成唯一的喧哗噪声。女孩子们聚拢成群，身上穿着精致的长摆晚礼服，男孩们四处晃悠，穿的是干净的休闲长裤或者预备军制服，要么就是崭新的暗色厚西服套装。这儿实在太过吵闹，以至于米克没办法将注意力集中在任何一张单独的脸上，或者任何一个单独的人身上。她站在挂帽架旁，环视四周，瞧着这一整个聚会。

“每个人手上都有舞会邀请函的，那么，现在要开始签名确定舞伴[1]了。”

最开始时，房间对每个人而言都太嘈杂了，什么都听不清，也没办法集中注意力听别人讲话。男孩子们密密麻麻地围在潘趣酒碗周围，遮得那些葡萄藤都完全看不见了，只有她爸爸的那张脸，还守在男孩子们的头顶位置，面带微笑地把潘趣酒分装到小纸杯里。在米克旁边，挂帽架附带的座椅上，有一罐子糖果，还有两块手帕——几个女孩以为今天是米克的生日，米克谢过她们，打开她们送的这些礼物，却没有告诉她们，自己还要整整八个月，才会满十四岁。每个人都像她一样干净利落，盛装打扮。他们身上的气味也很不错。男孩子们在自己的头上抹了发油，将头发全部往后梳下来，看起来油光水滑。穿着各种不同颜色长礼服的女孩子们，全都站在一起，像大簇花朵一般明亮耀眼。开幕简直棒呆了——这场聚会的起始部分，完全没问题。

“我有部分苏格兰裔爱尔兰人血统，还有法国血统，还有——”

---

1　当时这类家庭舞会邀请函的背面设有签名栏，在开场前先预约好每一支舞的舞伴，避免混乱。

“我有德国血统——”

在走进餐厅之前，米克又大喊了一遍舞会邀请函的事。很快，孩子们就开始从客厅那边聚过来。每个人手里都拿着一张舞会邀请函，他们三三两两地靠在房间墙上，开始排队。现在这样，才是聚会真正开幕的场面。

那个时间点来得猝不及防，以一种十分古怪的方式呈现——安静。男孩子们聚在一起，站在房间的一侧，女孩子们则站在他们对面。不知为何，每个人都不约而同地告别了嘈杂。男孩子们手里拿着自己的舞会邀请函，瞧着对面的女孩，房间里十分安静。没有哪一个男孩像他们理应去做的那样，主动开始邀请舞伴。糟糕的安静状况在延续，情况越来越严重——米克去过的聚会太少了，完全不知道自己此时应该如何是好。然后，男孩们开始互相捶打嬉闹，开口说起话来，女孩们则在漫谈轻笑——可是，即便她们不去看那些男孩，你也能够猜到，她们此刻脑袋里面想着的全部是“自己会不会很受欢迎”而已。糟糕的安静烟消云散，但是房间里到底还是存在着某种不安稳的悸动不安感。

过了一会儿，一个男孩走向一位名叫德洛丽丝·布朗的女孩。他才刚跟她互相在邀请函上签好名字，其他的男孩子也全部都开始冲向德洛丽丝。在德洛丽丝的邀请函已经完全签满之后，他们又开始找另一个名叫玛丽的女孩。玛丽签完之后，一切忽然再度停滞下来。还有另外一两个女孩，也收获了一些舞伴——因为米克本身是聚会举办者，有三个男孩过来找了她。这就是全部了。

人们什么都不做，就在餐厅和客厅里晃悠着。男孩子们大部分都聚拢在潘趣酒碗周围。女孩子则成群结队，笑来笑去的，假装她们玩得很开心。男孩们脑袋里面想的都是女孩，女孩们脑袋里面想的也都是男孩。但这一切合在一起，却让整个房间里都充斥着某种怪异的感觉。

就是在这个时候，米克开始留意起哈利·米诺维奇来。他住在隔壁的那栋屋子里，米克打小就认识他了。尽管他比米克大两岁，但米克却比他长得快得多。夏天的时候，他们俩常常在街边的那一小块草地上摔跤、打架。哈利是个犹太裔男孩，但他长得却并不太像犹太人。哈利的头发是浅褐色的，而且是直发。今晚，哈利穿得十分整齐利落，不仅如此，他今天刚进门时，还把一顶大人才会戴的、带一根羽毛的巴拿马帽挂在了挂帽架上。

米克之所以会注意到哈利，并不是因为他穿的衣服。因为没戴平常都会戴的牛角框眼镜，他的那张脸发生了某种变化。一颗红色的、垂下来的针眼，长在了他其中一只眼睛的眼皮上，他不得不把脑袋歪向一边，像只鸟一样，以便看清东西。那双修长、纤瘦的手，不停地触碰那个针眼的边缘，似乎它令他感到很难受。想来杯潘趣酒的时候，他直接把纸杯顶到了她爸爸脸上……米克确定，哈利急需自己的眼镜。他现在十分紧张，不停撞到别人。除了米克，他没找任何人做自己的舞伴，因为这是属于米克的舞会。

所有的潘趣酒都喝完了。米克的爸爸怕米克觉得难堪，和妈妈一起到厨房准备柠檬汁去了。有些人走到了门廊和人行道上。能够从屋里出来，置身夜间冷冽的空气之中，米克感到很开心。离开热火朝天、灯光明亮的大屋，她可以在黑暗里嗅到初秋的气味。

然后，她看到了些意想不到的事情：在人行道的边缘位置，还有漆黑一片的大路上，聚集着一帮住在附近的小孩子。皮特、"棒糖"威尔斯、毛毛，还有"排骨"——就这么整整一帮人，从比巴伯尔还小的小孩子，到超过十二岁的半大小子。里面甚至还有米克完全不认识的孩子，他们不知怎么就嗅到了聚会的气息，特地跑来附近看看热闹。还有些和米克年龄相仿的孩子，以及比她大些的——米克没有邀请他们，因为他们曾经对她不好，或者她曾经对他们不好。他们全都脏兮兮的，穿着朴素的短裤，或者邋遢的灯笼裤，又或者破旧的家常便服。他们仅仅在黑暗中四处游荡，欣赏这次聚会。米克看见这些孩子们时，琢磨出了两种感觉——其一为伤心，其二为某种莫名的警惕感。

"我的舞会邀请函上有你的名字。"哈利·米诺维奇装作自己正在读自己手里的邀请函卡片，但米克看得很清楚，那张卡片上什么都没有写。米克的爸爸走到门廊上，吹起了口哨，他的意思是——第一支舞正式开始了。

"好啊，"米克回应道，"我们就开始跳吧。"

他们俩出了门廊，走到了街区上。因为身上穿着长摆礼服，米克仍旧觉得自己十分时尚。"瞧瞧，那是米克·凯利！"站在黑暗中的其中一个孩子，这样叫嚷道，"看她那样子！"米克像没听见一样，继续走着。说话的是"排骨"，她很清楚，过几天她就会去逮他的。

米克和哈利快速走过漆黑一片的人行道，当他们俩走到街道尽头之后，又拐向了下一个街区。

“米克，你现在多大了——十三岁吗？”

“马上就十四岁了。”

米克知道哈利正在想些什么。这个问题也一直困扰着她。五英尺六英寸高，一百零三磅重，却只有十三岁。每个聚会上的孩子，站在她的身边，都像个小不点儿，只有哈利除外：他只比她矮几英寸。没有哪个男孩想跟比自己高太多的女孩跳舞的。不过，或许继续抽烟，能够帮助她压制住再长高的可能性。

“仅仅去年一年，我就长高了三又四分之一英寸。”米克说。

“我曾经在市集上见过一位女士，足足有八英尺半高。不过，你大概不会长那么高的。”

哈利在一丛黑黝黝的紫薇灌木旁边停下脚步。周围看不见人。他从自己的口袋里取出了某样东西，开始瞎摆弄起来。米克凑近去看了看——那是哈利的眼镜，他正用自己随身的手帕擦拭它。

“很抱歉。”哈利说道。说完之后，他就戴上了眼镜，米克可以听到他的喘息声。

“你应该一直戴着眼镜才是。”

“没错。”

“你怎么会不戴眼镜到处转？”

夜晚十分安静、黑暗。两人穿过马路时，哈利抓住了米克的胳膊肘。

“有一位出席聚会的年轻女士，她认为男人如果戴眼镜的话，就显得太女孩子气了。这个人——噢，好吧，或许我就是个——”

哈利没有把话说完。突然之间，他绷紧了肌肉，向前跑了几步，跳起来，去摘头顶四英尺位置的一片叶子。在黑暗中，米克刚好能够看清那片高高的叶子。哈利的这一下跳得很棒，一次起跳就摘下了叶子。然后，他把那叶子放进嘴里，与黑暗中的假想敌人，拳殴搏击了几个来回。米克追了上去，去到他的身边。

这时候，跟平常一样，有一首曲子出现在了米克的脑海中。于是，她便独自哼唱起来。

“你在哼什么曲子？”

“是个叫莫扎特的家伙谱的曲子。”

哈利感觉很好。他像个速度很快的拳击手一样，不停侧跨步前进。“那听起来，像是个德国人名字。”

“我觉得也是。”

“法西斯？”他接着提问。

“你说什么？”

“我是说，那个莫扎特是个法西斯主义者吗？或者是个纳粹？”

米克认真想了一会儿：“不是的。法西斯和纳粹是新产生的，而这个叫莫扎特的家伙，已经死了好长一段时间了。”

“这是件好事。”哈利又开始在黑暗中出拳。他希望米克能够问他为什么。

“我说，这是件好事。”他重复了一遍。

“为什么？”

“因为我恨法西斯。如果我在大街上走路时，遇到一个法西斯的话，我会杀了他。”

米克看着哈利。挡住部分路灯灯光的树叶，在他脸上留下闪烁斑驳的影子。哈利很激动。

“怎么回事？”米克开口问道。

“上帝啊！你是不是从来都不读报纸？你瞧瞧，是这样的——”

他们已经回到了刚开始的街区。她家大屋里正爆发出骚乱喧闹的声音。人们大喊大叫，在人行道上四处跑动。米克的胃里，感到一阵剧烈的恶心。

“时间不够解释原因的了，除非我们再围着街区绕一圈。痛恨法西斯的原因，我一点都不介意告诉你——我很愿意说的。”

这很可能是他第一次有机会把这些想法全盘托出，讲给某个人听。但米克现在却没时间去听了。她正忙于观察她家大屋前发生的这一切。

“好的，我们晚点见面再聊。”和哈利在一起的舞会时间，现在已经结束了。如此一来，她便可以把心思集中在眼前所见的混乱上。

她不在的时候，这儿究竟发生了什么事？当她离开时，人们穿着漂亮精致的衣服，好生生站在该站的地方——这是场货真价实的聚会。而现在——仅仅过了五分钟——这地方看起来就更像是一座精神病院了。米克不在时，那帮孩子从黑暗处跑了出来，强行加入了聚会。他们居然够胆这样做！那个老皮特·威尔斯猛一甩门，从大门里跑了出来，手里拿着一杯潘趣酒。他们吼叫、奔跑，和被邀请来的人们混在一起——穿着那些破旧邋遢的灯笼裤和家常便服。

毛毛·威尔森在门廊上乱跑——毛毛还不到四岁。任何人都很清楚，她现在应该老老实实待在家里的床上睡觉，就跟巴伯尔一样。毛毛一级一级地下着台阶，手里的潘趣酒高高举起，举过头顶。她没有理由出现在这里。布兰侬先生是毛毛的叔叔，只要她愿意，任何时候都可以在他那里拿到免费的糖果和饮料。毛毛才走到人行道上，米克就抓住了她的胳膊。“你现在马上回家，毛毛·威尔森。现在，快走。”米克环顾四周，看看自己还能够做些什么，才可以多少收拾这乱摊子。然后，她开始朝着“棒糖”威尔斯走去。“棒糖”远远地站在人行道的另一边，那里光线很暗，他手里拿着纸杯，看着眼前的每一个人，脸上露出恍惚的表情。“棒糖”七岁，穿着短裤，上身和双脚都是光着的。对于这场骚乱而言，“棒糖”完全是无辜的，但米克简直要气疯了，她才管不了那么多。

米克抓住“棒糖”的肩膀，开始摇晃他。一开始时，他把下巴咬得很紧，但是，过了一会儿之后，他的牙齿就开始乒乓作响了。“你给我回家，棒糖 。别在没收到邀请的地方乱晃悠。”米克一放手，“棒糖”就夹着尾巴，慢慢沿着大路走了。但他并没有直接回家，走到拐角处后，米克看到他坐了下来，坐在了路肩上，偷偷观察聚会这边的情况，自以为米克看不到他。

有那么一小会儿，对于将“棒糖”摇得七荤八素这件事，米克感觉很好。然而这好感觉过去后，她立即产生了一种很糟糕的、担忧的情绪——她开始召唤“棒糖”回来。那些大孩子，他们才是把每样事情都搞得一团糟的罪魁祸首。他们是真正的恶童，是她迄今为止见过脸皮最厚的人。他们把所有饮料都喝光，毁掉了这场原本漂漂亮亮的聚会，把它折腾成了现在这场闹剧。他们直接撞开大门，进进出出，大嚷大叫，互相冲撞嬉闹。米克走向皮特·威尔斯，因为他是所有孩子当中最坏的那个。他戴着自己的橄榄球头盔，直接朝着人群撞进去。皮特早已经过十四岁了，可他仍旧蹲守在七年级。米克走到他的身边，但他的个头实在是太大了，没办法像“棒糖”那样摇晃。当她跟他讲，让他马上回家时，他像跳希米舞一样抖动全身，冲着她做了个轰炸机俯冲的挑衅姿势。

“我曾经在六个不同的州待过。佛罗里达、亚拉巴马——”

“这是用银色的布料制作的，配有一条饰带——”

聚会完全砸锅了。每个人都在讲话。来自职业培训学校的受邀嘉宾，跟左邻右舍的小孩子们混在了一起。男孩子和女孩子们，却还是各自站在各自的圈子里——而且根本就没有人跳舞。大屋里放着的柠檬汁也快喝完了。碗底只剩下一小摊水，水面上漂着几片柠檬皮。米克的爸爸对孩子们永远都是好得过分，只要有人把杯子递向他，他都会负责倒满。米克走进餐厅时，波西娅正在给大家派发三明治。不过五分钟时间，三明治就全部发完了。米克只拿到一块——果酱三明治，粉红色的汁水从面包里面渗出来，弄得湿答答的。

波西娅仍旧待在餐厅里，关注着聚会的情况。“我在这儿真是太开心了，我不走了。”她这样说，“我已经捎话给高仔和威利，让他们自己安排周六晚上的活动，不要管我了。这儿的每个人都很激动，我要待在这儿，有始有终地看完这次聚会。”

激动——就是这个词。她能够在整个房间，在门廊，在人行道上感受到激动。连她自己也很激动。不仅仅是因为身上穿的礼服，以及当她经过挂帽架的镜子前时，看到双颊的腮红、发间的头冠，衬得她那张脸庞有多么美。或许，是因为房间的布置、职业培训学校来的人，以及那帮挤在一块儿的孩子们。

“看着她跑！”

“哎哟！快停下来——”

“成熟点吧！”

一群女孩子提着自己礼服的裙摆，在大街上疯跑，长发在身后飘扬。几个男孩切下丝兰灌木那长且尖利的茎条，举着它们，追赶那些女孩子。职业培训学校的新生们，为了一场真正的舞会，全都盛装打扮过，但他们的行为，却还是跟小孩子一模一样。眼前这一切，一半像是在玩游戏，一半却完全不是在玩。有个男孩拿着茎条，朝着米克跑了过来，米克也和其他女孩子们一样，开始疯跑了。

聚会的打算，现在已经完全沦陷——这不过是一次寻常的玩闹而已。但是，这同时也是米克经历过的最疯狂的夜晚。究其原因，还是因为那些孩子：他们就像是一场传染病，他们的到来，使得聚会里的其他所有人都忘掉了中学，忘记自己差不多已是个大人了。

这就像是你在下午洗澡之前，先到后院里去打个滚，把身上弄得脏兮兮的，只为进浴缸之前有个好感觉。在星期六晚上，每个人都像野孩子一样玩闹——米克觉得，自己是所有人当中最野的一个。

她大声叫嚷，拼命推挤，任何崭新的噱头，她都是第一个尝试。她发出了太多噪声，疯跑得实在太快，没办法再去留意其他人都做了些什么。她呼吸的频率，已经赶不上她追逐所有自己想做的疯狂事儿的速度。

"路边有条水沟！水沟！水沟！"

米克是所有人当中最先开始跑向那条水沟的。他们要沿着一整个街区，在道路下方架设新的排水管道，为此，特地挖出了一条很深的水沟。水沟边缘的照明火罐很明亮，在夜色中显得红彤彤的。米克已经等不及要爬下去了。她跑着跑着，来到呈现波浪形的小小火焰旁边之后，便纵身跳了下去。

如果米克脚上穿着她自己的网球鞋，她就可以像只猫一样，轻松降落——不过，那双高高的半高跟鞋使她脚下一滑，肚子撞到了一根排水管上。米克的呼吸停止了。她静静地躺倒下来，紧闭双眼。

聚会——她花了很长时间去回想自己脑海当中聚会应有的样子，以及那些职业培训学校的新人们在她的想象中会是如何。她还想象了自己希望加入的小圈子，想每天跟他们混在一起。不过现在，等到米克再次回到学校走廊里时，她的感觉将会变得不一样。因为她知道，这些人并没有什么特别的，他们跟其他任何孩子都一样。至于那场被彻底毁掉了的聚会，毁掉了就毁掉了，也没什么问题。但它到底还是过去了，结束了。

米克从水沟里爬了出来。一些孩子正聚在那些小小的火罐周围玩耍。火焰迸发烁烁红光，投射出狭长又飘忽的人影。一个男孩专程跑回家一趟，戴上了为万圣节提前买好的假面具。这个聚会的一切都没有改变，除了米克自己。

米克慢慢走回家。当她经过孩子们身边时，什么话都没有说，连看都没看他们一眼。客厅里的装饰物全被扯了下来，因为每个人都到外面去了，大屋看起来很空。她在浴室里脱下了身上那件蓝色的晚礼服，礼服下摆的位置破掉了，于是，她就把它给折了起来，这样破掉的地方就看不出来了。镶水钻的头冠不知掉在了哪儿。米克的旧短裤和衬衣仍旧原样放在地板上，跟之前脱掉时摆的一样。她换上了它们——在经过这次的聚会之后，她的年纪已经大了，不适合再穿短裤了。今晚之后就不行了。再也不行了。

米克站在了门廊上。没有胭脂的衬托，她的脸颊显得特别白。她把双手在嘴前环成杯状，深吸一口气，喊道："大家回家去吧！关门了！聚会结束了！"

在这安静、私密的夜里，她又是独自一人了。时间并不晚——道路两旁房屋的窗玻璃里，氤氲出黄色的、方格块形状的灯光。米克慢慢走着路，双手插进口袋里，头歪向一边。她就这样走了很长一段时间，根本没去在意该朝哪个方向。

然后，房屋与房屋之间的距离，突然变得很大，屋子外面的院子里，有高大的树木，还有漆黑的灌木丛。米克往四周看了看，发现自己就在那座夏天去过许多次的房子附近。她的双脚主动把她带来了这里，她自己都毫无察觉。来到房子跟前后，米克稍微等待了一会儿，确定没有人看见她。然后，她就从侧院里潜入了进去。

收音机开着，和往常一样。米克在窗边站了片刻，观察了一下屋子里的人：一个秃头男人跟一位灰发女士正在桌上玩牌。米克坐到了地上——这是个十分舒服又很隐蔽的位置，四周尽是些长得很厚实的雪松，她可以完完全全地把自己给藏起来。今晚广播上的节目不怎么好——某个人在唱流行歌曲，这些流行歌曲，都以同样的方式收尾。米克整个人都像是被掏空了似的。她摸索着自己的口袋，用手指四处打探：有葡萄干、一只橡树果子、一串彩珠以及一根带火柴的香烟。米克点着了烟，抱膝而坐。她似乎是有些空虚过度，此刻甚至连一丁点儿感觉，或者片刻思绪都没有了，只是呆坐在那里而已。

电台里的节目一个接一个，所有这些节目全都很糟糕。米克听得并不怎么用心。她抽着烟，伸手抓断了一小撮草皮。过了一会儿，一位新广播员开始讲起话来。他提到了贝多芬。米克曾经在图书馆里读到过关于这位音乐家的书——他的名字读起来应该是有一个元音a的，拼写起来时却是双e。他是个德国佬，跟莫扎特一样。当他还活着的时候，他说的是一门外语，住在海外的某个地方——这就跟米克梦寐以求的一样。那位广播员说，他们将要开始播放贝多芬第三交响曲。米克半听不听地关注着广播，因为她还想要再多走走路，并不太在意他们都放了些什么。就在这时，音乐响起了。米克猛一抬头，仿佛一下子被人给扼住了喉咙。

怎么会这样？在很短的时间里，那交响曲的开头，仿佛将某种平衡，从一个方向拧向了另一个方向。就像是一次散步，或者行军。像是上帝本人，昂首阔步地行走在黑夜里。她外在的一切，转瞬之间彻底冻结，只有那交响曲的第一部分，在她内心深处发光发热。米克甚至都没办法听见开头过后的乐曲声了，但她仍旧坐在那儿，僵直了身体，等待着，双手紧握成拳。过了一会儿，音乐又来了，变得更沉重，声音也更响亮。这跟上帝毫无关系——这就是她，米克·凯利，大白天阔步，深夜里独行。在火热的阳光下，在黑暗里，带着全部的筹谋和感觉。这音乐就是她本人——真正的、纯粹的她。

米克没办法听得很清楚，无法一窥那交响曲的全部面貌。音乐在她体内蒸腾。究竟是哪部分音乐，起到了如此功效？她想要紧紧攥住其中那些精彩的乐章，反复回味它们，如此一来，在听过之后，她就不会忘掉了——或者，她其实应该放轻松，接连不断地听下去，不去思考，也不必努力去铭记。上帝啊！现在整个世界都是这段音乐，她却没办法听得更真切些。然后，到了最后，开头的那段旋律再度降临，各不相同的乐器共响齐鸣，奏起每一个音符，仿佛一只紧握着的沉重拳头猛击在她的心口。就这样，第一乐章结束了。

这段音乐并没有演奏很长时间，也没有匆匆收场。无论如何，它本身也跟时间没有任何关系。米克坐在那儿，胳膊紧紧环住双腿，使劲咬自己满是汗咸味的膝盖。她听这段乐曲的时间，或许只有五分钟，也或许已经听了半个晚上。第二乐章是黑色调的，是一场缓慢的行军，并不悲伤，但却像是整个世界都已经死掉了似的，漆黑一片。回想之前的事情，根本毫无意义。其中某种像是小号般的乐器，奏起了一阵悲伤又悠扬的旋律。然后，整首曲子升腾起愤怒之情，其下却又潜伏着兴奋。最后，又是一阵暗夜行军。

不过，或许整部交响曲的最后一个乐章，才是她最爱的那种音乐——那是愉悦的，像是世界上最伟大的人，正以艰难又自由的姿势奔跑、跳跃。像这般美好的伟大音乐，简直是世界上最伤人的东西了。整个世界就是这首交响曲，她却不足以倾听。

乐曲结束了，米克极其僵直地坐在那儿，双臂环在膝盖上。收音机上响起了另外一个节目，她立即把手指摁在了自己的耳朵上，不再去听。之前的音乐，深深刺伤了她，给她心里带来了某种无尽的空虚。她完全想不起那首交响曲了，甚至连最后的几个音符都想不起来。她试着去回忆，但心里却什么声音都没响起来。此时此刻，音乐已经结束了，只有她那颗心尚处在小鹿乱撞的状态下，还有这可怕的刺痛感……

屋子里的收音机和灯都被关掉了。夜晚变得很黑。突然间，米克开始用双拳捶打自己的大腿。她不停地用全身的力量连续重击自己大腿上的同一块肌肉，直到眼泪止不住从双颊上流下来。不过，她却并不能很真切地感受到自己已经泪流满面。灌木丛下的石头都很尖利，她抓起了一把石头，开始在身体的同一个位置上上下下不停摩挲，直到双手变得鲜血淋漓。然后，米克向后躺倒在大地上，仰望苍穹。因为腿上那仿佛被灼烧过的疼痛感，让米克感觉好一些了。她瘫倒在湿漉漉的草地上，过了一会儿，她的呼吸缓和了下来，整个人如释重负，再次进入正常的状态。

为什么探险家们不能只是看看天空就知道世界是圆的？天空是弯曲的，就像是一只硕大无比的玻璃球的内壁，在极暗的蓝色上，泼洒闪亮的星辰。黑夜静籁无声，嗅得到温暖的雪松气味。她完全没有去想那些音乐的时候，音乐就回来找她了。第一乐章在她的脑海中回放，跟刚才广播里放着的声音完全一样。她以安静、舒缓的方式聆听着，像思考一道几何题一样解析其中的音节，这样一来，她就能够记住这首曲子了——她可以十分清晰地看见那些声音的形状，不会再忘记它们。

现在，米克的感觉很好。她用最大的声音嘀咕道："主啊，请宽恕我吧，因为我根本不知道自己都做了些什么。"她为什么会那样想？真正的上帝并不存在：在之前的短短几年时间里，每个人都知道了这点。当米克回忆自己脑海中曾经想象过的上帝形象时，她能够想出来的只有辛格先生，身上披着长长的、白色的布匹。上帝是缄默的——或许正是因为这点，才使她将上帝与辛格先生联系了起来。米克把刚才的话又重复了一遍，就像她在对着辛格先生说话似的："主啊，请宽恕我吧，因为我根本不知道自己都做了些什么。"

交响曲的这一乐章美妙空灵。现在，只要米克愿意，她已经可以把这段旋律给哼唱出来了。或许在稍晚些时候，当她在某个清晨刚刚睡醒时，这部交响曲的其他更多部分也会过来找她。如果有机会再听一遍这整部交响曲，她就能够在自己脑海中已有的部分当中，添加更多缺失的细节。也或许，如果她能够有机会再多听四遍整部乐曲，只需要再听四遍，她就能够完全掌握这部交响曲了。或许吧。

米克又听了一次这部交响曲的开头部分。听着听着，音乐的节拍变得越来越慢，越来越轻柔，仿佛她正在慢慢下沉，沉入暗黑无边的地底深处。

米克猛一激灵，醒了过来。空气已经变得冷冽了，在她快要从睡梦中惊醒之前，她梦到老妞埃塔·凯利正把她身上盖着的所有被褥统统扯走。“给我点毯子——”她拼命想跟埃塔说话，然后，她就睁开了双眼。天空漆黑一片，所有的星星都消失了。草地湿漉漉的。米克赶紧爬起身来——爸爸恐怕要担心她了。这时，她脑海里响起了那首交响曲。米克不知道此刻是午夜时分还是凌晨三点，因此，她开始抓紧时间往家里赶。空气里有秋天的味道。脑海里的音乐声响亮，节奏急促，米克越跑越快，跑在人行道上，朝着自己家所在街区的方向。

# 2

十月，忧郁的日子，凉爽的天气。比夫·布兰侬将自己浅色泡泡纱[1]面料的裤子，换成了深蓝色的哔叽料裤。他在咖啡馆的吧台后面安了一台可以制热巧克力的机器。米克对热巧克力相当着迷，她每周都会过来三到四次，每次喝上一杯。对米克，比夫每杯只收她五美分，而不是平常的十美分——他心里其实是想免费给她喝的。比夫看着米克站在吧台另一边，心中烦闷又悲伤。他想要伸出手来，触碰她那头被阳光晒得干草般乱蓬蓬的头发——不过，并不是他过去抚摸某个成熟女人的那种摸法。比夫体内有股躁动的感觉，跟米克说话时，他的声音变得粗鲁又怪异。

在比夫的脑海中，有不少忧虑。其中之一是爱丽丝，她的健康

1 呈泡状起皱的棉制印染品，最初流行于英属印度，深受美国南方人喜爱。

状态堪忧。跟往常一样，早七点到晚十点，由爱丽丝负责楼下的工作，但她走起路来步伐很慢，眼皮下面顶着黑眼圈。在工作时，她的这种病态最为明显。某个星期天，当爱丽丝用打字机打出当天菜单时，她把鸡皇饭[1]套餐的价钱标成了二十美分，而不是正常的五十美分，直到有几位客人点了它，准备付钱的时候，才发现出了问题。还有一次，客人给她十美元，她找给别人两张五块，还有三个一元。比夫呆站在那里，盯着她看，看上很长时间，他用手摩挲着自己的鼻头，若有所思，眼睛半闭着。

在一起时，他们并没有谈论这件事。入夜后，比夫会在楼下做事，而她则去睡觉，到了早上，又由她来独自经营餐厅。当他们一起做事时，比夫会站在收银台后面，照管厨房，并留意餐桌那边的情况——这是他们的习惯。除了跟生意相关的事儿，他们并不怎么交谈。但比夫会站在那里，看着她，脸上露出迷惑的神情。

然后，到了十月八日下午，他们睡觉的房间里，突然传来一阵因为剧痛而发出的尖叫声。比夫赶紧跑上楼。在一个小时之内，他们把爱丽丝送到了医院，医生从她身体里取出了一个几乎有新生儿大小的肿瘤。接下来，不到一个小时，爱丽丝死了。

在医院里，比夫坐在放她尸体的床边，陷入难以置信的恍惚当中。她临终的时候，他是在场的。她的双眼被麻醉过，因为乙醚

1 Chicken à la King，一道将鸡丁配以蘑菇、蔬菜和白汁烹煮，然后浇在意面、米饭或面包上的简易西餐。该菜谱最早出现在1893年的《纽约时报》上。

的作用，看上去像是起了一层雾。然后，眼球逐渐变得像玻璃一样硬了。护士和医生已经离开了房间。比夫继续看着她的脸。除了皮肤苍白，略微泛蓝之外，爱丽丝跟平时也没有什么区别。他仔细看她尸体上的每一个细节，仿佛他不曾每天盯着她看，看了整整二十一年似的。接下来，坐在那儿的比夫，思绪慢慢转到脑海中久存着的一幅画面当中。

寒冷的、绿色的海洋，炎热的、泛着金黄色的狭长沙滩。小孩子们在浪花那柔和温驯的边缘处玩耍。壮实的褐色皮肤小女孩，瘦弱单薄、光着身子的男孩，那些半大不大的孩子们跑着，用甜腻、刺耳的童声互相叫嚷。这里的这些孩子们中间，有他认识的人：米克，还有他自己的侄女毛毛。也有些陌生的年轻人面孔，之前根本没人见过。比夫垂下了头。

过了好长一段时间，比夫从坐着的那把椅子上站起身来，站在房间的正中间位置。他能够听到自己的小姨子露西尔正在外面的走廊里来来回回地踱步。一只肥胖的蜜蜂，在病床柜上横行无阻，比夫很敏捷地把它抓在手里，又在开着的窗户那儿把它给放飞了。他又瞥了一眼那张死人的脸，然后，带着鳏夫特有的那种镇静自若，打开了通往医院走廊的那扇门。

第二天上午，比夫坐在楼上的房间里做针线活。为什么？在两人真心相爱的情况下，一旦有一个人先过世，留下来的那个为什么不是通常以自杀的方式，紧随爱人而去呢？仅仅是因为活下来的人必须埋葬死者？因为人在死后，那些制定好了的葬仪，必须有人来完成？因为那个留下来的人，一时之间仿佛是登上了某个舞台，每一秒钟时间都被拉伸膨胀为无限长，而且需要被许多双眼睛围观？因为必须要履行某项职责？又或许，只要有爱，鳏夫或寡妇就必须活下去，为了爱人能够再次复活——也就是说，那个离开了的人，并不是真的死去了，而是继续活下去，在尚存于世的爱人的灵魂当中，被再度创生。为什么呢？

比夫俯下身去，脑袋凑向手里的针线活，同时冥思很多事情。他的针线活做得很熟练，手指上的老茧很硬，不需要戴顶针，就能够把针给挤进面料里。两套灰色西装的上臂位置，都已经缝好了哀悼用的黑色袖章，他现在正在缝最后一套。

白天阳光明媚，天气炎热，初秋的第一批落叶，在人行道上沙沙飞舞着。他之前已经出去过一趟了。每分钟都很漫长。横在比夫面前的，是无穷无尽的寂寥。不久之前，他直接把餐厅的大门给锁了起来，在门外面挂了一个白色的百合花环。比夫首先去了殡仪馆，小心仔细地挑选棺木。他抚摸棺材衬里的材质，检查框架部分的强度。

"这种绉纱叫什么名字——乔其纱[1]？"

殡仪员用油嘴滑舌、虚情假意的声音，回答了他的一堆问题。

"在你的行业中，火化的比例占多少？"

出了殡仪馆，走在大马路上时，比夫身上带着恰到好处的拘谨

1　一种极薄的透明细纱。

感。西边吹来一阵温暖的风，阳光明亮耀眼。比夫戴着的手表停摆了，于是，他便转头前往威尔伯·凯利最近竖了块钟表匠招牌的那条街。凯利坐在那张工作台前，身上穿着打了补丁的睡袍。他开的这家店，同时也是他的卧室，米克曾经放在手推车里，拉着到处走的那个婴儿，安静地坐在地板上放着的一张垫子上。每一分钟都是如此漫长，有充分的时间去沉思和打听。比夫请凯利详细解释宝石轴承[1]在一块手表里的确切用途。透过钟表匠专用的放大镜，他仔细观察凯利扭曲变形的右眼。他们谈论了一会儿张伯伦[2]和慕尼黑[3]。然后，因为时间还很早，比夫决定上楼，去哑巴的房间看看。

辛格正在穿衣服，准备去上班。昨天晚上，从比夫那儿寄出了一封吊唁信给辛格，邀请他做葬礼的抬棺人。比夫坐在床头，他们俩一起吸了根香烟。辛格用他那双灰绿色的、善于观察的眼睛，时不时地瞧上比夫一眼。他招待比夫喝了杯咖啡。比夫什么话也没有说，哑巴轻拍比夫的肩膀，安抚他，然后意味深长地盯着比夫的脸，看了他一眼。辛格穿好衣服之后，他们一起出了门。

比夫在商店里买了一条黑色绸带，到爱丽丝上课的教堂去拜访了那里的牧师。等到一切事情都安排妥当后，他回了家。把事情都

---

1 用宝石等硬质材料制成的滑动轴承，耐磨损程度很高。

2 Chamberlain，此处指英国首相亚瑟·内维尔·张伯伦。

3 1938年9月，慕尼黑会议上，张伯伦与希特勒签署了《英德互不侵犯宣言》，采取绥靖政策。

办妥——那就是比夫脑子里唯一的想法。他将爱丽丝的衣服和私人物品打包，打算交给露西尔。他彻彻底底地给屋子做了清洁，整理了所有的五斗橱抽屉。他甚至把楼下厨房里的架子都重新布置了一遍，把电扇上颜色鲜艳的绉纸横幅也给取了下来。做完这件事后，比夫坐到浴缸里，把自己浑身洗了个遍。一上午时间就这样过去了。

比夫咬断线头，把外套袖子上缝着的黑色袖章抚平。此刻，露西尔估计正在等他。他跟露西尔，还有毛毛，将会一起乘坐灵车。比夫把针线盒放到一边，十分仔细地把缝好哀悼袖章的外套穿好，并将双肩位置调整妥帖。他飞速环顾了一眼房间，确定在出门之前，一切都已准备就绪。

一个小时之后，比夫坐到了露西尔的厨房间里。他跷着二郎腿，一张餐巾铺在大腿上，喝着一杯茶。露西尔和爱丽丝在各个方面都很不一样，因此，很难令人意识到她们其实是姐妹俩。露西尔很瘦，皮肤黝黑，而且今天她全身上下也都穿的一身黑。她现在正在给毛毛做发型。那孩子很有耐心地坐在餐桌上，双手规规矩矩地放在大腿上，等她妈妈忙完。房间里的阳光宁静祥和。

“巴塞洛缪。”露西尔开口道。

“怎么了？”

“你难道从来没有试着去回忆从前吗？”

“从来没有过。”比夫答道。

“你知道吗？这就像是要让我一直戴着眼罩似的。只有这样，我才不会胡思乱想，不会陷入过去的时光中。我唯一允许自己去想的事情，就是每天的工作、做饭和毛毛的未来。”

“那是很正确的态度。”

“我在店里给毛毛做了手推波浪卷[1]，但保不住型，不费心打理的话，很快就还原了，所以，我在想着是不是要去给她烫一个能管得久些的。不过，我不想亲手给她烫——我想，或许等到我去亚特兰大参加美容师会议时，把她也带上，让她在那边烫。”

“圣母玛利亚啊！她才刚刚四岁。你那样做，很可能会吓坏她的。而且，除此之外，烫发会让头发变粗。”

露西尔把梳子插到一杯水里沾湿，然后再用它来对付毛毛耳边翘起的乱发。“不，头发不会变粗的。而且，毛毛自己也想要烫头。别看毛毛年纪小，她已经跟我一样志向远大了。那可不是普通人的志向，而是——志存高远。”

比夫在自己的手掌心上磨磨指甲，摇了摇头。

“毛毛每次跟我去看电影，看到那些孩子们演的精彩角色，她跟我的感觉就是完全一样的。我敢发誓，她就是这样的，巴塞洛缪。看完电影后，我甚至都没办法再让她好生吃饭。”

“看在上帝的分上。”比夫感叹道。

“她的舞蹈和表演课上得很不错。明年，我打算让她开始学习钢琴，因为我觉得会弹几首曲子，对她的未来会有些帮助。舞蹈老

---

1　二十世纪二十年代风靡一时的经典发型。

师打算让她在晚会上来一段独舞。我认为我应该尽我所能地培养毛毛。她越早开始自己的事业,对我们母女俩就越有好处。”

“圣母玛利亚!”

“你不明白。一个有天分的孩子,是不能跟寻常孩子一般对待的——那正是我打算让毛毛远离这个平凡社区的其中一个原因。我不能允许她像身边那些恶童似的,开始讲粗鲁低俗的话,或者像他们那样四处疯跑。”

“我了解这个社区的孩子们,”比夫说,“他们没什么问题。街对面凯利家的孩子们——还有克莱恩家的男孩子——”

“你当然了解,他们当中没有任何人,能够达到毛毛的水准。”

露西尔给毛毛弄好了头发上的最后一个卷。她捏了捏孩子的小脸蛋,好让脸颊上的色彩更丰富些。然后,她把毛毛从餐桌上抱了下来。为了参加这次葬礼,毛毛穿上了一件小小的白色礼服,脚上是白鞋子、白袜子,手上甚至还戴了白手套。当有人看向毛毛时,她的脑袋总是摆出某个固定的姿势——现在,她又摆出了那个姿势。

他们在窄小、闷热的厨房间里默默地坐了一会儿。接着,露西尔开始哭了起来。“作为姐妹,我们之间的关系,一直以来也没有多么亲密。我们彼此很不一样,也不太常见面。或许是因为我的年纪比她小太多。不过,毕竟是自己的血亲,发生了这样的事情还是会——”

比夫含糊其词地咕哝着,表示安慰。

“我很清楚你们两个的情况，”她接着说道，“你跟她之间的生活，不总是甜蜜温馨的。不过，或许正是因此，使得你现在感觉更加糟糕。”

比夫把毛毛夹在胳膊下面，反手用力，一下子把她扛到了自己肩膀上。这孩子越来越重了。比夫很小心地扛着她，带她进了起居室。肩膀上的毛毛身体很温暖，贴他贴得紧紧的，那条丝质的小裙子，衬在他黑色布料的外套上，显得相当白。毛毛伸出一只小手，紧紧抓住比夫的一侧耳朵。

“比夫叔叔！看我表演劈叉。”

比夫温柔地把毛毛放回到地上。她把两只手举高，环过头顶，双脚在黄色的、打过蜡的地板上，慢慢向着相反方向滑动。转眼之间，她已经用一条腿笔直向前，一条腿反转向后的姿势，坐在了地板上。毛毛的双手高举，摆出一个时髦的角度，同时用悲伤的表情，睥睨旁边的墙壁。

然后，她又爬了起来：“看我做个空翻，看我做一个——”

“宝贝，稍微安静点儿吧。”露西尔说。她坐到了绒面沙发上，挨着比夫。“她那样子，有没有使你多少想起点他来——她那双眼睛，还有脸型，是不是有他的影子？”

“见鬼，压根儿就不像。在我眼里，毛毛和勒罗伊·威尔森之间没有丝毫相似之处。”

就露西尔的年龄而言，她看起来实在太瘦，也太过憔悴了。或许是因为穿着黑色的正装，而且之前不停哭泣的缘故。“无论如何，我们都必须承认，他就是毛毛的亲生父亲。”她这样说。

“你就不能忘掉那个男人吗？”

“我不知道。我猜，在勒罗伊和毛毛两件事情上，我一直都是个笨蛋。”

衬着脸上苍白无血色的皮肤，比夫新长出来的胡楂显得颜色泛青，他此刻说话的声音，听起来十分疲惫：“你是不是从来都不能好好把一件事情想个清楚？搞明白究竟发生了些什么，以及发生的事情会造成什么样的后果？你是不是从来都不能够进行逻辑思考——如果这些是既成事实，你说的这句话，难道就一定是最终结论？”

“对于他，是没办法用逻辑思考的，我猜。”

比夫用一种疲惫不堪的方式继续对话——他的双眼几乎都要给累闭上了：“你十七岁时就嫁给了这个家伙，结婚之后，你面对的是一次又一次的争吵。你跟他离了婚。接着，两年之后，你第二次嫁给了他。而现在，他又不见了，你都不知道他去了哪里。以上这些事实似乎可以告诉你这样一个结论——你们彼此之间并不适合。就是那样，都不必去计较那些更为私人的因素了——无论如何，那家伙碰巧就是这种男人。”

“上帝清楚，我早就知道他是个混蛋了。我只是希望他再也不要来敲我家的那扇门。”

“瞧着，毛毛，”比夫把手指交叉到一起，双手举高，用很快的语速说道，“这是教堂，这个是教堂的尖顶。打开门，里面全都是上帝的子民。”

露西尔摇了摇头。“你不需要为毛毛操心什么。我会把所有一切都讲给她听——她什么乱七八糟的事情都知道。”

“那么,要是他回来了,你会让他留下,吃你的软饭,想待多久就待多久吗——就跟以前一样?”

“没错。我猜我会那样做。每次门铃或者电话铃响起时,每当门廊那边传来脚步声时,我潜意识里的某处就会开始想那个男人。”

比夫把双手手掌摊开:“毛毛,你在这儿。”

时钟敲响了两点。房间里十分拥挤,也很闷热。毛毛做了个空翻,并且在打过蜡的地板上又劈了一次叉。然后,比夫把她抱到了自己的腿上。毛毛那两条小小的腿,垂在比夫的胫部。她解开了比夫的马甲,把脸埋进他的身体里。

“听着,”露西尔说,“如果我现在问你一个问题,你愿意保证如实回答吗?”

“当然。”

“不管什么问题都可以?”

比夫摸了摸毛毛那头柔软的金发,将一只手温柔地放在她的小脑袋一侧。“当然。”

“大概七年以前,我们第一次结婚后不久。有天晚上,他从你的地盘回来时,满头都是大疙瘩。他告诉我,你拎住他的脖子,把他的脑袋直往墙上撞。他编了些故事,来解释你为什么那样做,不过,我现在想要知道真正的原因。”

比夫转了转手指上的婚戒。“没什么,我就是从来没对勒罗伊有过好感，所以我们打了一架。在那些日子里，我跟现在的自己不太一样。”

“不是的。你那样做，肯定是有某个很明确的原因。我们认识太长时间了，现在我很清楚，你所做的每一样事情，都有切实的理由。你的头脑是靠着因果驱动的，而不是单纯的欲望。好了，你已经保证过会告诉我问题答案的，我想知道答案。”

“此时此刻，那答案一点意义都没有了。”

“我跟你说得很清楚了——我一定要知道。”

“好吧，”比夫说，“那天晚上，他进到餐厅里来，开始喝酒。当他喝醉之后，口无遮拦，说了很多跟你相关的话。他说，他大概每个月回家一次，每次都把你打得不成人形，而你都默默忍受。不过，每次打完之后，你都会走到门厅里，故意大声笑个两三声，这样一来，住在其他房间里的邻居们就会以为，你们刚才只是在闹着玩儿，只是开玩笑而已。那就是当时发生的事儿，所以，还是忘掉它吧。”

露西尔坐直了身体，两颊上各显出一抹红晕：“你瞧瞧，巴塞洛缪，那就是我为什么要假装自己一直都戴着眼罩的原因了——只有这样，人才不会多去回忆往事，或者多余想些无关紧要的事情。我唯一能够让自己的大脑思考的事情就是：每天好好上班，管好家中三餐，还有毛毛未来的职业生涯。”

“没错。”

“我希望你也像那样去做，而不是开始回忆往事。”

比夫把头低垂到胸前，闭上了双眼。在这漫长的一整天时间里，他完全没办法去回想爱丽丝。当他试图去记起她那张脸长什么样子时，在他脑中出现的，却是某种古怪的空白。关于爱丽丝，唯一一样记忆清晰的东西，就是她的那双脚——粗短，十分柔软，皮肤雪白，脚趾肿胀。脚底是粉红色的，在接近左脚跟的地方，有一颗小小的褐色痣斑。他们新婚的那一晚，比夫脱下她的鞋袜，吻了她的那双脚。就是这样，关于这么一件事，还是很值得深究的：因为日本人相信，一个女人身上最上等的地方无非是——

比夫猛一激灵，瞥了一眼自己的手表。再过一小会儿，他们就要启程前往举办葬礼的教堂了。比夫在脑海中过了一遍整个葬礼仪式的过程。教堂——跟在灵柩后面，在挽歌哀乐的演奏声中，与露西尔和毛毛一道向前行进——那群人站在九月的阳光下，低垂着头。阳光倾泻在白色的墓石上，倾泻在褪色的花朵上，倾泻在用来覆盖新挖墓穴的粗布帐篷上。再就是回到家中——然后又是什么？

"无论吵架吵得有多激烈，你自己的亲姐姐，总归是不一样的。"露西尔说。

比夫抬起头来："你怎么不再婚呢？嫁给那些人很好的，之前从来没有过妻子的年轻男人——他们会照顾好你和毛毛的。只要你忘掉关于勒罗伊的事，你就可以给哪个好男人当个好妻子了。"

露西尔的回答来得很慢。最终，她这样说道："你知道我跟你之间，一直以来都是怎么样的——无论什么时候，我们几乎都能够很好地理解对方，彼此也都不会为对方而心动。你瞧，那就是自勒罗伊之后，我希望跟男性维持的最亲密的关系了。”

“我和你感觉一样。”比夫说。

半个小时之后，有人过来敲门了。为葬礼准备的那辆车，正停在屋子前面。比夫和露西尔慢慢站起身来。他们三个人，以一种气氛庄严的安静状态走到外面——穿着白色丝质礼服的毛毛，走在稍微前面一点的位置。

第二天，比夫继续让餐厅关门歇业。然后，傍晚时分，他取掉大门上挂着的、已经褪色的百合花环，让餐厅重新开门营业了。老顾客们鱼贯而来，脸上带着悲戚的神情，在点餐之前，不约而同地来到收银台旁，跟他聊上一会儿。平时会在的那群人，此刻都在场——辛格、布朗特，那些在街区各家店铺，还有下游的工厂里工作的男人们。晚饭过后，米克·凯利和她那个年纪很小的弟弟一道，出现在了餐厅里，她塞了个五美分硬币到老虎机里。等她这第一枚硬币输掉后，米克用双拳使劲捶打老虎机，不停翻开出币口的挡板，确定真的没有任何东西跑出来。然后，她又投入另一个五美分硬币——这次几乎要赢得头奖，硬币丁零当啷地从出币口涌出来，在地板上滚来滚去。这女孩子跟她弟弟一道，手疾眼快地四处捡拾硬币，免得餐厅里的客人们赶在他们俩捡起来之前，踩一只脚在硬币上，然后据为己有。哑巴坐在餐厅正中间位置的那张餐桌旁，面前放着他的晚餐。在他对面坐着的是杰克·布朗特，身上穿着他礼拜天时会穿的那套衣服，喝着啤酒，说着话。这里的一切，都跟一直以来没有任何区别。过了一会儿，因为吸烟的缘故，餐厅里的空气开始变得灰蒙蒙的，声音也越来越嘈杂了。比夫保持着警惕，没有任何声音或动作，能够从他眼皮底下溜走。

“我到处走动。”布朗特说。他急切地将身体倾向桌子对面的哑巴，双眼紧紧盯着哑巴的脸。“我到处走动，试着告诉他们，他们只是笑。我没办法让他们理解任何东西。无论我说些什么，我似乎都没办法让他们了解真相。”

辛格点了点头，用餐巾擦了擦嘴。他的晚餐已经冷了，因为他完全没办法将视线下移，往饭菜上看——不过，他实在太讲礼貌，所以还是让布朗特继续说下去。夹杂在男人们粗粝的嗓音之间，老虎机旁那两个孩子说话的声音，显得高昂又清晰。米克正把自己那些五美分硬币重新喂回到老虎机里。时不时地，米克会看一眼餐厅正中间的那张餐桌，但哑巴是背对着她的，没办法看见她看他。

“辛格先生晚餐点了炸鸡，他现在还一块都没吃呢。”那个小男孩说道。

米克用很慢的速度，拉下老虎机的拉杆。“管好你自己的事吧。”

“你总是去他的房间，还有你知道他会在的那些地方。”

“我告诉过你，要你闭嘴的了，巴伯尔·凯利。”

“你就是这样做的。”

米克开始摇晃起他来，直摇得他牙齿打战，然后，强迫他转了个身，朝着餐厅大门。“你自己回家，回床睡觉去。我早已告诉你，白天的时候，你和拉尔夫让我憋了一肚子气；到了晚上，我不希望你还继续缠着我——现在该是我的自由时间了。”

巴伯尔伸出一只脏兮兮的小手:"那么,就给我一枚五美分硬币吧。"

当他拿到硬币,把它放进自己的衬衣口袋后,他就离开餐厅回家了。

比夫把自己的外套抻抻直,头发往后抹光。他系的领带是纯黑色的,灰色外套的一侧袖子上,是他之前缝在上面的、哀悼用的黑色袖章。他想走到老虎机旁边,跟米克说说话,但某种东西不允许他过去。他猛吸一口气,喝下了一整杯水。收音机里响起一首管弦乐舞曲,但他一点都不想听。过去十年里的全部调调都太相似,他没办法把它们一一区分开。自打1928年起,他就不再喜欢音乐了。不过,在比夫还年轻的时候,他曾经弹过曼陀林琴,他也很清楚现在流行的每首歌的歌词和旋律。

他伸了根手指到鼻子一边,脑袋也歪向一侧。在过去的一年里,米克长高了太多,不久之后,她就要长得比他还高了。米克穿着红色的毛衣,还有蓝百褶裙——自从这学期开学后,她每天都穿着这套衣服。此刻,百褶裙的裙褶外翻了出来,裙子下摆松松垮垮地拖在米克瘦削突出的双膝上。她现在正处在看起来更像是长得过高的男孩,而非女孩的年纪。在此论题上,为什么连那些最聪明的人们,都几乎会漏掉这一点?从本质上讲,所有人都是同时具有两种性别的。由此可知,婚姻和床榻无论如何都不会是解决问题的全部要素。证据?无非是真正的年轻,还有彻底衰老时的状况:老男人的嗓音,常常会变得高昂、尖细,他们走路时,总是迈着小步;而那些老女人们，有时会长得很胖，她们的声音会变粗粝、深沉，同时长出又黑又细的胡须。比夫甚至能亲身证明这点——他体内的某一部分，有时甚至希望自己能够是一位母亲，让米克和毛毛当他的孩子。

想到这里，比夫陡然从收银台那儿转过身去。

报纸简直是一团乱。接连两周时间，他没有归档过哪怕一张报纸。比夫从吧台下面拿起一叠报纸，用训练有素的眼睛，从报头浏览到报尾。明天，他会看完储藏室里的那几叠，看看能不能换换报纸归档体系：自己造些架子，用那些海运罐头用的结实纸盒当抽屉。从1918年10月27日起，以时间先后来排序，一直排到今天。使用文件夹，还有贴在顶部的概要标签来标注历史重大事件。概要分为三类：一类是国际事态，从第一次世界大战休战开始，到之后的《慕尼黑协定》；第二类是国内新闻；第三类全部是本地消息，从市长莱斯特在乡村俱乐部射杀自己的妻子，到哈德森工厂火灾。过去二十年的每一件事都被加上标签，做出概要，完整归档。比夫用手摩挲着下巴，手的后面藏着一个安静又灿烂的笑容。爱丽丝之前竟然还要他把这里的全部报纸腾空，以便她将这个房间改成一个女厕所。那就是她最近不断唠叨比夫，想要让他去做的事儿。不过这一次，他狠狠挫败了她——仅此一次而已。

心态平和，精神专注，比夫沉浸到面前报纸的细节当中去了。他一点点地读着，全神贯注，不过，出于习惯，他体内某些相对次要的部分，仍对周遭一切保持着警惕。杰克·布朗特还在不停说着，时不时地用拳头捶击餐桌。哑巴一小口一小口地喝着啤酒。米克焦躁不安地绕着收音机走来走去，眼睛盯着餐厅里的客人们。比夫读完了第一张报纸上的每一个单词，在页边的空白处写下了少许注解。

然后，他突然抬起头来，脸上带着吃惊的表情。比夫的嘴本来已经张开了，想打一个哈欠，但他硬是强行给压了回去，收住了——收音机里忽然转到一首可以上溯到他跟爱丽丝订婚时的老歌《不过是个婴孩在黄昏时的祷告》。某个星期天，他们俩乘着街车去了老萨蒂斯湖，在那儿租了一艘皮划艇。日落时分，比夫弹起曼陀林琴，爱丽丝唱着歌。她戴着一顶水手帽，当比夫伸手揽住她的腰时，她——爱丽丝她——

一次对失却情感的全面发掘。比夫把报纸折起来，放回到吧台下面。他单腿站立，稍后又换了另一条腿。最后，他终于冲着房间那头的米克喊道："你没在听，对吗？"

米克把收音机关掉了。"没在听。今天晚上没什么节目。"

那些事情，比夫不想让它们萦绕在脑海里，他想把注意力集中在其他事情上。比夫把身体支撑在吧台上，一个接一个地观察顾客们。半晌之后，他的注意力终于落在坐在最中间那张餐桌旁的哑巴身上。他看着米克慢慢挪到他面前，接受他的邀请，坐在了他的身边。辛格指了指菜单上的某一项，女服务员拿了瓶可口可乐给米克。除了像聋哑人这样的残障人士——与其他人完全孤立开来的这种人之外，没有任何人会邀请一位正值妙龄的女孩，坐到他和另一个男人一道喝酒的餐桌边。布朗特和米克不约而同地盯着辛格，看着他。他们都在说话，而那哑巴的表情，随着他看他们的目光而变化。这是件很有意思的事儿。原因——是因为说话的两个人，还是哑巴本人？哑巴十分安静地坐在那儿，双手放在口袋里，一言不发的行为，使他看起来地位很高。那家伙在想些什么？意识到了什么？他究竟知道些什么？

在这整个傍晚里，比夫有两次都想要亲自走到中间那张餐桌那儿，不过每一次，他都控制住了自己。他们走后，他还在琢磨，这个哑巴到底是怎么回事——黎明破晓前，当比夫躺在床上时，他反反复复在脑海中思考了很多相关的问题和答案，但都不令他感到满意。这个谜题在他心中扎了根，在潜意识里使他感到担心，令他不安。肯定是哪儿出了问题。

# 3

科普兰医生和辛格先生聊了很多次。他确实跟其他白人都不一样，是个很睿智的人。而且，他能够以一种其他白人所不能的方式，明白那个强烈的、真实的目的。他聆听，在他脸上能够看出某种温柔，某种犹太人式的东西，一个属于被压迫人种的人才具备的那种认识。有一次，他带辛格先生一道出门巡诊。他带着他穿过那些寒冷又狭窄、充斥着尘埃、疾病和炸猪油渣味道的小巷。他给他展示了一次成功的皮肤移植手术：在一个面部严重烧伤的女病人脸上施行。他治疗了一个染上梅毒的孩子，并向辛格先生指出双手手掌上蔓延的梅毒疹、黯淡浑浊的眼球表面、倾斜的上门牙。他们观摩挤了多达十二个或十四个人的两室棚屋。在棚屋的其中一个房间，壁炉里的火焰燃烧着，橙色火苗低垂，有个老人因为肺炎而呼吸不畅，他们十分无助。辛格先生走在他身后，观察着，什么都明白。

他给那些孩子们五美分的硬币，因为他不发一言、端庄稳重，不会像带其他访客时一样，打扰到病人们。

天气寒冷，气候无常。镇子上爆发了流感，因此，科普兰医生一天里大部分时候都很繁忙，不分昼夜。他开着过去九年里一直开的那辆高高的道奇车，横穿镇上的黑人居住区，把鱼胶制成的窗帘布扣在窗子上，抵御大风，脖子上紧紧系着他那条灰色的羊毛围巾。这段时间里，他从来没有见过波西娅、威利或者高仔，但他常常会想他们。有一次，当他出门的时候，波西娅过来看他，留了一张字条，借走了半袋面粉。

直到有天晚上，科普兰医生实在是太累了，尽管还有些地方要去，他却喝了热牛奶，直接上了床。他浑身发冷，还发着烧，以至于一开始在床上时，完全没办法好好休息。然后，似乎是在他刚刚要开始进入梦乡时，有个声音喊他。他疲倦地起床，身上穿着那件长长的法兰绒睡袍，打开大门。来的是波西娅。

"愿我主耶稣能够帮帮我们，父亲。"她开口说道。科普兰医生站在那儿，浑身颤抖，睡袍紧紧裹在腰间。他伸出一只手来，扼在自己喉咙上，眼睛看着她，等她说下去。

"是关于我们威利的。他真是个坏孩子，把自己卷入特别不得了的麻烦里去了。我们必须得做点什么。"科普兰医生起脚走动了起来，步履沉重。他从门厅走到卧室里，停了下来，取出自己的浴袍、围巾，还有拖鞋，然后又走回到厨房里——波西娅正在厨房里等他。厨房里死气沉沉，冷得要命。"没问题的。他究竟做了什么？

一切都是怎么回事?”

“再稍等一会儿。让我给自己的脑袋腾出点儿思考空间来,那样我才能好好厘清头绪,把整件事原原本本地讲给你听。”

科普兰医生把炉灶上放着的报纸撕了一些,揉成团,取了几根生火用的柴火棍。

“让我来生火吧,”波西娅说,“你就好好坐在餐桌旁边,过一会儿,这边的炉火热起来了,我们就来做杯咖啡喝。到那时候,或许这所有一切,看起来就没有那么糟了。”

“一点咖啡粉都没有了。昨天,我已经用完了最后剩的一点儿。”

科普兰医生说这句话时,波西娅开始哭了起来。她像个野蛮人一样把报纸和柴火塞进炉灶里,用颤抖的手燃起了炉火。“事情是这样的,”她说道,“威利和高仔今晚去了一个原本跟他们没什么干系的地方胡混——你知道我是什么感受的,对吗?我总是会把我的威利和高仔管在身边,不让他们瞎跑。好吧,如果我在那儿的话,这一切麻烦都不会有了。不过,我当时正在教堂参加仅限女士参与的集会。于是,他们那些男孩子就开始躁动起来了。他们去了镇上的‘瑞芭夫人甜蜜快乐宫殿’。瞧瞧,父亲,这显然是个坏糟糟、邪淫淫的地方。他们有个给来客们卖票的男人,这倒没什么——但他们也有这些个趾高气扬、坏到骨髓、摇尾乞怜的黑鬼女孩,这些个红缎子造的窗帘,还有——”

“女儿啊。”科普兰医生有些烦躁地开口了。他伸出双手,摁在自己脑袋两边。“我知道这个地方。直接说重点吧。”

“拉芙·琼斯在那里——她就是坏黑人女孩中的一员。威利喝了些烈酒，绕在她身边跳西米舞[1]，转眼之间，等到你关注到他时，他已经卷入一场纠纷中去了。威利，他跟一个名叫甲虫的男孩打了起来——为了争拉芙。刚开始那阵子，他们还只是赤手空拳地干架，然后，甲虫这家伙抽出了他随身带的刀。我们家威利没刀，于是，他开始大喊大叫，绕着房间不停逃窜。最后，高仔给威利找了把剃刀，威利在逼不得已的状态下，差点把甲虫的整个脑袋给切了下来。”

科普兰医生把脖子上的围巾系得更紧了些。“他死了吗？”

“那男孩坏得很，死不了的——他被送进医院去了，不过，他很快就会出院，不久后就又会找麻烦了。”

“威利呢？”

“警察进来了，把他带去了黑玛利亚的监狱。他现在还被关在那儿呢。”

“他没受伤吧？”

“噢，他的一只眼睛被打爆了，屁股上被切掉了一块肉——切得有点儿多。不过，这对威利而言，根本就算不得什么。我不明白的是，他怎么会跟那个拉芙搞到一块儿去。她至少比我要黑十倍，而且，她还是我见过最丑的黑鬼。她走起路来，就像两腿之间夹着一只鸡蛋，不想把它给打破似的。她甚至连自己整个人都弄不干净。

---

1 1880年左右或更早期的大溪地与非裔美国妇女表演的舞蹈动作，在肚皮舞中指连续快速的抖动，它是最具有肚皮舞典型特色的一大动作类型。

威利却还为她做了这样一件漂亮事。”

科普兰医生屈身向前，靠近炉子旁边，呻吟了两声，然后咳嗽，脸上的表情变得僵硬。他用纸巾捂住嘴，纸巾上随即浸染上了点点血迹。脸庞的黑皮肤开始泛青，毫无血色。

“当然，所有这些事情刚一发生，高仔就马上跑过来告诉我了。明白吗？我的高仔，他跟这儿的这些坏女孩子一点关系都没有。他不过是跟威利待在一起而已。威利这件事使他感到十分伤心，于是，从威利被关进去时开始，他就一直坐在监狱前面的大街旁了。”如火焰般颜色的泪水，从波西娅的脸颊上滚落，“你知道我们三个一直以来都是怎么样的。我们有我们自己的计划，在这件事之前，一切都运作得很好。我们甚至都没为钱发过愁。高仔付房租钱，我负责买食物——还有威利，由他来张罗周六晚上的活动。一直以来，我们都像是三胞胎一样。”

清晨总算是来临了。工厂那边响起了早班上班的汽笛声。太阳升起，照亮了挂在炉灶上方墙面上的那些干净的深煮锅。他们俩坐了很长时间。波西娅拉扯着自己双耳上戴着的耳环，直到她的耳垂向她表示愤怒，显出了紫红色，才停下来。科普兰医生仍旧用双手摁住自己的脑袋。

“照我看来，”波西娅最后说道，“只要我们能够给威利弄到很多白人写的保证信，或许就能够起到些帮助。我已经去见过布兰依先生了。他完全按照我告诉他的内容写了信。威利的这档子事儿发生后，他正好在他的咖啡厅里，就跟以往的每个晚上一样。所以，我就进了那咖啡厅里，跟他说明了是怎么回事。我把那封保信带回了家，而且已经把它放在《圣经》里了——这样一来，我就不会把信给弄丢，或者弄脏了。”

“信里面都说了什么?”

“布兰侬先生，他写的跟我请求他写的内容是一样的。那封保信说明，威利已经为布兰侬先生工作三年了。它说得很清楚，威利是个相当诚实守信的黑人男孩，他在此之前从来没有陷入任何纠纷当中。它还写明，如果威利跟其他那些黑人男孩一样，那么，他是会有很多机会去偷咖啡厅里的东西，但他并没有那样做过。还有，他是怎样——”

“啐!”科普兰医生说，“写的那些都没一点儿用。”

“威利现在可是被锁在监狱里，我们总不能呆坐在那里，只是干等吧。我的威利，即便他今晚确实做了些错事，他也始终是个特别善良的孩子。我们就是没办法呆坐在那儿等。”

“我们不得不等，那是我们唯一能做的事情了。”

“噢，我很清楚自已不会只是等着的。”

波西娅从椅子上站起来。她那一双眼睛心烦意乱地左顾右盼，似乎是想在房间里找寻些什么。然后，她突然朝着大门的方向走去。

“等一会儿，”科普兰医生说，“你现在想要去哪儿啊?”

“我得去干活儿了。我必须要保住我的工作才行。我肯定是要继续在凯利夫人那儿待着，每周按时拿我的工钱的。”

“我想要去监狱那边一趟。”科普兰医生说，“或许我可以见见威利。”

“在去工作的路上，我还得顺带去一趟监狱。我要劝高仔也去上班——否则，他可能整个上午都会坐在那儿，为威利的这件事伤心难过。”

科普兰医生急匆匆地穿好衣服，跟等在门廊的波西娅一道出了门。他们走在凉爽的秋日清晨里。监狱里的人对他们态度很粗暴，他们几乎什么消息都没打听出来。然后，科普兰医生去找一位他之前有过来往的律师咨询。接下来的日子十分漫长，愁绪满溢。三周过后，对威廉姆的审判正式宣判，他因为使用致命武器侵害他人而被判刑——九个月苦役，立即被送往本州北部地区的一所监狱。

即便是现在，那个强烈的、真实的目的，仍旧长久萦绕在他心间，但是，他却没有时间再去想着它了。科普兰医生从一所屋子奔向另一所屋子，工作无穷无尽。每天一大早，他就开着汽车出门，然后，从十一点钟起，病人们聚到了他的办公室里。在呼吸过户外凛冽的秋天空气之后，屋子里那热烘烘又浑浊的臭气使他咳个不停。客厅的长条凳上总是坐满耐心等待看病的黑人病患，有时甚至连门廊和他的卧室里都挤满了病人。白天一整天——经常还包括大半个晚上——都有忙不完的活儿。因为体内堆积的疲惫太多，科普兰医生有时甚至想要直接躺倒在地板上，用双拳猛力捶击，放声大哭。如果他能够得到充分休息，他的身体或许就能够好起来。他的肺部患上了结核病。每天，他都会给自己量四次体温，一个月拍一次X

光。但是，他却不能休息。因为有另外一件事，比他的疲惫更为重要——这就是那个强烈的、真实的目的。

他总在思考这个目的，除了有些时候，在经过漫长白天和夜晚的劳作之后，他的大脑会变成一片空白——这时，他会短暂忘掉那个目的究竟是什么。在那之后，它又会回到他脑海中，他会因此焦躁难耐，迫切想要开始某项新的工作。然而，他现在经常是话到嘴边又说不出来，声音嘶哑，嗓门也没有原来那么响亮了。现在，他把这些话语推到那些有耐心的黑人病患们的面前——他们是他的同胞。

科普兰医生常常跟辛格先生聊天。他跟他讲化学和宇宙之谜，讲小得不能再小的精子，还有受精卵分裂，讲细胞那复杂的、百万倍的滋生，讲活质[1]的神秘性，还有死亡的质朴。除了这些，科普兰医生也跟他讨论关于人种的话题。

“我的同胞们，从广袤平原，还有深邃、幽绿的密林间被带来这里，”有一次，他对辛格先生这样说，“在漫长的、铐着镣铐的旅途中，在前往海岸的路上，他们数以千计地死掉。只有那些身强体壮的，才能够幸存下来。然后，被锁在满是腐臭味的船里，带到这里来，他们又会死掉一批。只有身体极其强健的、有着坚强意志的黑人，才可以存活下来。被殴打，被镣铐锁住，被人带去拍卖，这些强健的人当中比较差的那部分，又要死掉。就这样，经过数年的艰难岁月，我的同胞当中最终只有那些最强壮的人们还能留在这里——

---

1　最基本的有生命的物质，由Beale于1861年提出。

他们的儿子和女儿，他们的孙辈，他们的重孙。”

“我过来借个东西，并且找你帮我个忙。”波西娅说。

当波西娅穿过走廊，站在门道里跟科普兰医生说这番话时，他正独自一人待在厨房间里。距离威廉姆被判刑、押送服刑至今，已经过去两周了。波西娅变了。她不再像平常那样，往头发上抹油并精心梳理，她的双眼里布满血丝，看起来像是刚去灌了烈酒。她的双颊下陷，那张满怀哀伤的、蜂蜜色的脸庞，使现在的波西娅看起来，就跟她的母亲一模一样。

“你知道你这儿那些漂亮的白碟子和白杯子吧？”

“你可以拿去，都送给你，留着吧。”

“不是，我只是想要借来用一下。而且，我过来还要请你帮我个忙。”

“无论什么事情都行，只要是你想的。”科普兰医生回应道。

波西娅坐在了餐桌边上，位置正对着她父亲。“我认为我最好先向你解释一下。昨天，我得到外公那儿捎过来的消息，说他们全家明天都会过来——明天晚上，还有星期天的一部分时间，会跟我们一起过。显然，他们对威利发生的这件事，感到十分担心。外公觉得我们全部家人，应该重新团结在一起。他的这个想法，也是对的。我确实很想再见到我们的家人。自从威利离开之后，我特别想家。”

“你可以把碟子拿去，不只碟子，这儿任何你能找到的东西，都可以拿走，”科普兰医生说，“不过，你得好好把自己收拾一下了，女儿。你现在的形象，可真是糟透了。”

“这会是一次真正的团聚。你知道的，这是二十年以来，外公第一次要在我们的镇上过夜。在他的整个一生当中，只在除了他自己家之外的地方睡过两次。无论如何，他在晚上都会有些紧张。在整个天黑后的时间里，他总是不得不爬起床来，喝水，确保孩子们都盖好了被子并且一切安好。我有点儿担心，担心外公要是在这儿住得不舒服，该怎么办。”

“我的任何东西，只要你觉得你会用得着——”

“当然，是由李·杰克逊[1]带他们到镇上来的，”波西娅说，“因为是李·杰克逊带他们，所以他们得花一整天时间，才能来到这里。我不认为他们在晚餐时间之前可以到。不过，因为外公对李·杰克逊很有耐心，所以，他不会催促的。”

“我的老天爷！那头老骡子居然还活着？它肯定已经有整整十八岁了。”

“它甚至比那还要老呢。算到现在，外公使唤它，已经使唤了二十年了。他养那头骡子，养了那么长时间，以至于他总是说，李·杰克逊就像是他的一位血亲。他理解李·杰克逊，爱李·杰克逊，仿佛那是他的亲孙子一般。我从来没见过像外公那样，能够如此漂亮地理解动物所思所想的人——他对于所有能走会吃的生灵，

---

1 Lee Jackson，老人给骡子起的名字。

都能够做到感同身受。”

“二十年时间使唤一头骡子，真是够久的。”

“当然啦，现在李·杰克逊完全就是力不从心，但外公肯定还是把它照顾得很好。当他们一道在大太阳底下犁地时，李·杰克逊脑袋上会戴一顶大草帽，就跟外公一样——唯一的不同是，草帽上专门为它的耳朵开了两个洞。那头骡子的草帽是个货真价实的笑话——李·杰克逊脑袋上如果没有那顶草帽，犁地的时候都不肯挪动半步。”

科普兰医生从架子上取下白色的瓷碟，开始用报纸包裹它们。“需要给那么多人做饭菜，你那儿有足够的锅碗瓢盆吗？”

“绰绰有余，”波西娅说，“我可不打算为饭菜多劳神。外公，他从来就是位讲求面面俱到的人物——全家人一起吃饭时，他总是会带些东西上桌，支援大家的饭菜。我只需要准备足量的面粉，还有卷心菜，以及两磅重的上等乌鱼[1]。”

“听起来不错。”

波西娅将她局促不安的黄色手指盘在一起。“还有件事，我还没来得及告诉你，是个惊喜。巴迪会到这儿来，汉密尔顿也是。巴迪刚从莫比尔回来。他目前正在农场里帮忙。”

“我上次见到卡尔·马克思，已经是五年以前了。”

“那刚好就是我这次过来打算过问你的事情，”波西娅说，“你还

1 又称乌鳢，是一种生活在淡水中的凶猛鱼类，最大可达十千克。

记得我刚进门时对你说过，我过来借个东西，并且找你帮我忙吗？”

科普兰医生捏了捏自己的手指关节。“记得。”

“嗯，我过来是想看看，自己是不是没办法把你邀去参加明天的团聚。你的所有孩子——除了威利——都会在那儿。照我看来，你应该和我们一道。如果你能来的话，我肯定会感到很开心的。”

汉密尔顿、卡尔·马克思，还有波西娅——以及威廉姆。科普兰医生摘下自己的眼镜，手指摁在眼皮上。有那么一小会儿，他十分清晰地看到他们这四个孩子在很久以前的样子。然后，他抬起头来，重新把眼镜架在鼻梁上。“谢谢你，”他这样说，“我会过去。”

那天晚上，他独自坐在黑暗房间里的炉火旁边，回忆往事。他回想起自己的童年时光。母亲生下来就是个奴隶，黑奴解放，获得自由之后，她是个洗衣妇。父亲是个传教士，曾经和约翰·布朗[1]互相认识。他们每周赚两三美元，存下来，从其中拿出一部分，供他读书。当科普兰医生十七岁时，他们送他去了北方，在他的一只鞋里，藏了八十美元。他曾经在一家铁匠铺里打工，还当过服务员，以及旅馆里的行李员。与此同时，他学习、读书、上课。他的父亲死了，母亲没有了丈夫，也没有活多久。十年艰苦奋斗之后，他成为一名医生，他知道自己的使命，再次来到了南方。

他结了婚，有了一个家。他马不停蹄地从一栋屋子奔向另一栋屋子，讲述使命和真相。同胞们毫无希望地承受着苦难，使他心中

---

1 John Brown（1800—1859），美国南北战争前夕废奴主义起义领导人。

升腾起一种疯狂，一种期冀毁灭的、荒蛮又邪恶的感觉。他时不时会酗饮烈酒，然后把自己的脑袋往地板上撞。在他的心中，有种未经驯服的暴力欲望。有一次，他从壁炉旁抄起一根拨火棒，一下子把自己的妻子打倒在地。她带着汉密尔顿、卡尔·马克思、威廉姆，还有波西娅，一道回了自己父亲的家。他在自己的灵魂世界里挣扎角力，努力抑制住了邪恶的黑暗侵蚀。但黛西并没有回到他的身边。八年过后，当黛西死的时候，他的儿子们再也不是小孩子了，他们也没有回到他身边。他成了一个独守空屋的老男人。

第二天傍晚五点整，他按时抵达波西娅和高仔住的那栋屋子。他们居住在小镇上一个被称为糖山的地区，屋子是一座很局促的村舍小屋，只有一条门廊，两个房间。屋子里面传来一阵听不真切的嘈杂交谈声。科普兰医生靠近那栋屋子，动作生硬又不自然，站在走道里，一只手里拿着自己那顶破旧的软呢礼帽。

房间里很拥挤，一开始时，并没有谁留意到他。他在人群中搜寻卡尔·马克思和汉密尔顿的脸——在他们旁边的是外公，还有两个小孩子坐在地板上。当波西娅察觉到他正站在门口时，科普兰医生仍旧在注视着他儿子们的脸庞。“这儿，父亲。”她开口说道。

交谈声停止了。外公从他坐着的那把椅子上转过脸来。他身型消瘦，体态佝偻，满脸皱纹。他身上穿的还是那件墨绿色的西服套装——三十年前，他曾在自己女儿的婚礼上穿过。一条褪色的黄铜表带，从马甲中间穿进去。卡尔·马克思和汉密尔顿先是面面相觑，然后又看了看地板，最后才望向他们的父亲。

“本尼迪克特·马迪——”老人说道，“好长时间了，真的是好长时间了。”

“理所当然！”波西娅说，“这可是我们全部人这么多年来的首次团聚。高仔，你去厨房里拿把椅子过来。父亲，这是巴迪和汉密尔顿。”

科普兰医生跟自己的儿子们握了手。他们俩都长得很高，特别强壮，面对父亲，显得局促又尴尬。蓝色衬衫和工装裤下的皮肤，跟波西娅一样，是深褐色的。兄弟俩都没有看科普兰医生的眼睛，在他们的脸上既没有爱，也没有恨。

“不是每个人都能来，这显然是件很遗憾的事情——萨拉阿姨和吉姆，以及其他没有到场的，”高仔说，“但今天这场面，实在令我们感到真心高兴。”

“马车太挤了，”其中一个小孩子说道，“我们不得不步行一长段旅程，因为马车无论如何都挤不下了。”

外公用一根火柴棒刮着自己的耳朵洞。“所以，有些人不得不待在家里。”

波西娅紧张地舔了舔自己薄薄的深色嘴唇：“我正在想着我们的威利——无论哪种形式的聚会，或者重大事件，他都是当仁不让的重要角色。我心里怎么样都没办法不去想我们家威利……”

房间里响过一阵低声细语，对波西娅的此番话语表示认同。老人向后靠坐在那把椅子上，不住地上下点头。“波西娅，宝贝，要不你现在给我们读一会儿《圣经》吧。在困难时期，上帝的话语，必定具有很大的意义。”

波西娅拿起房间正中间位置桌上放着的那本《圣经》。“你现在想听哪个章节，外公？”

“这整本都是神圣我主的箴言。你的目光落在哪里，就读那儿的内容吧。”

于是，波西娅从《路加福音》[1]开始读了起来。她读得很慢，一根修长无力的手指，顺着词句一路捻下来。房间里很安静。科普兰医生坐在人群边缘，把自己的手指关节捏得吱嘎作响。他四下打量着这个房间——房间很小，空气闭塞，憋闷难受。四面墙上布置的是杂乱悬挂的各种日历，以及画工粗糙的杂志广告。壁炉台上有一只塞满红色纸玫瑰的花瓶。炉火慢腾腾地燃烧着，煤油灯里摇曳的火光，在墙壁上投下各样的阴影。波西娅阅读的韵律是如此之慢，以至于那些词句，纷纷在科普兰医生的耳朵里面堆积沉睡，使他困倦难耐。卡尔·马克思四仰八叉地躺倒在孩子们旁边的地板上。汉密尔顿和高仔也打起了盹。只有那位老人，看起来似乎还在推敲那些词句的深意。

波西娅读完这节后，合上了书。

“这件事我已经仔细琢磨过很多遍了。”外公张口道。

房间里的人们顿时从昏昏欲睡当中清醒过来。“你说什么？”波西娅问他。

“是这么回事。你们记得耶稣将死人复活，给病人治病的那些章节吗？”

1 《新约》的其中一卷，记载施洗约翰和耶稣的出生、童年、传道、受难、复活。

“我们当然记得,先生。”高仔恭敬地回答道。

“当我犁地或者干农活时,会把这件事情反复思考许多遍。”外公缓慢地说道,“我思考并推敲过耶稣再次降世的时间。因为从我的角度来看,总归是希望他能够在我尚在人世的那段日子来到这个世界上的。这个问题,我研究很多次了。我所规划的方式是这样的——照我看来,我将会站在耶稣面前,带着自己的全部子女,全部的孙子辈,全部的曾孙辈,还有亲戚朋友们,然后,我会对他说,‘耶稣基督,我们全是悲伤的黑人。’接下来,他会把他那只神圣的手,放在我们的头顶上,转眼之间,我们就会变得跟棉花一样白——那就是在我心里规划、推断了很多很多次的场景。”

一阵沉默降临这房间。科普兰医生猛地拽了一下自己的袖口,清了清喉咙。他的脉搏跳动得太快了,喉咙里面一阵发紧。坐在这房间的角落里,他觉得自己跟其他人隔绝了开来,愤怒又孤独。

“你们当中,有没有任何人曾经收到过来自天堂的征兆?”外公问道。

“我曾经有过,先生。”高仔说,“有一次,我生病了,得了肺炎。我看见了上帝的脸,他从火炉里将目光投向了我——那是一张巨大的、白人的脸,长着白色的胡子,还有一双蓝眼睛。”

“我曾经见过一个幽灵。”其中的一个孩子说道——是个女孩。

“有一次,我看见了——”一个小男孩也开始讲起来。

外公抬起了一只手。“你们这些小孩子,保持安静。你,希丽亚——还有你,惠特曼——现在是你们应该好好听着的时候,而不是让别人听你们讲，”他这样说，“我见过一次货真价实的征兆，仅仅只有一次。当时的情况是这样的：那是在去年夏天，天很热。我正试着挖出猪圈旁边那个巨大橡树墩的树根，当我弯下腰去时，某种力量扼住了我，那是种巨大的痛苦，突然降临到我的后腰上。我站直了身体，然后，周遭一切全都变得暗淡无光。我伸出一只手来撑住自己的背，仰首望向天空，这时——突然之间，我看到了这么个小小的天使。这是个很小的、白人小女孩模样的天使——照我的印象，只有豌豆那么点儿大——黄头发，身上一袭白色长袍。就那样绕在太阳周围飞舞。看见那天使之后，我进到屋子里，开始做祷告。再次下地干活之前，我整整研习了三天的《圣经》。”

久别重逢，科普兰医生察觉到自己体内那股子邪恶的怒火。一些尚待斟酌的话语涌到他的喉咙边，但他不能够说出口。他们会听那个老人说的话，对于那些真正有道理的话语，他们却不肯在意。这些就是我的同胞，科普兰医生试着这样告诉自己——然而，因为他此刻完全不能言语，这个想法没办法帮到他。他坐在那里，身体紧绷，表情阴沉。

“真是件古怪的事情，”外公突然说道，“本尼迪克特 · 马迪，你是个水平很高的医生。在我不停挖根种地好一阵子之后，为什么后腰有时会剧痛呢？那样的苦难，怎么会来滋扰我的？”

“你现在多少岁？”

“我，大概在七十岁到八十岁之间。”

这位老人热爱医学，喜欢看病。过去，当他带着自己的一家人来这儿看望黛西时，总是会去他那儿做个身体检查，再给他们那帮人带药片和药膏回家。不过，当黛西离开他之后，老人再也没有来过——他只能靠报纸上做广告的那些泻药和治疗肾病的药丸来满足自己。如今，这个老人正注视着他，面露羞怯，满怀期待。

“大量喝水，”科普兰医生说，“尽你所能，多休息。”

波西娅走进厨房里，开始准备晚饭。饭菜的香气开始充溢在房间里。人们安静、闲散地聊着天，但科普兰医生并没有听，也不说话。他时不时地看一眼卡尔·马克思和汉密尔顿。卡尔·马克思正在聊着乔·路易斯。汉密尔顿所说的话，大部分都是关于那场毁掉了部分田地的冰雹。当他们偶然和自己的父亲四目相对时，他们会咧嘴一笑，脚在地板上剐蹭腾挪一会儿。科普兰医生目不转睛地看着他们，目光愤懑凄婉。

科普兰医生狠狠咬紧了自己的上下两排牙齿。过去，对于汉密尔顿、卡尔·马克思、威廉姆和波西娅，对于为他们这些孩子准备的、真正真实的目的，他操心得实在是太多了，以至于现在，一看见他们的面容，就使他胸中涌起一股黑色的、膨胀的情绪。倘使他能有机会去告诉他们这一切，从那遥远的开端，直到如今这一夜——讲述这件事本身，将会缓和他内心的剧痛。可是，他们不会听，也不会理解。

科普兰医生绷紧自己的身体，让身上的每一块肌肉都变得坚硬又紧张。周围的一切，他一样也不听，一样也不看。他坐在角落里，像个既瞎又哑的人。不一会儿，他们都聚到了餐桌旁，老人领着大家做了饭前的祷语。但科普兰医生一口饭都没有吃。当高仔取出一瓶一品脱的杜松子酒时，他们哄笑，彼此传着酒瓶，一口挨一口地喝着，科普兰医生同样拒绝了。他只是坐在那里，死板而沉默，最后，他拿起自己的帽子，连再见都没说，就离开了那栋屋子。如果没有机会说出那一整个冗长的真相，那么，其他的话语，他一句都不会说。

他绷紧了身体躺在床上，彻夜不眠。接下来的一天是礼拜天。他出去做了半打巡诊，上午过到一半时，他去了辛格先生的房间。这次拜访冲淡了他心中的孤独感，于是，当他向辛格先生道别时，他再一次与自己的内心达成了和解。

然而，还没来得及离开那栋房子，内心的安宁便再度离他而去了——发生了一场意外。科普兰医生下楼梯时，看到一个白人，正抱着一大纸袋子东西上楼。科普兰医生主动凑近楼梯护栏，想让他们两人可以同时通过。但那个白人却一步两级台阶地往上走着，看都不看他一眼。最后，他们俩撞了个满怀，那力道之大，使科普兰医生胸闷气短，几乎无法呼吸。

“天哪！我刚才没看见你。”

科普兰医生盯着他，脸凑得很近，但并不答话。他之前曾经见过这个白人一次，记得这发育不良、外形粗犷的五短身材，还有那双巨大、不协调的手。然后，由于突如其来的、临床医学上的兴趣，科普兰医生开始观察起这个白人的脸庞来：在科普兰医生的眼中，看到的是一副古怪、固化、孤僻的疯狂表情。

“对不起。”那个白人说道。

科普兰医生伸手扶住楼梯护栏，从白人身边走了过去。

# 4

“那个人是谁?”杰克·布朗特问道,“那个刚从这儿出去,个子高高、身形消瘦的黑人到底是谁?”

小房间里十分整洁。阳光照在桌上放着的一碗紫葡萄上面。辛格坐在自己的椅子上,脚上用力,让椅背往后翘,双手插在口袋里,看着窗外。

“我在楼梯上跟他撞了个满怀,然后,他就摆出这个样子,瞪着我——为什么要这样,还从来没有哪个人,会用这样令人不快的眼神瞪我。”

杰克把装了艾尔啤酒[1]的纸袋放到餐桌上。他突然意识到,辛格其实并不知道他正在房间里,这令他感到片刻震惊。他走到窗户

1 上层发酵的啤酒品种。

旁边，碰了碰辛格的肩膀。

“我并不是故意要撞他的。他给出那样的反应，没有任何理由。”

杰克打了个寒战。尽管太阳很耀眼，房间里却依旧寒冷。辛格举起一根食指，似乎有了主意——他站起身来，去了走廊。回来的时候，辛格带来了一篓子煤，还有一些引火柴。杰克看着辛格，看他跪在火炉前面，巧妙又干练地在自己的膝盖上折断引火柴，并把它们安置在废纸组成的底座上。然后，他又按照某种特定的规律，把煤摆放上去。刚开始时，火没能很好地生起来：火苗羸弱，火光摇曳，一股浓烈的黑烟，几乎要把火给压熄。辛格用两层报纸盖住炉膛，腾起的气流让火焰重获新生。房间里响起燃烧发出的噼啪声。报纸燃起火光，被吸进了炉子里。一张吱嘎作响的、橙色的火网，占据了炉膛。

早晨的第一杯艾尔啤酒有种细腻又醇厚的口感。杰克把自己那杯一饮而尽，用粗糙的手背擦了擦嘴。

“有这么一位女士，我很早以前就认识了，”他这样说，“你使我想起了她，或多或少，那位克莱拉小姐。她在得克萨斯有个小农场，制作果仁糖[1]，销往各个城市。她是位高个子、壮身材，长得很好看的女士。穿那些拖得老长的宽松毛衣，笨重鞋子，戴一顶男士帽子。我认识她时，她的丈夫已经死了。但这并不是重点，我真正了解到的是这样一点——如果不是因为她，我可能压根儿就不会了解。我

1 内嵌果仁、外裹糖衣的糖果总称，其中也包括果仁巧克力。

可能会跟其他数百万不了解的人们一样过完一生。我或许只是一位传教士，或者一个棉纺工，或者一名推销员。我的整个人生，或许会就这样荒废掉。”

杰克讶异地摇着头。

“要弄明白我这番话的意思，你就得知道以前在我身上都发生了些什么。你看，当我还是个少年郎的时候，我曾经住在加斯托尼亚市[1]。我是个八字脚的小不点儿，个子实在太小，没办法在工厂里干活。于是，我就在一间保龄球馆里当摆放球瓶的球童，一日三餐就是唯一的工钱。后来，我听说在离那儿不太远的一个地方，一个脑袋机灵、动作够快的男孩，只靠串烟叶[2]，每天就能赚到三十美分。所以，我就去了，去赚那一天三十美分的工钱。那是我十岁时候发生的事情。我就这样离开了我的亲人们。我没有给他们写信，我走了，他们感到很开心——你知道是怎么回事。况且，除了我姐姐，也没人读得懂信。”

杰克伸出一只手，在面前空气中挥舞，似乎是想要赶走脸上的某样东西。“但我的意思其实是这样——我起初是信耶稣的。先前有个家伙，跟我在同一个工棚里干活。他有一个圣体盒[3]，每天晚上都会布道。我去了他那儿，听他布道，就这样成了基督徒。我每天无时无刻不在心里想着耶稣。空闲时间里，我会研读《圣经》，虔诚

1 美国北卡罗来纳州南部城市。

2 制造香烟的一道工序，将整片的大烟叶等距串在木架上，等待进一步处理。

3 一种便携的神龛，一般打开后有造像，可供平日供奉使用。

祷告。然后，有天晚上，我找来一把锤子，把自己的一只手放在桌子上。我当时很愤怒，将钉子锤进手里，刺透了手心。我的手被钉在了桌子上，我看着那只手，五根手指颤动不停，逐渐发蓝变紫。”

杰克伸出自己的手掌，指了指掌心处那道凹凸不平，像死人皮肤一样惨白的伤疤。

“我想要成为一名福音派的布道者。我打算云游全国，四处传教，举办复兴培灵特会[1]。与此同时，我不断地从一个地方搬到另一个地方。当我快二十岁时，到了得克萨斯。我在离克莱拉小姐住所很近的一处山核桃林场工作，认识了她，晚上有时会去她家的屋子。她跟我聊天。你应该能理解吧，我并不是一下子就知道一切东西的——对我们当中的任何一个人而言，那样的情况都不可能发生——这过程是循序渐进的。我开始读书了。工作，对我而言不过是能够挣到足够的钱，足够稍作歇息、闭门学习的一种方式。这就像是得到了第二次出生的机会。只有我们这种一清二楚的人，才能理解这是怎么回事——我们睁开双眼，看得一清二楚，就像是不远万里而来的外邦人一般。”

辛格同意他的说法。这房间十分舒适，给人以家的感觉。辛格从储藏间里拿出自己的锡盒，他在里面预备了苏打饼干、水果，还有乳酪。他从盒子里挑了只橘子出来，慢慢剥掉外面的皮。他把橘肉

1 为栽培造就信徒灵命成长而举办的布道会，一般会邀请较为知名的教会人士前来进行宣讲。

外面细细的橘络一一撕掉，直到橘子在阳光下变得透明。然后，他把橘瓣分开，两个人各得一半。

杰克一次就吃掉了两瓣，他嘴里发出响亮的嗖嗖声，把橘核吐进炉火里。辛格慢悠悠地吃着自己那份，把橘核整齐地摆放在自己其中一只手的手掌中间。他们又开了两瓶艾尔啤酒。

"在这个国家里，有多少像我们这样的人呢？可能有一万人吧，可能两万，可能比两万还要多得多。我去过很多地方，但只遇到过很少像我们这样的人。不过，说一个人一清二楚，也就是说，他是看得见这世界的本质的——他的视线向前回溯数千年，以便看清一切的来龙去脉。他观察着资本和权力的缓慢聚集。他看到了它们在今时今日，登峰造极。他看到的美国，就好比一间疯人院。他看见人们为了生存，不得不去抢劫自己的兄弟。他看见孩子们饿死的全过程，看见妇女们为了果腹，每周工作六十个小时。他看见一整支由失业者们组成的该死军队，看见数以十亿计的美元和数千英里的土地被人随意挥霍浪费。他看到战争即将来临。他看到当人们遭受了太多的痛苦之后，是怎样变得满怀恶意、丑陋不堪，就像内心死掉了某样东西。但是，他所看见的最重要的事情是——这个世界赖以运作的整套系统，是建立在一个谎言之上的。尽管这谎言就像闪耀的太阳一般明显——那些不能做到一清二楚的人们，一直跟谎言相伴而生，同时因为时间过去得太久，以至于完全看不到这个谎言了。"

杰克额头上那些如线头般密布的红色血管愤怒地膨胀着。他抓起壁炉台上放着的煤篓子，哗啦哗啦地把煤块像山崩一般地倾倒进炉火里。他的一只脚麻了，于是便使劲跺脚，他踩踏的力气是那样大，连地板都抖动起来。

“这地方我已经去遍了。我四处走动，和人说话。我试着向他们解释我都看见了些什么——可是，这样做又能有什么用？上帝啊！”

他凝视着火焰，喝过艾尔啤酒后，他的脸庞呈现出潮红，炉火的热度，更加深了他脸上的颜色。那只麻掉的脚上的酥麻刺痛感，蔓延到了他的腿上。杰克稍微打了个盹儿，看到了火焰里迸发出的各样色彩：绿色、蓝色，还有熊熊燃烧的黄色。“你是唯一的一个，”他如梦似幻地说道，“唯一的一个。”

他不再是一个陌生人了。现在，他认识每一条街道，每一处小巷，镇里杂乱无序的贫民窟中的每一方篱墙。他仍旧在阳光迪克西秀那儿工作。在秋季，秀场不停地从一处空地挪到另一处——永远都在城市的边缘地带。到了最后，这秀场绕着小镇转了整整一圈。地点不停变化，但秀场所在的环境永远相似——一方废土，四周环绕着一排排凋敝的棚屋，选址永远靠近一座磨坊、一处轧棉作坊，或者一个装瓶厂。聚拢过来的人群也是一样的，大部分是工厂工人，以及黑人。夜晚，秀场上亮起各种颜色的彩灯，显得十分俗丽花哨。旋转木马的那些木马，随着机器驱动的音乐，不停地兜着圈。秋千机快速转动，有奖扔硬币游戏的护栏旁边，永远都挤满了人。来客们纷纷从两个小隔间里购买饮料、烤得焦黑的汉堡和棉花糖。

杰克本是被雇来做机械师的，然而，他的职务范围却在逐渐扩大。如今，他粗哑、响亮的喊叫声，盖过人群的嘈杂声响，不仅如此，他还要马不停蹄地从秀场的一个地方奔赴另一个地方。他的额头上布满汗珠，小胡子上常常挂着啤酒沫。礼拜六，他的工作是维持人群秩序。他凭着那矮胖、结实的身体，用近乎野蛮人的气力挤过人群。只有那双眼睛，没有共享他身体其他部分的粗野狂暴——在他厚实的、愤怒地皱成一团的额头下，那双眼睛睁得很大，怔怔地凝望着，看上去突兀抽离，格格不入。

杰克到家的时间介乎午夜十二点到凌晨一点之间。他居住的那栋房子被分割成四个房间，租金是每个人一美元五十美分。房子后面有个茅房，门廊那里竖着水龙头。他的房间里，墙面和地板都有股潮湿、酸臭的气味。被煤烟熏得乌黑的、便宜的蕾丝窗帘挂在窗子上。杰克把自己那套好西装收在包里，工装裤挂在一根钉子上。房间里没有供暖，也没有供电。不过，窗外一盏街灯的光线，倒是透过窗子映进来，在房间里投下一块苍白泛绿的投影。除非想要读书，否则，他从来都不会点亮床头的煤油灯——在寒冷房间里烧煤油的刺鼻气味，令他感到恶心。

一旦他待在家里，就会不停在地板上走来走去。他坐在完全没铺的床铺边缘，像个野人般地啃咬自己那些破裂、肮脏的指甲盖。指甲垢那刺鼻的味道，留存在他的嘴巴里。他心中的孤独感如此强烈，以至于整个人都被恐惧所充斥。他手上通常都会有一品脱非法得来的“白色闪电”[1]。喝掉这粗酿的烈酒，能让白天的他感到温暖又放松。

1 美国俚语，指私酿的威士忌酒。

五点整时，工厂的汽笛会发出第一波鸣响。那汽笛声能够制造出惘然若失、怪异恐怖的回音，在回音散尽之前，杰克完全没办法入睡。

不过，他通常也不会待在家里。他会出门，去到那些狭窄、空无一人的街道上。黎明破晓前的那几个小时时间里，天空漆黑一片，繁星清晰闪耀。有时，那些工厂里还有人在上班。从亮着黄光的建筑物里，传来机器的轰鸣声。他守在工厂大门口，等着早班工人换班。穿着毛衣和印花裙的年轻女孩们从工厂里走出来，走到漆黑的大街上。男人们出来的时候，手里拎着他们的铁皮饭盒。他们中有些人，在回家之前，总是会去一处用有轨电车车厢改造的咖啡馆，喝可口可乐或咖啡——杰克就跟着这帮人一起走。在噪声遍布的工厂里面，这些人能够清楚地听见彼此之间所说的每一个词，但出工厂后的第一个小时里，他们却对什么声音都充耳不闻。

在那个有轨电车咖啡馆里，杰克喝的是可口可乐加威士忌。他说个不停。冬天的黎明是白色的，雾气弥漫，冷冽严寒。他用醉鬼独有的那种迫切眼神，望着这些人憔悴疲惫、面黄肌瘦的脸庞。杰克常常被人取笑，被人取笑时，他会把自己那五短身材的身体挺得笔直，轻蔑地抛出一连串由许多音节组成的复杂词汇还击。他还会把自己的小指，从玻璃杯后面伸出来[1]，并傲慢地摇晃小胡子。如此应对下，如果还有人继续笑他，他有时会打架动粗——他像发了狂似的挥舞自己那两只褐色的大拳头，并且大声哭泣。

---

1　在美国南方，向对方伸出小指，是表示蔑视。

在度过了如此这般的早晨时光之后，他轻轻松松地回到秀场。挤过拥挤的人群，使他感觉放松。噪声、难闻的臭气、与别人肉体接触——肩膀碰肩膀，这些都抚慰了他过度敏感的神经。

因为镇上的“蓝色法规”[1]，秀场在安息日不对外营业。每逢礼拜天，杰克都会早早起床，从手提箱里取出他那件哔叽料做的西装。他会去主街道那边。首先，他走进纽约咖啡馆，买一袋艾尔啤酒；然后他便动身前往辛格的房间。尽管他在镇上认识很多人——知道他们的名字，或者长什么样——这个哑巴却是他唯一的朋友。他们一起在那个安静的房间里消磨时光，喝艾尔啤酒。他会说个不停。借由那些在街道上或者他自己房间里独自度过的、漆黑的清晨，话语源源不断地催生——词语酝酿成句子，轻松说出口来。

炉火熄灭了。辛格坐在桌子旁边，自己跟自己下棋。杰克早已睡着了。这时，杰克猛一激灵，醒了过来。他抬起头，望向辛格。“是这样，”他这样说，似乎正在回答一个突然提出的问题，“我们中的一些确实是共产主义者，但并非我们全部人——我自己，我就不是一个共产党员。因为首先呢，我只认识唯一一个共产党员。走南闯北许多年，一个共产主义者都没遇见，这是有可能的。在这附近，也没有这样一间办公室，可以让你直接过去，说你想要加入共产党——就算真有，我也从来都没有听说过。你也不可能就这样出

1　原来是美国殖民时期的清教徒所定的法律，禁止在礼拜天跳舞、喝酒等，以后转用为有关个人行为的严格规定。

发去纽约，找组织加入。如我所说，我只认识一个共产党员——他是一个脏兮兮的、小个子的家伙，滴酒不沾。我们俩打过一架。这倒并不是因为我反对他们。主要的原因是，我不怎么瞧得上俄罗斯——我讨厌每个该死的国家和政府，哪个都讨厌。但即便这样，或许我还是应该首先加入，成为当中的一员。到底应该怎么办，我自己也不怎么确定。你是怎么想的？”

辛格皱着额头，好好考虑了一番。他取过银杆铅笔，在自己随身的便函本上写下：我不知道。

“但就是这么回事。你瞧瞧，对事情一清二楚之后，我们可就没办法安于现状，需要采取行动了。我们当中的一些人发了疯。有太多的事情要做，你不知道应该从哪里开始。这使人感到疯狂。即便是我——我做过一些事情，当我回头审视它们时，似乎并不是那么理性。有一次，我自己创建了一个组织。我挑选了二十个棉纺工，跟他们说话，直到我觉得他们已经是一清二楚了。我们的行动纲领只有一个词：行动。哼！我们想要制造一场骚乱——折腾出我们能够折腾出来的全部大麻烦。我们的终极目标，就是自由——但那真正的自由，伟大的自由，唯有凭借人类灵魂天生的正义感才有可能实现。我们的行动纲领是，行动。这就表明，我们将会把资本主义夷为平地。在宪法章程（我们自己拟定的）里，有几条法令是这样拟的：一旦我们的工作顺利完成，就要把我们的行动纲领由‘行动’更换为‘自由’。”

杰克把一根火柴棒的末端弄尖，掏挖着牙齿中间某个令人烦恼不堪的龋洞。过了一会儿，他继续说道："然后，当宪法章程全部写就，最初的一批跟随者们已经被组织得很好的时候——我开始了一场搭便车之旅，到各地去组织我们社团的各个分部。三个月不到，我回来了，你猜我发现了什么？他们的首个英勇行动是什么？他们追求正义的狂怒，是不是盖过了计划周密的行事方针，最后在没有我的情况下，走得太远了？他们干的是破坏行动，暗杀行动，还是革命？"

杰克向后靠坐在椅子上。停顿一小会儿之后，他沮丧地说道："我的朋友，他们从组织的财政资金里偷了五十七美元三十美分，用来买制服配套的帽子，张罗周六的免费晚餐。我逮到他们时，他们正围坐在会议桌旁，头上戴着新买的制服帽，手边摆着一只大火腿，还有一加仑的杜松子酒。"

辛格脸上羞怯的微笑，紧跟杰克爆发出的一阵大笑。过了一会儿，辛格脸上的微笑逐渐绷紧、消散了。杰克还在大笑。他的额前青筋暴起，脸涨成了暗红色——他笑得太久了。辛格抬起头来，看了看钟，示意了一下现在的时间——十二点半。他把自己的怀表、银杆铅笔、便函本、香烟和火柴从壁炉台上取下来，分放到几个口袋里。午餐时间到了。

但杰克还在笑。他的大笑声中藏着某种疯狂。杰克在房间里四下踱步，把口袋里放着的零钱折腾得叮当响。他那对长而有力的胳膊，肌肉绷紧，动作很不协调地挥动着。他开始念起即将要吃到的那餐饭里的每道菜点。杰克一说到食物，脸上的表情便因为饱含热情而变得狰狞。他每说一个词，都会抬起上嘴唇，就像一头饿极了的动物。

“肉汁满满的烤牛肉，米饭，还有卷心菜和酵母发酵的白面包，还有一大块苹果派。我真是快饿死了。噢，好家伙，我都能听见北方佬们杀过来的声音了。对了，说到吃饭，我的朋友，我跟你讲过关于克拉克·帕特森先生的事情吗？那个拥有阳光迪克西秀的绅士。他实在是太胖了，整整二十年都看不到自己的那话儿，他整天都坐在自己的大拖车里，独自玩着纸牌接龙游戏，抽大麻烟。他都是从附近一处可以点餐的外卖店叫餐的，每天他吃早上一餐是在——”

杰克向后退了一步，好让辛格先离开房间。跟哑巴在一起时，杰克总是会在门口退让一下——他总是选择跟在辛格后面走，希望辛格能够带路。他们俩下楼梯时，杰克还在说个不停，是那种神经质式的健谈。他那对褐色的大眼睛，一刻不停地紧盯着辛格的脸。

下午的时光十分温柔。他们待在房间里。两个人一起回来的时候，杰克买了一夸脱的威士忌。此刻，杰克有些闷闷不乐地坐在床尾，默不作声，时不时地弯腰下去，用放在地板上的酒瓶给自己的杯里添酒。辛格坐在窗边的桌旁，下着国际象棋。杰克多少有些放松了下来。他看着自己的朋友下棋，感受那平和又安静的下午时光，逐渐与傍晚的黑暗融汇到了一处。炉火在房间的墙壁上，投射出黑暗寂寥如波光般的影子。

但是，一旦到了夜晚，那种紧张感又会回到杰克身上。辛格把自己的象棋收了起来，他们坐在一起，面对着面。

紧张，使得杰克的嘴唇如同痉挛般地抽动，合都合不拢。他不停喝酒，以此来安抚自己的神经。焦躁和欲望卷土重来，淹没了他。他把威士忌喝光，又开始跟辛格讲话。话语随他一道膨胀，从他的嘴里喷薄而出。他从窗边走到床旁，又走回到窗边——来来回回，一遍又一遍。最后，不断膨胀的话语如同洪水一般成型溢出，泛滥开来，杰克用醉汉特有的加重语气，把这些话语统统交给哑巴：

“他们，对我们所做的那些事！他们，把真理都变成了谎言。他们，使好的理念变得污秽不堪，令人作呕。拿耶稣举例——他是我们当中的一员。他对一切都是一清二楚。当他说，让一个富人进入上帝的王国，比让一只骆驼穿过针眼还难时——该死，他想表达的意思，其实跟他说的话就是完全一样的。但是，看看过去两千年里，教会都对耶稣做了些什么。他们从他身上榨取了些什么。他们是怎样将耶稣所说的每一个字，都拿来为他们自己的卑劣目标服务的。如果耶稣活在今日，他估计会被人陷害，投进监狱里去吧。耶稣是一个真正一清二楚的人。我和耶稣将会面对着面，坐在桌子两边，我会看着他，他会看着我，我们俩都知道，对方是一清二楚的。我和耶稣，还有卡尔·马克思，会围桌而坐，还有——

“瞧瞧，在我们的自由之上的，都发生了些什么。说那些为美国独立战争捐躯的男子汉，跟革命女儿会[1]里的女人们很像，就好像在说我是一条肚皮大大、洒着香水的哈巴狗似的。那些男子汉们践行

---

1　原文为缩写D.A.R.，Daughters of the American Revolution，1890年由美国独立战争时期爱国者后裔们组成的一个义工服务组织。

了他们所说的关于自由的理念。他们为真正的革命而战斗。他们战斗过，这里才能够称其为一个国家，每个人都可以享受自由平等。哼！那意味着每个人，从大自然的角度来看，都是平等的——都有同等的机会。却不是意味着，百分之二十的人可以以生存的名义，肆意掠夺其余百分之八十的人；也不是意味着，一个富人想方设法榨取一万个穷人的血汗，以此来使自己变得更加富有；同样也不意味着，暴君们可以随便把这个国家折腾到这样一番境地——数以百万计的人们，仅仅是为了三餐温饱和一方床榻，可以随时准备好去做任何事情——欺骗、谎言，或者斩断自己的右边胳膊。他们把自由这个词，弄成了一种亵渎。你听到我在说什么了吗？他们把自由这个词，弄得跟只臭鼬一样臭，人所皆知。”

杰克额头上的血管狂跳着，嘴巴说话不停，像是发了痉挛。辛格坐直了身体，表情专注。杰克想要再讲一遍，那些话语全堵在了他的嘴边。他全身上下一阵颤抖，坐在了椅子上，用手指摁压住自己抖个不停的双唇。然后，他声音沙哑地说道：

“就是这么回事，辛格。发疯也没什么好处。我们做的无论什么事情，都是全无用处。照我看来，就是那么一回事了。我们能做的一切，就是四处宣讲真理。一旦有足够的人——那些原本一无所知的人们一清二楚了，学到真理了，那样一来，战斗就再没有任何用处。我们唯一需要做的事情，就是让他们一清二楚。只有那件事是必要的。但是，怎么做才好呢？嗯哼？”

炉火投下的影子在墙壁上跳动。那漆黑的、影影绰绰的律动越升越高，连房间也游移了起来。空间起伏不定，所有的平衡感都消失了。孤独的杰克感觉自己正在下沉，缓慢沉入了如波涛般游移的律动当中，沉入了荫翳的海洋之中。在无助和恐惧的支配下，杰克睁大了自己的双眼，然而，除了朝着他呼啸而来的、暗沉的猩红色律动之外，他再也看不到任何其他东西。随后，他总算辨认出了自己一直在追寻的东西：遥远之处，哑巴那张脸在朦胧当中显现了。杰克闭上了双眼。

隔天上午他醒得很晚。辛格已经走了好几个小时了。桌上放着面包、奶酪、一只橙子和一壶咖啡。吃完早饭后，就是工作的时间了。他神情黯淡地走着路，脑袋低垂，横穿整个小镇，朝着自己家走去。当杰克到达自己所住的街区后，便走在了一条相当狭窄的、道路一侧有一栋外墙被煤烟彻底熏黑了的砖砌仓库的街道上。此时，仓库建筑物的墙壁上似乎有些许异样，稍微吸引了一下他的注意。杰克继续往前走，突然之间，他的全部注意力都集中到了墙上——那里被人拿亮红色粉笔写了一句话，每个字母都写得很粗大，样子也挺奇怪：

你们必吃勇士的肉，喝地上首领的血。

杰克把这句话读了两遍，然后有些焦虑地往街道两边看了看。视野里看不到任何人。冥思苦想了几分钟后，杰克从自己的口袋里取出一支笔芯很粗的红色铅笔，在墙上那句话下面十分小心地写道：

写上以上话语之人，无论是谁，明天中午与我在这里碰面，星期三，11月29日。或者后天。

隔天中午十二点，杰克便在那扇墙前面等着……他时不时地走到墙角，表情很不耐烦，四下张望：从街的这头看到那头。没有人来。一个小时之后，他不得不离开那里，到阳光迪克西秀去了。

这之后一天，他也去等了。

然后，星期五下了一场悠长的冬雨。那面墙湿透了，写的那些话也被氤氲成一团，连一个词都看不清了。雨一直下，愁云惨淡，寒意袭人。

# 5

“米克,”巴伯尔开口说道,“我开始相信,我们全部都会被淹死了[1]。”

确实,这场雨看上去像是永远都不会停止了。威尔斯夫人用自己的车接他们放学,送他们上学。每天下午,他们都不得不待在门廊前,或者留在屋子里。她和巴伯尔会玩鲁多游戏[2]和老处女纸牌[3],在客厅的小块地毯上打弹珠。圣诞假期越来越近,巴伯尔开始念叨起我主小耶稣[4],还有他希望圣诞老人能够送来给他的那辆红色自行车。窗户上的雨是银色的,天空看上去湿冷而灰白。河水上涨得

1 意指巴伯尔开始相信《圣经·创世记》中关于大洪水的描述。

2 Parcheesi即Ludo,一种由古印度竞赛游戏演变而来的卡片棋牌类游戏。

3 Old Maid,即潜乌龟,一种源自英国的纸牌游戏,抽出任意一张鬼牌后分牌,抽到相同牌后可打出,没有同数字后则互相抽牌打出,最后剩下鬼牌者为输家。

4 Little Lord Jesus,一般会出现在基督教儿童歌曲歌词中,会在主日学上课时教授。

如此之高，工厂里的一些人甚至不得不搬离自己的屋子。然后，就在这场雨看起来会一直下到天荒地老时，它突然停了。有天早上，他们一觉醒来时，明媚的太阳正在高高闪耀。到了下午，天气几乎要跟夏天一样暖和了。米克放学后很晚才回家，巴伯尔、拉尔夫和“排骨”都在屋子前面的人行道上。孩子们看起来很热，身上汗黏黏的，身上的冬装透出一股酸臭的味道。巴伯尔拿着弹弓，还有一大口袋的小石子。拉尔夫坐在自己的手推车上，帽子耷拉着戴在头顶，看起来十分烦躁。“排骨”随身带了自己的新步枪。天空是美好的湛蓝色。

“我们等你很久了，米克。”巴伯尔说，“你去哪儿了？”她三步一级地上楼梯，把自己的毛衣往挂帽架上一扔。

“在体育馆里练习弹钢琴。”

每天下午放学后，她都会去弹一个小时。体育馆里挤满了人，喧闹异常，因为女孩子们正在组队打篮球比赛。今天她就被篮球打中了两次脑袋。尽管如此，能够有机会坐在钢琴前面，就算被篮球打上再多次，惹上再多麻烦，也都是值得的。她用手指调动起不同的琴键，直到自己想要听到的声音从钢琴里传出来——这比她想象的要容易。在累积了最开始弹琴的两三个小时之后，她便发现钢琴低音部中的一些和弦，能够跟自己右手正弹奏着的主调相配合。现在，她几乎已经可以挑任何自己知道的曲子来弹奏了。而且，她还自创了一些新的曲子：这比只是简单重复已有的调子更棒。用双手亲自捕捉到这些美妙的、全新的声音时的感觉，是她至今为止所体会过的最好感觉。她想去学习怎样阅读那些已经写下来的曲谱。德洛丽丝·布朗上过五年音乐课。于是,她便用自己拿到的午餐钱,每周向德洛丽丝支付五十美分,请她给自己上课。这样做让米克一整天都感到十分饥饿。德洛丽丝能够弹奏不少节奏很快、调子十分流畅的曲子——但德洛丽丝却不知道应该怎样回答米克想要知道的各种问题。因此,德洛丽丝只负责教她不同的音阶,大三和弦与小三和弦,音符的长短,以及跟这些内容相似的种种入门规则。

米克猛一下关上了厨房火炉的炉门。"我们就只有这些吃的?"

"亲爱的,我最多也就只能给你做出这些来了。"波西娅说。

只有玉米饼和人造黄油。米克吃的时候同时还在喝一杯水,以便帮助她把东西冲咽下去。

"别表现得这么贪心了。没人会过来从你手里抢吃的。"

孩子们依旧在屋子前面玩耍。巴伯尔把自己的弹弓放进了口袋里,现在正拿着步枪在玩。"排骨"今年十岁,父亲一个月前去世了,这是他父亲的枪——所有比他更小的孩子们都喜欢摆弄那把步枪。每隔几分钟,巴伯尔就会把枪托架到自己肩膀上,举枪瞄准,嘴里发出一记响亮的声音。

"不要拿扳机开玩笑,""排骨"说,"我已经给枪上过膛了。"

米克吃完玉米饼后便环顾四周,想找点事情做。哈利·米诺维奇正坐在自家门廊的栏杆上读报纸。看到他,米克感到很高兴。她开玩笑似的高举起手臂,行了个纳粹礼,同时冲他喊道:

“万岁！”[1]

但是哈利并没有把米克的行为视作玩笑。他转身进了前厅，关上了门。

伤到他的感情很容易。米克对此感到有些歉意，因为她跟哈利曾经也是关系相当好的朋友。当他们俩还是小孩子时，一直都跟同一帮孩子一起玩。不过最近三年里，他跑去上了职业培训学校，而她却还待在文法学院里。况且，他平时还要去做兼职工作。突然之间，他就长大了，不再跟孩子们一起在后街前院里玩耍。有时，她能够看到他正在卧室里读报纸，或者夜深之后在卧室里脱衣服。在数学和历史这两门科目上，他是职业培训学校里最聪明的男孩。现在，她也上职业培训学校了，他们常常会在回家的路上相遇，并且一起走回家。他们上的是同一节手工课，有一次，老师甚至让他们二人组成学习小组，一起组装一台电机。他读书，而且每天坚持读报纸，脑袋里面一直关注着世界政治局势。他说话的速度很慢，当他态度非常认真时，额头上还会沁出汗水来。此刻，她已经惹他生气了。

“不知道哈利手上是不是还存着他的那枚金币。”“排骨”说。

“什么金币？”

“每当一个犹太孩子出生时，他们就会为他在银行里存上一枚

1　原文为德语Heil，即纳粹礼口号Heil Hitler（希特勒万岁）的简略表示。前文曾提到哈利·米诺维奇是犹太人。

金币。犹太人就是这么做的。”

“鬼扯。你把事情搞混了。”她说，“你说的那个是天主教。天主教徒会在婴儿出生时给他买上一把手枪。总有一天，天主教徒们将会发起一场战争，把除了天主教徒之外的其他人全部杀掉。”

“修女们给我一种很古怪的感觉，”“排骨”接腔道，“每次在街上看到修女，我都会吓一跳。”

米克坐在台阶上，脑袋靠在自己的膝盖上。她进了“内室”。在她看来，自己的感知里仿佛同时存在两个地方——“内室”和“外室”。学校和家里每天发生的事情都在“外室”，辛格先生则既在“内室”也在“外室”。外国、计划和音乐在“内室”。她一直惦记着的那些曲子在“内室”，那支交响曲也在“内室”。当她独自逗留在“内室”时，那天晚上聚会后听到的音乐又会回到她的耳边。那支交响曲仿若脑海中一朵巨大的花朵，正在缓慢生长、变化。有时候是在白天，又或者在她早上刚刚醒来时，交响曲的一部分新段落会突然向她袭来。这时，她就必须进到“内室”里面，反复聆听许多次，并尝试将这部分新的段落，添加到自己记忆里的交响曲乐章当中去。“内室”是个很私人的地方，只要进入“内室”，即便在一个到处都是人的屋子中央，她也会觉得自己遗世独立。

“排骨”把自己的一只脏手伸到她的眼前，因为她的双眼刚才一直都在盯着虚无。她一巴掌把他的手给打开了。

“什么是修女？”巴伯尔问道。

“就是信天主教的女士。”“排骨”说，“信天主教的女士，身上穿着黑色长裙，连自己的脑袋都给遮住了。”

米克已经厌倦了跟这帮孩子一起玩耍。她想去图书馆看看《国家地理》杂志中收录的照片。世界各地的照片皆有收录：法国巴黎、巨大冰川、非洲的野生丛林等等。

“你们这帮孩子给我盯着点拉尔夫，不要让他到街上来。”她说。

巴伯尔把那柄大大的步枪扛在了肩膀上。“给我带本故事书回来。”

那孩子像是生下来就知道怎么读书。他才上二年级，却喜欢自己读故事书——而且，他从来都没有要求任何人读给他听过。

“这一次你想要什么样的？”

“挑一些故事里面讲到和吃相关内容的书吧。我特别喜欢这样一个故事，讲他们那些德国小孩子，外出到森林里，在森林里找到了这样一座屋子，完全是由各式各样的糖果建成的，还碰到了女巫……故事里面讲到吃东西的，我就喜欢这样的。”

“我会去找这样一个故事的。”米克说。

“不过，我对糖果已经有些厌倦了。”巴伯尔说，“你看看能不能给我找来类似烧烤三明治这样的故事。要是你找不到的话，那我就要读一个牛仔故事。”

米克已经准备动身了，就在这时候，她突然停了下来，眼睛注视着前方。孩子们也一齐望了过去。他们全都一动不动地站在那儿，看着街对面的毛毛·威尔森从自家屋子的台阶上走下来。

“毛毛哪有这么可爱！”巴伯尔轻声说。

或许因为这连日阴雨后突如其来的阳光灿烂，或许因为在这样一个午后，他们身上颜色黯淡的冬装看上去丑陋无比，无论如何，毛毛看起来简直就像个仙女，或者动画片里才会出现的某个可爱小东西。她身上穿着去年晚会时的小礼服——包括一条粉色绉纱小蓬蓬裙，穿在毛毛身上显得短而僵硬，一件粉色的紧身连体衣，一双粉色的舞鞋，手里甚至还拿着一只粉色的小手袋。再加上她那头黄头发，使她整个人看起来都是粉色的、白色的、金色的——而且她个子又是那么小，那么白净，以至于光是看着她，都令人感到心疼。她以一种如此可爱的方式出现在了街对面，但却并没有把脸转过来朝向他们。

“到这边来，”巴伯尔说，“让我看看你那小小的粉色手袋——”

毛毛沿着街道边缘从他们身边走过，却故意把头扭向一边。看起来，她已经下定决心不会搭理他们了。

人行道和马路之间有一长条草地，当毛毛走到草地旁边时，她停住脚步，双手前伸，做了个空翻。

“不要太在意她。”“排骨”说，“她总是想着要出风头。这会儿她是要去布兰侬先生的咖啡馆拿糖果。他是毛毛的叔叔，所以毛毛可以在他那儿免费拿糖。”

巴伯尔把步枪的枪托放在了地上。这柄大枪对他而言实在是太重了。他看着毛毛在街上逐渐走远，一边看，一边拉扯自己乱糟糟的头发。

“那可真是个可爱的粉色小手袋啊。”巴伯尔说。

“她的妈妈总是在说她多么有才。”“排骨”说，“她觉得自己有办法让毛毛上电影。”

现在再去看《国家地理》杂志已经太晚了。晚餐差不多已经准备好了。拉尔夫放开嗓子，哭了起来。于是，她便将他从手推车上抱下来，放到了地上。现在是十二月，对于一个像巴伯尔这个年纪的孩子来说，夏天过去已经很久了。已经过去的这个夏天里，毛毛每天都会穿着那套粉红色的衣服，在马路中间跳舞。起初，孩子们会聚集到一起，围着看她跳舞，不过很快他们便厌倦了。巴伯尔是唯一一个当毛毛出来跳舞时还会继续看她的人。他就坐在马路牙子上，每当看到有汽车开过来时，他都会向她大喊，提醒她注意。巴伯尔看毛毛穿着那套衣服跳舞已经看了一百遍了——可如今夏天早已过去了三个月，现在巴伯尔再看毛毛跳舞，又像是全新的一样了。

“我可真希望自己也能有一套这样的衣服。”巴伯尔说。

“你想要什么类型的？”

“那种真正酷炫的套装。用所有不同颜色裁剪而成的，一套真正漂亮的衣服。就像一只蝴蝶……这就是我圣诞节想要的礼物。漂亮套装，还有一辆自行车！”

“娘炮。”“排骨”说。

巴伯尔再次把大步枪架到了肩膀上，枪口瞄准街对面的一座房子。

“我也会穿着套装到处跳舞的——如果我有的话。我每天都会穿着它去上学。”

米克坐在门廊前面的台阶上，眼睛望着拉尔夫。巴伯尔并不像“排骨”说的那样——他可不是什么娘炮，他只是喜欢那些漂亮的东西而已。自己最好不要让“排骨”带着这样的想法回去。

“一个人无论想得到什么，都必须要努力奋斗。”她不急不缓地说道，“而且，有一种情况我已经留意过很多次了——哪个孩子在家里的排行越小，那这个孩子就越有出息。年龄更小的孩子永远都是最强韧的。我本人就很强韧，因为在我上面还有很多哥哥姐姐。巴伯尔——他看起来病恹恹的，喜欢漂亮的东西，但在这些表象之下，他其实是个有胆量的家伙。如果所有这类说法都是真的，那么，当拉尔夫长大到可以到处走之后，肯定也会是个真正强大的人。尽管他现在只有十七个月大，我们也已经能够从拉尔夫的脸上看出一些坚毅强韧的迹象来了。”

拉尔夫开始摇头晃脑，四下张望，因为他知道自己正在被他们谈论着。“排骨”坐到地上，一把扯下拉尔夫头上戴着的帽子，在他面前胡乱甩着，逗弄他玩。

“差不多得了！”米克说，“如果把他惹哭了，你很清楚自己会有怎样的下场。你最好老实小心点儿。”

万物沉寂。太阳藏到了房屋的屋顶后面，西边的天空显出了紫色和粉红色。邻近的街区传来了孩子们溜冰的声音。巴伯尔斜靠在一棵树上，那样子似乎是在做梦。晚饭的香味飘出来了，很快就要开始吃饭了。

“看那儿，”巴伯尔突然开口说道，“毛毛又回来了。她穿那套粉红色衣服可真是太好看了。”

毛毛慢腾腾地朝着他们走来。叔叔给了她一大盒有奖爆米花糖，此刻，她正把手伸进糖盒里寻找奖品呢。她走过来的步态还是一样拘谨又讲究。你光是看她那副样子就很清楚，她已经知道他们都在瞧着自己了。

“求你了，毛毛——”当毛毛从他们身边经过时，巴伯尔开口说道，“让我瞧瞧你那个粉色的小手袋，碰一碰你身上穿的粉色套装吧。”

毛毛开始自顾自哼起了小曲，不闻不顾。她径直走了过去，没有允许巴伯尔跟自己一起玩，只是低下头来，朝着他微微笑了一下。

巴伯尔此时仍旧把大步枪架在肩膀上。嘴里发出一记响亮的声音，假装自己已经开枪了。然后，他又开始呼唤起毛毛——用一种十分轻柔、哀怨的声音恳求她，仿佛在呼唤一只小猫似的。

“求你了，毛毛——到这边来，毛毛——”

他的动作实在太快了，米克根本来不及阻止他。她才刚看到巴伯尔的手指扣下扳机，枪就发出了一声恐怖的巨响。毛毛应声瘫倒在人行道上。就好像她正在走路时，突然被钉死在路面上一样，完全不能动，也没办法叫出声来。“排骨”惊讶地把自己的双臂高举过头顶。

巴伯尔是唯一一个还没有意识到究竟发生了什么事的孩子。“起来啊，毛毛。”他大声喊道，“我不和你生气。”

所有这一切都发生在一秒钟以内。他们三人同时跑到了毛毛身边。只见毛毛蜷缩在肮脏的人行道上，裙子翻了起来，盖过了她的脑袋，露出里面穿的粉色小内裤，还有小小的、白皙的双腿。她的双手摊开——其中一只手里拿着糖盒里找到的奖品，另一只手里是那个小手袋。她头上戴着的发带上全部都是血，一头金色的鬈发顶上也都是血。她被子弹打中了头，脸朝下倒在了大马路上。

一秒钟发生了如此之多的事情。巴伯尔尖叫起来，把枪扔到地上，跑开了。米克站在她的身边，双手捂住脸，同样也尖叫起来。然后，有很多人过来了。她的爸爸是第一个到那儿的。他把毛毛抱起来，带进了屋子里。

“她死了，”“排骨”说，“子弹把她的眼睛都打穿了，我看到她的脸了。”

米克在人行道上走来走去，她试图开口问一下毛毛是不是真的死了，但舌头却像卡在了嘴巴里面，一句话都说不出来。威尔森夫人从她工作的美容院那里跑过来了。她先是进了屋子，然后又出来了。她在街上来来回回走着，号啕不停，把手指上的戒指拉下来又戴上去，拉下来又戴上去。接着是救护车过来了，医生进了屋子，要去看毛毛。米克跟在医生后面进去了。毛毛躺在客厅的一张床上。屋子里安静得跟教堂一样。

躺在床上的毛毛看起来就像一只漂亮的小洋娃娃。除了有血之外，她看起来不像是受了伤。医生弯腰检查了她的脑袋。检查完后，他们用担架把毛毛抬了出去。威尔森夫人和她爸爸陪着毛毛一起进了救护车。屋子里依旧很安静。每个人都把巴伯尔给忘掉了，他自己也不见了踪迹。一个小时过去后，她的妈妈和黑兹尔，还有埃塔，以及所有房客们都在客厅里候着。辛格先生则守在门口。

过了很长一段时间，她父亲总算是回来了。他说毛毛并没有死，不过，她的颅骨被打裂了。他点名要找巴伯尔。

没有任何人知道巴伯尔在哪里。外面天已经黑了。他们在后院和街道上喊着巴伯尔的名字。他们派“排骨”和其他几个男孩子外出去寻他。照眼下情况看来，巴伯尔已经逃之夭夭，不在这块街区里了。于是，哈利又单独去了一栋房子那儿寻找——因为他们认为巴伯尔或许会去那里。

她父亲来来回回地在门廊上踱步。“我可从来没打过我的任何一个孩子，”他反复念叨个不停，“我从来都不相信打孩子有用。不过这次，我敢保证，只要一逮到那孩子，我一定让他好受。”

米克坐在楼梯栏杆上，注视着漆黑的街道。“我有办法对付巴伯尔。只要他一回来，我就好好收拾他。”

“你出去好好找找他。你找巴伯尔的本事可比其他人都强。”

她父亲刚说完，米克突然就想明白巴伯尔去哪儿了。后院里有一棵大橡树，夏天的时候，他们在树上造了一座树屋——把一只大箱子给拽到了这棵橡树上。巴伯尔总是喜欢独自一个人在那座树屋里呆坐。于是，米克便离开了聚在门廊前的家人和房客们，沿着小路往漆黑的后院走去。

她在那棵树的树干旁站了一会儿。“巴伯尔——”她轻声呼唤道，“我是米克。”

他没有回答，但米克知道他就在上面，就仿佛她能够闻出他的气味似的。她伸手拉住最低处的树枝，慢慢爬了上去。她确实很生那个孩子的气，肯定得好好给他上一课。到了树屋旁边之后，她又唤了一次他的名字——依然没有任何回应。她只好爬进那只大箱子里面，沿着箱子边缘一点一点摸索。最后，她果然摸到了巴伯尔。他正蜷缩在箱子一角，双腿一直抖个不停。巴伯尔原本一直在屏住呼吸，结果她的手一碰到他，他马上同时发出了抽泣声和呼吸声。

"我……我不是有意让毛毛摔倒的。她那么小，那么可爱……我觉得自己就是忍不住想要逗逗她。"

米克坐了下来，坐在了树屋的地板上。"毛毛死了，"她开口说道，"他们派了一大堆人出来，到处抓你呢。"

巴伯尔不再哭了。现在他十分安静。

"你知道爸爸现在正在家里做些什么吗？"

她似乎都能够听见巴伯尔正在认真听她说话时的声音了。

"你认识监狱长劳斯的——之前你曾经在收音机里面听说过他。你也知道新新[1]……这么说吧，咱们的爸爸正在给劳斯监狱长写一封信，求他在他们抓住你，并且把你送到新新之后，能够对你稍微好一点点。"

这番话语在黑暗中听起来实在是太恐怖了，连她自己都打了个冷战。她能够感觉到巴伯尔正在颤抖。

---

1　Sing Sing，指纽约市新新监狱。一座恶名昭彰的重刑犯监狱。

“在新新，他们有那种很小的电椅——刚好是你的尺寸。他们一通上电，你就会被烤煳，烤得像一块烤培根一样。然后你就直接下地狱了。”

巴伯尔缩在角落里，不发出一丁点儿声音。米克翻过箱子边缘，打算从上面爬下去。“你最好藏在这上面，因为他们叫了警察过来，已经把后院给封锁了。没准过个几天之后，我还能想办法给你弄些东西上来吃。”

米克靠在橡树的树干上，心想，那番话应该足够让巴伯尔得到教训了。她总是有办法对付巴伯尔，也比其他任何人更了解那个孩子。有一次，大概是一年还是两年前吧，他总是喜欢躲在灌木丛后面小便，然后再自慰一会儿。米克很快就发现了他的小秘密。于是，每当他这样做时，她都会狠狠抽他一耳光。三天之后，他的这个坏毛病就改掉了。自那以后，他甚至都不能再像其他孩子一样正常小便了——每当小便时，他都会把双手挡在自己后面。米克不得不去照料巴伯尔，而且，她总是能好好对付他。再过一会儿，她就会爬回到树屋里面去，把他给领回来。经过了这件事之后，保管他这一辈子都不会再想要拿起一把枪了。

屋子里依然是那种死气沉沉的感觉。房客们全都坐在门廊那边，既不说话，也不随便摇晃椅子。她爸爸和妈妈都在客厅里。爸爸直接拿着瓶子喝啤酒，在客厅里走来走去。毛毛会好起来的，所以此处的担忧并非与毛毛相关。而且，没有任何人看起来像是在为巴伯尔感到焦虑。不对劲的是其他事情。

"都怪那个巴伯尔!"埃塔说。

"这件事发生后,我连出门都觉得难为情。"黑兹尔说。

埃塔和黑兹尔进了里面的房间,关上了门。比尔在后面他自己的房间里。米克不想跟他们说话。她独自站在客厅里,自顾自地想着这整件事。

这时,她爸爸的脚步突然停住了。"那就是故意的,"他这样说,"完全不像是那孩子正在瞎折腾枪时突然走火。每个亲眼看到这件事的人都说,他是故意瞄准的。"

"我很想知道我们什么时候会有威尔森夫人那边的消息。"她妈妈说,"她会烦死我们的,这可好了!"

"早就知道我们要倒霉了。"

此刻,太阳早已落山,夜晚又变得跟十一月一样寒冷了。人们从门廊那边走进来,坐到了起居室里——但却没有谁来生火。米克的毛衣一直在挂帽架上,所以她直接拿下来穿上了。她站在那里,肩膀往下蜷缩成一团,以此来保持温暖。她想着,巴伯尔现在还坐在那个伸手不见五指的寒冷树屋里,他真的完全相信了她所说的每一句话。不过话说回来,他此刻担惊受怕也是活该——他可是差点儿就把毛毛给杀了。

"米克,你难道想不出巴伯尔现在可能会去哪儿吗?"她爸爸问道。

"他就躲在街区里,我很清楚。"

她爸爸手里拿着空啤酒瓶,继续走来走去。他走起路时的样子像个盲人，他的脸上看得到汗水。“那可怜的孩子吓着了，不敢回家了。如果我们能找到他，那我会感觉好点儿。我还从来没有亲手打过巴伯尔。他不应该怕我才是。”

米克要等上一个半小时。等满一个半小时后，巴伯尔就会为自己曾经犯下的事情真正感到抱歉了——米克总是能好好对付巴伯尔，让他得到教训。

过了一会儿，屋子里起了一阵不小的骚动。她父亲又给医院打了一通电话，想知道毛毛的情况如何。几分钟后，威尔森夫人打了电话过来。她说，想跟他们谈一谈，她会到屋子这边来。

她父亲依旧像个盲人一样，在客厅里来回走着。他又喝了三瓶啤酒。“发生了这样的事，她能把我告到破产。她能拿到的全部东西就是这座房子，还不算抵押贷款的部分。不过，发生的毕竟是这样的事，我们是完全没办法的。”

这时，米克心里突然起了个念头。或许他们真会把巴伯尔送上法庭，再把他关到哪间儿童监狱里去。或许威尔森夫人会把他送去工读学校。或许他们真会对巴伯尔做些吓人的事情。想到这里，她打算马上出去，到树屋那儿去，坐在巴伯尔旁边，告诉他不用担心。巴伯尔一直都很瘦小，也很机灵。谁敢试着把这孩子从家里弄出去，她都会杀了这个人。米克很想再亲亲巴伯尔，然后咬他一口，因为她实在太爱他了。

然而，她不能错过这里发生的任何事情。威尔森夫人几分钟之后就会抵达这里，她必须知道到时会发生什么。在那之后，她会马上跑出门去，告诉巴伯尔，自己之前告诉他的那些话都是在说谎。因为之后将要发生在他身上的事情，肯定能让他得到教训。

一辆十美分起价的破出租车停到了人行道边。每个人都在门廊上等着，一言不发，心惊胆战。威尔森夫人和布兰侬先生一起从出租车里走了出来。当他们走上楼梯时，米克都能够听到自己父亲因为紧张而死命咬牙的声音。他们进了客厅，米克也一直尾随在后，并且站在了客厅过道上。埃塔、黑兹尔和比尔，还有房客们全都没进客厅。

“我过来是要跟你们谈谈这整件事的。”威尔森夫人说。

客厅看起来颇为寒酸，脏兮兮的。米克注意到，布兰侬先生正在细细打量这里的每一样东西——破破烂烂的赛璐珞制洋娃娃、玩具串珠，还有拉尔夫玩的各种垃圾东西全都散落在地板上。爸爸的工作台上放着啤酒，爸妈睡觉的那张床上的枕头也灰沉沉的。

威尔森夫人还在不停地将手指上的戒指拉下来又戴上去。她旁边站着的布兰侬先生十分冷静。他两腿交叉坐在那儿，下巴是青黑色的，看上去就像电影里的黑帮成员。他总是对她抱有恶意。永远粗声粗气地跟她说话，和跟其他任何人交谈时都不一样。没准是因为他已经知道，她有一次和巴伯尔一起从他柜台上偷拿了一包口香糖？她讨厌他。

“情况已经一清二楚，”威尔森夫人说，“你家孩子故意开枪打中了我家毛毛的头。”

米克上前几步，走到房间正中央，说：“不对，他不是故意的。当时我就在那儿。巴伯尔也用枪瞄准过我和拉尔夫，还有周围的每样东西。他只是碰巧瞄准了毛毛，手指滑了一下而已。当时我就在那儿。”

布兰侬先生摩挲了一下自己的鼻子，用一种很悲凉的方式看了看她。米克很肯定，自己确实讨厌他。

“我知道你们是什么感觉——所以，现在我想直入主题。”

米克的妈妈将一大串钥匙弄得叮叮当当响，她爸爸很安静地坐在那儿，两只大手撑在自己膝盖上。

“巴伯尔根本没料到会有这样的事情发生，”米克说，“他只是——”

威尔森夫人不断把戒指从手指上拔上拔下。“等一下。我很清楚事情的前因后果。我完全可以告上法庭，把你们告到倾家荡产。”

她爸爸脸上完全没有任何表情。“我这么告诉你吧，”他说，“你就算告我们，我们也拿不出多少钱来赔你。我们有的就只有——”

“好好听我把话说完，”威尔森夫人说，“我这次并没有带任何律师过来跟你们谈。巴塞洛缪……布兰侬先生和我在来的时候已经商量过了，我们在几个重点问题上达成了一致。首先，我希望事情能够得到公平、诚恳的解决——其次，鉴于毛毛的年龄，我不希望她的名字被牵扯进任何一起民事诉讼当中去。”

没人出声，房间里的每个人都僵硬地坐在自己的椅子上。只有布兰侬先生不干不脆地冲着米克笑了笑，但她却眯起眼睛狠狠地瞪了回去。

威尔森夫人十分紧张，点烟的时候整只手都在颤抖。“我根本没打算弄到必须要告你们的程度，也不想做那样的事。我对你们的唯一要求，就是公道。我可没要你们赔偿毛毛在这整个过程当中所受的痛苦，所流的眼泪——他们最后给她弄了些可以帮助睡觉的东西，才算消停下来。这些苦难，赔再多的钱都没办法弥补。而且，我也没要你们赔偿这件事将会对毛毛的事业、对我们已经安排好的规划所造成的破坏。她必须得缠好几个月的绷带。她也没办法再在社交晚会上跳舞了——没准她脑袋上还会留下一小块光秃秃的瘢痕呢。”

威尔森夫人和她爸爸彼此对视着，仿佛互相都进入了催眠状态。然后，威尔森夫人在自己的手袋翻找了一下，取出一张纸来。

“你们需要支付的，仅仅是我们在这件事上的实际花销。其中包括毛毛可以出院回家之前的医院私人病房费用，以及雇用一名私人护工的花费。包括手术费，还有医生开出的账单——在此，我要求你们能够一次性付清医生账单。还有，他们剃光了毛毛的头发，所以我也要求你们支付我带她去亚特兰大做永久烫发的钱——这样一来，当她的头发长回来之后，我就可以带她去把头发做成原来的样子了。还有她的服装损失费，以及其他一些类似的细碎款项要付。等知道具体的花销数额之后，我会马上把所有需要你们来支付的内容写下来。我会尽我所能做到公平、诚恳，等我将价目单拿过来之后，你们就得照数付全款了。”

她妈妈抚平自己膝盖位置的裙褶，急促地吸了口气。“照我的意思来看，儿童病房可比私人病房好得多了。以前米克得肺炎的时候……”

“我说过了，私人病房。”

布兰侬先生伸出自己那双苍白、粗短的手，做出平衡的动作，仿佛两只手各放在秤的一端似的。“没准一两天之后，毛毛也可以搬到双人病房去，跟某个其他孩子住到一起。”

威尔森女士的态度很强硬。“你听到我说的了。是你家的孩子开枪打了我的毛毛，她理应在每一方面都得到好的对待，直到好起来为止。”

“你的要求合情合理，”她爸爸说，“上帝知道，我们家现在当真是拿不出什么来了——不过，没准我还是可以勉强把你需要的款子凑出来。我很清楚，你并没有打算从我们这儿讹上一笔，我对此十分感激。我们会尽力而为的。”

米克想留下来，听他们说完每一句话，但她心里却一直都在惦记着巴伯尔。当她一想到他此刻正坐在那漆黑冰冷的树屋里，脑子里思考的全是新新监狱的事情时，她就感到坐立不安。于是，她出了房间，穿过过道出了后门。风吹个不停，除了厨房灯光映射出的一块方形光晕之外，后院里完全是黑乎乎一片。当米克回头看时，她看到波西娅正坐在桌旁，用她那双纤长、瘦削的双手捧着脸，一点声音都没发出来。后院里很荒凉，在那黑暗之中，夜风带起一片闪动骇人的影子，以及某种仿佛哀悼般的声音。米克先是站在那棵橡树下面。然后，当她刚伸手出去，想要往上爬第一步时，某种恐怖的预感笼罩住了她。

突然之间，她感觉到巴伯尔已经走了。她喊了他的名字，他也没有回答。于是，她飞快地爬了上去，脚步安静得像只猫一样。

“说话啊！巴伯尔！”

根本不用到那箱子里面去摸索，她知道他已经不在那儿了。为了确认这点，她还是进了箱子，并且摸遍了里面的每一个角落。那孩子走了，他肯定是在她离开的时候就走掉了。至于现在，他肯定也已经逃远了，而且，一个像巴伯尔这么机灵的孩子会逃去哪里，根本没人猜得到。

米克赶紧从树上爬下来，跑向了门廊。威尔森夫人正要离开，屋子里面的人全都随着她一起走出来了，正走到门廊的楼梯那儿。

“爸爸！”她说，“是巴伯尔，我们必须得做点什么。他逃走了。我很肯定，他已经离开了我们住的这一块。我们应该全体出动，出去找他回来。”

没有任何人知道应该去哪儿，或者怎样开始找他。她父亲在街上走来走去，往所有的小巷里面张望。布兰侬先生为威尔森夫人打电话叫了一辆十美分起价的出租车，然后就留下来帮着他们一起找巴伯尔。辛格先生坐在门廊的栏杆上——他是唯一一个目前还保持冷静的人。他们全都在等米克想办法，想出最有可能找到巴伯尔的地方。但是小镇实在太大，那小家伙又那么聪明，连米克也不知道应该从哪儿找起。

或许他去了糖山那边、波西娅家的房子那块儿。一想到这点，米克便回了厨房——波西娅一直坐在厨房的桌边，双手依旧捧着脸。

“我一下子想起来，他应该跑到你家去了。帮我们找他去。”

“我怎么就没想到呢！赌五美分，我那吓坏了的小巴伯尔，肯定一直藏在我家里。”

布兰侬先生借了一辆汽车。他和辛格先生，还有米克的父亲、米克和波西娅一起上了车。除了米克，没有任何人知道巴伯尔的感受。没有任何人知道，他逃跑的真正原因，是想要保全自己的性命。

除了有星星点点的月光洒在地板上之外，波西娅家的房子里面一片漆黑。他们才刚走进屋子里就已经清楚，两个房间里都没有人。波西娅点亮了前屋的灯。房间里有一种黑人身上特有的味道，墙上到处都贴满了从杂志上剪下来的图片，桌子上铺着蕾丝桌布，床上放着蕾丝枕头。巴伯尔不在这里。

“他来过这里，”波西娅突然开口道，“我有种感觉，有人曾经来过这里。”

辛格先生在厨房的桌子上找到一支铅笔，还有一张纸。他很快地扫视了一下上面的内容，然后，他们所有人也都看了看。字母写得没什么棱角，而且很潦草，这个聪明的小家伙只拼错了一个词。纸条上写着：

亲爱的波西娅，

我去佛罗里达了。告诉所有人。

你真诚的，巴伯尔·凯利

他们站在这封信周围，万分惊讶却又不知所措。她父亲朝门外望了望，以一种正在担忧的人所特有的方式，用拇指挖着鼻孔。一行人已经准备好要直接上车，开上前往南方的高速公路。

“等等，”米克说，“尽管巴伯尔只有七岁，如果他真想要逃走的话，也不会笨到直接告诉我们他要去哪儿。这段关于佛罗里达的留言，只是个障眼法。”

“是个障眼法？”她父亲说。

“没错。巴伯尔很熟悉的地方只有两个。其中一个是佛罗里达，另一个是亚特兰大。我和巴伯尔，还有拉尔夫走过很多遍亚特兰大路。巴伯尔知道应该怎样到那条路去，所以，那就是他现在会去的地方。他之前一直在说，如果他有机会去亚特兰大的话，将会做些什么。”

就这样，他们出了波西娅的家，又一次上了车。就在米克准备爬上后座时，波西娅轻轻捏了捏她的手肘。“你知道巴伯尔干了些什么吗？”她用很轻的声音说，“你不许告诉其他任何人——我的巴伯尔从我的梳妆台上把我的金耳环拿走了。我可从来都没想过，我的巴伯尔竟然会对我做这种事。”

布兰侬先生发动了汽车。他们朝着亚特兰大街开去，开得很慢，在路过的每条街上仔细搜寻巴伯尔。

确实，巴伯尔长期以来过得都很不容易，大家对他也不怎么友善。他今天处理整个事情的方式，和以往任何时候都不一样。直到目前为止，他一直都是个安静的小孩子，从来没做过什么真正很坏的事情。无论谁受到了伤害，巴伯尔都会觉得难受又紧张。然而，巴伯尔究竟为什么会做出像今天这样的事情来呢？

他们开得很慢，沿着亚特兰大路走。汽车驶过路旁最后一排房屋，进入漆黑的田野与树林之间。他们一路开开停停，逢人便问是否看到了巴伯尔。"是不是有个块头小小、光着脚丫、穿灯芯绒短裤的孩子从这条路上走过？"但是，甚至当他们都已经驶过十英里路之后，也没有任何人看到过或者注意过他。开着的车窗里刮进来的风越发寒冷、凛冽，夜已经深了。

他们又往前开了一小段路，然后便折返回来，回了小镇。她父亲和布兰侬先生计划去逐个拜访上二年级的全部孩子，但米克坚持让他们掉了头，重新回到了亚特兰大路上。她脑袋里一直都在念叨着自己之前讲给巴伯尔听的那番话。说毛毛已经死了，说起新新和监狱长劳斯。还有正好适合他坐的小电椅，还有地狱。在黑暗之中，这些话听起来格外吓人。

他们开得特别慢，开出了小镇，又开了大约半英里路。然后，就在这时候，米克突然看见了巴伯尔。在车灯的两道光线照耀下，正好可以看到，他就在他们前面。真是滑稽。他此刻正走在亚特兰大路的边缘，还伸出自己的拇指来，想要搭个顺风车。他把波西娅切肉用的小刀别在了皮带上，在这荒郊野外的黑漆漆公路上，他看上去比他平时的模样还要更显瘦小，仿佛他不是已经满了七岁，而是只有五岁似的。

他们停下了汽车，巴伯尔马上跑了过来，打算坐进去。他根本没看清楚他们是谁，此刻，他脸上是眯缝着眼睛看东西时的那副表情，就跟他在打弹珠时瞄准某一颗弹珠的表情一样。这时，她父亲一把揪起了他的衣领。他马上开始用拳头打，用脚狠踢，想要挣脱。然后，巴伯尔突然把切肉刀攥在了手里。他们的父亲及时出手，猛一下把小刀给扯开了。他像一只困在笼中的小老虎一样，拼命挣扎，但最后他们还是把他给拽进了车里。回家的路上，他们的父亲一直把他放在自己膝盖上坐着。巴伯尔坐姿僵硬，挺直了背，不去靠住任何东西。

到家之后，巴伯尔怎么也不肯走，他们不得不费尽力气，把他拖进屋子里。周围所有的邻居和房客们都出来看热闹了。他们把他拖进了客厅，一到客厅，他就逃到了一个角落里，紧握双拳，依旧眯缝着双眼，轮番瞪视着面前这些人，仿佛他随时准备要跟所有这些人打一架似的。

自从他们进了屋子之后，他连一个词都没有说过，这时，他突然开始尖叫起来："是米克做的！我没做这件事，是米克做的！"

巴伯尔从来没有像这样号叫过。他脖子上的血管全都突起来了，他的两只拳头硬得跟小石块一样。

"你们抓不到我的！没有任何人可以抓住我！"他还在不停号叫。

米克走过去，双手抓住巴伯尔的肩膀，不停摇晃他。她告诉他，自己之前跟他说的那番话纯属胡编乱造。最后，巴伯尔终于弄明白她说的是什么意思，但却没有就此噤声。

“我恨每一个人！我恨每一个人！”

所有人都围在旁边。布兰侬先生摩挲着自己的鼻子，目光朝下，看着地板。最后，他默默离开了这里。辛格先生看起来似乎是唯一知道一切事情前因后果的人。或许这实际上是因为他完全听不到那些可怕的号叫声。他的表情依旧很平静，巴伯尔每次看他一眼，似乎都变得平和几分。辛格先生和其他所有男人都不一样，像现在这样的时刻，如果其他人可以让他来负责处理，情况将会好得多。他比别人更加理智，知道很多普通人无从得知的事情。现在，他仅仅只是注视着巴伯尔，什么其他事都没做，过了一小会儿，那孩子就变得足够平和，他们的父亲就能够领着他回床上了。回到床上之后，巴伯尔脸朝下趴着，放声大哭起来。他哭的时候呜咽声很长，声音也很大，这使他浑身上下颤抖个不停。巴伯尔哭了整整一小时，三个房间里没有任何人能够睡得着。比尔出了自己房间，去起居室里睡沙发了。米克爬上了床，陪着巴伯尔。他既不让她碰自己，也不让她挨着自己睡下。就这样，在继续哭了一个小时，并且因为气上不来而不停打嗝之后，巴伯尔终于睡着了。

巴伯尔睡着后，米克醒了很长一段时间。在黑暗中，她用双臂环抱住巴伯尔，把他搂得非常紧。她伸手触碰他的全身，吻他身上每一处地方。巴伯尔很柔软，小小的，身上有那种咸咸的男孩子气味。她感受到的爱意实在太过强烈，以至于不得不一直双臂用力，将他死死揽在自己怀中，直到胳膊累得不行才松开来。米克脑袋里面一直想着巴伯尔和音乐。那种感觉，就仿佛自己无论对巴伯尔有多好都不足够。她再也不会打他了，或者甚至再也不会取笑他。整整一夜，她都是搂着巴伯尔脑袋睡的。接下来，到了第二天早上，当她醒过来时，他已经走了。可是，自从那天晚上之后，她就再没有多少能够取笑他的机会了——无论是她，还是任何其他人，都没办法再取笑他了。自从开枪打了毛毛之后，那孩子已经变成了跟以往的小巴伯尔完全不一样的人：永远都是缄口不言，再也不跟任何人一起玩。大部分时间他都坐在后院里，或者放煤用的房子里面，独自一人。圣诞假期越来越近。她真的很想要一架钢琴，但她自然不会对外透露这个愿望的哪怕一星半点。她告诉每一个人，说自己想要一块米老鼠手表。当他们问巴伯尔他想向圣诞老人要些什么时，他说自己什么都不想要。他把自己的弹珠和弹簧刀都藏了起来，不让任何人碰自己的故事书。

那天晚上过后，再也没人叫他巴伯尔了。街区里的大孩子们开始叫他“毛毛杀手凯利”。不过他也没有多说什么，似乎没有什么事情能让他烦心了。家里人开始喊他的真名——乔治。起初，米克还是没办法改口，一直叫他巴伯尔，而且她也根本不想改口。然而好笑的是，过了大约一个礼拜，她也自然而然地开始喊他乔治，就跟其他所有人一样。但是，他现在已经是另一个孩子了——乔治——像个比他实际年龄大很多的人，去哪儿都是独来独往，任何人都不知道他究竟在想些什么，即便是她也不知道。

圣诞节前夜，她跟他一起睡。他躺在黑暗之中，一言不发。“别再装出那副怪样子了，”她对他说，“我们来一起聊聊历史上的先贤智者，还有荷兰的小孩子们——他们圣诞节挂出来的不是自己的袜子，而是木屐。”

乔治没有回应。他睡着了。

她凌晨四点钟就起来了，叫醒了家里每一个人。他们的父亲在客厅里生了火，然后就让他们去圣诞树那儿，看看自己都收到了什么礼物。乔治的礼物是一套印第安人服装，拉尔夫的是一个橡皮娃娃。家里的其他人得到的都只是衣服。她在自己的圣诞袜里翻了个遍，想要找到那块米老鼠手表，但里面根本就没有。她的礼物是一双棕色的牛津鞋，还有一盒樱桃糖。天还没亮，她就跟乔治一起出了门，走在人行道上，一边敲黑人指头[1]，一边放炮仗，吃光了整整一盒的两层装樱桃糖。等到天亮的时候，他们都觉得肚子有些不舒服，而且也筋疲力尽了。于是，她便倒在了沙发上，闭起眼睛，进了“内室”。

1 Nigger-Toes，美国俚语，指巴西坚果。该俚语带有对黑人的歧视意味，战前常用，二十世纪六十年代后已基本不使用。

# 6

早上八点，当苍白的晨光透过窗户映射进来时，科普兰医生正坐在自己的办公桌前，拿着一摞作文在读着。在他旁边的那棵树，是一株针叶厚实的雪松，向上升腾的暗绿色，一直伸到天花板。自打科普兰医生正式行医的第一年起，他每年都会在圣诞节这天举办一场年度聚会，此刻，今年的聚会也已经就绪了。客厅的墙边摆满了成排的长凳和椅子。整座屋子里洋溢着新鲜出炉蛋糕的香甜气味，还有现煮咖啡的香味。办公室这边，波西娅正跟科普兰医生待在一起，她坐在靠墙的一张长凳上，双手托住脸颊，身体前倾，整个人几乎对叠成了两截。

“爸爸，你从五点钟起就窝在办公桌那边了。也没什么具体的事情要处理。你应该回床上去躺躺，到该起的时候再起来。”

科普兰医生用舌头润了润自己厚厚的嘴唇。他脑袋里想的事情太多，根本没办法分神去应付波西娅。她此刻在这里，让他感到心烦意乱。

最后，他颇有些暴躁地冲着她转过脸去，说道："你为什么闷闷不乐地坐在那儿？"

"我只是感到有些担心，"她说，"担心我们家威利。"

"威廉姆？"

"你也知道，他每个星期天都会给我写信。那封信通常会在周一或者周二寄到这里。但是上个礼拜，他却没有写信过来。当然，我并没有太为这件事感到焦虑。威利——他一直都是个热心快肠的好孩子，我知道他不会有什么事的。他已经从监狱里面转出来，被用铁链子拴上，到亚特兰大北边去做苦工了。就在两周之前，他给我寄的这封信里写着，他们今天要去参加一次礼拜活动，吩咐我把他的那套西装和红领带寄过去。"

"这些都是威廉姆说的吗？"

"他还在信里写道，B. F. 迈森先生也在那座监狱里。而且他还碰到了巴斯特·约翰逊——这是威利以前就认识的一个男孩。他还在信里请求我，让我把他的口琴捎过去，因为如果没有口琴，无法吹奏，他根本没办法开心起来。我把所有东西都按他的要求捎了过去，还有一套跳棋和一个糖霜蛋糕。不过，我还是希望在接下来的几天里，能够收到他的消息。"

科普兰医生的双眼中闪动着狂热的光芒，他甚至没办法让自己的双手保持住不动的状态。"女儿，我们还是晚些再讨论这件事吧。

时候不早了，我必须把这里的事情处理完。你先回厨房去，看看是不是一切东西都准备好了。”

波西娅站起身来，努力装出一副开朗又快乐的表情来。“关于五美元大奖的事情，你是怎么决定的？”

“到目前为止，我还没办法决定哪一篇是最优秀的。”他认真地回应道。

科普兰医生的某位朋友，一名黑人药剂师每年都会拿出五美元来作为奖金，奖励给能够写出最优秀命题作文的一名高中生。药剂师一直都让科普兰医生来帮忙评选出最佳作文，并在圣诞聚会上宣布获奖者。今年的作文题目是《我的志愿：我应该如何改善黑人族群的社会地位》。这其中只有一篇文章真正值得考虑。但即便这篇也写得太过幼稚，太欠考虑，如果硬把它选为优胜，那就完全谈不上审慎了。科普兰医生重新戴上眼镜，十分专注地将这篇文章重读了一遍。

> 我的志愿是这样的。首先，我希望能够去上塔斯基吉学院[1]，但我并不想成为布克·华盛顿[2]或者卡佛博士[3]那样的人

---

1 Tuskegee College，始建于1881年，是一所美国私立的传统黑人学院，位于亚拉巴马州塔斯基吉。现已改为综合性大学。

2 Booker Washington（1856—1915），美国政治家、教育家和作家。美国黑人的代言人，1890年到1915年间美国黑人历史上的重要人物之一。曾经是塔斯基吉学院的首任院长。

3 Doctor Carver（1864—1943），即乔治·卡佛。美国教育家、农业化学家、植物学家，第一个进入艾奥瓦州立大学并取得农业硕士学位的黑人。

物。因此，当我认为自己所受的教育已经完成后，我希望能够开始从事执业律师的工作，就跟那位为斯科茨伯勒男孩案[1]辩护的律师所做的一样。我将只选择那些帮助黑人对抗白人的案件进行辩护。每一天，我们的族群都会因为各不相同的原因，被各不相同的方式歧视。事情本不应该如此。我们是一个正在崛起的种群。我们不应该长久屈服于白人的重压之下。我们不应该总是给予，任凭他人榨取。

我想成为摩西，他带领着以色列的儿女们远离了压迫者的国度。我想创立一个由黑人领袖与学者组成的秘密组织。所有黑人都将被组织起来，接受这些精心挑选出来的领袖们的指引，准备发动起义。世界上对我们种群状况感兴趣的其他国家，以及那些乐于见到美利坚合众国分裂的国家，将会来帮助我们。所有黑人都将被组织起来，革命即将爆发，在革命结束时，黑人将会夺下密西西比河以东和波托马克河[2]以南的全部领土。我将会建立起一个强有力的国家，该国将由黑人领袖与学者组织来统治。没有任何白人可被允许拥有该国护照——如果他们来到这个国家，他们将没有任何合法权利。

我厌恶整个白人种群，我将全力以赴，以黑人能够为自己

1 Scottsboro Boys，1931年一起轰动全美的案件，同时也是美国民权运动的一大前兆。
2 Potomac River，美国中东部最重要的河流。

所承受的全部苦难成功完成复仇为己任。以上就是我的志愿。

科普兰医生甚至在自己的血管中都感受到了那种狂热。办公桌上放着的那只座钟，它发出的嘀嘀嗒嗒声实在太吵，刺激着他的神经。他怎么能把大奖颁给一个有着如此疯狂念头的男孩呢？究竟该如何是好？

其他文章根本没有什么像样的主题。年轻人完全不懂得思考。他们仅仅写下了他们的志愿，却把命题的后半部分完全忽略掉了。仅仅只有一点还稍微有些意义：多达二十五篇文章当中，有九篇是用这样一句话起头的——“我不想成为一个奴仆。”在这句话之后，他们开始盼望着未来能够驾驶飞机，或者成为职业拳击手，或者当牧师，或者做舞者。其中一个女孩提出的唯一一项志愿，是希望能够善待穷人。

给科普兰医生造成困扰的这篇文章的作者名叫兰西·戴维斯。他在翻到最后一页，看到签名之前，就已经知道这位作者的身份了。兰西之前就给科普兰医生造成过一些困扰。他姐姐十一岁大的时候，离开家去给别人当奴仆，结果被她的雇主——一个年纪很大的白种男人给强奸了。在那之后大约一年，或者更长一段时间之后，科普兰医生收到一通急诊电话，需要去给兰西出诊。

科普兰医生起身走到他卧室的文件柜前，这里面存放着他所有病人的就诊记录。他从里面取出一张标记有“丹·戴维斯夫人及其家庭”的卡片，浏览上面书写的记录，直到找到兰西的名字。日期是四年前。关于他的内容写得比他家里的其他人都更加仔细，而且是用墨水书写的："年龄十三岁——青春期已过。试图自我阉割，不成功。性欲过剩且甲状腺功能亢进。尽管几乎没有痛感，两次问诊期间仍放肆哭闹。健谈——见到露西·戴维斯，即其做洗衣女工的母亲时感到相当高兴。谈话中表现相当聪颖，但却自始至终都有偏执狂迹象。除了一处例外，所处环境很正常，有重要观察价值，并尽可能提供帮助。保持联系。诊费：一美元。"

"今年很难做出决定，"他对波西娅说，"不过，照我看来，我将不得不把大奖颁给兰西·戴维斯。"

"如果你已经做了决定，那么——过来告诉我这里这些礼物应该怎么弄吧。"

准备拿来在聚会上分发的礼物就放在厨房里。其中有很多装满了日常用品和衣物的纸袋，上面都用一张红色圣诞卡做了标记。任何曾经表示过自己想要来这次聚会的人都被邀请到了，但那些确实打算过来的人会提前来一趟，在走道一张桌子上的客人登记簿上写下（或者请某位朋友帮忙写下）他们的名字——写名字的目的，就是为了对号入座拿礼物。那些纸袋全部堆在地板上，总数大约有四十个，袋子的大小取决于对应收礼人的实际需要。有些礼物仅仅是小包的坚果或者葡萄干，另有一些是装满了东西的大箱子，重到一个人几乎都抬不动。厨房里堆满了好东西。科普兰医生此刻就站在门厅，他的鼻孔因为自豪而翕动不停。

"我觉得你今年准备得相当好了。大家肯定都会对你很热情的。”

“唉呀！”他说，“这还不到所需要东西的百分之一呢。”

“你可差不多得了，爸爸！我真是太清楚不过，你已经开心得不能再开心了。只不过不想表现出来而已。你就是想要故意找点什么碴，来抱怨一下罢了。我们这里现在有四配克豌豆，二十袋玉米粉，大约十五磅重的肋排，鲻鱼，六打鸡蛋，大量粗面粉，成堆的番茄和桃子罐头，苹果，两打橙子，还有衣服，两张床垫，四条毯子。要我说的话，这可太是那么回事了！”

“杯水车薪啊。”

波西娅指了指放在角落里的一只大箱子。“那边那个——你打算拿那些东西做什么？”

箱子里装的，除了垃圾没有别的——一只没脑袋的洋娃娃，一堆已经弄脏了的蕾丝，一张兔子皮。科普兰医生仔细检查了一遍箱子里的每一样物品。“不要把它们扔掉。任何东西都是有用处的，这些是实在没有更好的东西可以拿出来的客人们捐赠的礼物。以后我会想办法让它们派上用场的。”

“既然这样，那你能不能过来帮我瞧瞧这里这些箱子和袋子，看过之后，我才好把它们统统绑好。这厨房里面实在没有位置再容纳它们了。该到他们挤进来吃点心的时候了。我要把这里这些礼物放到外面去，放到后门台阶上，放到后院里。”

朝阳已经升起。今天将会是清朗而又冷冽的一天。厨房里弥漫着各种浓郁又香甜的味道。炉灶上热着一大盆咖啡，橱柜里的一个架子上装满了糖霜蛋糕。

“所有这些东西里面，没有哪样是白人给的。全部都来自黑人。”

“不对，”科普兰医生说，“这句话并不完全对。辛格先生捐赠了一张十二美元的支票，是用来买煤的。今天我也邀请了他到场。”

“我的天哪！”波西娅说，“十二美元！”

“我觉得邀请他来是合适的。他跟其他那些高加索人种的家伙们可不一样。”

“你是对的。”波西娅说，“不过我还是一直在想着我家威利。我当然希望他今天能够过来享受这场聚会。我当然也希望自己能够收到一封他寄过来的信。我刚刚才在心里为此祈祷。不过瞧瞧这儿！我们不应该再像这样继续东扯西扯了，该好好准备了。聚会已经近在眼前了。”

剩下的时间尚且充裕。科普兰医生梳洗妥当，仔细挑了衣服换上。除此之外，他还试着过了一遍当人们都到齐时，他需要当众讲的那一番话。但是，期待和紧张却让他没办法集中精力。然后，到了十点钟，第一批客人来了，半个小时之内，所有客人全部到齐了。

“祝大家圣诞快乐！”邮递员约翰·罗伯斯祝贺道。他很开心地在拥挤的房间里挪动，一边肩膀抬得比另一边高，还拿出一块白色丝质方巾擦自己的脸。

“佳节笑口常开！”屋子前面挤满了人。客人们围在大门口，三五成群地聚集在门廊和院子里。没有任何人推搡，也没谁表现得粗鲁；热闹的人群秩序井然。原本就认识的朋友们彼此呼唤对方的名字，陌生人们受到引荐，紧紧握手。孩子们和年轻人聚拢在一处，朝着屋子后面的厨房走去。“圣诞礼物！”

科普兰医生站在客厅正中央，圣诞树的旁边。他觉得头晕目眩，不停跟人握手，迷迷糊糊地回应客人们的寒暄。私人礼物——其中一些用丝带精心捆扎，另一些用报纸随意包裹——接连不断地被递到他的手里。他再也找不到地方来放它们了。屋子里变得烟雾缭绕，人们的说话声越来越大。各种各样的脸庞在他面前晃过，但他一个人都认不出来。慢慢地，科普兰医生又恢复成了那个镇静自若的自己。他找到了地方，可以用来放下怀里抱着的礼物。眩晕感散去，房间里的一切又清楚起来。他扶了扶自己的眼镜，开始环视四周。

“圣诞快乐！圣诞快乐！”那是马歇尔·尼克尔斯，那位药剂师，他穿着燕尾服外套，正在跟他开垃圾卡车的女婿说话。至圣升天教堂的牧师过来了。其他两间教堂的执事也来了。高仔穿着一套扎眼的格子西装，在人群当中四处寒暄游走。仪表堂堂的年轻小伙子们向穿着裙摆长长、颜色明快的礼服的年轻姑娘们鞠躬行礼。人群里有带着孩子的母亲，有不慌不忙地取出俗丽夸张的手帕，往里面吐痰的老人。整个房间里既温暖又喧哗。

辛格先生站在门厅那儿。很多人都在盯着他看。科普兰医生不记得自己是否已经欢迎过他了。哑巴独自一人站着。他的脸庞和斯宾诺莎画像有几分神似，具体哪里相似却又说不上来。那是张犹太人的脸。看到他真的很让人心安。

门和窗子全都开着，穿堂而过的气流吹得炉火咆哮又兴旺。嘈杂声安静了下来。位置全都坐满了，年轻人们端端正正地坐到了地板上。走道、门廊，甚至院子里都围满了一言不发的客人们。是时候了，该轮到他讲话了——他打算说些什么呢？紧张感扼住了他的喉咙。整个房间都在等待着。约翰·罗伯斯打了个手势，所有的声音都停了。"我的同胞们。"科普兰医生面无表情地开口了。讲到这里时，他停顿了一下。然后，突然之间，所有想说的话都自动来到了他的嘴边。

"我们在这个房间里相聚，共同庆祝圣诞节，已经是第十九个年头了。我们的同胞第一次听说耶稣基督降生，还是在那黑暗的年代里。同胞们被当成奴隶，在这个小镇的法院广场上当众贩卖。自那时起，我们便听过、讲过无数次关于耶稣生平的故事，次数多到我们已经无法记清。因此今天，我们这里要讲的故事将与以往不同。

"一百二十年前，另外一个男人，出生在那个被大家称为德国的国家里——那是个远在大西洋彼岸的国家。这个男人和耶稣一样，所知所想都是超凡的。不过，他的思考与天堂，或者亡者的未来并无关系。他降生的任务是为了在世者——为了那些直到死前都必须不停劳作、不停遭罪的普罗大众。为了那些负责洗衣做饭的人们，那些采摘棉花的人们，那些在工厂热气腾腾的大染缸旁工作的人们。他的任务是为我们造福，这个男人的名字，叫作卡尔·马克思。

“卡尔·马克思是个睿智之人。他一直都在研究、调查、理解自己身边的这个世界。他曾经说过，这个世界上的人们被分成了两个阶级：穷人和富人。每个富人手下都有一千个穷人在为他干活，借此来让他变得更加富有。他并没有把世界上的人们区分为黑人、白人或中国人——在卡尔·马克思看来，对于一个人类个体而言，作为数以百万计的穷人们当中的一员，抑或作为少数富人当中的一员，是比其肤色更为重要的一件事情。卡尔·马克思的人生使命，就是让全体人类一律平等，让世界上既没有穷人，也没有富人，每个人类个体都能够拥有属于他的那一份所得。以下就是卡尔·马克思留给我们的诫命之一：‘各尽所能，按需分配。’”

走道里有一只布满皱纹的、发黄的手掌胆怯地朝着这边挥了挥：“莫非他就是《圣经》中的那位马可？”

科普兰医生解释了一下。他把这两个名字分别拼写了出来，并且引述了相关的日期。“还有更多问题吗？我希望你们每个人都能够试着自由提问，或者任意展开讨论。”

“照我推断，这位马克思先生应该是一位基督教教会成员？”牧师开口问道。

“他相信人类灵魂中所具有的神性光辉。”

“他是个白人吗？”

“是的。不过他不会想着自己是个白人。他曾经说过：‘人所具有的我都具有。’他认为自己是全人类共同的兄弟。”

科普兰医生这次停顿得更长一些。他身边的每一张面庞都在等待着他继续讲下去。

“每一份私人财产都有什么价值，我们在商店里买的每一件商品又有什么价值？价值只跟一个因素相关——那就是为了创造或者培育这份价值而花费的劳动量。一栋砖房为什么比一棵卷心菜贵？因为建造一栋砖房需要很多人来投入心力。有制造砖块的人，调制砂浆的人，砍伐木材来生产制造地板用的木板的人。正是因为这许多人的辛劳，才使建造砖房成为可能。有那些费力将建材搬到即将造起这栋房子的工地上的人，有制造负责运送建材到这里时使用的独轮手推车和卡车的人；而且最后，还有那些建造房子的建筑工人。一栋砖房牵扯到很多、很多人所要付出的劳力——相比之下，我们中的任何一个人都可以在自家后院里种上一棵卷心菜。一栋砖房之所以比一棵卷心菜贵，那是因为需要付出更多的劳动才能建好它。因此，当一个人买下这栋砖房的时候，他实际上是在为建造这栋砖房的劳动付钱。但是，最终谁拿到了这些钱呢？谁拿到了利润呢？并不是付出劳动的那些人——而是控制着这许多人的老板们。如果你们继续研究这一系列问题，你们将会发现，这些老板们上头还有他们的老板，上面的这些老板又有更高层的老板——因此，真正完全掌控这些劳动的人，那些让商品值钱的人，是非常少的。到目前为止都听明白了吗？”

“我们懂了！”

但他们是真听懂了吗？他把自己刚刚说的又从头开始讲了一遍。这一次有些问题被提出来了。

“可是，制造这里这些砖块的黏土不也要花钱吗？租土地种庄稼难道就不用花钱吗？”

“这是一个很不错的视角。”科普兰医生说，“土地、黏土、木材——这些东西都被称作自然资源。人们不需要去生产这些自然资源——人们只需要开采它们，在劳动过程中使用它们就可以了。因此，任何一个人，或者任何一群人就应该去占有这些资源吗？一个人怎么可能拥有种植庄稼用的土地、空气、阳光和雨水呢？对于这些自然资源，一个男人怎么可能开口说出‘这些都是我的’，然后拒绝让其他人共享呢？正是因此，马克思就说，这些自然资源理应属于每一个人，不应该被划分为很多份。它应该根据每个人所具有的不同劳动能力，按需供应，为全体人类所用。就好比以下这个例子——有个男人死了，把自己的骡子留给了四个儿子。儿子们不愿意把骡子切成四块，然后每个人拿属于自己的一份。于是，他们就协商一致，共同拥有这头骡子，一起使用这头骡子来从事劳动。这就是马克思所说的全部自然资源应该如何归属于普罗大众的方式——不应该属于一小撮富人，应该属于全世界所有劳动者，属于劳动者们共同所有。

“身处这个房间里的人们，我们全都没有私人房产。或许我们中间的其中一个，或者两个确实拥有自己所居住房屋的所有权，没准手头还有一两个闲钱——但是，我们却并不拥有任何可以直接供给我们，让我们无须劳动即可过活的东西。我们真正拥有的，就只有自己的身体而已。况且，我们还要每天出卖自己的身体，以此来谋生。我们每天大清早出门，劳作一整天，那就是在出卖自己的身体。我们迫于生计，不得不贱价出卖，随时随地，当牛做马。我们被迫出卖自己的身体，只有这样，我们才能够吃饱饭，才能够活下去。至于那开出来购买我们身体的价码，也仅仅只够让我们有力气去劳动更长时间，为了其他人的利益而卖命苦干罢了。今时今日，我们已经不会再被公然摆到法院广场的展台上卖掉。然而，在我们存活于世的几乎每一个小时，却仍被强迫着出卖自己的气力，自己的时间，自己的灵魂。我们已然从一种奴隶制度当中被解放出来，但其结果却仅仅是又再度陷入另一种奴隶制度当中去。这难道是自由吗？我们现在已成为自由之身了吗？”

前院里响起一个低沉的声音：“这才是真正的真相！”

“就是这么回事！”

“并不是只有我们陷入了这种奴隶制度当中。全世界有数以百万计的其他人——拥有各样的肤色、各样的种族、各样不同的信条——他们也与我们命运相连。我们必须牢记这点。我们同胞当中有很多这样的人，他们讨厌白人当中的穷人，他们也讨厌我们。这个小镇里住在河岸边的、在工厂里工作的人们，这些人的生活就跟我们一样捉襟见肘。这种恨意为恶最甚，从这恨意当中得不到一丝好处。我们必须铭记卡尔·马克思所说的话，通过他的教诲去看清真相。贫困现象的不公正必定是要将我们团结到一处来，而不是将我们彼此分开。我们必须铭记，正是我们的劳动，赋予了这地球上万事万物以价值。来自卡尔·马克思的这些最主要的真理，我们必须牢记于心,永不忘记。

“可是,我的同胞们! 我们所有在这房间里的人们——我们黑人还拥有一项仅仅只属于我们自己的使命。在我们内心深处藏有一个强烈的、真实的目的。如果我们无法达成这一目的,我们就将永远迷失下去。因此,就让我们好好瞧瞧看吧,看看这项特殊任务的真相究竟是什么。”

科普兰医生松开了自己衬衣的衣领,因为他喉咙里有一种快要窒息的感觉。他所觉察到的、自己心中那份沉痛的爱意实在太过强烈。他看了一眼自己四周鸦雀无声的客人们。他们正等待着他。院子里的一群群人,还有门廊上站着的人们也都安静地关注着他的演讲,就跟这房间里的人们一样。一位耳聋的老人身体前倾,抬一只手撑在耳边。一名妇女用一只奶嘴让自己渐显烦躁的婴儿安静下来。辛格先生聚精会神地站在门厅里。大部分年轻人都坐在地板上,在这些年轻人当中就有兰西·戴维斯。这个男孩的嘴唇因为紧张而苍白。他用双臂环抱住自己的膝盖,抱得非常紧,那张年轻的面孔上写满忧郁。房间里的每一双眼睛都在注视着,每一双眼睛里面都能看到对真相的渴求。

“今天,我们要在这里将五美元大奖颁给在命题作文《我的志愿:我应该如何改善黑人族群的社会地位》活动中写出最佳文章的高中学生。今年的大奖属于兰西·戴维斯。”科普兰医生从自己的口袋里取出一个信封,“这项大奖的价值,并不完全由奖金数额多少来代表,真正重要的是与之同行的神圣信任与信仰——这点大家都很清楚，我甚至都不必专门提及。”

兰西略显笨拙地站起身来，嘴唇因紧张而颤抖不停。他鞠了一躬，接受了颁发的大奖。“您希望我再把自己写的文章当众读一遍吗？”

“不用，”科普兰医生说，“但我希望你这周能够抽时间到我这里来一趟，跟我聊一聊。”

“好的，先生。”兰西说罢，房间里又安静了下来。

“‘我不想成为一个奴仆’——我在这些文章中一遍又一遍地读到过这个志愿。奴仆？在我们的同胞当中，一千个人里面只允许有一个去当奴仆。我们难道没有好好工作吗？我们难道没有在为社会做贡献？”

房间里传来几声并不轻松的哂笑声。

“听我说！我们当中的每五个人里面，就有一个在干修路的苦力，或者在这座城市的下水道里操心，或者在哪间锯木厂，抑或某个农场里干活。每五个人当中的另一个，根本找不到任何活儿可做。但是，五个人当中剩下的那三个，即我们同胞当中占到多数的人们呢？我们中有很多人，要给那些连自己吃的食物都准备不来的人们做饭；有很多人一辈子都在精心照料花园里的花草，只为了取悦区区一两个人；我们很多人需要给一座座精致宅邸里的木地板打蜡抛光；我们还要为那些连车都懒得开的富人们开车。我们花费我们一生的时间，从事成千上万种不同职业，但却都不是真正对他人有价值的工作。我们努力劳动，但我们全部的劳动都被浪费掉了。

这真是在为社会做贡献吗？不对，这是奴役。

“我们是在劳动，但我们的劳动都被浪费了。我们没有获得允许，无法为这个社会做出贡献。这个上午在此列席的你们这些学生，已经是我们族群当中为数不多的幸运儿。我们同胞中的大部分人都完全没被允许进入过校园。对于你们每个人而言，现在还有大把的年轻人几乎不会写自己的名字。我们被人剥夺了学习与思考的尊严。

“‘各尽所能，按需分配。’在此的每一个人，我们都很清楚在真正贫穷的处境之下将会遭受怎样的苦难。那可真是极大的不公平。然而，在所有的不公当中，还有一种比贫穷带来的不公更甚——那就是被剥夺了根据自己能力来选择合适工作的权利。一辈子从事无用的劳动，为社会做贡献的机会被人所强夺。相比被富人们夺走我们的思想和灵魂，被他们抢走我们钱包里的钱财反而还要好得多了。

“今天上午聚集在这里的、你们这些年轻人当中的一部分人或许已经感受到了自己内心的需要，想要成为教师、护士，抑或我们这一种群当中的领袖人物。然而，你们当中的大部分人，都将被剥夺这一权利。你们将不得不为了毫无意义的目的去出卖自己，只为了维持生计。你们将屡屡受挫，最终被打败。年轻的化学家摘起了棉花；年轻的作家无法学习读写；教师站在某处的熨衣板前，被毫无用处的劳作所奴役；政府里面没有我们的议员，我们没有投票权。在如此一个伟大的国家之中，我们是所有人民当中最受压迫的一群。我们无法将自己的声音传达上去。我们的舌头毫无用处,已经烂在了自己嘴里。我们的内心逐渐空虚,失去了追寻我们真实目的的力量。

“黑人族群的同胞们！我们天生富于人类智慧与灵魂。上天将最可珍视的礼物赐予了我们,但我们的智慧和灵魂却正遭到轻薄与蔑视,我们天赐的礼物被恣意践踏,完全没有发挥作用。我们所投入的劳动,比牲口的劳作还更没有价值。黑人兄弟们！我们必须行动起来,团结一心！我们必须为自己争取自由！”

房间里议论纷纷,歇斯底里的情绪正在蔓延。科普兰医生感到喘不上气来,他使劲握紧了双拳。他觉得自己整个人似乎正在膨胀,变成了一个巨人。心中深藏的爱意将他的胸膛变成了一台发电机,他想大声喊叫,让自己的声音响彻整个小镇。他想一下子跌坐到地板上,用巨人般的声音来呼唤。此刻的房间里,充满议论声和叫声:

“救救我们！”

“全能的主啊！请带领我们走出这片死亡的荒野。”

“哈利路亚！救救我们,主啊！”

他奋力挣扎,希望能够控制住自己。挣扎一番之后,理智又回到了他的身上。他压制住了体内的咆哮,找寻灵魂深处强有力的、真实的话语。

“请注意！”他喊道,“我们终将拯救自己,但却并不是通过满怀哀怨的祈祷来实现,也不是通过懒惰或者酗酒,不是通过肉体或者无知带来的欢愉，不是通过顺服和谦卑——而是通过自豪，通过自我尊重，通过成长得更加坚强有力来实现。我们必须为我们真正真实的目的养精蓄锐。”

他突然停顿了一下，把身体挺得笔直：“每一年的现在这个时候，我们都会通过自己这微不足道的方式来实现卡尔·马克思的第一诫命。在此处相聚的、你们当中的每一个人都会提前送来一些礼物。你们当中很多人都懂得牺牲掉自己的舒适，给别人带来些许福祉，减轻他们的负担。你们每个人都尽自己所能去给予，完全没在意回礼价值将会如何。彼此分享恰是我们的天性。我们早就已经意识到，施与比得到更为有福。实际上，我们的内心本就洞悉卡尔·马克思的那句箴言：‘各尽所能，按需分配。’”

科普兰医生沉默良久，仿佛他的演讲已就此结束。然后，他又开始讲了起来：

“我们的任务是要与力量和尊严同行，挺过这屈辱年月。我们必须保持强大的自尊，因为我们知道人类智慧和灵魂的价值。我们必须教导自己的孩子们。我们必须牺牲自己，以便为他们挣得学习并获得智慧的神圣机遇。那个时代终将到来——到了那时，我们丰富的自我不会再遭到轻薄和蔑视。到了那时，我们就有资格真正为社会做贡献。到了那时，我们再去劳动，付出的劳力都不会再被浪费掉。我们的使命，正是带着力量和信仰，等待这一时代的到来。”

演讲结束了。掌声响了起来，脚步踏在屋子里的地板上，踏在屋外硬邦邦的冬日土地上。又热又浓的咖啡香气从厨房里弥漫开来。约翰·罗伯斯负责派发礼物，开始按照卡片上写的名字喊人过来。波西娅正从炉灶上的盆子里面把咖啡盛出来，马歇尔·尼克尔斯则将蛋糕一块一块递出去。科普兰医生在客人们当中四处走动，他身边总是围着一小群人。

有人不停扯着他的手肘问他："他就是你家巴迪取那个名字的原因吗？"他回答说"是的"。兰西·戴维斯一直跟在他后面提问，无论他问什么，他的回答都是"是的"。喜悦感让他觉得自己像是个喝醉了的人。教导并劝勉，向自己的同胞们解释一切——让他们最终能够明白事理。这是世上最好的事情了。讲述真理，并且参与其中。

"这次聚会，可真是度过了一段美好时光啊。"

他站在门廊上，向客人们道别。他一遍又一遍地和他们握手。最后，他将身体重重地靠在墙上，太累了，只剩下眼睛还能动一动。

"我真是万分感激。"

辛格先生是最后一个离开的。他是个真正的好人，是个智慧超群、真正有知识的白人。心中完全没有敌意和偏见。所有人都离开的情况下，他是那个会留到最后的人。他在等待，看起来似乎还期待着能够最后再听他讲几句话。

科普兰医生伸手摁住自己的喉头，因为他的嗓子已经完全哑了。"教师群体，"他用沙哑的声音说道，"是我们最大的需要。还有领袖人物。需要有人来将我们团结起来，引导我们前进。"

庆典过后，房间里呈现出荒凉、破败的感觉。屋子里很冷。波西娅正在厨房里洗杯子，圣诞树上的银色雪花装饰散落到了地板上，各种摆设之中，有两个已经碎掉了。

科普兰医生已经很累了，但内心的喜悦和狂热却令他完全没办法静下来休息。他从卧室开始着手，打算把整个房子都收拾一遍。文件柜最上面有一张散放着的就诊记录卡片——那是兰西·戴维斯的记录。打算对他说的那番话，已经逐渐在他脑海中成形了。他对此感到焦躁不安，因为没办法现在就把这些话给讲出来。那个男孩忧郁的面庞上满怀着热忱，那模样萦绕在科普兰医生脑中，挥之不去。他打开文件柜最上面的抽屉，打算把这张卡片放好，A、B、C……他有些紧张地用拇指翻动着这些索引字母。这时，他的目光停在了自己的名字上：科普兰[1]，本尼迪克特·马迪。

这份档案夹里放着几张肺部X光片和一份简短的病史。他拿起其中一张X光片，对着灯光看了看。左肺叶上端有一处亮斑，看起来有点像是钙化点[2]。下方有一大块云团状阴影，右肺叶上有完全相似的阴影，比左肺扩散得还要广。科普兰医生飞快地将这张X光片放回了档案夹，只有那张由他亲笔手写的简短病史还拿在自己手里。上面的单词每一处收笔都伸出来很多，字迹也很潦草，连他自己都几乎读不懂："1920年，淋巴结钙化——极为明显的肺门炎占位性病变[3]可能。诸病灶得以控制——机能恢复。1937年，病灶复

---

1 以C开头。

2 肺部X光片出现钙化点是肺结核病的特征。

3 肺部X光片肺门部位出现高密度影的首要考虑可能。原文肺门炎hilitis等为缩写形式。

发——X光片显示……”这张病史他已经没办法再读下去了。刚开始是因为没办法分辨单词，然后，等到他能够读清楚时，又觉得自己根本没有理由去读这些。病史的最后是这样四个字：“预后[1]：未知。”

过去那种晦暗、暴力的感觉又一次侵袭了他。他弯下腰去，打开了文件柜最下面一层的其中一个抽屉。里面是乱七八糟的一大堆信件：来自有色人种协进会[2]的函件。来自黛西的一份已经泛黄了的书信。汉密尔顿手写的一张便条，索要一美元五十美分……自己究竟在找什么？他的双手不停在那抽屉里翻来翻去，最后他终于停了下来，僵硬地站直了身体。

纯属浪费时间。一个小时的时间就这样过去了。

波西娅坐在厨房的桌边削土豆。她整个身体塌了下去，脸色极为难看。

“肩膀挺起来，”他生气地说，“别再闷闷不乐了。你在我周围晃来晃去，又是郁闷，又是魂不守舍，弄得我都不想再看到你了。”

“我不过是一直都在想着威利。”她说，“毕竟寄信过来只用三天就能收到。但他实际上也没什么好让我像现在这样操心的。他可不是那种惹人操心的男孩子……但我就是有这种很古怪的预感。”

“有点耐心吧，女儿。”

---

1 指预测疾病的可能病程和结局。

2 NAACP，一个由美国白人和黑人组成的、旨在促进黑人民权的全国性组织。成立于1908年，总部设在纽约。

“我知道，我也只能这样做了。”

“有几个就诊要求，我必须得外出赴诊，不过我很快就会回来的。”

“好吧。”

“一切都会好的。”他说。

在明亮、冷冽的正午阳光照耀下，他的大部分喜悦感都消逝了。病人们所患的病症充斥着他的脑海：一只患有肾脓肿的肾脏，脊髓性脑膜炎，波特病[1]……他从汽车后座取过发动汽车用的曲柄转轴。通常他都会随便喊一个路过的黑人帮他转动曲柄，以便发动汽车。他的同胞们总是很乐意过来帮助他，为他效劳。不过今天，他却亲手装好手柄，用尽全力转动起来。汽车发动好后，他用外套袖子擦去脸上流下的汗水，急匆匆地坐到方向盘前，开车出发了。

他今天曾经讲过的话当中，有多少能够被人们真正理解？有多少能够发挥出一些价值？他开始回忆起自己曾经说过的那些词句，它们此刻似乎已经消散，失去了力量。那些尚未来得及出口的话语，积压在他的心间，颇显沉重。此刻，它们涌到他的唇边，呼之欲出，徒增烦恼。受苦受难的同胞们的面容，在他眼前飘忽集聚。当他在街道上慢悠悠地开车时，愤怒不安的爱意也正在他心口上蒸腾。

1　指脊椎结核病。

# 7

多年以来，小镇从未有过像今年这样寒冷的冬天。窗玻璃上结了一层霜，每家每户的屋顶上也都是雪白一片。冬日的下午，四周闪耀着朦胧的柠檬色光晕，阴影是微妙的蓝色。大街小巷的水坑里都结了一层薄冰。听别人说，圣诞节后的那一天，区区十英里外的地方竟然下了一场小雪。

辛格身上发生了某种变化。他常常独自外出，漫步很长时间。安东尼帕罗斯刚离开的那几个月里，他一直这样做。他的漫步朝着不同的方向，绵延好几英里，踏遍了整个小镇。自打今年入冬之后，工厂里没什么活儿干了，河岸边密集的街区也就越发显得破败——他就从这些街区当中穿行而过。在这里很多人的眼中都能窥见一种忧郁的孤独感。眼下人们被迫赋闲，能够感觉得到某种焦虑感。全新的信仰大规模爆发。一个曾经在工厂做过染缸活儿的年轻人，突然声称自己获得了某种伟大而神圣的力量。他说，自己所肩负的职责，是为我主传播一套全新的诫命。这年轻人支起了一个帐篷，结果每天晚上都有数百人过去，在地上打滚，互相摇晃身体——因为这些人相信，自己身上藏着一些超越普通人类的东西。与此同时，也有谋杀案发生。一个挣钱不足以糊口的女人认定某个工头昧下了她应得的工钱，干脆一刀刺穿了对方的喉咙。一个黑人家庭搬到了某个最凋敝街区当中、最靠近边缘的一座房子里，这件事引起了那整个街区居民们的极大愤慨。最后房子被烧毁了，黑人房主被他的邻居们毒打。不过，这些都是具体的事件。实际上并没有什么是真正改变了的。一直被谈论着的罢工迟迟没有举行，因为他们没办法团结起来。一切都跟过去一样。即便在最为寒冷的夜晚，阳光迪克西秀也是对外开放的。人们做梦、争斗、睡觉，一如既往。出于习惯，他们缩短了自己用于思考的时间，如此一来，便不至于一不小心步入明天之后的黑暗未知当中去。

辛格穿行于小镇中零星散落的、充斥着恶臭的区域——黑人们正聚集在这些地方。这里有更多的欢愉和暴力。小巷里常常洋溢着好闻又辛辣的杜松子酒香气。温暖的、令人恹恹欲睡的火光给窗户染上了色彩。教堂里几乎每晚都举行聚会。

一些舒适的小房子建在蓄有褐色草皮的地块上——辛格也曾从这些区域走过。在这里，孩子们长得更结实，对待陌生人也更加友善。

他走遍了富人们居住的街区。那里的房子很大也很旧，装饰有白色的柱子和花纹繁复的铸铁围栏。他走过那些巨大的砖房，汽车在车道上摁着喇叭穿行，浓烟从烟囱里翻腾升起。他还出了城区，走到从小镇一路通往郊区杂货商店的道路末端，农民们每逢周六晚上都会去这些杂货商店，围坐在那里的炉火旁边。他经常在镇上灯火通明的四个主要商业街区徘徊，然后再穿过隐藏于其后的那些黑漆漆、几近荒废的小巷。这个小镇里没有哪个街区是辛格不熟悉的。他观察着数以千计的玻璃窗上、夜间灯光映射出的暖黄色方块。冬天的夜晚很美，天空是清冷的蔚蓝色，繁星闪耀。

如今经常会遇到这样的情况，当他在散步时，会被人搭话，然后停下脚步。各种各样的人对他都变得熟悉起来。如果跟自己说话的是个陌生人，辛格便会递出名片，让对方明白他为什么沉默不语。慢慢地，整个小镇都知道他了。他走路的时候肩膀挺得非常直，双手始终插在口袋里。他的灰色眼睛似乎将周遭一切都尽收眼底，但在他脸上浮现的却依旧是平和宁静的表情——只有在那些极具智慧，或者极度悲伤的人脸上才最常见到这种表情。无论什么人，只要愿意主动和他攀谈，他都会很高兴地停下脚步。毕竟他只是在漫无目的地行走。

如今，镇子上关于哑巴的谣言越传越离谱，内容千奇百怪。之前那些年，和安东尼帕罗斯在一起时，他们上班来回都是一起走，但除此之外，他们就总是在自己的房间里待着了。那时候，没有任何人会去打扰他们——就算有人留意打量，注意力也都集中在大个子希腊佬身上。在那些年里，辛格是个被遗忘的存在。

正是因此，现在关于哑巴的谣言内容也尤其丰富多彩。犹太人说他是犹太人。主街道上的商人们声称他继承了一大笔遗产，是个非常富有的人。在一个经常受到压迫威逼的纺织品工人工会里，人们纷纷交头接耳的是这样一种说法：哑巴是美国产业工会联合会[1]的组创者之一。有个多年前游荡到这镇上，心力交瘁地与家人们一同经营一间专门售卖床单小店铺的性格孤僻的土耳其人十分激动地向自己的妻子宣称，这个哑巴是土耳其人。他说，自己讲母语时，那个哑巴能够明白他的意思。土耳其人在说这件事的时候，声音变得温柔，忘记了和孩子们的争吵，心中满是计划，以及展开一系列行动的活力。一个从农村搬到镇里来的老人说，哑巴是从他家乡附近的一个地方搬过来的，那位哑巴的父亲拥有全国最好的烟草田。以上这些说法都是关于他的。

安东尼帕罗斯！辛格的心中一直都铭记着这个好朋友。入夜之后，当他闭上眼睛，希腊人的面孔便浮现在黑暗之中——脸庞圆滚滚，面皮油腻腻，脸上挂着睿智又温和的微笑。在他的梦中，他们总在一起。至今，他的好朋友离开已经一年多了。今年似乎并不比以往的一年时间更长，也不会更短。然而，对于时间长短的正常意识已经没有了——就像是一个人喝醉，或者半睡半醒时一样。一天当中每一个小时都有他好朋友的影子。这段已然被埋葬的、与安

1　即产联，缩写CIO，成立于1935年。1955年与劳联合并，如今是美国最强大的工会组织，其影响力足以左右总统选举。

东尼帕罗斯在一起时的生活，随着他身边发生的各种事情而不断变化、发展。头几个月里，他想得最多的，是安东尼帕罗斯被带走前过得很糟糕的那几个礼拜时间——想他生病之后所造成的麻烦，被捕后收到的那些传票，以及自己试图控制好朋友的各种怪念头时所带来的痛苦。当他回想过去那些他和安东尼帕罗斯都不怎么开心的情况时，有这样一段发生在遥远过去的回忆，反复出现在他的脑海里。

他们从来就不是那种完全没有朋友的人。有时，他们也会跟其他哑巴们见面——前后十年间，一共有三个辛格和安东尼帕罗斯这样的人跟他们成了熟人。不过，总是有这样那样的事情发生：其中一个在他们遇到他的后一个星期就搬去了另一个州。另一个结婚了，有了六个孩子，从此再也不打手语。但是，当辛格那位好朋友离开之后，他回忆起来的却是他们与第三个熟人之间的关系。

那个哑巴的名字是卡尔。他是个在工厂里工作的、面色蜡黄的年轻人。他的眼睛是淡黄色的，他的牙齿看上去是那么脆弱又透明，以至于也像是淡黄色的了。瘦小的躯体松松垮垮地挂在他那身蓝色工装裤里面，看上去就像个蓝黄色碎布料做成的娃娃。他们邀请他吃晚餐，并安排好在安东尼帕罗斯工作的商店门口提前碰头。他们到达时，希腊佬仍然很忙。他正在商店后面的加工房内完成软焦糖制作的最后阶段。软糖坯摊在长长的大理石案板上，金光闪闪，光泽动人。空气暖烘烘的，弥漫着各种各样的甜味。

有卡尔在场看着自己做事，安东尼帕罗斯似乎很开心。他把刀摁在温热的糖坯上，将它切割成很多个小方块。接下来，他把自己滑腻的切糖刀上粘着的一块边角糖料送给了他们的这位新朋友，还向他展示了每当自己希望能够讨人喜欢时都会表演的一套小把戏：他指了指炉火上正沸腾着的一大罐子糖浆，伸手往脸上扇风，同时眯起眼睛，以此来示意那罐糖浆确实很烫。然后，他先把一只手浸到一罐冷水里，又突然将它插进那罐沸腾的糖浆中，再迅速浸回到冷水里。这时，安东尼帕罗斯会凸起眼珠，伸出舌头，仿佛他正在经受极大的痛苦。他甚至死命拧住这只手，一只脚跳来跳去，弄得整座房子都在震动。随后，他突然给出一个微笑，伸出手来，表示这一切不过是开个玩笑，并且拍一拍卡尔的肩膀。

那是个苍凉的冬夜，他们互相挽着胳膊走在大路上，呼吸在寒冷的空气中凝成一团团雾气。辛格走在中间——路上有两次，他都让他们俩等在人行道上，自己独自进商店去买东西。就这样，卡尔和安东尼帕罗斯拿着装满各种物什的购物袋，辛格在中间紧紧挽住他们，一路笑着回了家。他们的房间很舒适，他开心地在房间里走来走去，跟卡尔交流。吃过饭后，他和卡尔聊，安东尼帕罗斯在旁边看着，脸上挂着慢腾腾的微笑。这位大块头希腊佬时不时地挪腾到壁橱那里，倒些杜松子酒来喝。卡尔坐在窗户旁边，只有当安东尼帕罗斯把酒杯推到他面前了，他才接过来啜饮一两口。辛格完全想不起来他这位好朋友以前还对哪个生人像这样亲切过，一想到卡尔以后将常常过来拜访他们，他就感到十分快乐。

那件毁掉了他们美好聚会的事情发生时，已经过了午夜。安东尼帕罗斯又起来挪腾了一遍，从壁橱那边回来后，他的脸色看起来阴晴不定。安东尼帕罗斯坐在自己的床上，开始频繁注视他们那位新朋友，面带恶意，以及极大的厌恶感。辛格试图通过不断对话来掩饰这一古怪的行为，但希腊佬仍旧不肯罢休。卡尔蜷缩在一把椅子上，摸着自己瘦骨嶙峋的膝盖，他已经注意到了大个子希腊佬那古怪的样子，感到相当困惑。不由得面色潮红，胆怯地咽着唾沫。

辛格再也不能无视现状，因此，他终于开口问安东尼帕罗斯，是不是肚子不太舒服，要不就是觉得身体难受，想要睡觉了。安东尼帕罗斯摇了摇头，然后伸手指了指卡尔，开始打起手语，比画出他知道的所有猥亵手势。此时，安东尼帕罗斯脸上显露出来的厌恶感，看上去简直令人惊骇。因为害怕，卡尔蜷缩起来的身子看起来更小了。终于，大个子希腊佬咬牙切齿地猛一下站起身来。卡尔急忙拿起自己的帽子，离开了房间。辛格跟着他走下楼梯。他完全不知道应该怎样向卡尔解释，自己的好朋友刚才为什么会那样做。卡尔垂头丧气地站在楼下门厅里，看上去神情萎靡，带檐的扁帽拉得都盖到脸上了。最后，他们握了握手，卡尔走了。

安东尼帕罗斯告诉他，在他们俩都没有注意到的时候，他们的这位客人已经偷偷溜去开了壁橱，喝光了所有的杜松子酒。没有任何证据可以拿出来证明，事实上是安东尼帕罗斯本人喝完了整整一瓶酒。大个子希腊佬坐在床上，圆滚滚的脸庞上交织着沮丧和责怪。大滴大滴的泪水顺着他的脸颊滑下来，根本无从安慰。最后，安东尼帕罗斯睡着了，但辛格在黑暗中醒了很长时间。自那以后，他们再也没见过卡尔。

这件事过去几年后，有一次，安东尼帕罗斯从壁炉架上的花瓶里取出了原本应该拿来付租金的钱，把这笔钱全部花在了老虎机上。夏日傍晚时分，安东尼帕罗斯会光着身子下楼取报纸——他实在受不了夏天的热浪。于是，他们以分期付款的方式购买了一台电冰箱，冰箱买回来之后，安东尼帕罗斯一刻不停地吸着冰块，甚至还在床上放少许冰块，以便在睡觉时帮助他融化散热。还有一次，安东尼帕罗斯喝醉了，往他脸上扔了一大碗通心粉。

安东尼帕罗斯离开的头几个月时间里，这些丑陋的记忆就像地毯上编错了的线头一般，在他脑海中反复浮现。在那之后，它们就消失了。他们在一起时那些不开心的时光完全被他遗忘了。随着这一年时间流逝，他也越来越思念自己的这个好朋友，最后，他脑海中存在着的，就只剩下那个唯有他能理解的安东尼帕罗斯了。

这个安东尼帕罗斯是他真正的好朋友，他可以把自己心里藏着的所有话语都说给他听。这个安东尼帕罗斯充满智慧——除了他之外，其他人都不知道这一点。随着这一年时间流逝，他这位好朋友的形象在他心中变得越来越伟岸，当他在深夜的一片漆黑中端详他时，他的表情看上去十分严肃，呈现出的态度亦很微妙。辛格脑海中关于这位好朋友的记忆已经面目全非，他不再记得他曾经做过的错事和蠢事，只记得他的睿智与良善。

他看到安东尼帕罗斯就坐在自己面前的一把大椅子上。坐姿很平和，身体一动不动。他圆滚滚脸庞上的表情令人费解。他的嘴唇充满智慧，带着笑意。他眼睛里的目光极为深刻。他注视着那些讲给他听的事情，凭借他的睿智理解了一切。

这就是现在一直在辛格思绪中的安东尼帕罗斯的样子。这就是那个他想要把发生的事情悉数相告的那位好朋友——把今年发生的那些事情告诉他。他被遗弃在了陌生的土地上，独自一人。他睁开自己的眼睛，身边有太多事情是他无法理解的。他很困惑。

他注视着他们唇边形成的那些词句：

> 我们黑人需要一个能够最终得到解放的机会。只有自由，才是唯一能够真正为社会做贡献的权利。我们想要服务大众，我们期冀分享，我们要劳动，要光明正大地消费我们劳动得来的报酬。然而，你是真正意识到我同胞们这种迫切需要的唯一一个白人。

> 你知道吗，辛格先生？这支曲子一直都在我的心中回响。我必须成为一位真正的音乐家。或许我现在对于音乐确实是一无所知，不过，到我二十岁的时候，我会成功的。知道吗，辛格先生？到了那时候，我肯定会到外国去旅行，到一个有雪的国家去。

> 我们喝完这一瓶吧。我来个一小杯就好。因为我们此刻思考的是自由——“自由”这个词就像是我脑中的蠕虫一般。拥有它？没有它？有多多？有多少？“自由”这个词，正是强

夺、窃取和欺骗的信号。我们将获得自由，然后呢，我们当中最聪明的那些人仍旧能够奴役他人。但是！到了那个时候，“自由”这个词就会拥有一套别的意思了。在所有的词汇当中，这个词是最危险的。我们这些很清楚这一点的人，必须谨慎小心。“自由”会让我们感觉良好——这个词也确实是一个伟大的理想。然而，恰恰是因为它太过理想化了，那些蜘蛛才会给我们织下最丑陋不堪的罗网。

最后还有一个人，这个人总是摩挲自己的鼻子。他并不怎么常来，来时说的话也不多。主要是问问题。

七个多月以来，这四个人常常会到他的房间来。他们从来都不会一起过来——永远是独自一人。他从来都是以亲切的笑容在门口迎接他们。对安东尼帕罗斯的需要总是和他形影相随——就跟他好朋友离开后头几个月的状况一样——因此，跟某个人在一起，终归是比一个人独处太长时间要好。这种情况就像是好些年前，他曾经向安东尼帕罗斯发过誓的那一次（他甚至还专门将誓言写在纸上，并贴到床头的墙壁上）——他发誓自己将完全不碰香烟、啤酒和肉类，为期一个月。第一天的情况十分糟糕。他完全没办法休息，也没办法安静待着。于是，他只好不停去水果店里找安东尼帕罗斯，弄得查尔斯·帕克都对他感到不愉快了。当他完成了手头所有的雕工活儿后，会跟钟表匠和女销售员一起在商店门口晃晃，或者散步到哪家冷饮店去喝杯可口可乐。在那些日子里，跟任何陌生人待在一起，都比独自一人想着自己想要的香烟、啤酒和肉类要好过些。

刚开始时，他根本听不懂这四个人究竟在说些什么。他们不停地说啊，说啊——随着这几个月时间过去，他们说得越来越多。他开始习惯他们嘴唇的运动规律，开始明白他们所说的每一个词语。然后，又过了一段时间，甚至在他们还没开口之前，他就知道他们要说些什么了。因为他们想表达的意思永远都是一样的。

他的双手对他而言成了一种折磨，它们完全没办法停下来。他睡觉时，双手会不停抽搐。有时，当他醒来的时候，会发现这双手正在自己面前打着手语，诉说梦中曾说过的话语。他不喜欢盯着自己这双手看，也不情愿去想起它们。这双手手型细长，肤色呈棕色，很有力气。之前的一些年里，他一直都在悉心护理它们。冬天的时候，他会在手上涂油，防止皲裂；一旦哪里出现了角质层，他就会把那里磨平；而且，他的指甲总是剪成和指尖保持相同的形状。他曾经很爱洗手，很爱护理双手。但是如今，他只会用刷子敷衍地刷上两遍，就把它们插回到口袋里。

当他在房间里走来走去的时候，会故意把手指的关节弄得咔咔响，生拉硬拽，直到手指生疼才停下来。除此之外，他还会把一只手握成拳头，使劲捶击另一只手的手掌。有时，当他独自一人时，他的思绪会跟自己的好朋友在一起，他的双手则开始不由自主地打起手语。当他意识到之后，心里的感觉就像是有个男人正在大声跟自己讲话，结果被别人发现了似的——简直如同犯下了某种道德错误。

羞耻与悲伤交织一处，他便把双手交叉放在身后。但即便这样，那双手也不肯放他安宁。

辛格站在自己和安东尼帕罗斯曾经住过的那栋房子前面的街上。傍晚时分，烟气蒸腾，四下里都是灰蒙蒙的。西边看得到冷黄色和玫红色的一层层光芒。一只羽毛杂乱的冬雀在灰蒙蒙的天空中飞来飞去，最后落在了一栋房子的山墙上。街上荒寂无人。

他的目光停在了二楼右侧的一扇窗户那儿——那里就是当年的客厅，客厅后面是安东尼帕罗斯烹饪他们所有饭菜的大厨房。透过那扇亮着灯的窗户，他看得到一个女人，正在房间里来回移动。那女人身材健硕，面貌模糊不清，身上穿着围裙。有个男人坐在窗边，手里拿着晚报。一个孩子，带着片面包来到窗前，鼻子贴在了窗玻璃上。辛格看到，房间就跟他离开时一样——有安东尼帕罗斯的大床，还有他自己的铁架行军床，鼓鼓囊囊的大沙发，以及折叠椅。摔破了的砂糖罐被拿来当作烟灰缸，屋顶漏雨的地方，有一大块水渍，洗衣筐放在角落里。像这样的傍晚时分，除了厨房里大型燃油灶的炉火所发出的光芒外，也不会再有别的光源了。安东尼帕罗斯总是把燃油灶的油阀调到最小，因此在每个灶眼位置都只能看到一些金色和蓝色参差交错的细条。房间里很暖和，弥漫着晚饭的香气。安东尼帕罗斯用自己的木勺尝了尝每样菜的味道，他们会喝好几杯红酒。燃油炉前的油布地毯上，灶眼里蹿出的火苗投下几块明亮的光斑——仿佛五只小小的金色灯笼一般。随着乳白色的暮光渐渐暗淡，这些小灯笼的光线也就变得越发强烈。最后，当夜幕终于降临之时，小灯笼竟也迸发燃烧出鲜活灵动的纯光来。这时，晚餐肯定已经准备好了，他们会把灯打开，然后再把椅子拉到餐桌旁边。

辛格将视线下移，看向那扇漆黑的前门。他想起他们俩每天早上一起出门，晚上一块儿回家。那边路面上有一处破损的地方，有一次，安东尼帕罗斯在那个位置绊倒了，手肘上受了伤。那个邮箱里，每个月都会收到电灯公司寄来的账单。当自己那位好朋友的手臂挨着他的手指时，他可以感受得到那温暖的触感。

街上很黑。他再一次抬起头来，望向那扇窗户。他看到那陌生的女人、男人和小孩，一齐出现在窗边。霎时间，空虚感在他周身蔓延。一切都没了。安东尼帕罗斯不见了。他再想起他时，已不是身在这里。关于他好朋友的想象到了其他地方——辛格闭上眼睛，试图去想象那座疯人院，想象安东尼帕罗斯今晚会在的那个房间。他还记得那些窄窄的、白色的床，还有在房间一角玩“排杰克”的那几个老头儿。辛格紧闭双眼，但那个房间却并没有在他脑海中变得清晰起来。空虚感进到了他身体里很深的地方。过了一会儿，他又抬头往那窗口看了一眼，然后就开始沿着那条漆黑的人行道行走，走那条他们一起走过很多遍的路。

这可是星期六的晚上，主街道上人流如织。穿着工装裤、冻得瑟瑟发抖的黑人们在十美分商店的橱窗前游荡。以家庭为单位的人们在电影院的售票厅前站着排队，小男孩和小女孩们盯着电影院外悬挂的电影海报出神。马路上车来车往，相当危险，辛格不得不等待很长一段时间，最后才过了马路。他路过了水果店。橱窗里的水果看起来很漂亮——有香蕉、橙子、鳄梨、外皮铮亮的小金橘，甚至还有几个菠萝。但是，橱窗里也能看到查尔斯·帕克——他正在等一位顾客。在辛格看来，查尔斯·帕克的那张脸生得十分丑陋。有好几次，当查尔斯·帕克不在时，辛格才会走进店里，站上好半天。他甚至还会走到门店后面的厨房里、安东尼帕罗斯做糖果的地方看看。不过，当查尔斯·帕克在的时候，辛格就绝不会进店。自从安东尼帕罗斯坐长途客车离开的那天之后，他们都小心翼翼地避开对方。当这两人在街上碰见时，总是转过身去，连点头都不会点一下。有一次，当他想给自己那位好朋友送一罐他最喜欢的山茱萸蜂蜜[1]时，还特地写信给查尔斯·帕克订购，避免当面见他。

辛格站在橱窗前，观察他好朋友的表兄招呼一群顾客。星期六晚上的生意一直很好。安东尼帕罗斯有时甚至不得不工作到晚上十点。门旁边有一台个头很大的自动爆米花机。有个店员把一份玉米粒放到机器里，爆米花像巨大的雪花一样在机器里旋转。商店传来的气味是温暖而熟悉的。地上看得到被踩过的花生壳。

辛格继续在街上走着。他不得不在人群中小心找到适合自己走的路线，避免被其他人推搡。因为圣诞节，街上到处都挂着红色和绿色的电灯泡。人们三三两两地聚在一起，勾肩搭背，有说有笑。年轻的父亲们忙着照顾坐在自己肩膀上的小孩儿，他们觉得

1 产自佛罗里达州西北部的一种特色蜂蜜，这种蜂蜜完全不会结晶。

很冷，又哭又闹。一个救世军[1]女孩戴着红蓝色的苏格兰帽，站在街角位置摇铃铛。当她与辛格目光交汇时，辛格觉得自己义不容辞，便走过去，将一枚硬币丢到她身边的罐子里。路上有不少乞丐，其中既有黑人，也有白人。他们手里托着帽子，或者直接伸出满是老茧的手来乞讨。霓虹灯广告投射在街上人群的脸上，映出橙色的光芒来。

辛格走到一处街角位置，八月的一个下午，他跟安东尼帕罗斯曾经在这里见过一条疯狗。随后，辛格又路过了“陆军与海军”商店楼上那个房间，每逢发薪日，安东尼帕罗斯都会到那里去拍张照片。此时此刻，他的口袋里就放着很多张照片。辛格转向西边，朝着河的方向走去。有一次，他们外出野餐，过了桥，到河岸那边的一处田野上吃了午餐。辛格沿着主街道走了大约一个小时。人潮人海中，似乎只有他一个人形单影只。最后，他取出怀表，转身走向自己住的那栋房子。或许今晚，其中有一个人会来到他的房间里——他希望如此。

他给安东尼帕罗斯寄了一大盒子圣诞礼物。除此之外，他还给那四个人中的每一个都单独送了礼物，也给凯利夫人送了礼物。他还买了一台收音机，给会到这房间里来的所有人使用，就摆在床边的餐桌上。科普兰医生来的时候，并没有注意到这台收音机。比

1 Salvation Army，创立于1865年的国际性宗教及慈善公益组织。以军队形式作为其架构和行政方针。

夫·布兰依马上就注意到了，他抬起了眉毛，表示惊讶。杰克·布朗特只要过来，都会打开收音机，每次都是同一个电台，而且，每当他讲话的时候，看他额头上青筋突出的样子，似乎正声嘶力竭，想让自己讲话的声音盖过电台音乐声。当米克·凯利看到这台收音机时，有些不明就里。她的脸变得通红，一遍又一遍地问他，这台收音机是不是真是他的，她是不是可以听。她足足调了好几分钟频，才找到自己想要的电台。然后，她坐在椅子上，身体前倾，双手放在膝盖上，微张着嘴巴，看得出一侧太阳穴上有一处血管跳得特别快。似乎无论这个电台在放什么，她都会很仔细地从头听到尾。那天，她整个下午都坐在那儿，中间有一次，她对他微微笑了笑，眼睛里有些湿润，便握起双拳揉了揉眼睛。她问他，当他出去上班的时候，她能不能偶尔独自进来听一听。他点了点头，同意了她的要求。于是，在接下来的几天里，每当他下班回来，打开门，都能看到她坐在收音机旁。她用手反复捋过自己短短的、乱七八糟的头发，脸上露出辛格之前从未见过的表情。

圣诞节过去不久后的一个晚上，所有这四个人碰巧都在同一时间过来找他。这样的事情，之前还从未发生过。辛格面带微笑，忙来忙去，尽力招待大家，希望能让他们尽量开心舒适。但是，似乎哪里有些不对劲。

科普兰医生不愿意坐。他站在门口，帽子拿在手里，只是冷冷地对着别人鞠了躬。他们全都看着他，仿佛想弄清楚他为什么会在这里。杰克·布朗特打开了他随身带来的啤酒，涌出的泡沫溅到了他的衬衣上。米克·凯利听着收音机里的音乐。比夫·布兰侬坐在床上，跷着二郎腿，目光先扫了一遍面前这些人，然后眼睛慢慢眯了起来，不再挪动了。

辛格感到迷惑不解。他们每个人单独过来时，总是有那么多的话要说。可现在他们一起来时，却都保持沉默。当他们进房间来时，他曾经预料到会有某种爆发。这种爆发将会以某种很模糊的方式发生，他曾经期望这将会是某件事情的结局。然而此刻，房间里却只有一种紧张的感觉。他的双手正在忙个不停，似乎要把空气中所有看不见的东西全都拉过来，绑到一起。

杰克·布朗特站在科普兰医生旁边。"你这张脸我认识——之前我们在外面楼梯那儿撞到了一起。"科普兰医生一字一顿地说道，仿佛说出来的每个词都已经用剪刀精心裁剪过一般。"我并不知道，我们有这么熟。"他这样说。然后，他僵直的身体似乎畏缩了。只见他一步步往后退，最后整个人都退到了房间外面。

比夫·布兰侬镇定自若地抽着烟。烟气弥漫在房间里，形成薄薄的一层烟幕。他转头望向米克，当他盯着米克看时，脸上竟红了起来。他便闭上眼睛，片刻间，脸上的红晕便褪散了。"你的事情现在怎么样了？"

"什么事情？"米克颇有些起疑地问道。

"就是生活方面的那些事情。"他说，"学校等等。"

"还行吧，我觉得。"她回应道。

他们每个人都看着辛格，似乎有所期盼。辛格感到困惑，继续拿东西招待他们，同时保持微笑。杰克用手掌擦了擦嘴，不再试图和科普兰医生交谈，而是直接坐到了床上，挨着比夫。“你知道曾在工厂附近的栅栏和围墙上用红色粉笔写下那些血腥警告的人是谁吗？”

“不知道。”比夫说，“什么样的血腥警告？”

“大部分都是来自《旧约圣经》。我一直在好奇这件事，想了很久了。”

在场每一个人嘴里讲出来的话，实际上主要都是想要讲给哑巴听的。他们的想法似乎都在往他身上汇聚，就仿佛车轮的辐条，根根指向中心的轮毂。

“这冷天，可真是很不寻常。”比夫终于开口了，“之前我翻过一些旧的记录，发现只有在1919年时，温度降到了十华氏度。而今天早上的气温，只有十六华氏度。自从那年的大寒潮过去以来，今年的冬天是最冷的。”

“今天早上，有一些冰柱挂在了煤房的屋顶上。”米克说。

“上个星期，我们没有拿到足够的钱来支付工资。”杰克说。

他们又讨论了一会儿天气，每个人似乎都在等待其他人离去。然后，在某种情势驱使下，他们全都动身离开了。科普兰医生是最先走的，其他人立刻跟着他。最后，辛格独自站在房间里，因为完全搞不清楚状况，他便希望能够忘掉这件事，于是，他决定当晚就给安东尼帕罗斯写信。

安东尼帕罗斯并不识字的事实，并不能阻止辛格给他写信。他原本一直很清楚，自己这位好朋友没法从写在纸上的词语了解其中含义，但是，随着几个月时间过去，他开始幻想，或许他一直都弄错了，或许安东尼帕罗斯不过是把自己能够读信这件事隐瞒了起来，没有让任何人知道而已。况且，疯人院里可能也有某位聋哑人能够读他寄过去的信，然后把里面的内容用手语讲给自己的好朋友听。他想出了好几个写信的理由，因为当他觉得迷惑或悲伤时，心中总会生出一种迫切的需要，想要给好朋友写信。然而，写好的这些信并未真正寄出过。他只是把早报和晚报上刊载的连环漫画剪下来，积攒一周，到了礼拜天就给自己的好友寄去。每个月，他都会给他寄一张邮政汇票。可是，写给安东尼帕罗斯的长信，却一直累积在他的口袋里，直到他最终毁掉它们为止。那四个人离开后，辛格套好暖和的灰色外套，戴上自己那顶灰色毛毡帽，离开了房间。他总是在店里写信。而且，他之前也已经答应店里，明天上午会把手头的一件活儿做好——他想现在就去完成，避免产生拖延问题。夜晚，寒风凛冽，天寒地冻。月是满月，月轮边缘泛出金色的光芒。满天繁星映衬下，屋顶黑漆漆的。他一边走路，一边想着这封信开头应该怎么写。哪里知道，起首第一句话还没定下来呢，他就已经走到了店门口。他用钥匙开了门，走进漆黑的店里，打开了门口的灯。

他在商店里面最靠后的工位工作。面前的一块布帘，将他和商店其他部分分隔开，令他所处的空间，看起来就像是一个小小的单间。在这个单间里，除了工作台和椅子外，角落位置还放着一只沉重的保险箱，一处带绿色边框镜的洗漱台，以及摆满了盒子和破旧钟表的几个架子。辛格把自己工作台的台面摇高，再从台面自带的毛毡盒里取出之前说好要完工的银盘。尽管店里很冷，他还是脱下了外套，卷起蓝色条纹的衬衫袖口，免得干活儿时碍事。

辛格先花了很长时间在银盘中心雕刻花押字[1]。他指挥着雕工刀在银盘上移动，笔触精细，有条不紊。当他工作的时候，双眼中会迸发出一种少见的、如饥似渴又洞察一切般的眼神。做事的时候，他也一直在想着那封将要写给好朋友安东尼帕罗斯的信。午夜时分已过，活儿做完了。当辛格将那银盘放到一边时，因为兴奋，额头上已经被汗水给沁湿了。他把工作台清理干净，开始写信。他很喜欢用钢笔在纸上写下一个接一个的词语。此刻，他写起这封信时的情态，就仿佛这张纸也是一只银盘似的。

我唯一的挚友：

我在我们那本杂志上看到，协会今年要在梅肯[2]举办会议。他们有演讲者，还有提供四道菜的餐会。我正想象着它会办成什么样子。还记得，我们以前总是筹划着要去参加一次协会会议，但却从来未曾成行。现在，我可真希望我们曾经去过一次才好——我希望我们去的，就是今年举办的这一次，我还想象过我们一起去参加这次会议时的情景。不过当然，没有你在的话，我是绝对不会自己去的。他们将会从不同的州前来，他们

1　以字母组合成特定印记标志的一种工艺手法。

2　Macon，佐治亚州中部城市，在亚特兰大东南一百二十五千米。

所有人都有千言万语要倾诉，都拥有发自内心的长远梦想。那里的其中一间教堂里，将举办特别的礼拜仪式，除此之外，还会举办某种比赛，赢家能够得到一枚金牌作为奖励。写着写着，这一切似乎都已跃然纸上。我在写信，但又不在写信。因为我这双手已经停了太久没写字了，很难记起书写时的感觉了。在我想象中的那场会议里，我把所有到场的客人都想成了你的样子，我的好朋友。

前几天，我到我们家门前站了站。现在有其他人住在里面了。你还记得门前的那棵大橡树吗？那棵树的枝杈都被砍掉了，只为了不干扰到电话线，然后树也死了。树枝全都烂掉，树干上也蛀空，生出了一个树洞。对了，商店里的那只猫（就是你以前总会去抚摸的那只）吃了些有毒的东西，死了。真令人伤心。

辛格手里拿着钢笔，笔尖停在纸上。他坐在那里，身体绷得笔直，严阵以待，就那样坐了很久，没有将那封信继续写下去。然后，他站起身来，给自己点了一根香烟。房间很冷，空气里有酸酸的味道——那是混合了煤油、银器抛光剂和烟草的混合气味。他穿上外套，戴好围巾，以慢慢累积起来的决心，继续写了下去。

你还记得我到你那里去时，跟你提到过的那四个人吧。我给你描述一下他们吧：黑人、年轻女孩、一个蓄小胡子的，以及“纽约咖啡馆”的店主。关于他们,我有些事情本想要告诉你,但却不太确定应该用怎样的言语来描述。他们都是很忙的人。实话实说,正因为他们每个都太忙,反而很难向你用文字具体勾勒出样子来。我的意思并不是说,他们从早到晚都在忙工作,我的意思是,他们心里藏着很多事情,完全没办法静下心来。于是,他们便到我的房间来,跟我说话。他们说个不停,说到我都开始弄不明白,一个人怎么能够让自己的嘴巴张张合合那么多次,还不感到疲累。(不过,“纽约咖啡馆”的店主不一样——跟其他几个人不一样。他的黑胡子生得很浓密,所以每天都必须刮两次,所以他有一把那种电动的剃须刀。其他人都有些他们讨厌的东西,但他却在暗中观察。他们全都拥有某种挚爱的东西,比吃饭、睡觉、葡萄酒、朋友的陪伴还要爱之更甚。那就是他们为什么总是这么忙碌的原因了。)

蓄小胡子的那个人,我觉得他疯了。有时候,他说话一字一顿,非常清楚,就跟很久以前,我上学时的老师说话一样。其他时候他说起话来,我的读唇速度完全跟不上。他有时会穿一套挺朴素的西装,但下一次再见到他时,他又会变得脏兮兮的,身上味道很难闻,穿的是他去工作时才穿的工装裤。他可能会握紧拳头,恶狠狠地说出一些难听的醉话,这些话的具体内容,我甚至不希望让你知晓。他认为自己和我之间有着一个共同的秘密,但我完全不知道是什么。对了,让我给你写些你会觉得难以置信的东西吧——他可以一口气喝下三品脱的欢乐时光牌威士忌，喝完之后依旧有说有笑，走路也没问题，根本不愿意回床躺下。你肯定不敢相信，不过这可是千真万确。

我是从那个女孩的母亲那儿租到我现在的房间的，租金是每月十六美元。那个女孩，她之前一直穿短裤，就跟男孩子一样。不过，现在她会穿蓝色的裙子，配上一件女式衬衣了。尽管如此，她也始终算不上是一位年轻小姐。自从我给他们买了一台收音机之后，她就经常往我这儿跑了。她喜欢音乐。我可真希望我能够弄清楚她都听了些什么。她知道我耳朵聋，但她却认为我懂音乐。

那个黑人有病，是肺病，但是，并没有哪家好心的医院可以收留他，让他过去治病，只因为他是黑人。他是个医生，工作量比我知道的任何人都多。他说起话来根本不像黑人。别的黑人说起话来，我会觉得很难弄清楚意思，因为他们的舌头无论说起什么词来都不够到位。这个黑人有时候会吓到我，他的双眼充满热情，十分明亮。他曾经邀请我去参加聚会，我也去了。他家有很多书。但是，里面连哪怕一本侦探小说都没有。他既不喝酒，也不吃肉，也不去看电影。

哎呀，自由和劫掠者。哎呀，资本和民主人士……那个蓄小胡子的丑家伙翻来覆去地说着这些。说着说着，他开始前言不搭后语，又声称自由是所有理想当中最伟大的。我只需要找个机会，把脑海中的这支曲子写下来，成为一位音乐家。我只需要找个机会……这些是那个女孩说的。我们没有获得允许，无法为这个社会做出贡献……这是那个黑人医生说的。这正是我同胞们在神性层面上的需要。啊哈，"纽约咖啡馆"的店主告诉我，那是个想得很多的黑人。

总之，他们来到我房间后，就是这样说话的。这些话语萦绕在他们心间，令他们不得安宁，于是他们便忙个不停。那么，你应该会觉得，当他们全部聚在一起时，估计会跟协会里那些本周在梅肯参加会议的人们碰面时一样吧。然而并不是这样。今天，他们碰巧同时到我的房间来了。看他们坐在那儿的样子，就好像分别来自不同的城市。不仅如此，他们甚至还表现得特别粗鲁。你知道，我之前一直都说，表现粗鲁、不顾及他人感受是错误的——当时的情况就是如此。我不懂这是怎么回事，所以就写信给你，因为我认为你明白这是怎么回事。我有很多奇怪的感觉。但是，我在此写下了以上的事，我觉得自己已经写得够多了，我知道，你对此已经感觉厌倦了。我也一样。

已经五个月又二十一天了。这么长时间以来，没有你，我一直孤身一人。我唯一能够想象的事情，就是当我再次与你在一起时的情景。如果我不能尽快过来找你，那我可真不知应该怎么办了。

辛格把头枕在工作台上，稍事休息。那种气味，以及贴在他脸颊旁的、光滑木头的触感，令他回想起自己还在学校里的那段时光。

他双眼紧闭，感觉很不舒服。此时此刻在他脑海中，只有一张安东尼帕罗斯的脸，他对自己朋友的思念实在太过强烈，不由得屏住了呼吸。过了一会儿之后，辛格坐起身来，重新拿起了钢笔。

我为你订购的礼物没能及时送达，没能放在圣诞礼物盒中。我期待它能够尽快送达。我相信，你收到后将会很喜欢它，也会感到很开心的。我总是想起我们在一起的时候，我记得那一切事情。我想念你做的那些食物。“纽约咖啡馆”的东西做得比以前差多了。不久前，我在他们提供的汤里面找到了一只煮熟的苍蝇。这只苍蝇跟蔬菜和面条混在一起，仿佛在上面写下的一个字。不过，这也不算什么。我太需要你了，没有你在，这种孤独感完全没办法忍受。不久之后，我会再来看你。按照规定，我的年假还需要再等六个多月，不过我想，应该还是有办法安排提前的。没错，这件事我必须要做——我并不是注定要孤独的啊，然而没有你在，这点又有谁能知道呢。

你永远的

约翰·辛格

等他回到家时，已经是凌晨两点了。那栋大而拥挤的房子一片漆黑，不过他还是小心翼翼，摸摸索索地上到了三楼，连绊都没绊到一下。他从口袋里取出自己随身携带的便函本，取出他的怀表，还有钢笔。接下来，他把外出的衣服整整齐齐地搭放在椅背上。身上穿的灰色法兰绒睡衣温暖又柔软。他才刚把毯子拉到下巴位置，就已经睡着了。

在渺无一物的安眠当中，有个梦境逐渐形成。几个光线暗淡的黄色灯笼，朦朦胧胧地照亮了某处黑暗的石阶。安东尼帕罗斯跪在这些石阶的顶端。他赤身裸体，笨拙地将什么东西高举过头顶，凝视着它，那姿势仿佛是在做祷告一般。辛格自己则跪在石阶的半途，身上也是赤裸着的，很冷。他无法将自己的目光从安东尼帕罗斯，还有他高举着的那某样东西上面挪开。单凭感觉，他察觉到自己背后站着蓄小胡子的人，还有那个女孩、黑人，以及最后那个人。他们全都跪在地上，身体赤裸。辛格能够感觉得到，他们的目光正注视着他。在那四个人的身后，黑暗之中，尚有无数跪下的人们。他自己的双手变成了巨大的风车。他出神地盯着安东尼帕罗斯高举着的未知之物。黄色的灯笼在黑暗中摇摆不停，除了那些灯笼之外，其余一切事物都纹丝不动。然后突然间，周遭腾起一阵骚动。在动荡中，石阶分崩离析，他感到自己正在直直往下坠落……身体猛一激灵，辛格醒了过来。晨曦映亮了窗户。他觉得心惊胆战。

时间已经过去这么久了，他的好朋友有可能已经出事了。因为安东尼帕罗斯并没有写信给他，就算出事了，他也不会知道。或许，他的好朋友不小心跌倒了，弄伤了自己。此刻，辛格心中涌起一种冲动，打算不惜一切代价安排妥当，马上过去见他。

那天早上，在邮局里，辛格从自己的邮箱里取到一张通知单，告诉他有个包裹已经来了。那正是圣诞节期间没有及时寄来的礼物——一份非常好的礼物。他以两年期分期付款的方式买的。那是一台供私人使用的电影放映机，附带半打米老鼠和大力水手动画片，是安东尼帕罗斯的最爱。

那天早上，辛格是最后一个到首饰店的。他向自己受雇工作的雇主，也即首饰店老板正式递交了一份休假申请，希望本周的周五和周六这两天能够请假。尽管当周有四场婚礼的委托活儿要做，首饰商人还是同意了他的要求，点头表示他可以不来。他事先没有让任何人得知这次旅行，不过，在动身离开的时候，他还是在自己住的房间房门上贴了一张便条，说自己有私事要处理，会暂时离开几天。他踏上旅途的时间恰是深夜，火车抵达目的地时，殷红色的冬日黎明正当破晓。

下午，快到探视时间的时候，辛格出门去了疯人院。他两手拿满了东西，有电影放映机的部件，还有拿给自己好朋友的一大篮子水果。到疯人院后，他便立即前往之前曾经去过一次的、安东尼帕罗斯住的那个房间。

走廊、房门、排成一排的那些床……这些都跟他记忆中的一样。他站在门槛那儿，怀着急切的心情寻找自己的好朋友。但是他马上发现，房间里的每一把椅子都被人占了，安东尼帕罗斯根本不在这里。

辛格把拿着的东西全都放下，在他的其中一张便函纸上写道："斯皮诺斯·安东尼帕罗斯在哪里？"一名护士进了房间，辛格把便函递给了她。她不明白这是什么意思，摇了摇头，同时耸了耸肩膀。于是，辛格出了房间，来到走廊上，把便函递给他遇到的每一个人看。没有任何人知道这话是什么意思。突然之间，一阵恐慌感袭来，他开始不断用双手打起手语来。

终于，辛格遇到了一位穿着白大褂的实习医生。他赶紧抓住实习医生的手肘，把便函递给他看。实习医生很仔细地读过上面写的那句话，然后便引着他穿过好几条走廊，来到了一个小房间里。有位年轻女士坐在办公桌前，桌上放着些文件。女士读了便函之后，便开始在抽屉里查阅起档案来。

紧张与恐惧的泪水在辛格的眼眶中打着转。这时，年轻女士为了让他能够明白意思，开始在一叠纸上写起东西来。辛格完全无法克制住自己迫切的心情，赶紧凑近身体，扭过头去，希望能够马上看到她写下什么关于自己好朋友的内容。

安东尼帕罗斯先生已转入医务室。他患有肾炎。我会让人领你过去。

在走廊里走到一半时，他停了一会儿，打算拿回自己放在安东尼帕罗斯房间门口的那些东西。一大篮子水果被人偷走了，好在其他盒子都是完整的。他跟着那位实习医生走出了这栋建筑物，横穿过一片草地，到了医务室。

安东尼帕罗斯！来到正确的房间后，他一眼就看到了他。安东尼帕罗斯的病床被安排在房间正中央，他此刻正靠着枕头坐在床上，身上穿着那件猩红色的长睡袍，绿色的丝质睡衣，戴着一枚绿松石戒指。他的肤色蜡黄，眼神迷离又黯淡，两鬓的黑发已经染上了银霜。安东尼帕罗斯正在织毛衣。他用自己肥胖的手指，十分缓慢地挪动那些象牙长针。一开始时，他并没有看见自己的好朋友。然后，当辛格站在面前之后，他的脸上露出了平静的微笑，一点都不感到吃惊——他把自己戴着绿松石戒指的手，伸到了他的面前。

一种之前从未有过的、害羞且尴尬的感觉袭来。辛格坐到床边，双手交叠，放在床单边缘。从刚才到现在，辛格的目光一直没从这位好朋友的脸上挪开过，但他自己的脸上却是面无血色。安东尼帕罗斯身上穿的衣服竟如此浮夸，这把辛格给吓到了：实际上，这些衣服当中的每一件，都是辛格在不同时机下捎给安东尼帕罗斯的。只是他之前从来未曾想过，把这些衣服一起穿在身上会是什么效果。安东尼帕罗斯的身形比他记忆中还要庞大，能够看得到丝绸睡衣遮蔽下层层叠叠的肚腩。因为后面垫的是白色枕头，衬得安东尼帕罗斯的脑袋尤为硕大。他脸上的表情太过平静，近乎冷漠，似乎完全没有意识到辛格此时正跟他在一起。

辛格有些怯懦地抬起手来，开始打起手语。他强壮而灵巧的手指接连不断地做出代表不同意义的手势：动作满怀爱意，形态精确无比。他谈到了寒冷的天气，漫长的这几个月时间。提到关于过去的记忆，死去的那只猫，商店，他们曾经一起住过的地方。他的表达每停顿一会儿，安东尼帕罗斯都会客客气气地点下头。他说到那四个人，说他们经常会到他的房间里做客。这位老朋友的双眼湿润而黯淡，在那双眼睛里面，辛格窥见了有他自己存在的、各种各样的小小映像。在过去，他也曾经从安东尼帕罗斯的眼中看到过这些有他存在的映像——他已经看过无数次了。于是，温暖的血液重新流回到辛格的脸上，他双手打手语的速度也变快了。他讲了很多关于那个黑人的事，关于那个小胡子总在摇晃的家伙的事，还有那个女孩的事。渐渐地，他双手打手势的动作变得越来越快。安东尼帕罗斯始终还是缓慢地点下头。急切期盼表达的辛格身体不觉前倾，呼吸又长又深，眼中看得到明亮的泪珠正在打转。

这时，突然之间，安东尼帕罗斯用自己肥胖的食指在空中慢慢画了一个圈。这个圈画着画着，手指慢慢凑到了辛格面前，最后故意往前戳了一下，戳在了他这位到访朋友的肚子上。大个子希腊佬随之露出灿烂的笑容，同时吐了吐自己那肥厚的、粉色的舌头。辛格笑出了声，双手继续用近乎狂野的速度打着手势。打着打着，他的肩膀开始随着自己的笑声晃动起来，脑袋也不由自主地朝后仰。自己为什么会笑成这样，辛格也不清楚。这时，安东尼帕罗斯滴溜溜地转了转自己的眼珠。辛格又继续控制不住地大笑起来，直笑到自己喘不上气，连手指都不住颤抖了才停下来。他抓住自己好朋友的手臂，试图稳住自己。他的笑声渐渐慢了下来，声音里带着痛苦，就好像打嗝一样。

安东尼帕罗斯最先冷静下来。他用自己肥胖的小脚踢开了床脚处的被单。笑容从安东尼帕罗斯的脸上消散，他开始用笨拙的动作踢起毯子来。辛格急忙伸手去整理被弄乱的床铺，试图把一切都弄回原状，但安东尼帕罗斯却皱了皱眉头，像个皇帝似的，朝着正从病房这边走过的一位护士动了动手指。当她过来把床单和毯子按照安东尼帕罗斯的要求拉直时，这大个子希腊佬故意倾斜着脑袋，看那姿势，不像是在简单地表示点头感谢，反而像在施与祝福了。随后，他又把脑袋歪向自己的朋友，神情严肃。

辛格之前只顾着打手语，都没意识到时间流逝得有多么快。直到有一位护士把安东尼帕罗斯的晚餐用托盘送过来时，他才留意到已经很晚了。房间里的灯都打开了，窗户外面几乎漆黑一片。其他一些病人面前也摆上了装有晚餐的托盘，他们纷纷放下手头的活儿（其中一些人在编篮子，还有人负责缝制皮料，或者打毛衣），面无表情地吃着饭。除了安东尼帕罗斯外，他们每个人都显得很病恹恹的，面无血色。这些人大部分都需要理发，他们穿的是破破烂烂的灰色睡袍，后面是分开的。他们全都好奇地盯着这两个哑巴。

安东尼帕罗斯把托盘的盖子取下来，仔细检查盛在里面的食物。有鱼，还有一些蔬菜。他把鱼拿起来，放到掌心里，摆到灯光下进行了彻底的检查。然后才津津有味地开始吃了起来。安东尼帕罗斯一边吃晚饭，一边对房间里的各个人物指指点点。他先指了指角落里的一个男人，脸上露出厌恶的表情。那个男人见状，马上冲着他怒骂了几句。然后，他又指了指一个年轻男孩，微笑着点了点头，挥了挥自己的胖手。辛格实在太开心了，甚至完全没有因为安东尼帕罗斯这样做而感到尴尬。他拿起放在地上的礼物，把它放在床上，试图用这个来吸引自己好朋友的注意力。安东尼帕罗斯拆开了礼物的包装纸，但却对里面的那台机器一点兴趣都没有。于是，他便继续吃起晚饭来。

辛格写了一张便函给护士，向她解释了放电影的事情。她马上叫来了一位实习医生，在那之后，他们又喊来了一名医师。这三个人一边商量这件事，一边好奇地打量着辛格。消息在病人们当中传开了，他们兴奋地用手肘撑住脑袋，准备看一场好戏。在场所有人当中，只有安东尼帕罗斯无动于衷。

辛格之前已经练习过如何放电影了。他首先将屏幕设置好，位置以所有病人们都能看得见为准。然后，他又开始摆弄起投影机和胶片。护士把晚饭托盘拿走，房间里全部的灯都被关掉了。就在这时，一出米老鼠动画片闪现在了屏幕上。

辛格暗中观察自己那位好朋友。刚开始放映时，安东尼帕罗斯吓了一跳。他把脑袋高高抬起，想要看得更真切些。要不是护士在这儿管着他，他恐怕都要站到病床上看了。接下来，他看着动画片，脸上露出了大大的微笑。辛格可以看到，其他病人们相互之间也在大呼小叫，笑声连连。护士和实习医生们从走廊里聚集过来，整个病房里都轰动了。米老鼠动画放完之后，辛格又放上了大力水手的胶片。然后，当这部动画结束时，他觉得病房首映放这些就足够了，时间够长了。于是，他便重新把灯打开，病房里也结束了人声鼎沸的状态，再度安定了下来。实习医生帮忙，将电影放映机收在了辛格好朋友的病床下。辛格看到，安东尼帕罗斯目光狡黠地扫视了一遍整个病房，以便确定每个人都已经领会到，这台放映机是属于他的。

辛格又开始打起手语来。他很清楚，很快就会有人过来要求他离开，但是，在他脑海中积累下来的东西实在太多了，没办法在短时间内一口气倾诉完。他只好用近乎疯狂的速度打着手语。在病房里有这样一个老人，因为患了麻痹症，他的脑袋颤抖个不停，还用软塌无力的手不断扯弄自己的眉毛。辛格可真羡慕这个老人，因为他每天都能和安东尼帕罗斯生活在一起。如果有机会和他交换位置，辛格肯定会欣然同意。

他的好朋友伸出手来，摸索着自己怀里的某样东西。那是他一直随身带着的黄铜小十字架，脏兮兮的绳子已经被一根红丝带取代了。这时，辛格想起了自己之前做过的那个梦，于是，他便把这个梦的内容也告诉了自己的朋友。因为手语打得实在太快，表意有时会不到位，让人看不懂，他只得摆摆手，从头再来。安东尼帕罗斯用他那双黑色的、昏昏欲睡的眼睛注视着辛格。他一动不动地坐在那儿，身上穿着他那些艳丽、富贵的衣服，看起来仿佛某个充满智慧的传奇君王。

探视时间结束后，负责管理这个病房的实习医生还额外允许辛格在这里多逗留了一个小时。这一个小时也过去之后，实习医生走到辛格身边，亮出自己清瘦、多毛的手腕，把戴着的手表露出来给他看了看。病人们已经准备好要睡觉了。辛格的手在颤抖。他抓住自己好朋友的胳膊，十分专注地与他对视了一小会儿，就跟他们原来每天早上需要各自分开去上班时会做的一样。最后，辛格一步一步倒退着出了房间。走到门口时，他用双手做出了一个令人心碎的

"再见",然后又紧握成拳。

一月,但凡有月光照耀的那些夜里,只要没有其他事要忙,辛格都会继续在镇子里的各处街道上行走。关于他的流言蜚语变得愈加疯狂了。有个黑人老妇陆陆续续跟上百人讲,说辛格知道让死者魂灵重返活人世界的方法。工厂里的某位计件工人声称,他和哑巴曾经在这个州其他城镇的另外一间工厂里一同工作过——他当年还能讲话,讲出来的故事个个独一无二。富人们认为他也是富人,穷人们则觉得他跟他们一样,也是穷人。而且,因为没有任何办法反驳这些谣言,谣言也就变得越来越离奇怪异,同时也十分真实可信。每个人都把哑巴描述成他们想要的样子。

# 8

“为什么?”

这个问题一直纠缠着比夫,如影随形,就如同他血管中的血液一般。每当他想起某个人,某件东西,某些想法,这问题便会不由自主地从心里冒出来。午夜时分,黎明破晓前的黑暗时刻,大中午。希特勒,以及关于战争的流言。猪里脊肉的价格,啤酒税……尤其是他一直都在冥思苦想的,关于哑巴的谜团。举例说吧,为什么辛格会坐火车离开?为什么当别人问他去哪儿了时,他会假装听不懂这个问题?为什么每个人都坚持把哑巴想象成他们希望哑巴成为的模样——而实际上,这很可能是个颇为怪异的错误?每天三次,辛格都会坐在店子正中间位置的那张餐桌旁。他会吃掉比夫端到他面前的食物——除了卷心菜和牡蛎。在四周的一片喧嚣嘈杂之间,唯有他一言不发。他最喜欢的食物是那种带着些青色的、软软的小洋扁豆[1]，他会把这些豆子一颗一颗、整整齐齐地摁在叉子尖上吃掉，还用饼干蘸豆子汁吃。

比夫也会思考与死亡相关的事情。曾经发生过一件神奇的事情。有一天，当他在浴室柜子里翻东西的时候，偶然发现了一瓶“佛罗里达之水”[2]牌香水。之前，当他把爱丽丝剩下的所有化妆品拿去给露西尔时，独独遗漏了这个。比夫若有所思地把这瓶香水攥在手里。自从她去世以后，时间已经过去四个月了——每个月过得都像一整年一样漫长而空虚。他很少想起她。

比夫拧开香水瓶。脱了衬衣，只穿背心站在镜子前面，在他长满腋毛的黑乎乎腋窝里涂了一些香水。那种香味令他感到浑身僵硬。他和镜中的自己交换了一个有关死亡的秘密，站在那里，一动不动——比夫被香水带给自己的那些回忆给震惊到了，不是因为这些回忆闪现时的清晰程度，而是它们竟然会如此集中地聚集在一处：多年以来的一长段记忆，如此完整的记忆，在一瞬间侵袭了他。比夫摩挲了一下自己的鼻子，扭过头去不再看镜子，而是看了一眼自己。死亡的边界。每一分钟，他的内心都能感觉得到，他曾经和她生活在一起时的点点滴滴。如今，他们在一起的生活算是完整了，因为只有过去了的事情，才能有始有终。想到这里，比夫猛地将身体转了过去。

卧室里面已经全部整理过了。如今，卧室已经完全属于他了。

---

1　又称利马豆，美洲的一种常见食物。

2　Agua Florida，当时的一种廉价流行香水。

以前，这个卧室装饰得很俗气，四处看上去都是软绵绵的，单调又乏味。卧室里总是能找到丝袜，还有粉红色的人造丝内裤，挂在一根横穿房间的晒衣绳上等待晾干——丝袜和内裤上都有洞。铁床上的油漆已经剥落，生了锈，上面放着几个脏兮兮的蕾丝绣花枕头。一只瘦得皮包骨头的猫会从楼下跑上来，弓起背脊，模样颇为凄惨地在一只痰盂上蹭来蹭去。

他曾经拥有的这一切已经面目全非。他卖掉了旧铁床，换了一张两用沙发床。地板上摆了一块厚厚的红地毯。他还买了一块很漂亮的中国蓝布料，挂在裂纹情况最严重的那面墙上。原来封住的壁炉被他重新打开使用了，里面放了一根一根的松木。壁炉架上摆着一张毛毛的小照片，以及一张彩色画像，上面有一个穿着天鹅绒衣服的小男孩，双手捧着一只皮球。角落的一方玻璃柜里，储存着他收集的稀奇玩意儿——一个蝴蝶标本、一支稀有的箭矢头，还有一块仿若人的侧脸的古怪石头。沙发床上摆着蓝色的丝绸垫子。他借用了露西尔的缝纫机，为卧室的窗户做了一套深红色窗帘。他爱这个房间：它既高级又低调。桌子上摆着一座小小的日本佛塔，上面装饰了玻璃垂饰，风一吹，便会发出奇奇怪怪的音乐声。

在这个房间里，没有什么东西能够令他想得起她来。但是，他常常会拧开那瓶“佛罗里达之水”，用香水瓶盖触碰自己双耳的耳垂，或者手腕。香水味和他缓慢的冥想混合在一起。那些有关过去的感觉在他体内滋生茁壮。记忆以几乎如同建筑物修筑的方式，自己一块块建构起来。在放纪念品的一个盒子里，他偶然翻找到了他们结婚之前拍摄的一些旧照片：爱丽丝坐在一片雏菊花田里的照片，爱丽丝跟他一起在河里划船的照片。在这些纪念品当中，还有一根很大的骨簪，这曾经是属于他母亲的。当他还是一个小男孩时，很爱看着她梳理自己那头又黑又长的头发，然后将长发编成辫子。他曾经以为发簪都是弯曲的，是仿照着女性的身体形态制成的，如果他想的话，偶尔还可以取来当作娃娃玩。在那个时候，他有一只雪茄盒，里面装满了各种杂物。他喜爱美丽布料带来的感觉，还有那种颜色，他会在厨房的桌子下面一坐好几个小时，和这些杂物一起玩耍。但是，当他六岁时，母亲便把这些杂物从他身边拿走了。母亲是个身材高大的女人，和男人一样富于责任感。她最爱他了，即使到了现在，他有时还会梦见她。她曾经戴过的那只金戒指，也一直留在了他的手指上。

除了那瓶"佛罗里达之水"，他还在衣柜里找到了一瓶爱丽丝长期用来染头发的柠檬染发剂。[1]有一天，他自己也拿这瓶染发剂试了试。柠檬使他那头黑发中间夹杂几缕白发的头发看上去蓬松又厚实。他喜欢这样。于是，他丢弃了自己买来防脱发的发油，开始定期使用柠檬类型的制剂漂染头发。以前跟爱丽丝一起生活时，他经常嘲笑她那些古怪行为，如今他自己也开始这样做了。为什么？每天早上，路易斯——也即楼下工作的那个黑人男孩，都会端一杯咖啡过来给他，方便他在床上喝。他常常会倚在枕头上靠一个

1　柠檬汁因为有强酸性，所以是可以用来漂染头发的。

小时，然后才起床穿衣。靠着的时候，他会抽上一支雪茄，注视着阳光在墙壁上投下的图案，陷入一种冥想状态，同时把食指架在自己长而弯曲的脚趾上。他在回忆。

随后，从中午开始，直到早晨五点，他都会在楼下做事。整个星期天，他也在楼下做事。生意一直在亏钱。餐厅里很多时候都没人。不过，到了饭点，这里通常还是会坐满。站在收银台后面，他每天都能看到上百张熟面孔。

“你一直都是那副若有所思的模样，你到底在想些什么？”杰克·布朗特有次问他，“你那样子，真像个德国犹太人。”

“我有八分之一的犹太血统。”比夫说，“我母亲的祖父是来自阿姆斯特丹的犹太人。不过，据我所知，我家族里的其他亲戚都是苏格兰-爱尔兰血统。”

那是个星期天上午。客人们散漫随意地坐在桌边，餐厅里弥漫着烟草的味道，到处都听得到翻阅报纸时发出的沙沙声。有几个男人在角落的卡座里玩骰子，不过他们玩得很安静。

“辛格在哪里？”比夫问道，“今天上午你不去他那儿吗？”

布朗特黑了脸，露出一副不爽的表情。他猛地向前一垂头，没有回答比夫的这个问题。他们是吵架了吗——不过，一个哑巴又该怎么和人争论呢？不，不对，这样的争论以前还是发生过。有时，布朗特会在四处晃悠一阵子，瞧他那样子，似乎是自己在跟自己吵架。但是不久后，他又会折回去找哑巴（他永远都会这样做），再然后，他们两个就会一起到这里来，由布朗特负责说话。

“你这日子过得不错。只需要站在收银台后面，只需要站在那里，张张手掌就行。”

比夫丝毫没有被他激怒。他用手肘支撑住身体，眯起眼来，说道：“我们还是聊点正经的吧。你到底想要什么？”

布朗特把双手猛一下砸向柜台。这双手很温暖，肉乎乎的，皮肤粗糙。“啤酒。再来一份中间夹了花生酱的奶酪饼干。”

“这不是我的意思。”比夫说，“不过也无所谓，晚些再说吧。”

这个男人是个难题。他总是在变化。他喝酒仍然喝得很凶，就像一条发了疯的鱼一样。不过，酒精没办法把他给干趴下，这点又跟其他男人不同。他的眼睛周围常常布满血丝，当他紧张时，会做出一种小把戏似的习惯性动作：表情惊恐地猛一回头，直接朝后面张望。他那根细脖子上的脑袋又重又大。他属于会被小孩子们嘲笑的那类人，连狗看到他都会想咬他。然而，当他被人嘲笑时，却每次都像是被狠狠戳中了痛处——粗声粗气地大喊大叫，表现得简直像个小丑。而且，他总是怀疑有人在嘲笑他。

比夫若有所思地摇了摇头。“那么，不妨告诉我，”他这样说，“究竟是什么让你坚持在那个阳光迪克西秀做事？凭你的本事，可以找到比这更好的工作。我大可以让你在我这儿做兼职的。”

“我的老天爷！我可不想把自己困在那个收银台后面，哪怕你愿意把这整个该死的地方送给我，一股脑儿都送给我，我也不要。”

他就是这个样子。说话冲来冲去，惹人不愉快。他永远都不会有朋友，甚至永远都学不会和人正常相处。

“有话好好说。”比夫回应道，“认真点。”

有个顾客拿着现金支票过来付账，比夫收了支票，开始给对方找零钱。这里还是很安静。布朗特看样子有些按捺不住。比夫觉得，他应该是要走了。他打算留住他。于是，他从柜台后面的架子上取了两根雪茄下来，请布朗特抽一根。然后，他又小心翼翼地放弃了一个又一个原本打算问的问题，最后终于开口问道：“如果你可以在历史中任意选择自己生活的时代，你打算选择哪个时代？”

布朗特用自己宽厚又湿润的舌头舔了舔自己的胡子，说：“如果你必须要从当一个令人讨厌的人，以及不再继续提问题这两个选项当中选一个，你会选哪个？”

“差不多得了，”比夫坚持道，“好好想想再答。”

他把脑袋歪向一边，目光下移，盯着自己的长鼻子。这是他最喜欢听别人谈论的话题。他的答案是古希腊。穿着凉鞋，走在蓝色爱琴海的沙滩上，腰间系着宽松的长袍。有一群孩子。大理石浴室和神庙里的沉思。

“或许我会选择跟印加人在一起，到秘鲁去。”

比夫的双眼扫过布朗特，仿佛正剥去他的伪装，还原他本来的面目。他看到布朗特被太阳晒出了一身浓烈、泛红的棕色皮肤，脸上完全光滑，看不到一根毛发，前臂上戴着一条用黄金和珍贵宝石制成的手环。当比夫闭上眼时，眼前人确实就是一个货真价实的印加人。但是，当他再次睁眼看对方时，那种形象便消失了。出现的是那一抹令人神经过敏的小胡子，和他的脸一点都不配。他耸动肩膀的方式，那细脖子上突出的喉结，鼓鼓囊囊的裤腿……不像印加人的地方多了去了。

“要不就到1775年左右。”

“生活在那个时代挺不错的。”比夫表示同意。

布朗特故意在地板上蹭了蹭脚，表情挺愤懑。他已经准备要走了。比夫察觉到了这点，马上又开口挽留他。“告诉我——你为什么会到这个镇上来？”问题刚说出口他便意识到，这并非一个合适的问题。他对自己的冒失感到失望。尽管如此，这样一个男人为什么会到像这里这样的地方来，始终让人觉得奇怪。

“这是上帝的旨意，我可不知道。”

他们都靠在柜台上，安静地站了一小会儿。角落里的骰子游戏已经结束。第一份晚餐外卖订单，一份长岛鸭肉套餐，已经被送去给那位负责经营A&P商店的家伙。收音机里此刻播放的内容，其感觉介乎教堂布道声和摇摆乐团式[1]音乐风格之间。

布朗特突然探身过来，闻了闻比夫的脸。

“香水？”

“剃须膏。”比夫冷静地答道。

他已经没办法继续留住布朗特了。这家伙确实已经准备好离开了。稍晚些时候，他会跟辛格一起过来。情况总是如此。他希望

1 Swing Band，最早起源于1930年前后，在1935—1946年间达到巅峰。其中最能代表这个乐风的是“摇摆乐之王”本尼·古德曼领军的六重奏。

能够引导布朗特完全敞开心扉，如此一来，他便能够了解自己一直惦记着的、关于布朗特的某些问题的答案。但是，布朗特永远都不会口吐真言——除了对那个哑巴以外。这也是最奇怪处之一。

“谢谢你的雪茄，”布朗特说，“晚些见。”

“再见。”

比夫目送布朗特走到门口，瞧着他那一走三晃的、水手般的步伐。然后，他开始尽职地做起眼前的工作。他看了一眼餐厅橱窗那边的招贴栏。今日菜单已经贴在了玻璃上，加满了各种配料的今日套餐早已摆在橱窗里，用以招揽顾客。那套餐看起来挺糟糕，脏兮兮的。鸭子的肉汁渗了出来，流进了蔓越莓果酱里，有只苍蝇粘在了甜点上。

“嘿，路易斯！”比夫喊道，“快把这玩意儿从橱窗里取出来。再给我拿一只红色陶碗，还有水果过来。”

他以色彩搭配和设计感为标准，在餐盘上精心摆放了水果。最后达成的装饰效果令他感到宽慰。他巡视了厨房，和厨师聊了聊。然后再拿起锅盖，闻了闻里面食物的味道，但他做这些事的时候，实际上并不怎么走心。这些事情以前一直都由爱丽丝来负责完成。他并不喜欢。看到油腻腻的水槽，以及槽底的食物浮渣时，他的鼻子就仿佛已经闻到了难闻的味道。比夫写好了第二天的堂食菜单和外卖菜单，高高兴兴地离开了厨房，回到了收银台后面。

露西尔和毛毛来了，她们是过来吃星期天的午餐的。小家伙现在的情况依旧没有太好。绷带还缠在她的脑袋上。医生说，绷带要到下个月才能拆掉。原本的金黄色鬈发被缠得紧紧的绷带代替之后，她的脑袋看起来仿佛是个光头。

“宝贝，快跟比夫叔叔问好。”露西尔催促她。

毛毛有些气恼地昂了昂头，不言不语。

“宝贝，跟比夫叔叔问个好啊。”她又鼓励道。

当露西尔试图脱掉毛毛星期天才穿的那件外套时，她又闹了起来，不愿意脱。“现在还是乖乖听话好，”露西尔反复念叨着，“必须得脱掉它才行，否则我们再出去时，你就会感染肺炎……老老实实听话。”

最后还是比夫控制住了局面。他用一个糖果味的口香糖球安抚了毛毛，从她肩膀上松开那件外套，成功把它给脱了下来。在跟露西尔闹的时候，毛毛身上穿的套裙全给弄乱了。比夫帮她把裙子整理好，抹胸的位置对齐胸口，重新系好腰带，用手指把蝴蝶结调整成正确的形状。做好这一切之后，他轻轻拍了拍毛毛的小屁股，说道：“我们今天有草莓冰激凌可以吃哟。”

“巴塞洛缪，你完全可以当一个麻利能干的好母亲。”

“谢谢。”比夫说，“这句话对我而言算是赞美。”

“我们才上完主日学课，去过教堂回来。毛毛，说一下你专门为比夫叔叔学的那段《圣经》给我们听听。”

小家伙有些犹豫，噘起了嘴。“耶稣哭了。”[1]她终于开口了。说出

1　出自《约翰福音》第11章35节。

这几个字时，她的语气里带着鄙夷，仿佛这是件很令人讨厌的事情。

“要不要见见路易斯？”比夫问她，“他就在后面厨房里。”

“我想见威利。想听威利吹口琴。”

“够了，毛毛，你分明是在没事找事。”露西尔不耐烦地说，“你明明知道威利不在这里。他已经被送到监狱里去了。”

“不过呢，”比夫说，“路易斯他也会吹口琴的。去跟他说一声，让他准备好冰激凌，再给你吹奏一曲。”

毛毛故意把一侧脚跟拖在地上，朝着厨房的方向走去。露西尔把帽子放在柜台上，眼里看得到泪光。“你知道我一直都这么说：如果一个孩子能够保持干净，并受到良好的照顾，那这个孩子通常都会成长得乖巧又聪明；但是，如果一个孩子平日脏兮兮的又没养好，那你也就不必期望太多。我又这样说一次，无非是想解释清楚，毛毛现在没了头发，绷带缠满了脑袋，这让她感觉很丢脸，也正因为此，她现在什么都跟人对着干。不肯再练习朗诵了——什么都不愿意做了。她心情实在太差了，我完全管不了她。”

“只要你不再不断挑她的毛病，她就会好起来。”

最后，他安排她们在窗边的其中一个卡座里坐下。露西尔吃的是一份当天的套餐，为毛毛准备的则是细细切碎的煮鸡胸肉、一份麦片粥，还有一些胡萝卜。她拿自己那份食物当玩具玩，还把牛奶洒到了自己的小套裙上。比夫一直和她们坐在一起，直到用餐高峰时段到了，他才不得不站起身来，让餐厅里的一切能够顺利运作。

人们都在吃饭。个个张大了嘴巴，往里面送入食物。这种行为算是什么？他不久之前曾经读到过这样一段话，说生命不过是摄入食物、吸收营养和繁殖罢了。此刻，这地方挤满了人。收音机里正放着某个摇摆乐团的音乐。

随后，他一直等着的那两个人来了。辛格先进了门，他的腰挺得很直，身上穿着他在裁缝那里定制的、只在星期天穿的西装，看上去很潇洒。布朗特紧随其后，挨着他进了门。他们一同走路的方式当中，存在着某种说不清道不明的东西，令比夫感觉讶异。他们在常坐的那张桌子旁坐下，布朗特一边使劲吃饭一边滔滔不绝，辛格则礼貌地注视着他。吃完饭后，他们在收银台前逗留了好一会儿。随后，当他们一同出去时，比夫再次注意到了他们同行时那种说不清道不明的东西，这东西令他不觉停下来问自己。那究竟是什么？刹那间，比夫大脑深处某段深藏的记忆突然闪现，那场景令他震惊：以前，辛格常常会跟一个聋哑又痴呆的大块头一起走路去上班。那个痴肥的希腊佬，他是给查尔斯·帕克做糖果的。

希腊佬总是走在前面，辛格紧跟着他。比夫从来没有太注意他们，因为他们并没有来过这里。不过，他之前怎么从来没有想起过这件事呢？他一直都对哑巴充满了好奇，却完全忽略了从这个角度来考虑。这就像是把某处的风景看了个遍，却独独忽略了三只跳着舞的大象一样。但是话说回来，这件事真的重要吗？

比夫眯起了眼睛。辛格之前如何实际上并不重要。重要的是，布朗特和米克把他当成了某种自创的神祇来崇拜。恰恰因为辛格是个哑巴，他们才能够赋予他任何他们希望他有的品质。没错。可是，怎么会发生这种奇怪事情的呢？又是为了什么？

一个独臂男人走了进来，比夫请他喝了一杯威士忌。不过，他似乎不愿意开口跟任何人说话。星期天的正餐一般都是家庭聚餐。那些平日里独自过来喝酒的男人们，每逢星期天都会把自己的妻子和小孩子带过来，一起吃饭。在这一天里，他们放在餐厅后面的那张高高的婴儿椅常常会派上用场。现在是两点半，餐厅里的很多桌子依旧有人就座，但用餐时间就快结束了。这之前的四个钟头，比夫一直没坐下过，他已经很累了。以前，他曾经一次站过十四乃至十六个小时，身体连一点不好的反应都没有。但是如今，他已经上了年纪。而且年纪还不小——这点是毫无疑问。或许不应该说“上了年纪”，而应该使用“成熟”这个词。并没有老——当然没老——至少现在还没有。餐厅里的声浪一波接一波地传来，又一波接一波地在他耳底消退。成熟。他的双眼感到一阵刺痛，仿佛内心深处有一团火，使所有东西都变得太过明亮，太过刺眼了。于是，他对其中一名女服务员说：“过来替我的班好吗，你可以帮个忙的，对吧？我这边正要出去。”

因为是星期天，街上空空荡荡的。阳光明媚，天空清朗，却没有什么暖意。比夫竖起外套的领口，围住自己的脖子。独自一人在街上走着，他觉得身体仿佛被掏空。风从河那边冷冷地刮过来。他应该转身回去，在餐厅里待着，他是属于那里的。此刻要去的地方，其实跟他毫无关系。之前的四个星期天，他都做了同一件事——在街区里游荡，去那些有可能会看见米克的地方。这样做确实是有点那什么——有点不太对头。是的。这就是在做错事。

他慢腾腾地在她住的那栋房子对面的人行道上晃悠。上个星期天，她一直坐在前门台阶上，看报纸上刊载的连环漫画。不过这一次，他迅速地朝着房子那边看了一眼后，发现她不在那里。于是，他便把帽檐斜斜地拉下来，遮住自己的眼睛。没准她晚些会到餐厅去。通常是在星期天吃过晚饭后，她会过来叫上一杯热可可，在辛格坐着的那张桌子旁边待上一会儿。每逢星期天，她穿的衣服都跟平时不同，不再是蓝百褶裙和毛衣了。米克的星期天专属服装，是一套红葡萄酒色的丝绸连衣裙，领口装饰有蕾丝边，蕾丝边稍微有些脏。有一次，她还穿上了丝袜——袜身上有好几处脱了线。他总想要为她做一些事，想要送一些东西给她。可不仅仅是一份圣代[1]，或者其他一些甜食——必须是些货真价实的东西才行。这就是他想做的一切——为她付出。比夫的嘴有些发麻、僵硬。他本身并没有做错什么事，但内心却滋生出某种陌生的罪恶感。为什么？那是所有男人内心深处都存在着的阴暗原罪，无从预料，莫可名状。

回家的路上，比夫发现有一枚一美分硬币藏在排水沟的垃圾里面，只露出半截在外头。怀着节俭的念头，他伸手去把硬币拿起来，用自己的手帕把它擦干净，然后扔进了随身的黑色钱夹里。四点钟时，他回到餐厅。生意停滞不前。餐厅里连一个客人都没有。差不多五点钟时，生意又渐渐转好。他最近刚雇来做兼职的男孩提前来

1 Sundae，美国一些州认为星期天为安息日，不允许出售冰激凌。冰激凌商便将果浆、水果等覆盖在冰激凌上，以英文星期日的字音取名为圣代出售。

上班了。这男孩名叫哈利·米诺维奇,他跟米克还有毛毛住在同一个街区。总共有十一名申请人回应了他在报纸上登的招聘广告,不过哈利看来似乎是其中最好的选择。就他这年龄而言,个头已经长得很高了,人也挺干净整洁。面试的时候,比夫在跟这男孩说话时,特别留意了他的牙齿:牙齿永远都是很好的识人参考。这个男孩的牙齿长得很饱满,十分干净,色泽洁白。哈利戴眼镜,但这对于工作而言其实无关紧要。他母亲在这条街上的一个裁缝那里做些缝纫活儿,每周挣十美元,哈利是她唯一的小孩。

"瞧瞧,"比夫说,"你也算在我这里干了一个礼拜的活了,哈利。你觉得自己喜欢在这里做事吗?"

"当然喜欢,先生。我当然喜欢。"

比夫转了转手指上的戒指。"那我们现在就来看看……你几点钟放学?"

"三点,先生。"

"嗯,倒还是留给了你几小时的学习和休闲时间。然后,我们这里需要你从六点干到十点。做完事后,剩下的时间够你好好睡觉吗?"

"太够了。我不需要那么长时间睡觉。"

"照你的年纪,每天需要睡大约九个半小时才行,孩子。纯净、健康的睡眠。"

讲到这里,他突然觉得有些尴尬。或许哈利心里会觉得,这根本就不关他的事。况且,这也确实不关他的事。他正准备转过脸去,突然想起了某件事。

“你上的是职业培训学校,对吗?”

哈利点了点头,同时用衬衣袖子擦了擦自己的眼镜。

“我们来理理看。在那里上学的女孩和男孩,我知道挺多的。阿尔瓦·理查兹——我认识他爸爸。还有玛吉·亨利,还有个叫米克·凯利的小孩……”比夫觉得自己的耳朵很烫,像着了火一样。他知道,自己简直就是个白痴。他想转身走开,但却依然站在那里,面带微笑,用拇指揉了揉自己的鼻头。“你认识她吗?”他轻声问道。

“当然,我就住在她家隔壁。不过在学校里,我已经快要毕业了,她才刚刚入校。”

比夫把这个细枝末节的信息完整地保存在了自己的脑海里,打算等他独自一人时,再拿出来细细琢磨。“这里一时之间也不会有什么生意,”他匆匆地说道,“所以就交给你来负责吧,如今你已经知道应该怎么处理了。只管盯住那些喝啤酒的客人,记住他们喝了多少,这样等结账时你就不必再去问他们,不用按他们嘴里随口说的来结了。找零钱的时候只管慢慢来,发生的一切事情都要盯紧。”

比夫把自己关在了楼下那个属于他的房间里。这是他保存各种档案用的储藏室。房间里只有一个小窗户,可以看到外面的一条小胡同,这里的空气弥漫着一股霉味,而且很冷。大堆大堆的旧报纸一直摞到天花板,自制的文件柜占据了一整面墙。靠近门的位置摆了一把老式的安乐椅,还有一张小桌,桌上放着一把剪刀、一本字典和一柄曼陀林。由于报纸的堆积,在这房间里往任何方向走路,都不可能超过两步。比夫坐到安乐椅上,一边摇动,一边开始懒洋洋地拨弄

起曼陀林琴的琴弦。他闭上眼睛,用悲伤的声音唱起了歌:

我去了动物展览会[1]

那里有飞禽,也有走兽

月光下的大狒狒

正在梳理它红褐色的毛发

……

这首歌以曼陀林的和弦收尾,最后的声音在寒冷的空气中颤动流转,最后归于沉寂。

需要收养一对小孩子。一个男孩和一个女孩。年纪大概三岁,或者四岁的样子,这样一来,他们就会一直当他是他们的亲生父亲了。他们的爸爸,我们的父亲。小女孩像那个年纪时的米克(或者毛毛?),脸蛋胖嘟嘟,眼睛是灰色的,头发则是亚麻色。他会亲自动手,给她做衣服——粉红色的真丝双绉面料连衣裙,腰身和袖口上要装饰精致的刺绣花纹。配上丝袜和白色牛皮鞋。冬天的话,还需要一件小小的红丝绒外套、冷帽和皮手笼。男孩黑皮肤,头发也是黑色的。这小男孩会一直跟在他身后,他做什么,他也学着做什么。夏天时,他们三个会一起去海湾那边的一座小屋,他会给孩子们穿上连身泳衣,小心翼翼地引导着他们走进和缓的碧绿色海浪之

1 Animal Fair,一首知名的英文童谣。

中。接下来，在他渐渐变老的同时，他们也越长越大。我们的父亲。他们会带着问题过来询问他，而他则会逐一解答。

这又有什么不好呢？

比夫再次拿起自己那柄曼陀林琴。“嘟——嗬——叮——嗬——忒，嗬——忒，彩绘娃娃的婚礼……”曼陀林上又响起了副歌部分。他独自唱完了一整首歌的所有分部，并且跟着节奏晃脚。一曲终了，他又弹奏了《凯凯凯凯蒂》[1]和《昔日爱情》[2]。这些曲子，就跟那瓶“佛罗里达之水”一样，能够让他去回忆。回忆起每一件事情。第一年里，他过得很快乐，她看上去似乎也很快乐。他们睡的那张床，在三个月时间里塌掉了两次。他却并不知道，在这段时间里，她脑袋里想着的却一直都是“怎样才能省下一个五美分硬币，再想想办法，没准还能多省一点钱”。后来，他开始跟里奥，还有其他女孩们在她的地方鬼混——有基普、玛德琳和卢。再然后，仿佛突然之间，他失去了那种激情。再也没办法跟任何女人一起睡了。见他妈的鬼！刚出现那种情况时，似乎一切全完蛋了。

露西尔永远都理解这其中的一切套路。她清楚爱丽丝是什么类型的女人，或许她也清楚他是什么人。露西尔应该会敦促他们尽早离婚。而且，她也尽了一个人能够尝试去做的一切努力，试图抚平他们所造成的混乱。

1 原文为*K-K-K-Katie*，即*K-K-K-Katy*，一战时期流行歌曲，发行于1918年。

2 *Love's Old Sweet Song*，莫洛伊谱曲的维多利亚时代名曲，发行于1884年。二十世纪二十年代时风靡美国，多次被翻唱，在多部电影中作为配乐。

比夫突然皱了皱眉头。他猛一下把自己的手从曼陀林琴弦上移开，乐曲声戛然而止。他先是紧张地坐在椅子上，然后突然默默地、自顾自地笑了起来。究竟是什么让他遇到了这样的事？啊哈，天知道、主知道的天主啊！那天正是他二十九岁的生日，露西尔让他在看过牙医之后，马上到她住的公寓去找她。他原本指望着能够收到些小小的生日礼品——比如一盘樱桃馅饼，或者一件质量不错的衬衫。她在门口和他见了面，并且让他在进门之前蒙上眼睛。做完这一切后，她说自己很快就会回来。安静的房间里，他专注地听着她的脚步声，当听到她的脚步声进了厨房之后，他放屁了。站在房间里，双眼被蒙住，放了屁。然后，突然之间，他十分惊恐地发现，这里竟然不是只有自己一个人在。先是听到一阵窃笑声，很快就响起接连不断的大笑声，几乎要把他的耳朵给震聋。刚好这时候，露西尔回来了，当即把他被遮住的眼睛解开来：她拿着的盘子里面放着一个焦糖蛋糕。房间里到处都是人。勒罗伊和他们那帮家伙，还有爱丽丝——理所当然。他简直想像猫一样爬到墙上藏起来。他站在那里，老脸不知道该往哪儿搁，全身上下没有哪一处不滚烫发热。他们不停嘲笑他，接下来的一个小时，几乎跟他母亲去世时一样糟糕——至少在他本人看来是这样的。那天深夜，他喝了整整一夸脱威士忌。至于这之后几周——真他妈只有上帝才知道！

比夫冷冷地笑了起来。他在曼陀林上拨了几个和弦，开始弹起一首节奏欢快的牛仔歌曲来。他嗓子里发出醇厚的男高音，唱歌的时候闭上了眼睛。房间里几乎完全黑了下来。潮湿的寒意渗透到他的骨头里,使他患有风湿病的双腿疼痛难忍。

最后,他终于把曼陀林琴放到了一边,在黑暗中慢慢地摇晃着椅子。死亡。有时他几乎能够感觉到,死亡就在房间里,与他同在。他坐在那椅子上,摇晃着,忽前忽后。他究竟明白些什么?什么也不明白。他想往何处去?无处可去。他到底想要什么?想搞清楚。搞清楚什么?搞清楚意义。为什么要搞清楚意义?这简直是个谜。

破碎的往昔画面就像散放的拼图一般浮现在他的脑海里。爱丽丝正在浴缸里洗澡,往自己身上打肥皂。墨索里尼的脸。米克正把那小婴儿放进手推车里。橱窗里摆了一只烤火鸡。布朗特的嘴巴。辛格的脸。他觉得自己正在等待着什么。房间里已经黑透了。他听到路易斯正在厨房里唱歌。

比夫站起身来,摁住椅子扶手,阻止它继续摇晃。当他打开房门时,外面的走道既温暖又明亮。他想起来,或许米克会到这边来。于是,他便把身上穿的衣服拉扯平整,把头发往后抹得油光可鉴。暖意和活力又重回了他的身体。餐厅里热闹非凡。一轮一轮的喝啤酒比拼和周日晚宴早就开始了。他朝着年轻的哈利亲切地笑了笑,站到了收银台后面。他用如牛仔套索时一般的眼神巡视着整个餐厅。这地方拥挤非常,嘈杂又喧闹。橱窗里的那碗展示水果摆放得优雅又精致,宛如艺术。他留意着大门的方向,同时继续用那双经验丰富的眼睛监视着餐厅里的动向。他时刻保持着警惕,专心地等待着。最后,辛格来了,用那支银杆铅笔写道,这次只要汤和威士忌,因为他感冒了。但是米克并没有来。

# 9

如今，她身上甚至连五美分硬币都找不出来了。他们穷到那个份上，穷到除了钱就再没有其他事情可提了。一天到晚都是钱、钱、钱。他们不得不为毛毛·威尔森的私人病房和私人护工付出难以承受的高昂费用。但即便是那样一大笔钱，也只是他们需要支付的账单之一罢了。总是这样，当某笔欠账好不容易结清时，马上又会冒出另一笔欠账要付。他们目前有大约两百美元的欠账需要立即支付。他们失去了那栋房子的所有权。他们的爸爸从交易中拿到了一百美元，让银行接管了作为抵押品的房子。在那之后，他又借了五十美元，由辛格先生任担保人。接下来，他们就不再需要操心每月的所得税款，转而要为每月需付的房租忧心了。他们几乎跟工厂里做工的那些人一样穷了。唯一的不同在于，没有人会因为穷而看不起他们。

比尔在一间装瓶厂里工作，每周赚十美元；黑兹尔在美容院里打下手，每周赚八美元；埃塔在电影院里卖票，每周赚五美元。每个人都把自己攒下工资的其中一半拿出来付欠款。然后，那栋房子有六个房客，每个的租金都是五美元。还有辛格先生，他每次都是按时交租。再加上他们爸爸张罗来的，这一大家子每月大概能凑到两百美元——他们还需要从这笔钱中支出六个房客的伙食费、一家人的伙食费，以及整栋房子的租金和家具分期付款。

乔治和她如今再没有午饭钱了，她也因此不得不停上音乐课。波西娅把中午吃剩下的食物留给她和乔治放学后吃。他们一直都在厨房里吃饭。至于比尔、黑兹尔和埃塔是跟房客们一起吃，还是在厨房里吃，则完全取决于食物的量有多少。在厨房里，他们的早餐食物是粗燕麦粉、黄油、腊肉和咖啡。晚餐吃的是跟早餐完全一样的东西，外加餐厅里剩下食物，剩什么吃什么。比他们大的那几个孩子，只要遇到不得不在厨房里吃饭的情况，就会发牢骚。有时，她和乔治会持续饿上两三天。

不过，这只是在“外室”发生的事情而已。跟音乐、外国和她筹谋已久的计划完全无关。冬天很冷。窗玻璃上结了霜。到了晚上，起居室里的炉火噼噼啪啪地烧起来，十分暖和。他们全家人都选择跟房客们一道，坐在炉火边，如此一来，米克就能独占中间那间卧室了。她套上两件毛衣，还有一条比尔长大后穿不下了的灯芯绒裤子。兴奋感令她一直不觉得寒冷。她从床底下取出自己那只帽盒，坐在地板上，开始忙活起来。在这只大帽盒里有她在政府免费艺术课堂上画的一些画。她把这些画从比尔的房间里拿了出来。除了这些之外，她还在盒子里存着三本爸爸给她的推理小说、一只带镜小粉盒、一盒手表零件、一条镶水钻项链、一把锤子和几本记事本。其中一本记事本的封面上用红色蜡笔写着——私人内容，严禁翻阅。私人内容——并且用一根绳子扎了起来。这整个冬天，她都在这本笔记本上捣鼓音乐。她选择晚上不再学习学校里的功课，以便有更多时间可以用在音乐上。大多数情况下，她写下的都只是一些小段旋律——没有配任何歌词的曲子，甚至连低音提示符都不标。这些旋律普遍都非常短。但是，即便这些旋律只有半页纸长，她还是给它们逐一配了名字，并在下面签上了她自己名字的缩写。这本记事本当中没有任何真正的曲子，或者名副其实的创作。所有这些旋律，不过是曾经浮现在她脑海当中，令她想要记住的曲调罢了。她按照那些曲调给她带来的联想来为它们命名——《非洲》和《大战》，还有《冰雪暴》。

她没办法完全按照自己脑海中浮现的曲调来记录。不得不进行缩减，减少到只有很少几个音符；如果不是这样，她就会把调子全部搞乱，也就没办法继续了。关于如何记录音乐，她实在有太多不懂的地方。不过，或许在她弄清楚应该如何将这些简单的曲调以很快的方式记录之后，她就可以开始将脑海里的整首曲子记录下来了。

一月份的时候，她开始记录一段非常精彩的旋律，命名为《我想要的这样东西，我不知道它是什么》。这是一首美丽而奇妙的曲子——极为缓慢，又很温柔。起先，她在记曲的同时也开始写一首诗，打算用一首诗来为它配词，但是，她却找不到什么好的点子，能够让诗和音乐彼此交融。而且，也很难找到合适的词语来搭配乐曲第三行的韵律。这首新歌令她感到悲伤、兴奋和快乐，三种情绪在同一时间袭来。像这样美妙的音乐是很难对付的。任何曲子都很难谱写。能够在两分钟之内哼完的旋律，意味着她需要花费一整个礼拜的努力，才能够在记事本上记录下来——因为她需要先找准音阶和节拍，以及每一个音符。

她不得不集中精神，多次哼唱。她的嗓音一直以来都是沙哑的。爸爸说，这是因为当她还是个婴儿时，一天到晚哭个不停。当她跟拉尔夫一样大时，她爸爸每天夜里都必须从床上爬起来，把她带到外面去晃悠。他总是说，唯一能够使她安静下来的办法，就是一边用拨火棍敲打金属煤斗[1]，一边唱一曲《迪克西》[2]。

她趴在冰冷的地板上，思考着。以后——当她二十岁的时候——她会成为一个世界知名的作曲家。她将拥有一整个交响乐团，能够亲自指挥他们来演奏自己写的所有乐曲。她会站在大平台上，面前是大群大群的人。为了指挥交响乐团，她会穿上一件货真价实的男式晚礼服，或者一件镶满人造宝石的红色晚礼服。舞台的

---

1 Coal Scuttle，一种已经消失的旧物件，装煤用的带提把金属铜，通常用白铁皮或黄铜制造。

2 *Dixie*，又名*Dixie's Land*或*I wish I was in Dixie*。二十世纪初极为流行的一首美国歌曲，起源于十九世纪中叶，存世版本颇多。

帷幕将是红丝绒材质的，上面印有M.K.的烫金字样。辛格先生也会在那里，演奏结束后，他们将会一起去吃炸鸡。那时候，他会对她表示由衷钦佩，将她视作自己最好的朋友。乔治会把来宾们赠送的大花环拿到舞台上。音乐会将会在纽约举办，或者在国外。名人们也会关注她，卡洛尔·隆巴德、阿尔图罗·托斯卡尼尼，还有海军上将伯德。[1]

只要她想，任何时候都可以演奏贝多芬的那部交响曲。她去年秋天听到的这部乐曲，是一样很奇怪的事物。这部交响曲一直都停留在她的脑海里，而且还在一点一点地长大。原因是这样的：整部交响曲实际上完全存在于她的脑海里。肯定是这样的。她曾经听过这部交响曲的每一个音符，因此，在她脑海中的某个地方，整部乐曲依然存在那里，就跟最开始演奏时一样。然而，她却怎么也没办法把它完整重现出来。唯有等待，等待到某个时机成熟的时刻，突然就有某个新的部分来到她的身边。等待它像春天橡树枝杈上的嫩芽一般缓缓生长。

在“内室”里，除了音乐之外，还有辛格先生。每天下午，当她在体育馆里弹完钢琴之后，都会经过主街，从他工作的那家店铺外面路过。她没办法从那家店铺的橱窗里看见辛格先生。他在店铺后面做事，在一处帘子后面。但她还是会看一看这家店铺，这家他每天都会逗留很久的店铺，看一看那些他认识的人。然后，每天晚

1　美国海军上将理德·伯德，曾分别于1929年、1962年飞越过南极和北极。

上，她都会在门廊那里等候他回家。有时她会跟着他一起上楼。她会坐到床上，看着他把帽子放下，解开衣领处的扣子，并且梳一梳自己的头发。不知为何，这件事就像是他们之间共有的一个秘密似的。要么就像是……他们两个都在以这种形式等待着，等待告诉对方某些之前从未提到过的事情。

他是“内室”里唯一的一个人。很久以前，那里原本还有其他人在。她认真回想，记起了在他进来之前，这里具体是怎么回事。她记起了上六年级时，有个叫塞莱斯特的女孩。这个女孩长了一头直直的金发，一只朝天鼻，脸上长满了雀斑。她穿一件红色针织衫，里面是一件白色罩衫。走路内八字。她每天都会带一只橙子在课间休息时吃，还有用蓝色锡盒装的午饭，在午间休息时吃。其他孩子们在课间休息时就会把带来的食物吃得一干二净，晚些就得挨饿了——但塞莱斯特不会这样。她会剥掉三明治面包的面包皮，只吃中间柔软的部分。她还总是带来一只煮得比较实的鸡蛋，把它攥在手里，用拇指摁压蛋黄，在蛋黄上留下自己的指纹。

塞莱斯特从来都不跟她讲话，她也从来都不跟塞莱斯特讲话。虽然实际上她很想跟塞莱斯特讲话，胜过世上其他任何事情。到了晚上，她躺着不睡觉，想塞莱斯特。她设想她们是最好的朋友，并且开始设想塞莱斯特跟她一起到她家吃晚饭，并且在家里过夜的安排。但是，那样的事情从未发生过。正是因为她对塞莱斯特的那种感受，使她绝对无法像跟其他任何人那样，直接过去跟她交朋友。一年后，塞莱斯特搬去了镇上的另一边，去了另外的学校。

在那之后是一个叫巴克的男孩。他块头很大，脸上长有粉刺。早上八点三十分，她会跟在他后面一起走进校园。他身上的味道很难闻——那味道就像他的裤子需要马上烘干似的。有一次，巴克用身体去猛撞校长，结果遭到了停学处分。他笑起来时会翘起上嘴唇，而且全身上下抖动不停。她想起他时的感觉，就跟想起塞莱斯特时一样。再然后，就是那位为感恩节火鸡抽奖活动贩售彩票的女士。还有教七年级的安吉琳小姐，还有演电影的卡洛尔·隆巴德。这就是全部人了。

但是，辛格先生是不同的。她对他的感觉是慢慢起来的，根本没办法仔细回想，没办法意识到这一切究竟是如何发生的。其他人都很平凡，但辛格先生不是。第一天，当他敲响门铃，询问关于租房间的事情的时候，她便已经盯着他的脸看了很长时间。她开了门，看了他递给她的卡片。随后，她喊来了妈妈，接着便回到厨房，告诉波西娅和巴伯尔关于他的事。她跟着他和妈妈走上楼梯，看着他伸手捅了捅床上的床垫，卷了一遍百叶窗，检查这些是否还能正常使用。他搬家过来的那天，她就坐在门廊的扶手上，眼望着他从那辆十美分起价的出租车里走出来，手里拎着手提箱，还有国际象棋棋盒。后来，她一边听着他在自己房间里走来走去，一边想象着他的样子……除了这些之外，其余感觉都是渐渐积累起来的。长此以往，他们两人之间逐渐建立起了像现在这种秘密的感觉。她对他说的话，比她以往对其他任何人说的话都多。如果他能说话，他将会告诉她很多事情。现在这种状况，就仿佛他其实是一位伟大的导师，只因为是个哑巴才没办法亲身传授似的。晚上躺在床上时，她曾经设想如果自己是个孤儿，跟辛格先生相依为命，会是怎样的一种情况——就只有他们两个人，一起住在国外的某栋房子里，那里的冬天是会下雪的。或许是在哪个瑞士小镇上，四周都是覆满冰川的高山，还有绵延的山脉。眺望任何的房屋顶部都看得到崖壁，屋顶陡峭而尖挺。要么就住在法国，那里的人们直接从商店里买面包回家，连包都不包一下。或者住在异国挪威，住在灰蒙蒙的、冬天的海边。

早上，她头一个想到的就是他。还有音乐。穿衣服的时候她会想，这天会在哪里看到他。她会用一些埃塔的香水，或者一小滴香草精油。如此一来，如果她在走廊里遇见他，她身上的味道就会很好闻。她故意很晚才去学校，这样就能看到他走下楼梯出门上班。在下午和晚上，只要他在，她就不会离开家。

从他身上了解到的每一样新信息都很重要。他把牙刷和牙膏放在桌上的玻璃杯里。所以，她也不再把自己的牙刷放在浴室架子上，同样把它收进了玻璃杯里。为布兰侬先生工作的哈利曾经向她提到，他不喜欢卷心菜，于是，她现在也不吃卷心菜了。当她得知关于他的新信息之后，或者当她对他说了些什么，他用那支银杆铅笔写了寥寥数语回答她后，她都会独自回味很长时间，一遍又一遍地回想。当她跟他在一起时，她脑袋里存着的主要想法，就是把经历过的一切事情好好记住，只有这样，稍后她才能够鲜活地复原它，成为自己的回忆。

不过，在“内室”里跟音乐和辛格先生在一起并不是生命的全部。“外室”里也发生了很多事情。她从楼梯上摔了下去，摔断了一颗门牙。米勒小姐给她发了两张英语课“坏牌”[1]。她在一块空地上弄丢了一枚二十五美分硬币，尽管事后她和乔治一连找了三天，但却怎么也找不到。

还发生了这样一件事：

有一天下午，她正坐在后院台阶上学习，为英语考试做准备。这时，哈利正要开始在篱笆那边砍柴，她便对他打了个招呼，让他过来。他来了，用图解的形式给她讲解了几句话的语法。牛角框眼镜后面，他那双眼睛的目光锐利而敏捷。解释完英语题目之后，他站起身来，把手插进自己伐木工外套的口袋里。哈利这个人永远都是充满活力，紧张兮兮的，他停不下来，必须每时每刻都保持说话或者做事状态。

“你瞧，现今只存在两种情况。”他说。

他就喜欢吓人一跳，有时她真不知道应该如何回应他才好。

“这是事实，现今只存在两种情况。”

“什么情况？”

“军事民主[2]，或者法西斯主义。”

---

1 指成绩很差的成绩单。

2 Militant Democracy是德国政治学家提出的概念wehrhafte Demokratie的英译，无特定中译，直译是防御性民主。其诉诸武力的取向，无论军事上的进攻还是防御，以“军事民主”描述似更妥当。

“你不是喜欢共和党人吗？”

“什么啊！”哈利说，“我说的根本不是那个意思。”

有天下午，他详细解释了关于法西斯分子的一切。他告诉米克，纳粹是怎样强令犹太小孩们跪地匍匐，埋头吃草的。他告诉她，自己打算怎样策划刺杀希特勒。他把所有的细节都考虑到了，完美无缺。他告诉她，法西斯主义统治下，没有任何正义或自由可言。他说，报纸上写的都是谎话，是故意那样写的，人们实际上并不知道世界上究竟发生了什么事情。纳粹实在可怕——每个人都清楚这点。于是，她便跟他一起策划杀死希特勒。最好是四个人，或者五个人同谋，这样一来，就算有一个人失手了，其他人也一样可以完成刺杀任务。即便他们全都死了，他们也都会成为英雄。成为一个英雄，这几乎跟成为一名伟大的音乐家一样了。

“要么是这种，要么就是另一种。尽管我不信仰战争，但我还是为战斗做好了准备——为我知道是正确的那一方而战。”

“我也一样，”她说，“我很愿意去打倒法西斯主义者们。我可以乔装打扮，扮成一个男孩，没人认得出来。把我的头发剪短，剪光。”

这是个阳光明媚的、冬天里的下午。天空是蓝绿色的，后院橡树的树枝是黑色的，在这种颜色的映衬下，显得光秃秃的。太阳很暖和。这样的一天，令她觉得自己体内充满了活力。音乐在她脑海中回响。只是为了找点事做，她拿起一根三英寸长的钉子，用锤子死命敲了几下，把它敲进了台阶里。他们的爸爸听到锤子的声音后也出来了，身上穿着浴袍，在外面站了一会儿。树下面有两台木工锯床，小拉尔夫正忙着往其中一台上堆石头，然后再把这台上堆的石头搬到另外一台上。来来回回走个不停。走路的时候，他把两手撑开，以此来保持平衡。他是个罗圈腿，尿布都拖到了膝盖上。乔治正在玩弹子球。因为他的头发已经长到了需要剪的程度，所以他现在的脸看起来很瘦。他嘴里的恒牙已经长出来了一些——但这些牙都比较小，颜色也发乌，就仿佛他一直在吃黑莓似的。他画了一条瞄准线，趴在地上，瞄准了第一个洞。他们的爸爸回了屋，继续弄他那些手表活儿，并且还把拉尔夫也一起带了进去。又过了一会儿，乔治也动身进了胡同，独自一人。自从开枪打了毛毛之后，他就再也不跟任何人做朋友了。

“我要走了。”哈利说，“我得在六点之前回去干活。”

“你喜欢在咖啡馆做事吗？你莫非能吃到免费的好东西？”

“当然可以。各种各样的人都会到那地方去。这工作比我曾经做过的任何事情都好，我很喜欢。而且它的薪水也更高。”

“我讨厌布兰侬先生。”米克说。这是真话，即便他从来没有对她说过任何令人感觉恼火的话，但他却总是用一种粗鲁、调侃的语调来跟她交流。他肯定已经知道，她和乔治那时偷拿了他一包口香糖了。还有那时候，他为什么会问她，她的事情现在怎么样了——就像上回在辛格先生房间里那样？或许他认为，他们经常会到他那里去偷拿东西。他们没有。他们当然没有那样做。只有那一次，在一家十美分店里偷拿了一小盒水彩套装。还有一个售价五美分的卷笔刀。

“我受不了布兰侬先生。”

“他没什么的。”哈利说，“有时他似乎确实表现得像个怪人，但他脾气并不坏——如果你了解他的话。”

“有件事我想了好久，”米克说，“男孩总是比女孩更有优势。我的意思是，男孩往往能够找得到一些兼职工作却不需要退学，而且还能留下时间去做些别的事情。但是女孩就找不到像这样的工作。如果女孩想要找一份工作，她就必须放弃学业，去做全职。我很想像你那样，每周都能够赚上几张钞票，但却想不出任何办法。”

哈利坐到台阶上，解开自己的鞋带，用力拉扯它们，直到其中一条断掉才停下来。“有个常去咖啡馆的男人，名叫布朗特先生，杰克·布朗特先生。我喜欢听他讲话。我从他喝过啤酒后所说的话里学到了很多东西。他给了我一些启迪。”

“他我挺熟的。每个星期天都会到这里来。”

哈利把那只鞋带断掉的鞋的鞋带完全松开，将断掉的鞋带的两端拉成一样长，这样就又能系好了。“听着，”他在自己的外套上擦了擦眼镜，动作有点紧张，“你不需要把我说的这些话告诉他。我的意思是，我怀疑他是不是还记得我是谁。他从不跟我说话。他只跟辛格先生说话。他或许会觉得很滑稽，如果你……你知道我是什么意思。”

“好吧。”她听懂了这番话下的潜台词，哈利对布朗特先生着了迷，她知道他是个什么感觉，“我不会提起这些的。”

夜幕已经降临。白得如牛奶一般的月亮显露在蓝色天空中，空气变得冷冽起来。她已经可以听到拉尔夫和乔治，还有波西娅在厨房里的声音了。炉子里发出的火光，使厨房的窗户变成了温暖的橙色。已经能够闻到烟味，还有晚餐的香味。

"你知道的，这些我从来没有告诉过任何人。"哈利说，"连意识到这些都令我觉得讨厌自己。"

"什么意思？"

"你还记得你第一次读报纸，思考自己所读到内容的时候吗？"

"当然。"

"我曾经是个法西斯主义者，我曾经以为我是。事情是这样的。你看过那些照片，我们这个年纪的人们在欧洲行军，唱着歌，保持着一致的步伐。我曾经认为这实在是太棒了。他们彼此之间相互起誓，有着同一位领袖。他们全都抱持着相同的理想，一同行军……我并不太在乎犹太少数民族身上究竟发生了什么事，因为我就是不想去考虑他们。而且，当时我也没办法换位思维，比如，假如我是犹太人，将会发生怎样的事。你看，我那时根本就不明白。我不过就是看了些照片，读了照片下面的文字，但其实并不理解。我以前从来没想过这是件多么糟糕的事情。我还认为自己就是一个法西斯主义者。当然，后来我还是发现了不同。"

他的声音很痛苦，不停责备自己，不断在男人的声音和年轻男孩声音之间切换。

"没事的，你当时并没有意识到——"她说。

“这是严重的犯罪，是道德错误。”

他就是这样处事的。每一件事，要么就是完全正确，要么就是彻底错误——没有折中之道。任何人二十岁以下都不能碰啤酒，也不能碰葡萄酒，也不能吸烟，否则就是做错。一个人如果在考试当中作弊，那也是很重的罪，但抄作业就无罪。女孩涂口红或者穿露背裙是道德错误。购买印有德国制造或日本制造标签的任何东西都是重罪，即便这东西只卖五美分也一样。

她回想起当他们俩都还是小孩子时，哈利的样子。有一次，他的眼睛突然变成了斗鸡眼，而且还持续了一整年。那段时间里，他会坐在自己大门口的台阶上，双手放在膝盖上，观察眼前发生的所有事情。非常安静，顶着一对斗鸡眼。他在文法学院里连跳两级，十一岁时就做好了上职业培训学校的准备。谁知道，在职业培训学校里，当他们读到《撒克逊劫后英雄传》[1]中关于犹太人的故事时，其他孩子们竟然全部望向了哈利，他回了家，大哭起来。于是，他母亲便给他办了休学。他休学了整整一年。个子长得很高，也变得很胖。她每次爬到篱笆上张望，都能看到他正在自家厨房里弄东西吃。他们俩都会在街区里玩耍，有时也会玩玩摔跤。当她还是个小孩子时，特别喜欢跟男孩子们打斗——并不是真正的打架，只是玩闹而已。她所使用的是柔术和拳击招数的组合。有时他会把她豁倒，有时是她打赢了他。哈利对任何人都不会太过粗暴。小孩子们

1 即《艾凡赫》(*Ivanhoe*)，英国作家沃尔特·司各特创作的长篇历史小说。

无论把什么玩具给玩坏了，都会去找他，他也总会抽出时间来修好它们。他什么都能修。左邻右舍的女士们甚至会找他帮忙修理电灯或者缝纫机。后来，他十三岁了，就又回到职业培训学校，重新开始学习。他干早上送报纸的活儿，星期六在外工作，同时也看书。有很长一段时间，她都没怎么见到他——直到她举办了那场聚会之后。他的变化真的很大。

“就是这样。”哈利说，“以前我一直怀有一些很远大的志向，比如成为一名伟大的工程师，或者了不起的医生，又或者律师这样的。但是如今，我的志向不再是那种类型的了。现在我脑子里面想着的，全是世界局势。关于法西斯主义，还有欧洲发生的那些可怕事情——另一方面则是民主。我的意思是，我没办法思考具体的生活和工作，没办法推进具体的事情，因为我在形而上层面上想得太多了。我每天晚上做梦都会梦到自己去刺杀希特勒。然后我会在黑暗中醒来，极度口渴，害怕着某样东西——但我不知道自己到底在怕什么。”

她看了一眼哈利的脸，某种深沉而严肃的感觉涌上心头，使她感到悲伤。他的头发垂到额头上，上唇薄而紧实，但下唇很厚，而且此刻正在不停颤抖。哈利看起来并不像是十五岁。夜幕中刮来一阵冷风，冷风一路刮过街区里生长的那些橡树，把房子侧面的百叶窗吹得吱嘎乱响。大街上，威尔斯太太正在喊“棒糖”回家。晦暗的傍晚时分，使她内心的悲伤感觉愈显沉重。我想要一架钢琴——我想上音乐课，她对自己这样说。她看着哈利，只见他正在将自己纤细的手指重叠到一起，组合成不同的形状。他身上有一种温暖的男孩子气味。

让她突然做出这件事的动机究竟是什么呢？或许是因为记起了他们俩年纪都还比较小的时候的事情；或许是悲伤令她变得奇怪了。总之，无论如何，她确实是突然过去推了哈利一把，几乎把他从台阶上整个推下去。“婊子养的，去你奶奶的。”对他吼完这么一句之后，她就跑开了。

街区里的孩子们打架前都会说这句话。哈利重新站起身来。看样子颇为惊讶。他把鼻梁上的眼镜扶正，盯着她看了好一会儿。然后，他就跟着她跑进了胡同里。

冷冽的空气使她像斗士参孙[1]一样强壮。当她大笑时，胡同里甚至会传来短促的回音。她用自己的肩膀去撞哈利，哈利伸出手来，一把抓住了她。他们俩一边拼尽全力摔跤，一边哈哈大笑。她是所有孩子当中最高的那个，但他那双手也格外有力气。他打得不够好，她成功将他豁倒在地，从上面制住了他。接下来，他突然罢了手，不再动弹了，她便跟着停了下来。他呼吸冒着热气，吞吐在她脖子上，身体一动不动。坐在他身上，她能够感觉得到，他的肋骨正抵在她的膝盖上，呼吸声颇为粗重。就这样，他们突然一起站起身来。谁都没有继续笑下去，胡同里变得十分安静。当他们一起走过漆黑一片的后院时，不知为何，她突然觉得很滑稽。实际上，也并没有什

---

1 《圣经·士师记》中的人物，是一位拥有天生神力的犹太战士。

么应该觉得滑稽的理由，不过这种感觉就是突如其来的。她轻轻推了他一下，他也推了她一下。然后她又笑了起来，感觉一切都很好。

“再见了。”哈利说。他现在长大了，不能再随便翻篱笆，所以他一路跑过胡同，绕回到了自己家门口。

“天哪，真热！”她说，“待在这里我简直都要窒息了。”

波西娅正在炉灶上给她热晚饭，拉尔夫不停用勺子敲击自己坐的高脚椅。乔治那只脏兮兮的小手，正把一片面包摁进自己面前那碗粗燕麦粥，他双眼眯成一条线，仿佛正看着哪个遥远的地方。她自己去盛了白肉、肉汁、粗燕麦粥和一些葡萄干，在自己的盘子里把它们拌到一起。她先尝了三口，然后开始大口吃。一直吃到全部粗燕麦粥都吃光了，但却还没有吃饱。

她一整天都在想着辛格先生，晚饭一吃完，她就上楼去了。但是，走到三楼后，她看到他房间的门开着，房间里却黑漆漆的。此情此景，给了她一种空虚的感觉。

回到楼下之后，她根本没办法安安静静地坐下来学习，为英语考试做准备。那种感觉，就仿佛她实在是太强壮了，没办法像其他人一样，好好地坐在房间的椅子上。就仿佛她可以把这栋房子的所有墙壁全部捶倒，然后像个巨人一样，在大街上横冲直闯。

最后，她又从床底下取出自己那只帽盒，趴在地上，开始浏览起记事本来。现在记事本里一共有大约二十首曲子了，但她对此并不满意。如果她能写一部交响乐就好了！为一整个交响乐团写交响乐——你要怎样才能做得到？有时候，需要好几样乐器同时演奏一个音符，因此五线谱一定要足够大。于是，她便在一大张考试卷上画了五条线——线与线之间相隔大约一英寸距离。当某个音符是需要由小提琴、大提琴或长笛来演奏时，她会在旁边写出乐器名称作为提示。当所有乐器都要演奏同一个音符时，她会写下所有这些乐器的名称，然后在外面画上一个圆圈。在这页纸的顶部位置，她用大写字母写下了“交响乐”这几个字。又在最下面签上“米克·凯利”。做完这些事后，她就不知道应该如何继续了。

如果她能够上音乐课就好了！

如果她能够有一架真正的钢琴就好了！

过了很长时间，她才正式开始写起来。那些旋律全在她的脑海里，但她却并不知道应该如何记录它们。照这样的情况看来，这简直就是世界上最难的游戏。尽管如此，她依旧为此绞尽脑汁，直到埃塔和黑兹尔进房间睡觉了才停下来，因为她们说，必须要关灯了，已经十一点了。

# 10

整整六个礼拜，波西娅一直在等待威廉姆的回信。每天晚上，她都会到科普兰医生家里，问他同一个问题："你看到有什么人从威利那里收到信吗？"科普兰医生每晚都不得不告诉她，他没有收到过任何消息。最后，她不再问这个问题了。她只会默默走到过道上，看着他，一言不发。她喝酒，衬衣常常半敞着，鞋带松开了也不管。

二月来临。天气逐渐变得暖和，然后就热了起来。太阳普照大地，阳光刺眼又夺目。鸟儿在光秃秃的树上鸣唱，孩子们光着脚，打着赤膊在外面玩耍。夜晚就跟仲夏夜一样闷热。这样子持续了几天之后，冬天再次回到镇上。原本清朗的天空黯淡了下来。冷雨飘落，空气变得潮湿而冰冷。镇上的黑人们正遭受着深切的苦难。燃料供应早已耗尽，各处都在想方设法取暖。传染性肺炎正通过潮湿、狭窄的街道传播肆虐，科普兰医生整整一个星期都没睡上囫囵觉，就算睡觉也是和衣而卧。威廉姆还是没有半点消息。波西娅已经去了四封信了，科普兰医生也去了两封信。

在白天和晚上的大部分时间里，他都没有思考的余地。但偶尔也会忙里偷闲，在家里休息一小会儿。他会在厨房的炉火边喝上一壶咖啡，心中涌生出深深的不安感来。他的病人们当中，有五个已经死了。其中一个正是奥古斯塔斯·本尼迪克特·马迪·路易斯，那个聋哑孩子。他被邀请在葬礼上致辞，但由于他本身的原则是不参加葬礼，所以也无法接受这个邀请。五个病人的死和他一点关系都没有，他这部分能做的事情都做了，没有任何疏漏。要怪的话，只能怪那经年累月的物质匮乏。长期食用玉米面包、腌肉和糖浆，四五个人挤在一个单间里生活。他们死于贫困。他一边思索着这个问题，一边喝咖啡，保持着头脑清醒。最近，他常常用手托住自己的下巴，他的颈部患上了轻微的神经性震颤，每当疲惫时，脑袋就毫无规律地乱点头。

然后，在二月的第四周，波西娅来了。才早上六点钟，他正坐在厨房的炉灶旁，热一锅牛奶来做早餐。她醉得很厉害。他闻到了一股香甜、浓烈的杜松子酒气味，心怀厌恶地鼓了鼓鼻孔。他没有看她，而是专注于忙活自己的早餐。他在碗里掰了些面包，把热好的牛奶倒了上去。准备好咖啡，并且摆好了餐桌。

随后，他坐在早餐前，表情严厉地看着波西娅。“你吃过早餐了吗？”

“我不想吃早餐。”她说。

“你还是需要吃一点的。如果今天还打算好好上班的话。”

“我不去上班了。”

某种恐惧突然在他心中滋生，他不打算进一步问她话了。他的眼睛盯着眼前的那碗牛奶，用手里怎么也拿不稳的勺子喝了一口。喝完这一口之后，他抬头看了看她头顶上的那一块墙壁，说道：“你舌头打结了吗？不继续说下去？”

“我会统统告诉你的。你会听明白那是怎么回事。等我能说出口了，我就告诉你，很快的。”

波西娅坐在椅子上，身体一动不动，目光从墙壁的一个角落慢慢移向另一个角落。她的双臂像瘫痪了似的垂下来，双腿松松垮垮地绞在一起。当他把目光从她身上移开时，有那么一小会儿，他体会到了某种接近崩溃时的放松和自由感，这恰恰是危机时刻的反映，因为他很清楚，这种安逸感马上就会被破坏殆尽。他用拨火棍把炉火拨旺，暖了暖自己的双手。然后，他开始卷一根香烟。厨房里维持着一尘不染的秩序和清洁状态。墙上挂着的炖锅随着炉火摇曳的光线而闪烁，每一只炖锅后面都投下一个圆形的黑影。

“是关于威利的。”

“我知道。”他小心翼翼地用掌心卷着烟，双眼在屋子里四处张望，一刻不停，贪婪地搜寻着最后一丝甜蜜的安逸感。

“之前我跟你提到过，那个巴斯特·约翰逊也在威利住的监狱里。我们以前就认识他的。昨天，他被送回家了。”

“所以呢？”

“巴斯特残了，终身残疾了。”

他的脑袋此刻正颤抖个不停。他用手摁住下巴，试图让脑袋稳定下来，但这种顽固的震颤很难控制。

“昨天晚上，这些朋友到我家来，告诉我，说巴斯特回家了，还说有关于威利的事情要告诉我。我一路跑了过去，过去之后，他是这样说的。”

“嗯嗯。”

“他们一共有三个人。威利和巴斯特，还有另外一个男孩。他们是朋友。后来，麻烦就找上门来了。”波西娅停顿片刻，先用舌头舔了舔手指，然后又用手指润了润干干的嘴唇，“这件事跟其中一个白人狱卒有关，这个白人狱卒一直都在找他们的碴。有一天，他们在外面修路，巴斯特顶撞了那白人狱卒几句，另一个男孩试图逃进森林里。他们最后把他们三个人都抓起来了。他们把他们三个押回营地，把他们关进一个冰冷的房间里。”

他又应了一声“嗯嗯”。可是，由于他脑袋震颤得厉害，这个回应听起来就像是喉咙里咽了一下唾沫的声音。

“事情发生在大约六周前，”波西娅说，“你记得的，当时正好是倒春寒。他们把威利，还有那两个男孩子关到了像冰一样冷的房间里。”

波西娅用很低的声音说着话，言语之间没有任何停顿，脸上的悲伤也没有丝毫缓和。听起来就像是一首用低沉声音唱出来的歌。她在不停说着，但他却没办法听懂。声音在他耳朵里面听起来格外清晰，但那些声音没有形成任何语句，没有任何意义。就仿佛他的脑袋变成了一艘船的船头，那些声音是迎面拍打过来的水，在船头被分开后，又朝着船的两侧流远了。他觉得自己必须得回头看，才能找到那些已经讲过的话。

“……他们的脚全都肿了起来，他们躺在地板上挣扎，大声号叫。没有任何人来。他们在那里死命叫了三天三夜，没有任何人来。”

“我耳朵听不到了，”科普兰医生说，“我不明白你在说些什么。”

“他们把我们的威利，还有那两个男孩子带到冰冷的房间里。天花板上垂了一根绳子下来。他们把他们的鞋子脱了，把光脚绑到那根绳子上。威利和那两个男孩子躺在地上，背靠着地板，脚悬在空中。他们的脚肿了，他们躺在地板上挣扎，大声号叫。房间里跟冰一样冷，他们的脚整个冻起来了。他们的脚越肿越大，叫了三夜三天。没有任何人来。”

科普兰用双手压住了自己的脑袋，但脑袋还在持续震颤着，根本停不下来。“我听不到你说的话。”

“最后，他们终于来了，要把他们押出去了。他们赶紧把威利和那两个男孩子带到了病房，他们连腿都肿了，冻住了。是坏疽。他们把我们威利的两只脚都锯掉了。巴斯特·约翰逊失去了一只脚，另外一个男孩倒没什么事。但是我们的威利——他现在要残疾一辈子了，他的两只脚都被锯掉了。”

话说完了，波西娅倾斜了身子，把头撞在了桌子上。她没有哭，也没有呻吟，但却一次又一次地用头去撞那擦洗得很干净的桌面。

碗和勺子也随着桌子的晃动响了起来，他便把它们移到了水槽里。话语碎成词句，散落在他脑海里，但他并没有打算将它们重新组装起来。他烫洗了碗和勺子，然后又把洗碗布洗干净了。他把地上的什么东西捡起来，放到了别处。

“残疾？”他问道，“威廉姆？”

波西娅用头撞着桌子，撞击声带着节奏，像是在缓慢地敲鼓，他的心脏也跟随起这个节奏来。那些词句悄无声息地苏醒了过来，还原了话语的意义，他终于明白了。

“他们什么时候送他回家？”

波西娅把垂下来的脑袋靠在自己的手臂上。“巴斯特不知道会是什么时候。那之后不久，他们把三个人分开了，各自去了不同的地方。他们把巴斯特送去了另外一个营地。因为威利本来也只需要再关几个月，所以他认为，威利应该很快就会回家了。”

他们一起喝了咖啡，在一起坐了很久，彼此看着对方的眼睛。他的杯子总磕着牙齿，发出吱吱嘎嘎的响声。她把咖啡倒到咖啡碟上喝，倒着倒着，一些咖啡都漏到了大腿上。

“威廉姆……”科普兰医生说。他才刚拼完这个名字，牙齿就深深地咬进了舌头里，于是，他只好痛苦地动了动下巴。他们坐了很长一段时间。波西娅握住了他的手。朦胧的晨光渐渐将窗户映成了灰蒙蒙的颜色，外面还在下雨。

“如果要去上班的话，我最好现在就走了。”波西娅说。

他跟着她一起穿过走廊，在挂帽架那儿停下脚步，穿上外套，戴好围巾。门一打开，就有一阵潮湿、冰冷的空气涌进来。高仔坐在马路牙子上，头上顶着一张湿报纸来遮雨。沿着人行道旁边有一道护栏，波西娅走路的时候，一直靠在护栏上。科普兰医生跟着离她几步远的地方，他也扶着护栏上方的板子，以便稳住自己的身体。高仔跟在他们后面。

他在等待那黑暗、可怖的愤怒显形，仿佛在等待来自暗夜的怪兽一般。然而，那怪兽并没有来。他的肠子里面像灌了铅一样沉重。他走得很慢，一路都倚靠着马路护栏，还有路边建筑物冰冷、潮湿的墙壁。不断下坠，越坠越深，直到下面再也没有更深的地方。他触碰到了绝望本身坚实的底线，反而因此而放松了些。

在这绝望之中，他感受到了某种强烈的、圣洁的愉悦。饱受迫害时所发出的笑声，黑奴在鞭子下面，对着自己出离愤怒的灵魂唱歌。现在，他心中也有一首歌——虽然实际上它并非音乐，只是给了他一首歌的感觉。被平和感浸透后的沉重，压垮了他的四肢，唯有靠着那强烈的、真实的目的，他才能勉强挪动身体。为什么还要继续向前走呢？为什么不能在这里、在这无可比拟的耻辱深渊底部休息一下呢？哪怕只是享受片刻的欢愉？

但他仍旧在砥砺前行。

“大叔，”米克说，“你觉不觉得喝些热咖啡会好一点？”

科普兰医生望着她的脸，但却没有给出任何“他已经听见她所说的话了”的反应。他们横穿整座镇子，最后走到了凯利家那栋房子后面的胡同里。波西娅先进去，他也随后跟了进去。高仔留在外面，在台阶上等着。米克和她的两个弟弟已经在厨房里了。波西娅开始讲威廉姆的事。科普兰医生并没有去听那些话的具体内容，但她的声音本身是有一套节奏的——开头部分、中段、结束。接着，当她讲完一遍之后，她会从头开始，再讲一遍。其他人也纷纷进到房间里来听她讲。

科普兰医生坐在角落里的一个凳子上，他的外套和围巾摊在炉火旁边一把椅子的椅背上等待烘干。他把帽子放在自己膝盖位置，两只长而黝黑的手扶住已经破损的帽檐，有些紧张地转动着帽子。他这两只手的掌心部分是如此潮湿，乃至必须时不时地用手帕擦干。他的脑袋颤抖不停，在努力让脑袋静止下来的过程中，全身上下的肌肉也已变得僵硬无比。

辛格先生进了房间。科普兰医生抬起头来望向他。“你已经听说了吗？”他问道。辛格先生点了点头。在他的眼睛里看不到任何恐怖、遗憾或憎恶。在所有知道这件事的人们当中，只有他的这双眼睛没有表露出这一类情感。只有他一个人真正理解这件事。

米克低声问波西娅，“你父亲叫什么名字？”

“他的名字是本尼迪克特·马迪·科普兰。”

于是，米克靠近科普兰医生，弯下腰去，紧挨着他的脸，像对聋子说话一样大喊：“本尼迪克特，你觉不觉得，来些热咖啡会让你感觉好一点？”

科普兰医生吓了一跳。

“别像那样大喊大叫了，”波西娅说，“他的听力跟你一样好。”

“哦。”米克说。她把壶里的咖啡渣清空，将咖啡重新放到炉火上煮。

哑巴仍旧留在门口。科普兰医生也一直在看着他的脸。“你听说了吗？”

“他们会怎么处理那些狱卒？”米克问。

“亲爱的，我什么也不知道。”波西娅说，“我什么都不知道。”

“我要做点什么。发生这样的事情，肯定要做点什么才行。”

“我们无论做什么都无法改变现状了。我们能够做到的最好事情，就是闭紧自己的嘴。”

“他们怎么对威利和其他人的，就应该让他们也尝尝那种滋味，甚至更狠。我真希望能够叫些人来帮忙，亲手宰了那些人。”

“这不是基督徒该说的话，”波西娅说，“我们唯一能做的就是等待，我们心里清楚，他们将会被撒旦用干草叉切成一块一块的，永远在油锅里煎炸。”

“无论如何，威利还是可以吹他的口琴的。”

“两只脚都被锯掉了，他也只能做这件事了。”

屋子里吵吵嚷嚷，动荡不安。厨房上面的那个房间里，有人正在搬家具。餐厅里挤满了房客。凯利夫人在早餐桌和厨房之间，来回跑动个不停。凯利先生穿一条松松垮垮的裤子，裹着浴袍走来走去。凯利家年纪小的几个孩子都聚在厨房里，狼吞虎咽地吃着东西。各处的房门开开合合，屋子的任何地方都能听到有人说话的声音。

米克递给科普兰医生一杯掺了稀牛奶的咖啡，牛奶给这杯饮品添上了一道灰蓝色的光泽。一部分咖啡已经溅到了咖啡碟上，所以他在接过来之后，先用手帕擦干了咖啡碟，还有杯子的边缘。他完全不想喝咖啡。

“真希望我能杀了他们。”米克说。

房子里渐渐安静了下来，餐厅里的人们外出上班去了。米克和乔治外出上学，小宝宝被关在了前面的一间房里。凯利夫人在头上裹了一条毛巾，拿起一把扫帚上楼去了。

哑巴仍旧站在门口，科普兰医生注视着他的脸。“你清楚这件事吗？”他又问了一遍。这句话没有真正说出口——词句全堵在了嗓子眼里——不过，他用双眼问出了这个问题，是一样的。后来，哑巴也走了。只剩下科普兰医生和波西娅了。他在拐角的凳子上又坐了一段时间。最后连他也站起身来，打算离开了。

“你还是坐回去吧，父亲。今天上午我们就待在一起好了。我会去炸一些鱼，张罗些鸡蛋面包和土豆，作为午饭。你留在这里，我会为你准备好一顿丰盛又热腾的饭菜。”

“你知道的，我要出诊。”

“就今天这一天。求你了，父亲。我觉得自己好像真撑不住了。而且，我也不想让你一个人在街上乱走。”

他犹豫了一下，摸了摸外套的衣领。衣领依旧湿得厉害。“女儿，我很抱歉。你知道的，我要出诊。”

波西娅把他的围巾直接放到炉灶上面烘烤，把羊毛面料烤得热烘烘的。然后，她帮他把外套扣子扣好，将衣领立起来，护住脖子。他清了清喉咙，在深深携带的一张方巾纸上吐了痰，又把裹了痰的方巾纸直接扔进炉火里烧掉了。出去的时候，他停下来和外面台阶上等候着的高仔说了两句。他表示，如果高仔有办法安排请假的话，还是留在波西娅身边为好。

外面空气冷冽。黑压压的乌云持续不断地洒下蒙蒙细雨。雨水渗进了垃圾桶里，胡同中弥漫着潮湿垃圾的难闻气味。他在马路护栏的帮助下一路前行，黑眼睛始终注视着地面。

他把病情严重、不得不去的出诊请求全都完成了。随后，从中午一直到下午两点，他都在办公室里坐班问诊。在那之后，他坐在自己的办公桌前，双手紧握成拳。然而，对于这样的事情，再怎么细想都是没有任何用处的。

他希望自己再也不用去看任何人的脸。不过与此同时，他也没办法一直坐在空荡荡的办公室里。于是，他穿上自己的外套，再次回到潮湿又寒冷的街上。他口袋里有几个写好的处方需要送到药店去。可他一点都不想跟马歇尔·尼克尔斯说话。他进了店里，把处方放到柜台上。正在称量药粉的药剂师转过头来，摊开双手。他厚厚的嘴唇动了动，但没有发出任何声音，直到情绪酝酿好后，他才正式开始讲话。

“医生，”他很郑重地说道，“您必定知晓，我和我全部的同事，以及我所在社团和教会的全体成员——我们心中已体会到您此刻深切的痛苦，借此，希望能向您表达最诚挚的慰问。”

科普兰医生当即转身离开，一句话都没有多说。这番话根本无足轻重，需要某种层次更高的东西——强烈的、真实的目的，追求正义的意志。他浑身僵硬地走向主街道，双臂紧贴着身体。他冥思苦想，但却什么办法都想不出来。在这整个镇子里，他想不出有哪个有权势的白人，还能够做到既勇敢又公正。他逐一细数那些自己熟悉的律师、法官和公职人员的名字——但是，每想起一个这些白人，他的心里都无一例外地感到痛苦。最后，他决定去找高等法院的法官。当他走到法院之后，便毫不犹豫地快步走了进去，下定决心，下午一定要见到法官。

法院宽敞的前厅空空荡荡，除了在通往两侧的办公室门口有几个闲人之外，再看不到其他人。他不知道在哪里能找到法官的办公室，于是只好忐忑不安地穿过大楼，逐一察看门口悬挂的标志牌。最后，他来到一处狭窄的过道上。在这条过道的中间位置，三个白种男人正在聊天，挡住了他的去路。他将身体贴近墙壁，打算侧身让过去，但其中一个人突然转过头来喊住了他。

“你想干吗?”

“你能告诉我法官办公室在哪里吗?”

那个白人伸出大拇指，指了指过道的尽头。科普兰医生认出来了，他是镇上的副警长，他们已经见过几十次面了，但是副警长没有记住他。对于黑人而言，所有的白人长得都差不多，但黑人会小心分辨出这些白人之间的差别，用心记住他们。另一方面，在白人们看来，所有黑人都长得差不多，但白人通常不会费心去逐一记住黑人们的脸。所以，那个白人开口便说："你想干吗呢，牧师？"

这个熟悉的、带有戏弄性质的称呼惹恼了他。"我不是牧师。"他说，"我是一名医生，一位医学博士。我的名字是本尼迪克特·马迪·科普兰，有紧急事务，希望能够马上见到法官。"

就跟其他白人们一样，一句清晰具体、条理分明的回话就能把这位副警长惹得发疯。"是这样吗？"他嘲笑道，并对那几个朋友挤了挤眼睛，"既然如此，那么，我是副警长，我的名字是威尔森先生，而且，我要告诉你，法官现在很忙。改天再来吧。"

"事态紧急，我必须见到法官。"科普兰医生说，"我会等他。"

过道的入口处有一条长凳，他便坐了下来。三个白人还在那里继续说话，但他很清楚，警长始终在盯着他。他下定决心，无论如何也不离开。半个多小时过去了。几个白人在过道上散漫地来回走动。他知道，副警长还在盯着他。他的坐姿很僵硬，双手压在膝盖之间。审慎的直觉告诉他，赶紧走，下午晚些时候，等那警长不在这里了，再过来就是。他这一辈子，在跟这类人打交道时都很审慎。不过现在，他心中的某样东西已经不允许他继续退缩了。

"你，到这里来！"副警长终于开口了。

他的脑袋颤抖不停，站起身来时，脚步也有些踉跄。"什么？"

"刚才你说必须见法官，是因为什么事来着？"

"我没有那样说，"科普兰医生回应道，"我只是说，我跟他之间的事情很紧急。"

"你连站都站不直。你肯定喝了不少酒,不是吗?我从你呼出的气里就可以闻出来。"

"说谎。"科普兰医生一字一顿地说道,"我才没有——"

警长一拳揍在了他的脸上。他整个人跌撞到墙上。两个白人一左一右擒住他的手臂,直接把他拖下楼梯,来到一楼。他没有反抗。

"这就是这个国家的问题所在,"警长说,"到处都是像他这种该死又自大的黑鬼。"

他没有说话,任凭他们恣意妄为。他正等待着那可怕的愤怒,感觉到它降临到自己的身上。狂怒使他虚弱,令他走起路来跌跌撞撞的。他们把他送进了由两名看守押送的囚车里。他们把他带去了警察局,然后又带到了拘留所。仅当他们进入拘留所时,狂怒的力量才真正来到了他身上。他突然挣脱了他们的束缚,跑到一个角落里。他被包围起来了。他们用随身的警棍狠命打他的脑袋和肩膀。一股光荣的力量从他身体里涌生出来,他听到自己正在大声笑着,奋力反抗。他笑的时候同时也在抽泣。他用脚发疯般地踢人。他赤手空拳和他们搏斗,甚至还用头去撞他们。然后,他被牢牢制住了,一动都动不了。他们拖着他,一步一步穿过看守所的长廊。某处囚室的门被打开了。有人在背后踹了一脚他的股沟,他双膝跪地,倒了下去。

狭小的囚室里还有另外五名犯人——三个黑人,两个白人。其中一个白人犯人年纪很大,喝醉了酒,正坐在地上不停抓挠自己;另一个白人犯人是个年纪不超过十五岁的男孩。三个黑人犯人都很年轻。当科普兰医生躺在床铺上，瞧着他们的脸时，他认出了其中一个人。

“你是怎么到这里来的？”那个年轻人问道，“你不是科普兰医生吗？”

他说：“是的。”

“我的名字是达里·怀特。你去年给我妹妹割过扁桃腺。”

冰冷的囚室里弥漫着腐烂的气味。一个装满尿液的桶子摆在角落里。蟑螂在墙上乱爬。他闭上眼睛，然后又突然睁开——他刚才肯定已经睡着了，因为当他再次抬起头来时，他看到囚室带铁栅的小窗外面已经漆黑一片，长廊里亮起明亮的灯光。地板上放着四只空的锡制餐盘。他的晚餐——卷心菜和玉米面包就摆在他旁边。

他坐在床铺上，猛打了好几个喷嚏。他只要一呼吸，痰液就在他胸腔里咝咝作响。过了一会儿，那个年轻的白人男孩也开始打起喷嚏来。科普兰医生的方巾纸已经用光了，不得不从口袋里的记事本里撕下几张纸来用。那白人男孩要么探身到角落的桶子那里擤鼻涕，要么干脆直接让鼻水从鼻子里面流出来，流得衬衣前面到处都是。他的双眼肿胀，干净的脸颊红通通的。他蜷缩在其中一张床铺的边缘，不住呻吟。

不久之后，他们全都被领去洗漱，回来之后就要准备睡觉了。囚室里有六个人，但只有四张床铺。老人直接躺在地上，很快便鼾声如雷。达里和另一个男孩挤在一张床铺上。

每个小时都很漫长。长廊里的灯光照得他眼睛疼，囚室里的气味，每呼吸一口都感觉很难受。他完全没办法保持身体温暖。他的牙齿在打战，因为实在太冷，全身上下都在发抖。他坐起身来，用肮脏的毯子把自己裹起来，来回摇晃。他伸出手来给那个白人男孩盖毯子，盖了两次。那男孩一直在说梦话，一边说着，一边把胳膊伸到外面来。他不停摇晃身体，双手托住脑袋，从喉咙里发出唱歌一般的呻吟。他没办法想威廉姆，他甚至也不能思考那强烈的、真实的目的，没办法从中汲取力量。他只能感觉到自己内心的痛苦。

然后，属于他的那股热潮又回来了。一种温暖的感觉在他体内蔓延。他躺了下来，仿佛淹没在某个温暖又舒适的地方，四周都是红色。

第二天早上，太阳出来了。奇怪的南方冬季已临近尾声。科普兰医生被释放了。一小群人正在拘留所外面等他。辛格先生在。波西娅、高仔和马歇尔·尼克尔斯也在。他们的面容很模糊，他没办法看清他们。阳光太过明亮了。

“父亲，你难道不知道，这样根本帮不了我们的威利吗？在白人法院里胡闹？我们能做到的最好事情，就是闭上嘴巴，耐心等待。”

她大声叫嚷着，声音在他耳朵里面有气无力地回响。他们挤进一辆十美分起价的出租车，他就这样回到了家，把脸埋进干净的白色枕头里。

# 11

米克一整晚都睡不了觉。埃塔病了，所以她不得不睡在客厅里。沙发太窄也太短了。她经常做关于威利的噩梦。自从波西娅告诉她，他们对威利做过什么之后，已经过去差不多一个月了——但她还是没办法忘记。有天晚上，她接连做了两次这样的噩梦，然后在地板上醒了过来。她的额头上撞出了一个大包。然后，在六点钟时，她听到比尔去厨房准备早餐的声音。天已经亮了，但百叶窗还拉着，所以房间里依然是半暗不暗的。她觉得在起居室里醒来十分奇怪。她不喜欢这样。床单在她身边扭曲成一团，半截在沙发上，半截在地板上。枕头干脆跑到了房间正中央。她站起身来，打开了通往过道的门。楼梯上一个人也没有。于是，她便穿着睡衣跑到了后面的房间里。

“让开，乔治。”

那孩子躺在床的正中央。晚上很暖和，他跟一只傻鸟一样，是光着身子睡的。他双拳紧握，即便在睡梦中，眼睛也眯起来，就仿佛正在绞尽脑汁，思考一些很难解决的问题。他的嘴巴大张着，枕头上有一小块湿湿的口水印记。她推了推他。

“等等——”他半睡半醒地说。

“睡到你那边去。”

“等等——就等我把这个梦做完——这个……”

她把乔治拖到他该睡的地方，躺在他的身边。当她再次睁开眼睛时，时间已经不早了，因为阳光已经从后窗照进房间里来了。乔治已经走了。她听到院子里有孩子们的声音，还有流水声。埃塔和黑兹尔在中间的房间里说话。穿衣服的时候，她心里突然冒出一个念头。不过，当她把耳朵贴在门上时，却难以听清楚她们到底在讲些什么。于是，她便猛一下把房门推开，想让她们大吃一惊。

她们正在看一本电影杂志。埃塔还睡在床上呢，她的一只手正悬在某个男演员的照片上面。“从这个角度看，你难道不觉得他长得很像那个男生吗？就是曾经约会过……”

“你今天早上感觉如何啊，埃塔？”米克问。她瞄了一眼床底下，她的帽盒还在那儿，位置跟她上次放进去时一样。

“你管得可真多。”埃塔说。

“你也没必要非去找碴挑事。”

埃塔的脸色十分憔悴。她肚子里面疼得厉害，卵巢生了病。跟来那个有些关系。医生说，必须立即切除她的卵巢。但他们的爸爸却说必须得再等等，因为根本没钱做手术。

“那你到底希望我怎么做？”米克说，“我和和气气地问你，你却马上开始挤对我。我觉得吧，我应该为你感到难过才是，因为你生病了，但你就是不肯让我把事情办得体面。既然如此，那我生气也是理所应当了。”她把额头前面的刘海拨开，凑到镜子前面照了照，“妈呀！瞧瞧我这个大包！我敢打赌，我脑袋里面肯定撞破了。昨天晚上我摔下来两次，照我看来，我是撞到沙发旁边的桌子上了。我不能再在起居室里睡觉了。那沙发实在太压迫我了，我不能再睡在上面了。”

“嘘，你说话的声音也太大了。”黑兹尔说。

米克跪在地上，从床底下拖出她的大帽盒。她仔细地检查了一遍捆住它的绳子。“说，你们两个有没有碰过这个？”

“哎哟喂！”埃塔说，“我们拿你那些破烂能干什么呀？”

“你最好别。无论是谁，只要敢碰我的私人东西，我都会杀了他。”

“听听这话，”黑兹尔说，“米克·凯利，照我看来，你是我所知道的所有人里面，最自私的那个。在这世界上，你对谁都不关心，除了——”

“哦噢，放屁！”她砰地一下关上了门。她讨厌她们俩。想想看，这可真是件糟糕的事，但这就是事实。

她爸爸跟波西娅一起在厨房里。他穿着浴袍，正在喝一杯咖啡。他的眼睛里面布满了血丝，杯子和咖啡碟之间磕磕碰碰，响个不停。此刻，他正绕着厨房的餐桌一圈一圈地走着。

“现在几点了？辛格先生已经出门了吗？”

“他早就走了，亲爱的。”波西娅说，“现在都已经快十点钟了。”

“十点！天哪！我从来没有睡到这么晚过。”

“你随身带着的那个大帽盒里究竟装了些什么啊？”

米克把手伸进炉灶里，取出半打软烤饼。“不要问我任何问题，我自然也不必告诉你任何谎言。刺探隐私的人没什么好下场。”

“如果还剩一点牛奶的话，我就直接把它倒在掰碎的面包上了。”她爸爸说，“销魂的糊汤。或许能够让我的肚皮感到满意。”

米克掰开烤饼，把几片切好并煎过的白肉放到里面。她坐在后院的台阶上吃早餐。这个上午温暖又明亮。“排骨”和“棒糖”正在后院里跟乔治一起玩。“棒糖”穿着他的防晒服，另外两个孩子除了内裤之外，身上全部衣服都扒光了。他们手里拿着水管，互相冲着水。水流在阳光下闪闪发亮。风吹起散落的水花，如同雾气一般，看得出彩虹的颜色，掩映生辉。晾衣绳上排成一条线的洗晾物在风中舒展——白色的床单、拉尔夫的蓝色连体衣、一件红色的女式上衣，还有几件睡衣——湿乎乎的，洗得很干净，被风吹成了不同的形状。这一天几乎跟夏天差不多了。身上毛茸茸的小黄蜂，在胡同护栏边生长着的金银花周围嗡嗡作响。

“看我，我要把它举过头顶了！”乔治喊道，“看看这水是怎么流下来的。”

她全身上下精力充沛，根本就坐不住。乔治之前曾经把泥土装到一只麻袋里，然后把麻袋挂在一棵树的枝杈上，充当拳击沙袋使用。于是，她开始打起这个沙袋来。“砰！啪！”她按照今天早上醒来时自己脑海中出现的那首歌的节奏来捶击沙袋。乔治在装进麻袋的泥土里混入了一块边缘锋利的岩石，打着打着，她的指关节都被这块石头给弄瘀紫了。

“嗷呜！你把水冲进我耳朵里了，我的耳膜破裂了。我连听都听不见了。”

“水管给我，让我给你冲一冲。”

水花溅到了她的脸上，有一次，孩子们还把水管朝着她的两条腿喷。她忧心自己的帽盒可能会被打湿，于是便带着它，穿过胡同，走到了前门门廊。哈利正坐在台阶上读报纸。她打开盒子，取出记事本。不过，此刻却很难静下心来，把注意力集中在她想写下来的那首歌上。哈利正朝着她这边张望，她完全没办法思考。

她和哈利最近聊了很多东西，他们几乎每天都一起从学校走回家。他们谈论上帝。有时，她会在夜里惊醒，为他们曾经说过的那些话感到心惊胆战。哈利是个泛神论者。那是一种宗教，就跟浸信会、天主教和犹太教一样。哈利相信，在你死后，被埋葬在土里之后，你就变成了植物、火焰、泥土、云雾和水。整个过程花费数千年时间，你最终成了这世界的一部分。他说，他觉得这比成为一个孤孤单单的天使更好。无论如何，总比死后什么都没有强。

哈利把报纸甩到走道上，朝着米克走了过来。“热得跟夏天一样，”他说，“现在才三月。”

“是啊，我可真希望我们能去游个泳。”

“如果有地方可以游，我们这就去。”

“除了乡村俱乐部的游泳池外，再没别的地方可以游泳了。”

“我可真想找点什么事情做——想出个远门，到某个地方去。”

“我也是。”她说，“等等！我知道一个地方。

“要出镇子到乡下去，离这儿大约十五英里。在那边的森林里有一条深而宽阔的小河。女童子军夏天的时候在那里扎过营，威尔斯夫人去年曾经带着我、乔治、皮特和棒糖在那里游过泳。”

“如果你想去的话，我可以弄到自行车，我们明天去。我每个月都有一个星期天可以放假。”

“好啊，骑车出镇，然后中午一起吃个野餐。”米克说。

“好的。那我就去借自行车了。”

现在是他该去上班的时间了。她看着他在街上越走越远，走路的时候手臂摆动得特别用力。这条街的半道上有一株枝丫压得很低的月桂树。哈利来了一次助跑起跳，抓住了一根枝杈，做了个引体向上的动作。她的心中突然涌生出一种快乐的感觉，因为他们是真正的好朋友，而且他也很帅。明天，她会借黑兹尔的蓝色项链，再穿上那条真丝的连衣裙。午餐的时候，他们可以吃果冻三明治，喝“乐嗨”[1]汽水。也许哈利会带来一些奇怪的东西，因为他们在吃东西这件事上完全按照正统犹太人的规矩来。她一直注视着他，直到

---

1 Nehi，二十世纪二十年代开始流行的一种美国苏打类软饮料，曾是可口可乐的竞品。

他在街角拐弯，看不见人为止。这是真的，他长大成人，变成了一个非常帅气的小伙子。

乡间的哈利，和坐在后院台阶上看报纸、思考希特勒问题的哈利不一样。他们早晨很早就动身了。他借来的自行车是男孩子用的那种——双腿之间有一道横梁。他们把午餐和泳衣绑在自行车的挡泥板上，九点不到就走了。早晨很热，天气晴朗。不过一个小时工夫，他们便已远离镇子，骑到了一条红泥路上。田野绿油油的，亮得晃眼，空气中弥漫着松树的浓郁气味。哈利用一种情绪高昂的方式说着话。暖风扑面而来。她的嘴巴很干，肚子也饿了。

"看到那边山上的房子了吗？我们在那里停一停，要些水来喝吧。"

"不要，我们最好还是等一等。井水会让你染上伤寒病的。"

"我已经得过伤寒病了。我还得过肺炎，摔断过腿，脚还感染过。"

"我都记得。"

"是呢，"米克说，"我和比尔得伤寒病的那阵子，曾经住在前面的房间里，当时，皮特·威尔斯总是故意从人行道上走过来，一边捂住鼻子，一边从窗户外面抬头往里面看。比尔觉得特别难堪。我全部的头发都剃掉了，成了个光头。"

"我敢打赌，我们现在离镇子至少有十英里远了。我们骑了足有一个半小时——而且还骑得很快。"

"我渴坏了，"米克说，"而且还很饿。你那个袋子里装了什么午餐？”

“冷的肝馅布丁，鸡肉沙拉三明治，还有馅饼。”

“作为野餐时吃的午饭而言，真的很不错了。”她为自己带的东西感到羞愧，“我这儿有两只煮得透熟的鸡蛋——已经切开酿过馅了——还带了分开装的小袋盐和胡椒，以及三明治——黑莓果酱配黄油馅。所有东西都裹在油纸里面。还有餐巾纸。”

“我本来就没打算让你带任何东西。”哈利说，“我母亲给我们两个都准备了午餐。是我邀请你来这里的，那我就应该负责一切事情。我们应该很快就会找到商店，可以在那里喝些冷饮。”

他们又骑了半个多小时，终于找到了一家加油站商店。哈利负责把两辆自行车支好，她赶在他前面进了商店里。打开门，在一阵明亮眩光之后，店内看起来暗暗的。货架上堆满了白肉、罐装油，还有袋装面粉。柜台上摆放着一只大大的罐子，里面装满了黏糊糊的什锦糖果，苍蝇在罐子周围嗡嗡作响。

“你这儿有什么饮料卖？”哈利问。

店里的人开始逐一报出饮料名字。米克打开冰柜，看了看里面。她的双手放在冰水中，感觉很好。“我想要一瓶巧克力口味的乐嗨汽水。你这儿有卖吗？”

“附议。”哈利说，“来两瓶。”

“不，等等，这儿有些冰镇啤酒。如果你能请得起那个的话，那我要一瓶啤酒好了。”

哈利自己也要了一瓶。他认为任何二十岁以下的人喝啤酒都是犯罪——不过，这次他或许是突然想要挑战一下。结果，才咽下去第一口，他就摆出了一副受苦受难的表情。他们坐在商店门前的台阶上。米克的腿实在太累了，腿上肌肉因为疲劳而跳动个不停。她用手擦了擦啤酒瓶颈，狠狠地灌了一口冰冷的啤酒。路的另一边是一大块空旷的草地，草地后面是一大片松树林。林间松树的绿色林林总总，有着每一种细分的绿色色彩——从明亮的黄绿色到近乎黑色的暗绿色，不一而足。天空是热天时的那种蔚蓝色。

“我喜欢啤酒。”她说，“以前我常常用面包蘸我爸爸喝剩的啤酒吃。我喜欢一边喝啤酒，一边舔手上的盐。这是我这辈子喝过的、独属于我的第二瓶啤酒。”

“咽下第一口时有点酸，但接下来味道就很棒了。”

店里的人说，这个地方离镇子有十二英里远。他们还有四英里的路程。哈利付钱给他之后，他们又回到了烈日之下。哈利一路都在没来由地大声说话，笑个不停。

“天哪，啤酒加上这个热死人的太阳，让我整个人都头晕目眩了。不过，我的感觉真是好极了。”他说。

“我太想游泳了，已经迫不及待了。”

道路上满是泥沙，他们在骑车的时候，不得不把全身的重量压在自行车踏板上，才不至于陷到沙里去。哈利的衬衫被汗水浸透了，整个黏在他的背脊上。他还在继续不停说话。轮下的道路从泥沙路变成了红土路，泥沙路被他们抛在脑后了。在她脑海中出现了一首旋律舒缓的黑人歌曲——波西娅的一个弟弟过去常常用口琴吹奏这首歌。她便随着这歌曲的节奏来踩自行车的踏板。

然后，仿佛是突然之间，他们就来到了她一直冀望着的这个地方。“就是这里！看到那个‘私人领地’的警示牌了吗？我们需要先爬过铁刺围栏，然后走那边那条路——看！”

森林里十分安静，光滑的松针覆满了地面。几分钟后，他们来到了小河边。河水是棕色的，水流湍急，水温凉爽。除了流水声，还有微风在松树高高的枝杈间浅吟低唱的声音，这里就再听不到任何声音了，仿佛这深沉、静籁的森林令一切声音都变得胆怯了似的。此刻，他们正沿着小河旁边的河岸轻轻走动。

“这难道不是美极了吗？”

哈利笑了。“你怎么说话这么小声？听我的！”

他举起一只手来，不停拍打自己的嘴巴，发出一长串印第安人开战前的“喔喔喔喔喔喔”声，喊声在他们四周回响。

“来吧。我们直接跳下水，让身上降降温。”

“你不饿吗？”

“好吧，那我们就先吃东西好了。我们现在先把午餐吃掉一半，另一半等到我们从水里出来再吃。”

她把果酱三明治从油纸包里取了出来。吃完之后，哈利将用过的纸很小心地捏成团，塞进了一个空心的树桩里。接下来，他脱掉短裤，沿着小路往下走去。她到一处灌木丛后面脱下身上的衣服，拼命把自己塞进黑兹尔的连身泳衣里。这套泳衣太小了，两腿之间勒得厉害。

“你弄好了吗？”哈利喊道。

米克听到了水花溅开的声音，当她来到河岸边后，哈利已经在河里游起来了。“先别跳水，等我找找水里有没有树桩，或者水太浅的地方。”他说。于是，她就在上面看着他的脑袋在水里上上下下。实际上，她根本就没想过要跳水。她甚至都不怎么会游泳。她活到现在只游过几次泳——而且每次下水胳膊上都套着浮水袋，只待在水不会淹没她头顶的区域。但是，这样的事情告诉哈利也太蠢了。她觉得特别尴尬。她突发奇想，编了个故事：

“我已经不再跳水了。以前我经常跳水，从很高的地方跳，总是如此。哪里知道，有一次竟然把脑袋撞开了花。所以我再也不跳了。”她想了一会儿，“那一次，我要的可是镰刀式入水两周[1]。当我浮上来之后，才发现水里全部都是血。但我当时并没有去想这血究竟是从哪儿来的，反而开始做起一些技巧性的游泳动作。那些人不断冲着我大呼小叫。然后我才发现，水里那些血居然全是从我身上流出来的。自那以后，我再也没法游泳了。”

哈利打着水，赶紧回到了岸边。“天哪！我怎么从来没听说过这档子事。”

她本打算给这个故事再增加些内容，以使其听起来更加合理，但此刻她却只顾着看哈利了。他的皮肤是浅棕色的，水使皮肤闪闪

1　米克杜撰的跳水动作。由经典镰刀式入水，配合翻腾周数术语double（即double somersaults）组合构成。

发亮。胸口和腿上长着体毛。因为穿着很紧的泳裤，他看起来简直像是赤身裸体。不戴眼镜之后，他的脸显得更宽，也更帅气。他的双眼湿润，瞳孔是蓝色的。他此刻也正注视着她，突如其来之间，他们俩不约而同地感到了尴尬。

“水大约有十英尺深，另一侧河岸边除外——那边有浅滩。”

“我们就到那边去吧。我敢打赌，在这凉爽的河水里，感觉肯定很棒。”

米克一点也不觉得害怕。她此刻心中的感觉，就仿佛自己正身处一棵很高的树的树顶，没有任何其他选择，唯有往下爬才是最好的方式——这是一种形同死寂般的平静感觉。她离开河岸边缘，进到了冰冷的河水里。她用双手抓住一截根茎，一直抓住，直到它在她手里断掉才松开，随后，她开始游了起来。有那么一下子，她呛了一口水，陡然沉了下去，但即便这样，她还是坚持向前，没有给自己丢哪怕一点点脸。她游啊，游啊，总算到达了河岸另一侧，双脚可以碰到河床了。这时候，她觉得感觉真是太好了。她用双拳砸向水面，喊出一些疯狂的话语来制造回音。

“看这儿！”

哈利摇摇晃晃地爬上一棵长得很高的小树，这棵树的树干不粗，弹性十足。当他爬到树顶之后，小树已经被压弯了，树梢随他一起降了下来，于是他便顺势跳进了水里。

“我也做得到！看我来做一次！”

“那是棵小树苗。”

她跟街区里其他家伙们一样，是个攀爬高手。她模仿了他刚才做过的全部动作，然后重重地跳进了水里。她也会游泳了。现在，她游得也算过得去了。

他们玩了一会儿“跟随领队”[1]，沿着河岸来回奔跑，最后跳进凉爽的棕色河水里。他们大喊大叫，跳水又跳水，爬树又爬树。他们就这样玩了差不多有两个小时。然后，他们站在河岸边，大眼瞪小眼，似乎没什么新游戏可玩了。这时，她突然说：“你有没有裸泳过？”

林间异常安静。他好半天都没有回答。他觉得很冷。他的乳头变得又硬又紫，他的嘴唇发紫，牙齿也不停打战。“我——我想是没有过的。”

米克觉得很激动，因为她说出了一些她原本并不想说的话。

“如果你裸泳，那我就跟着你裸泳。只要你敢做，我就敢跟。”

哈利把自己湿漉漉的额前黑发往后一抹。“行啊。”

他们都把自己身上的泳衣脱掉了。哈利背对着她。他看起来有点站不稳，耳朵通红。然后，两人就面对面了。他们也许在那儿面对面站了半个钟头——也许连一分钟都没有超过。

哈利从树上扯下一片树叶，把它一点一点撕成碎片。“我们最好还是把衣服穿上。”

---

1 follow the leader，一种模仿游戏。一个人跟着另一个人做同样动作，做错就算输，然后轮流交换。

野餐吃午饭的时候，两个人各自都是不言不语。他们将准备好的东西全部放在地上。哈利将一切都分成了两半。周围充斥着夏日午后那种炎热、困倦的感觉。在这林间深处，除了缓慢的水流声和鸟儿的鸣叫声外，他们就再听不见任何其他声音了。哈利拿起他那份酿馅煮鸡蛋，用拇指把蛋黄摁扁。这个场景令她想起了什么呢？她听到了自己的呼吸声。

在这之后，他抬起头来，目光望向她身后。“听着。我觉得你很漂亮，米克。我以前从来没有这样想过。我的意思是，并不是我以前就觉得你很丑……我的意思其实是……”

她把一颗松果扔进河水里。“也许我们应该开始准备回去了——如果我们想在天黑前回家的话。”

“不，”他说，“我们在这里躺下来吧。就躺一小会儿。”

哈利捧了一把松针和落叶，还有灰色的苔藓过来。米克一边嘬自己的膝盖玩，一边瞧着他。她双拳攥得紧紧的，就仿佛全身上下都紧绷起来了一样。

“好了，我们现在可以就地睡上一觉，养足精神，才有力气骑回家。”

他们躺在这松软的床上，抬头望着那蓝天掩映之下一丛丛深绿色的松树。某只鸟儿鸣唱出了一首凄婉又清晰的曲子，她以前从未听到过这样的鸟鸣。一个高音，很像是在用双簧管演奏——然后连降五度，随即重新升高。这首歌很悲伤，仿佛一个没有文字的问题。

“我喜欢那只鸟，”哈利说，“我想，那应该是一只绿鹃[1]。”

“我希望我们是在海边。在海滩上，看那些船只渐渐远去。你有年夏天曾经去过海滩——那边具体是什么样子的？”

他说话的声音沙哑又低沉。“这么说吧——那里有海浪。有时是蓝色的，有时是绿色，在耀眼的阳光下，海浪看起来就跟用玻璃造的一样。在沙滩上，你可以捡起很多那种小贝壳。就是我们放在雪茄盒里带回来的那种。海面上方有白色的海鸥。我们当时去的是墨西哥湾——凉爽的海风吹个不停，那里从来不会像这里一样，跟烤炉里一样热。那里永远都在……”

“下雪，”米克说，“那就是我最想看到的场景。冰冷、洁白的雪花，就像在那些画片中看到的那样。暴雪。洁白、冰冷的雪，一直在缓缓飘落，飘呀，飘呀，飘呀，飘舞在整个冬天。下雪，就跟在阿拉斯加一样。”

他们同时转过头来。他们彼此之间挨得很近。她感觉到他的身体正在颤抖，而她的双拳同样也攥得很紧，紧到关节都在吱嘎作响。“噢，上帝啊。”他一遍又一遍地重复着同一句话。她感觉自己的脑袋仿佛被人直接从身体上揪下来丢掉了。她的眼睛，直勾勾地注视着令人目眩的太阳，脑海中费尽思量。然后，想到的就只有这件事了。

这件事便是如此。

---

1　北美洲东北部常见的一种鸟，头部为蓝石板灰色。

他们推着自行车，慢慢沿着路走。哈利的脑袋低垂下来，肩膀也塌了下去。他们的身影投映在尘土飞扬的路上，显得既长且黑，因为现在已经是傍晚了。“听我说。”他开口道。

“好吧。”

“我们必须得搞清楚，我们必须……你是不是——有什么想法？”

“我不明白。我不认为我想到了什么。”

“听我说。我们必须得做点什么。我们先坐下来吧。”

他们把自行车丢到一边，坐到路旁的一条沟渠上。两人之间离得很远。快要落山的太阳，余晖洒落在他们头上，身边到处都是棕色的、看上去很脆弱的蚁巢土丘。

“我们必须得搞清楚。”哈利说。

他哭了起来。坐在那里一动不动，泪水从他白皙的脸上一滴一滴滚落下来。她想不到，究竟是什么事情让他哭泣。一只蚂蚁咬了她的脚踝，她用手指把蚂蚁撩起来，隔着非常近的距离观察它。“是这样的。”他说，“我以前从来没有亲过女孩子。”

“我也从来没有过，我从来没亲过任何男孩子。家里人除外。”

“关于这件事，我以前也是想过的——有个女孩，我想要去亲她。在学校里时，我曾经计划过这件事，晚上做梦也会想这件事。然后，有一次在梦里她愿意跟我约会了。而且我心里很清楚，她很愿意让我亲她。但我仅仅只能在黑暗中看着她，没有办法亲她。当时我脑袋里面想的只有一件事，那就是亲她，但时机来临时，我却没办法做到。”

她在地上用手指挖了个洞，把死掉的蚂蚁埋在了里面。

“都怪我。无论从什么角度看，通奸都是罪无可恕。你比我小两岁，根本还是个小孩子。”

“不对，我不是，我才不是什么小孩子。不过现在，我情愿我是。”

“如果你认为需要的话，我们可以结婚——秘密结婚，或者用其他什么方式来结。”

米克摇了摇头。“我不喜欢那样。我绝对不会跟任何男孩子结婚的。”

“我也从来都不想结婚。我懂的。而且，我也绝不是说说而已——我说的是真的。”

哈利的神情吓到了她。他的鼻子颤动不停，下嘴唇被牙齿咬得发白，都流血了。他两眼发亮，饱含泪水，眉毛皱成一团。哈利此刻的脸，比她能够想得起来的任何一张脸都更显惨白。她把自己的脸转过去，不再看他。只要他能够闭上嘴，不再多说话，情况就会好得多。她的目光缓缓移动，看了看自己周围——看那红色与白色混在一起的泥土，看那碎掉的威士忌瓶，看他们身旁的一棵松树，树上挂着一块广告板，上面是招聘县警长的广告。她想安安静静地好好坐上一会儿，不去想任何事情，不再说一句话。

“我要离开镇子。我是个水平不错的机械师，可以在其他地方找到工作。如果我还住在家里，母亲看看我的眼睛就能知道这件事。”

“那你告诉我。你看着我的时候，能够看出什么不同来吗？”

哈利注视着她的脸，注视了很长时间，然后点了点头，表示他可以看出不同。接下来，他又说：

“还有一件事。在一个月内，或者两个月内，我会给你寄一封信，告诉你我的地址。到那时，你要给我写信，一定要告诉我你是不是一切都好。”

“你是什么意思？”她一字一顿地问道。

他向她解释：“你只需要写‘很好’就行了，那样我就明白了。”

就这样，他们又继续推着自行车回家了。他们的影子在路上舒展开来，简直跟巨人一样大。哈利像个老乞丐一样，驼着背走路，一边走还一边用袖子擤鼻涕。夕阳沉落于林间之前，有那么一小会儿工夫，闪亮的金色光芒笼罩了周遭万物，然后，转眼之间，他们的影子便消失在了面前的路上。她觉得自己饱经沧桑，就仿佛身体里面装进了某样十分沉重的东西。此刻，她已经是个成年人了，无论她是否愿意。

他们走了十六英里路，走回了家旁边那条黑乎乎的胡同里。她已经可以看见家中厨房里黄色的灯光了。哈利家的房子漆黑一片——他的母亲还没有回家。她在小巷的一个裁缝店里干活。有时甚至连礼拜天都要去。透过裁缝店的窗户望进去，可以看到她在店后面的缝纫机上埋头做事，要不就是正在用一根长长的针将那些厚重的料子缝合到一起。当你注视着她时你会发现，她是从来都不会抬头的。到了晚上，她会给哈利和自己张罗一些正统的犹太人食物。“听我说……”他又开口了。

她在黑暗中等待着，等他继续说下去，但他并没有把话说完。

他们彼此握了握手，然后，哈利便顺着两栋房子之间的这条黑乎乎的胡同走了。当他走到人行道上之后，还特意扭头看了一眼。一盏路灯的灯光照在他的脸上，脸色苍白，表情僵硬。在这之后，他就离开了。

“这儿有个谜语可猜。”乔治说。

“我听着呢。”

“两个印第安人正在一条小路上行走。走在前面的那个，是后面那人的儿子。但是，走在后面的那个，却不是前面那人的父亲。这两人之间是什么关系？”

“让我想想。他的继父？”

乔治冲着波西娅咧嘴一笑，露出他那些小小的、颜色发乌的方牙齿。

“那就是他叔叔。”

“你不能瞎猜啊。那是他母亲。这个谜语的小诡计就是这个——你想不到，一个印第安人会是个女的。”

她站在厨房外面，注视着他们。房门就像画框一样，框起了厨房，使厨房看起来像一幅画一样。这幅画里面舒适又整洁。只有水槽位置的灯被打开了，厨房里遍布着阴影。比尔和黑兹尔以火柴棍为筹码，正在餐桌那边玩二十一点。黑兹尔用她那圆滚滚、粉扑扑的手指抚弄着自己的辫子。比尔倒吸一口气，以极为认真的态度在发牌。波西娅正在用一块干净的格纹毛巾擦拭碗碟。她看起来很瘦，皮肤呈现出金黄色，抹过油的黑色头发梳得干净利落。拉尔夫静静地坐在地板上。还有乔治，他正试着将一套用旧的圣诞装饰彩条做成的小甲胄穿到自己身上。

“我这儿还有另一个谜语，波西娅。如果有个座钟，它的指针指向两点半……”

米克进了房间。她原本有一点期盼他们在看到她时，会绕着她站成一圈，保持一些距离，看看她是个什么情况。然而，他们只是瞟了她一眼。于是，她便坐到餐桌旁，等待着。

“每个人晚饭都吃完了，你这儿可就晃悠回来了。看来我的活儿真是永远都干不完了。”

没有人注意她。她吃掉了一大盘卷心菜和三文鱼，最后以奶冻布丁结束了晚餐。吃饭的时候，她一直都在想着她妈妈。这时门开了，妈妈走了进来，告诉波西娅，布朗小姐刚才说，她在自己房间里发现了一只臭虫。所以，要去弄些汽油来。

“别像那样皱着眉头，米克。你也到了应该注意下形象，努力展示出自己最好看的那一面的时候了。打住——当我跟你说话的时候，不许插嘴——拉尔夫上床睡觉之前，你去给他用海绵好好洗个澡，好好洗一洗他的鼻子和耳朵。”

拉尔夫软软的头发上面粘上了燕麦片。她用抹布把脏东西擦掉，然后又在水槽里给他洗了脸和手。比尔和黑兹尔打完牌了。比尔收火柴的时候，长长的指甲在桌面上来回摩擦。乔治带拉尔夫上床睡觉去了。厨房里只剩下她和波西娅了。

“听着！看看我。你发现我有什么不同吗？”

“我当然注意到了，亲爱的。”

波西娅戴上她那顶红色帽子，换上自己的鞋。

“所以呢——？”

“你只需要弄一点点黄油涂在脸上就行了，你鼻子上面掉皮掉得很厉害。他们说，晒伤严重的话，涂些黄油是最好的。”

她独自站在漆黑的后院里，用指甲一块块地剥下橡树的树皮。这种情况比她想的还要更糟糕些。如果他们能够认真瞧瞧她，发现她的秘密，或许她会感觉好一些。如果他们知道就好了。

这时，她爸爸站在后院台阶那儿喊她了。“米克！噢，米克啊！”

“是的，长官。”

“有电话。”

乔治挤到她旁边，试图听清楚电话里都讲了些什么，但她把他一下子推开了。米诺维奇夫人用很大的声音说着话，情绪激动。

“我家哈利现在应该回家了。你知道他在哪儿吗？”

“不知道，夫人。”

“他之前说，你们今天会一起骑车出去玩。他现在能去哪儿呢？你知道他在哪儿吗？”

“不知道，夫人。”米克又说了一遍。

# 12

现在这些个日子里，天又热起来了，阳光迪克西秀总是人满为患。三月，风已静。树木郁郁葱葱，叶子长成了赭绿色。天空是万里无云时特有的蓝色，太阳的光线变得更炽烈了。空气特别闷热。杰克·布朗特讨厌这样的天气。一想到夏天漫长而炎热的那几个月时光，他就觉得晕头转向。他最近身体感觉不太舒服。头痛开始时不时地折磨起他来。体重增加，导致他肚子下面多出一小坨赘肉，裤子最上面的一颗扣子只好不扣。他知道这是喝酒过多导致的肥胖，可他还是继续喝下去。喝酒能够改善他头痛的状况。唯有喝上那么一小杯，情况才会好转一些。如今，一小杯酒对他而言就等于一夸脱酒。并不是喝酒的那一瞬间从精神上提振了他，而是如今这咽下去的第一口酒，就已经能够激发过去几个月时间里在他血液中积累到饱和含量的全部酒精了。一勺啤酒便能够舒缓他脑部的悸动，但哪怕一夸脱威士忌都不能再令他醉倒。

于是，他彻底戒除了饮酒。有那么几天，他只喝水和橙味汽水。头痛得就像有条蚯蚓正在脑子里面钻洞似的。漫长的下午和傍晚，他都在疲惫不堪地工作。完全睡不着觉，试着读读书也是痛苦难当。房间里面潮湿的酸臭味令他感到愤懑不已。他躺在床上辗转反侧，等到终于睡着的时候，天已经亮了。

有个梦一直滋扰着他。头一次做这个梦是在四个月以前。每一次他都会被这个梦给吓醒——但是蹊跷的是，他从来都不记得这个梦的具体内容。眼睛睁开之后，便只剩梦中的感觉残存。他每次醒来时的恐惧感完全是一致的，因此这些梦也都是完全一样的，毫无疑问。他已经习惯了做梦，喝了酒之后所做的奇怪噩梦，会令他陷入如疯人般的混乱状态，但晨光却总能驱散这些狂野幻梦所带来的影响，那些梦他也会忘掉。

但这个空白的、隐秘的梦所具有的性质与那些噩梦完全不同。他从梦中惊醒，什么都记不得了。然而，这个梦所带来的压迫感却依旧能够在他身上徘徊很长时间。就这样，有天早晨，他带着同样的恐惧惊醒过来，不过这一次，他却对自己背后的一片黑暗保留了些许微弱的记忆。在梦中，他在一群人当中走着，怀里抱着某样东西。这些便是他可以肯定的唯一画面。他偷东西了吗？他是打算努力挽救一些贵重物品吗？周围那些人是在追捕他吗？他觉得不是。他越是琢磨这个简单的梦境，能够理解的内容反而越少。接下来的一段时间里，他再也没做过这个梦。

他和去年十一月时用粉笔在墙上留信息的始作俑者相遇了。自他们相遇的第一天起，那个老人就像一个附在他身上的恶魔一样死缠着他。他名叫辛穆斯，常常在人行道上布道。冬日的冷冽令他龟缩在室内，但是一到春天，他便成天晃悠在街上了。他那头白发软塌塌的，散乱地披散在脖子上，他随身带一本女士用的绸缎面大号手袋，里面装满了粉笔和耶稣崇拜相关的广告。他双目明亮，眼神疯狂。辛穆斯试图劝说布朗特皈依。

“逆境之子，我嗅到你呼吸中充满罪恶的啤酒臭味。你还抽烟。如果我主希望我们抽烟，那他也自然会在《圣经》中言明。撒旦的印记正显现于你额间。我看到它了。忏悔吧。且让我引你走向光明正途。”

杰克眼角上扬，在虚无缥缈之间缓缓做了一个代表虔诚的手势。随后，他把自己满是油污的手展开来。“我只向你一个人展示这个秘密。”他用一种很低的，仿佛舞台表演般的声音说道。辛穆斯低头看了看他掌心的疤痕。杰克屈身凑近，低声对他耳语道：“还有另一个印记呢。就是那个印记，你懂的。我一出生就带着它了。”

辛穆斯连退几步，后背都抵到马路护栏上了。他用一种很娘娘腔的姿势，把散在额前的一缕银发挑起来，抚平到自己脑袋上，然后十分紧张地用舌头舔了舔嘴角。杰克笑了起来。

“亵渎神者！”辛穆斯尖叫道，“上帝将会拿下你——你和你全部的同伙们。上帝记得嘲笑者。他时刻看护着我，上帝看护每一个人，但他看我看得最多。就像他曾经对摩西那样。上帝会在深夜给予我众多启示。上帝将会拿下你。”

他把辛穆斯带到街角的一处小店，买了可口可乐和花生酱饼干。辛穆斯又开始劝说他。当他动身去阳光迪克西秀场时，辛穆斯便跟在他身后说道：

“今晚七点，回到这处街角来。耶稣有消息要传给你，只给你一人。”

四月初的这几天里，风和日丽。白云浮动于蓝天之下，风中闻得到河水的气味，还有镇外田野上的清新气息。从下午四点到午夜，阳光迪克西秀每天都挤满了人。这里的这群人很难应付。在这新春时节来临之际，他预感到某种麻烦将会到来。

有天晚上，他正在秋千机上忙活，突然传来一阵愤怒的争吵声，打断了他的思索。他用最快的速度穿过人群，看到一个白人女孩和一个黑人女孩正在旋转木马的售票处打架。他把她们给扯开了，但她们仍旧不肯罢休，试图揪住对方继续打。人群分成两派在观战，喊声震天。白人女孩是个驼子。她手里紧紧攥着什么东西。

“我可盯上你了！”黑人女孩号叫着，“我不但要打你，还要把你那驼子从背上给打下来。”

“闭上你的嘴，你这黑鬼！”

“你个下贱货，残次品。我已经付过我那份钱，我就该坐。白皮男，你快让她把票还给我。”

“黑荡妇！”

杰克看了一眼这位，又看了一眼那位。人群聚拢过来。两边都在议论纷纷，各人有各人的意见。

“我亲眼看到卢里的票掉了，我也看到这个白人女士捡起了它。千真万确。”一个黑人男孩说。

“哪有黑鬼敢对白人女孩动手的道理，要知道……”

“你别再那样挤我了。我都准备好要揍你了，哪怕你是白人又如何。”

杰克粗暴地挤进一大群人当中。“差不多得了！”他吼道，“该干嘛干嘛去——这事结了。你们他妈每一个人都是。”跟他拳头大小相关的某种暗示，令人群最终作鸟兽散。杰克转过身来，开始处理这两个女孩的问题。

“这事情是这个样的，”黑人女孩说，“我敢打赌，在这里像我这样的人是极少的。直到礼拜五晚上，我才攒下了五十多美分。我做熨烫活儿，这个礼拜比平时要多干一倍哩。她手里拿着的那张票，是我实打实花掉五美分买来的。我现在非坐不可。”

杰克很快就解决了这个麻烦。他让驼子留下那张有争议的票，然后直接送了黑人女孩一张票。那天晚上的其他时间里，没有出现更多的争执了。但杰克在人群中仍旧保持着警惕。他很困扰，心里不安。

除了他自己外，还有另外五个员工——两个男员工负责运营秋千并收票，管理三个女孩售票厅和零售摊位。帕特森不算在员工里面。秀场主人大部分时间都在拖车里待着，自己跟自己玩牌。他的双眼呆滞无神，瞳孔收缩，脖子上的皮肤软塌塌地垂下来，堆积成一道道黄色的皮褶子。几个月以来，杰克的薪水提了两次。到了午夜时分，向帕特森报告并交出当晚的收入也是杰克要负责的工作。有时，直到他进拖车好几分钟之后，帕特森才会注意到他。他通常都会死盯着自己的牌，仿佛陷入了昏迷状态。拖车里的味道很重，弥漫着食物和大麻卷烟的臭气。帕特森用一只手捂住自己的肚子，仿佛在保护它不受什么东西侵害。他查起账来极为仔细，总是如此。

杰克曾经跟那两个男员工起过争执，这两个男的以前都是镇子里其中一家工厂的落纱工。最开始时，他曾经试着和他们攀谈，帮助他们看清世事真相。有一次，他甚至还邀请他们一起到台球房里去喝上一杯。哪里知道，他们是如此愚蠢，他根本无法帮到他们。这件事之后不久，他无意间听到了他们两人的闲聊，麻烦也正是由此而来。那是一个礼拜天的凌晨时分，差不多两点钟的样子，他之前一直都在和帕特森清账。等到他走出拖车时，场地上看起来似乎是一个人都没有。月光皎洁。他正在想着辛格，还有接下来这天的放假安排。然后，当他经过秋千时，突然听到有人说出了他的名字。那两个男员工已经完成了工作，正在一起抽烟闲聊。杰克听了听。

“如果要我说什么人比黑鬼更讨厌的话，那就是赤化分子。”

“他可真要逗笑我了。我可不买他的账。瞧瞧他那趾高气扬的做派。我还从来没有见过矮成这样的矮冬瓜呢。他到底多高，你觉得？”

“五英尺左右吧。他是当真觉得自己有义务去告诉每个人一大堆东西。这样的人应该直接去坐牢，那才是他该去的地方。赤化分子。”

“他也太好笑了,我一看他就想笑。”

“他根本没必要在我面前表现得那么傲气。”

杰克注视着他们,看着他们沿着小路,朝编织工小巷的方向走去。他脑袋里面产生的第一个念头,是直接撵上去和他们对质,然而,某种挫败感阻止了他这样做。接下来的几天时间里,他变得沉默寡言。然后,有天晚上,他跟着这两个人走了好几个街区,当他们转过一处街角时,他突然冲到了他们面前。

“我听到你们说的话了,”他气喘吁吁地说,“也是凑巧,我听到了你们上个星期六夜里所说的每一个字。没错,我就是个赤化分子,至少我清楚我是。但你们又是什么东西?”他们恰好站在一盏路灯的正下方,那两个男人接连后退了几步。这片街区十分荒凉。“你们这两个脸色煞白、心惊胆寒、犯了大错的龌龊鼠辈!我随手就能掐住你们的细脖子,一手一个。无论我是不是矮冬瓜,我都有本事把你们豁倒在这人行道上,把你们揍成一摊烂泥,他们隔天要用铲子才能把你们从路上刮走。”

那两个男人彼此对望了一眼,怕得要命,试图继续往前走。但杰克根本不让他们通过。他跟他们保持着步伐,一步一步倒着走,脸上露出愤怒的冷笑。

“我要告诉你们的就只有这句话:从今往后,我建议你们,每当觉得有必要对我的身高、体重、口音、举止或意识形态发表评论时,就直接过来找我。强调一下,意识形态方面的东西,我根本就无所谓——如果你们不太了解的话。我们以后大可以一起讨论讨论。”

后来，杰克对那两个男人便一直报以愤怒的蔑视态度。他们也还是在背地里嘲笑他。有一天下午，他发现秋千的引擎被故意弄坏了，他不得不加班工作三个小时来解决这个问题。他总觉得有人在嘲笑自己。每次听到女孩子们在一起讲话，他都会挺直身体，毫不顾忌地大笑一番，看那样子，就仿佛他自顾自地想起了一些只有他自己知道的笑话似的。

来自墨西哥湾的温暖西南风带来了浓浓的春日气息。白天的时间越来越长，阳光很是明媚。这种慵懒的温暖感觉使他感到沮丧。于是，他又开始喝酒了。每天完成工作后，他便回家躺在床上。有时，他会穿戴整齐，赖在床上，一动都懒得动，一躺就是十二三个小时。几个月前那些折磨得他不停啜泣，乃至啃咬自己指甲的烦恼似乎已经完全消失了。然而，在如此懒散的状态之下，杰克又感受到了过去曾经有过的那种紧张感。在所有他去过的地方里面，唯有这个镇子，是最为孤独的地方。或者换句话说：如果没有辛格的话，那这里就是最孤独的地方。只有他和辛格知道真相。他知道，但却没办法让那些不知道的人们获知。这就像是要跟黑暗、热浪，或者空气中的臭气作战一样。他愁眉苦脸地凝视着自己房间的窗外。角落里有一棵发育不良、被烟熏黑了的树已经长出了胆汁绿色的新芽。天空一直都是那种深厚又浓重的蓝色。流经镇子这一部分区域的那条恶臭溪流所滋生出来的蚊子，在房间里嗡嗡个不停。

他抓了抓痒。每天早上，他都会把一些硫黄混合在猪油里面，用来涂抹身体。他给自己抓痒的时候十分粗暴，把皮都抓破了，那种瘙痒仿佛永远都没办法舒缓。有天晚上，布朗特彻底抓狂了。那天，他一坐就是不知多少个小时，把杜松子酒和威士忌掺在一起喝，醉得很厉害。几乎已是黎明破晓前了，他整个人探到窗户外面，看着下面漆黑又静籁的街道。他想到自己周围的所有人。全部在睡觉。这些一无所知的人们。他突然破口大骂道："这就是真相！你们这帮混蛋，什么都不知道。你们什么都不知道。你们什么都不知道！"

整条街都被惊醒了，人们感到愤怒。灯一盏盏地亮了起来，睡意蒙眬的咒骂声，此起彼伏。跟他住在同一栋楼里的男人们怒不可遏地捶击着他房间的门。街对面妓院里的姑娘们纷纷从窗户里探头出来张望。

"你们这些蠢而又蠢、蠢而又蠢的混蛋。你们这些蠢而又蠢、蠢而又蠢……"

"闭嘴！赶紧闭嘴！"

走廊上的家伙们正在猛撞他的房门。"你这个醉鬼莽夫！等我们逮住你，你就知道谁是最蠢的那个了。"

"你们外面一共有几个人啊？"杰克咆哮道。他拿起一只空瓶子，在窗台上死命敲击，"来吧，一起来。来一个，全部来。我有本事一次豁倒你们三个人。"

"就是那劲头，宝贝。"有个妓女为他喝了彩。

房门被撞开了。杰克直接从窗户跳了出去，沿着一条小巷跑远了。“吁——嚯！吁——嚯！”他醉醺醺地学着驴叫，光着脚丫，赤裸上身。一个小时之后，他踉踉跄跄地走进了辛格的房间，一下子趴倒在地板上，一边哈哈大笑，一边进入了梦乡。

四月里的一天早晨，他发现了一具被谋杀的男性尸体。那是个年轻的黑人。杰克是在距离秀场大约三十码开外的一条排水沟里发现的。那黑人的喉咙已经被切开了，整个脑袋以堪称疯狂的角度向后仰。阳光明晃晃地照在尸体圆睁着的浑浊眼球上，苍蝇在他胸口已经干涸的血块上方盘旋。这个死人手里拿着一根红黄色相间的手杖，上面挂有穗子，跟秀场上卖汉堡包的摊位上卖的那种差不多。杰克有些阴沉地盯着尸体瞧了一会儿，然后便打电话去叫了警察。案子找不到任何线索。两天后，死者的家人们在停尸房认领了尸体。

阳光迪克西秀的秀场经常发生吵架和打架事件。有时，两个朋友先是手挽着手，笑着闹着喝着酒来到秀场上——等到他们离开时，却已经扭打成一团了。杰克一直都保持着警惕。在秀场那华丽纷呈的欢乐表象之下，在那些明亮刺目的灯光和懒散放松的笑声下，他感觉到了某种阴郁又危险的东西。

在这令人感到头晕目眩、风波不断的几周时间里，辛穆斯一直都在四处奔波。这个老人很喜欢带上一只演讲时可以站在上面的木盒，还有一本《圣经》，站到拥挤人群中去布道。他口口声声说基督将会再临人间。他说，最终审判日将会是1951年10月2日。他会用手指着人群中几个喝醉酒的人，用他那粗哑又疲惫的声音冲着他们怪叫。兴奋的感觉使他嘴里蓄满了口水，因此他只要一开口说话，词句之间就会夹带一种湿答答的冒泡声。一旦他挤进人群，把演讲台架起来后，就再没有任何人有本事让他挪步了。他送了杰克一本国际基甸会[1]赠送的《圣经》作为礼物，并告诉他每天晚上务必要下跪一小时，如果有人给他啤酒和香烟，一定要主动扔掉。

他们因为思想上的各种分歧而争吵。杰克也开始随身携带粉笔了，放在自己的衣服口袋里。他会写一些简短的句子，试图用言语打动他们，让路人能够停下来思考这些话的含义。如此一来，人们就会好奇；如此一来，人们就会思考。与此同时，他还编写了一些内容简短的小册子，在大街上分发。杰克很清楚，如果不是因为有辛格在，那他早已离开这个镇子了。只有在礼拜天时，当他和这位好朋友在一块时，他才会感到安宁。有时他们会一起外出散步，或者下下国际象棋——但更经常出现的情况，是两人一起在辛格的房间里静静过上一整天。如果他想说话，辛格总是很用心地倾听。如果他满面愁容地枯坐整天，哑巴也能理解他的感受，对此并不惊讶。在他看来，如今唯有辛格才能拯救他。

然后某个礼拜天，当他走上楼梯时，看到辛格房间的门敞开着。房间里是空的。他独自一人在那里坐了两个多小时。最后，他听到

1　由信奉基督教的商界和学界人士建立的一个协会。

了辛格走上楼梯时的脚步声。“我正在想着你呢，你去哪儿了？”

辛格笑了。他用一块手帕擦了擦自己的帽子，并把它放好。随后，十分小心地从口袋里取出他那支银杆铅笔，靠在壁炉架上写了一张便条。

“你这句话是什么意思？”杰克读了哑巴所写的内容之后，问道，“谁的腿被锯掉了？”

辛格取回那张便条，又多写了几句话。

“唉！”杰克说，“这并不使我感到意外。”他接过那张便条，郁闷地思索了片刻。过去一个月里无精打采的状态已经过去了，现在的他紧张而不安。“唉！”他又叹了一声。

辛格煮上一壶咖啡，拿出了他的国际象棋棋盘。杰克把便条撕成碎片，在他出汗的双手手掌之间来回搓揉。

“不过，关于这件事，我们还是能够采取些行动的。”过了一会儿后，他又开口道，“你知道我们要怎么做吗？”

辛格并不确定地点了点头。

“我想见见这个男孩，听他亲口说完这整个故事。你什么时候可以带我到他那里去？”

辛格仔细考虑了一下。随后，他在自己便函本最上面那张纸上写道：“今晚。”

杰克用手捂住自己的嘴，开始在焦躁不安地在房间里来回踱步，“我们确实是可以做些什么的。”

# 13

杰克和辛格在大门口等候着。虽然摁了门铃，漆黑的屋子里却完全听不到门铃声响起。杰克不耐烦地敲了敲门，鼻子贴在纱门上往里面张望。辛格在他旁边有些僵直地站着，面带微笑，脸颊上有两团红晕，因为他们之前一起喝了瓶杜松子酒。这天晚上很安静，四周都是黑乎乎的。杰克看到走廊里亮起了一晕黄色的灯光，波西娅过来为他们开了门。

“我真希望你们没有等太久。前前后后来了很多人，所以我们觉得把门铃直接关掉比较明智。两位先生，请让我来拿你们的帽子——我父亲病得很厉害。”

杰克跟在辛格后面，踮起脚尖、笨手笨脚地走过空空荡荡的狭窄走道。走到厨房门口时，他突然停住了脚步。厨房里十分拥挤，温度挺高。烧木柴的炉灶里，炉火正旺，窗户关得紧紧的。弥漫的烟气之中混杂着黑人身上特有的气味。炉火的光芒是厨房里唯一的光源。刚才杰克在走道里听到的阴郁说话声已经化为沉默。

“这两位白人先生前来看望父亲,”波西娅说,“我想,他应该可以见见你们,不过我最好还是先过去,给他准备准备。”

杰克伸出手指,摸了摸自己厚厚的下嘴唇。他的鼻头上还残留着刚才抵在纱窗上时弄出来的网格状压纹。“不是这样的,”他说,“我之所以过来,是打算跟你兄弟聊聊的。”

厨房里的几个黑人都站了起来。辛格向他们做了个手势,示意他们好好坐下。两个花白头发的老人坐在炉火旁的一条长凳上,一个四肢修长又柔软的穆拉托[1]小伙子靠在窗边。厨房角落里有一张露营用的小床,有个没有腿的男孩躺在上面,他身上穿的裤子被叠起来,压在他的大腿下面。

“晚上好。”杰克有些尴尬地开口道,“你是不是名叫科普兰?”

男孩把双手放到自己的残肢上,向后缩了缩身体,紧挨着墙壁。“我叫威利。”

“亲爱的,别担心。”波西娅说,“这边这位是辛格先生,你听父亲说起过的。旁边这位白人是布朗特先生,他是辛格先生非常亲密的朋友。他们十分好心,在我们面临困难的时候特地过来探望一下我们。”她转身面对杰克,介绍了一下厨房里的那三个人。“靠在窗边的这个小伙子也是我的兄弟,名叫巴迪。炉灶那边的两位,是我

1 Mulatto,血统分类上的习惯名称,指黑人与白人之间的第一代混血儿。

父亲的挚友——马歇尔·尼克尔斯先生和约翰·罗伯斯先生。我觉得，了解一下你们具体跟谁身处同一个房间，总归是件好事。”

“谢谢。”杰克说。他再次把脸转向威利。“我之所以过来，只是想让你把整件事的前因后果给我讲一遍，如此一来，我就能把这件事在我脑袋里面好好理一理，看看有没有什么办法可想。”

“事情是这样的，”威利说，“我现在都还觉得那两只脚在痛，那种剧痛的感觉来自我的大脚趾。然而，如果我的脚还长在腿上的话，剧痛的位置理应在双脚原本该在的地方，但我现在却没有脚了……这真的很难理解，此时此刻，我的双脚痛得要命，但我却不知道我的双脚在哪儿。他们根本就没有把我的双脚还给我。那双脚此刻正在离这里很远的某处——比一百英里还要远。”

“我的意思是，这整件事是怎么发生的。”杰克说。

威利有些心神不宁地看了一眼自己的姐姐。“我不记得了——记不太清了。”

“你当然记得，亲爱的。你已经跟我们反反复复地讲过很多遍了。”

“好吧……”男孩的声音怯懦而阴沉，“我们当时全部在路上干活，这时巴斯特跟狱卒说了些什么话。那个白种男人就拿起警棍打他。然后呢，另一个男孩就试图逃跑。我也跟在他后面……一切都发生得太快了，我记得不是很清楚了。接下来，他们就带我们回了营地。”

“其余的事情我都挺清楚，”杰克说，“不过你得把另外两个男孩的名字和地址给我。狱卒们的名字也要告诉我。"

"听我说，白人。照我现在的理解，你要我做的这些事，最后是会让我陷入困境的。"

"困境？"杰克粗鲁地说，"看在耶稣基督的分上，你难道没觉得自己现在已经陷入困境了吗？"

"还是安静点儿吧。"波西娅有些紧张地说，"事情就是这样的，布朗特先生。他们已经让威利提前离开了营地，不必继续服苦役。但他们同样也让他牢牢记住，不要……我相信你已经明白我们是什么意思了。显而易见，威利他怕极了。显而易见，我们都应该小心些才是……这也是我们目前能够做到的最理想状态了——我们惹上的麻烦已经够多了。"

"那些狱卒最后怎么样了？"

"他们那些白人都被解雇了，他们是这样告诉我的。"

"你的朋友们现在在哪里？"

"什么朋友？"

"什么什么，其他两个男孩。"

"他们已经不……不是我的朋友了。"威利说，"我们大吵了一架，散伙了。"

"具体是什么意思？"

波西娅拉了拉自己戴的耳环，让自己的耳垂像橡胶一样伸展开来。"就是威利说的那个意思。你瞧瞧，他们在那三天时间里，受到了如此严重的伤害，就为此吵起来了。威利永远都不想再看到他们两人中的任何一个。关于这件事，父亲已经跟威利吵过一次了。这个巴斯特啊……”

“巴斯特装了一条木腿。”窗边的小伙子开口道，“我今天在街上碰见他了。”

“这个巴斯特啊，他没有任何亲人，于是父亲就出了个主意，想把他接来跟我们一起住。父亲想把与这件事相关的所有男孩都集中到一起。不知道他是怎么想的，我们养得活这么多人吗？我真是搞不清楚。”

“那可不是什么好主意。况且，我们再也称不上是关系很好的朋友了。”威利用他那双肤色黝黑，又很强壮的双手摸了摸他腿上截肢的地方，“我唯一想知道的，就是我那双脚、脚、脚，它们究竟去了哪里。那才是我最担心的事情。医生自始至终都没把它们还给我。我可真希望自己能够知道它们到底在哪儿啊。”

杰克用他那双茫然的、因为喝了杜松子酒而使视野蒙上了一层雾的眼睛环顾了一下四周。周遭的每样东西都看不清楚，令人感觉陌生。厨房里的热气使他感到头晕目眩，人们说话的声音在他耳朵里面产生了回声。烟气使他感觉窒息。天花板上挂着的电灯其实已经打开了，但由于灯泡被报纸包裹了起来，以便减弱其亮度的缘故，厨房里最主要的实际上还是来自烧得滚烫的炉灶。他周围的每一张黑面孔上都映衬着红色的火光。他感到不安又孤独。辛格离开了房间，去探望波西娅的父亲。杰克希望他能赶紧回来，这样他们就能一起离开这里了。他颇为尴尬地穿过房间，坐在了长凳上——在马歇尔·尼克尔斯和约翰·罗伯斯之间。

“波西娅的父亲在哪里?”他问道。

“科普兰医生在前面那间房里,先生。”罗伯斯说。

“他是个博士?”

“是的,先生。他是一名医学博士。”

外面传来一阵拖着脚走路的声音,后门被人打开了。一阵清新的暖风让厨房里空气的浑浊状况得到了缓解。先走进来的是一个穿着亚麻西装和鎏金鞋子的高个小伙子,怀里抱着一只麻袋。跟在他后面的是个年纪不大的男孩,看样子大概在十七岁左右。

“嗨,高仔!嗨,你好啊,兰西!”威利说,“你们都给我带什么来了?”

高仔向杰克精巧地鞠了一躬,将两只装满葡萄酒的玻璃制水果罐头瓶放在了桌上。兰西则将一盘用干净的白色餐巾盖住的东西放在了罐头瓶旁边。

“这些酒是协会送的礼物。”高仔说,“兰西的母亲送了些桃子酥饼。”

“医生怎么样了,波西娅小姐?”兰西问道。

“亲爱的,他这些天病得很厉害。令我感到担心的是,他现在特别有力气。当一个人罹患重病时,突然变得特别有力气,这可是个很糟糕的征兆。”波西娅转头对杰克说,“你难道不觉得这是个很糟糕的征兆吗,布朗特先生?”

杰克有些恍惚地看着她,答道:“我不知道。”

兰西表情颇为阴沉地瞟了杰克一眼，把他已经穿小了的衬衫袖口放了下来。“请向医生转达我全家人的问候。”

“我们对此感到十分感激。”波西娅说，“父亲那天还专门提到了你。他手头有一本一直想要送给你的书。稍微等一下，我这就去把那本书拿过来，然后再把盘子腾出来，你可以带回家还给你母亲。她送这个过来，可真是太贴心了。”

马歇尔·尼克尔斯凑近杰克，似乎想要跟他说话。这位老人穿着一条竖条纹裤子，一件晨礼服，礼服的扣眼中别着一朵花。他清了清喉咙，说道：“抱歉打扰一下，先生。无论如何，我们刚才不可避免地听到了你和威利之间的谈话——听到了其中的一部分。你提到了他现在身处的困境。实际上，我们自然也替他考虑过，什么才是目前情况下最好的解决办法。”

“你是他的一位亲戚，还是他去的那所教堂的牧师？”

“都不是，我是一名药剂师。你左边的约翰·罗伯斯在政府的邮政部门工作。”

“就是个邮差。”约翰·罗伯斯重复道。

“请你允许我冒昧……”马歇尔从衣服口袋里取出一条黄色真丝手帕，战战兢兢地擤了擤鼻子。“我们已经力求面面俱到地讨论过了这整件事，这也是理所当然。毫无疑问，作为美国这个自由国家当中的有色人种成员，我们时刻渴望着能够为拓展与其他人种之间的友好关系尽上自己的一份力。”

“我们总是希望能做正确的事情。”约翰·罗伯斯说。

“我们理应谨小慎微，勉力而为，不要危害到已然建立的友好关系。长此以往，状况便能得到改善，取得更好的条件。”

杰克看看左边这位，又瞧瞧右边这位。“我不太明白你们的意思。”厨房里的热气使他快要窒息，他想赶紧出去。他的眼球上似乎粘上了一层薄膜，使他周围的每一张脸都变得模糊不清。房间对面，威利正在吹口琴。巴迪和高仔正在听他吹。那是首阴沉而悲伤的曲子。一曲终了，威利在身上穿着的衬衣上擦了擦口琴。“我太饿了，太渴了，嘴巴里流的口水把音调全给弄温吞了。我可真想试一试那种布基伍基[1]曲子啊。弄些好东西来喝，是唯一能够让……让我忘掉这凄惨遭遇的办法。只要我知道自己的那双脚……脚现在在哪儿，然后，每天晚上都能喝上一杯杜松子酒，我就不会太在意了。”

“不要担心，亲爱的。这就给你张罗些东西。”波西娅说，“布朗特先生，你要不要来一块桃子酥饼，再喝上一杯葡萄酒啊？”

“谢谢，”杰克说，“那可真是太好了。”

波西娅很快便在桌子上铺了一块布，摆好一个碟子还有一支叉子。她倒了一大杯葡萄酒。“请只管在这里放松自己就好。如果不介意的话，我要去招呼其他客人了。”

两只罐头瓶在众人手上传递，每个人都直接用嘴喝。在高仔将其中一只罐头瓶传给威利之前，他把波西娅的口红借过来，在玻璃

1 Boogie-Woogie，节奏摇滚的一个重要支流。

罐上画了一条红线，以此来标记目前酒已经喝到了哪里。厨房里到处都是喝酒发出的咕噜声，还有笑声。杰克吃完了自己那只酥饼，拿着酒杯坐回到两位老人中间。自酿的葡萄酒味道很浓郁，酒劲跟白兰地一样烈。威利开始在口琴上吹一首低沉又痛苦的曲子。波西娅打着响指，在房间里走来走去。

杰克转头问马歇尔·尼克尔斯："你说波西娅的父亲是个医生？"

"是的，先生。千真万确。他是个水平很高的医生。"

"他怎么了？"

两个黑人小心翼翼地对望了一眼。

"他出了一场事故。"约翰·罗伯斯说。

"是什么样的事故？"

"相当糟糕的事故。极其悲惨。"

马歇尔·尼克尔斯把他的真丝手帕折起来又展开。"恰如我们之前曾经提到的那样，最重要的事情，是不要损害这些友好关系，要以认真负责的方式，在各个方面拓展它们。我们这些有色人种的成员，必须在各个方面尽力提升我们的公民地位。那位医生确实在各个方面都尽了全力。不过有时候，以我的角度看来，他似乎并未充分理解不同人种、不同情况下的某些特定要素。"

杰克极不耐烦地咽下了他杯中最后一口葡萄酒。"看在耶稣基督的分上，把话说得直白些，你都说了些什么啊，我根本就听不懂。"

马歇尔·尼克尔斯和约翰·罗伯斯彼此交换了一下眼神，看上去颇有些神伤。在房间的那一边，威利仍旧坐在那里，吹奏着音乐。

他的嘴唇在口琴的方形吹孔上蠕动，仿佛两条肥肥的、浑身褶皱的毛毛虫。他的肩膀宽阔又强壮，大腿残肢随着音乐节拍抖动。高仔跳起了舞，巴迪和波西娅跟着节奏在打拍子。

杰克站了起来，他才刚站起身便已意识到自己喝醉了。他踉踉跄跄地走了几步，环视了一下自己周围的情况，眼神满怀恶意，不过似乎并没有人注意到他的异常。"辛格在哪里？"他口齿不清地问波西娅。

音乐声停了下来。"为什么这样问呢，布朗特先生，我还以为你已经知道他走了。当你坐在桌边吃桃子酥饼时，他来到门口，举起怀表示意了一下，表示他要走了。当时你直勾勾地注视着他，摇了摇头，我还以为你知道了。"

"也许我在想些别的东西。"他转过头来面朝威利，愤怒地冲着他吼道，"我一直都没告诉过你我为什么会来这里，我过来并不是想让你做些什么。我唯一想做的——我唯一想做的事情就只有一件——让你和其他两个小伙子为当时发生过的事情作证。而且我现在就跟你解释，为什么需要这样做。动机是唯一重要的事情——而非过程。我将会用一辆手推车推着你，你可以沿路讲述在自己身上发生的故事，那样做过之后，我会向你解释为什么要这样做。或许这样做是会有些许意义在的，或许……"

他觉得他们此刻都在嘲笑他，困惑使他忘记了自己原先想说的话。房间里到处都是漆黑的、陌生的面孔。空气太过浑浊，令人窒息。这时，他看到了一扇门，便赶紧挣扎着朝那扇门走去。他进到一个黑咕隆咚的小房间里，房间里弥漫着药味。然后，他又伸手旋了旋另一个门把手。

他站在一个只有一张铁床、一个橱柜、两把椅子的白色小房间的门槛上。铁床上躺着他曾经在辛格家楼梯上遇到过的那个可怕的黑人。在硬邦邦的白色枕头映衬下，那人的脸庞显得格外黝黑。那双黑色的眼睛里面闪动着仇恨的炽焰，颜色发乌的厚嘴唇却始终保持着克制。他的整张脸就像一张黑色面具一样，完全静止不动，除了每次呼吸的时候，鼻翼都会缓慢而夸张地翕动。

“滚出去。”那个黑人说。

“等等……”杰克无助地开口道，“你为什么要那样说？”

“这是我的房子。”

杰克根本没办法将自己的目光从这个黑人可怕的脸上挪开。“可是为什么呢？”

“你是个白人，是个陌生人。”

杰克没有离开。他小心翼翼地走到一把白色的靠背椅旁，坐了下来。黑人将双手放到床单上，那对黑眼睛仿佛燃起了火焰一般。杰克注视着他。他们都在等待。房间里充斥着某种早有预谋般的紧张感，又或者是大爆炸之前如死寂般的片刻安宁。

午夜时分已经过去好久了。春日凌晨和煦又黯淡的空气，搅动着房间里弥漫着的蓝色烟气。地板上有很多皱皱巴巴捏成团的废纸，还有一瓶喝了一半的杜松子酒。床单上散落的尘埃看起来是灰色的。科普兰医生把自己的脑袋紧紧地摁在枕头上。他早已脱掉了身上穿的睡袍，将白色全棉睡衣的袖子部分卷到手肘位置。坐在椅子上的杰克身体前倾。他的领带完全松开了，衬衣的领口上浸满了汗水。在之前的几个小时时间里，他们之间进行了大段冗长的对话，这使他们感到筋疲力尽。此刻正在稍事休息。

“就是这样，时机已到，该是……”杰克又开始了。

但科普兰医生打断了他。“如今或许已有这个必要，我们……”他用嘶哑的声音喃喃道。突然之间，两人都停了下来，彼此都看着对方的眼睛，等待着。“请你原谅。”科普兰医生说。

“对不起，”杰克说，“你继续。”

“不用，还是你继续说吧。”

“好吧……”杰克说，“我现在不会再说一开始时要说的话了。相反，关于南方，我们还有最后一句话要讲——被扼制的南方、被荒废的南方、被奴役的南方。”

“还有黑人们。”

为了让自己的情绪稳定下来，杰克拿起旁边地板上的瓶子，咽下了绵长又炽烈的一大口酒。随后，他十分小心地走到橱柜旁，拿起一只小小的、廉价的地球仪——这本是作为镇纸来使用的。他缓慢地转动捧在手中的地球仪。“我唯一可以说的就是这个了——这世界充满了卑鄙与邪恶。嗐！这个地球，占到它全部面积四分之三的地方都处于战争或压迫状态。骗子和魔鬼们狼狈为奸，知道真相的人们却孤立无援。但是！但是，如果你要请我指出这地球上最不文明的区域，那么我会指向这里——”

“看仔细些，”科普兰医生说，“你指的是海里。”

杰克再一次转动地球仪，将他那根直挺挺、脏兮兮的拇指很小心地按在一处仔细挑选过的位置。“这里，这十三个州。我很清楚我说的是什么意思。我读了很多书，也去过很多地方。这十三个州中的每一个我都去过，也在每一个州工作过。会产生像我这样想法的原因是这样的，我们生活在这世界上最富有的国家里。物质极大丰富，却并不会分享给那些亟须拯救的男人、女人，或者小孩子。除此之外，我们的国家是建立在一个伟大的、真正的原则之上的——也即每个独立个体都拥有自由、平等和权利。嗐！在这个基础之上人们又得到了什么？价值几十亿美元的公司有一大堆——成千上万的美国人连基本的温饱都达不到。在这十三个州里，对普通人的剥削实在太过分了——过分到你真该亲眼去看一看。在我这一生中，看过很多能够把人逼疯的事情。在所有南方人当中，至少有三分之一过得还不如欧洲法西斯主义国家里地位最低下的农奴。佃户农场里工人们的平均工资只有每年七十三美元。而且你要注意，这只是平均工资！佃农们每年的工资从三十五美元到九十美元不等。每年三十五美元，意味着一整天的工作只能挣到十美分。糙皮病[1]、钩虫病和贫血症四处肆虐。还有直截了当的、纯粹的饥饿。但

1　又称烟酸缺乏症，是一种维生素缺乏性疾病。作为地区性流行病，患病者通常都是穷人。布朗特列举的三种病症，均为当时典型的“穷人病”。

是!”杰克把脏兮兮拳头上的指关节部分压在自己的嘴唇上,他的前额上满是汗水。“但是!”他又重复了一遍,“那些也不过是你能够亲眼看到、接触到的邪恶而已。其他的情况更是糟糕。我所说的正是真相被人为隐藏,不让普通人见到这件事。普通人所得知的一切都是被灌输的,他们是看不到真相的。尽是些有毒的谎言。就是这样,他们是不被允许得知真相的。”

“还有黑人种群,”科普兰医生说,“想要了解在我们身上究竟发生了什么,你就必须……”

杰克蛮横地打断了他。“南方归谁所有?那些北方的企业拥有整个南方的四分之三。他们说,老母牛应当在各处自由放牧——在南方、西方、北方和东方。但这头老母牛,却只在一个地方产奶啊。它那些老奶头里涨得满满了之后,只会在唯一一个地方挤出来。它在世界各地吃草,然后在纽约产奶。抢走我们的棉纺厂、我们的纸浆厂、我们的挽具厂、我们的床垫厂……北方拥有着这一切。然后发生了什么事呢?”杰克的小胡子愤怒地颤抖着,“这儿就有个现成的例子。一个依据美国工业传统的伟大父系制度建立起来的工厂小镇,工厂主并不在此。小镇所运营的是一座规模巨大的砖厂,围绕其间的是四百个,或许五百个供工人居住的棚屋。这类棚户房根本不适合人类居住。甚至可以说,这些棚户房在最开始被建造时,就是按照贫民窟来造的。棚户房,只有两个房间,或者三个房间,外加一间厕所——比人们建造牛棚养牛时所考虑到的细节还少。哪怕建猪圈来养猪,考虑猪的需求都比造这些棚户房时要多。在这个体系之下，猪是有价值的，人却没有价值。你不能用那些骨瘦如柴的工厂工人家小孩来做猪排和香肠。如今这年头，你连半个人都不能卖了。不过一头猪……”

“停下！”科普兰医生说，“你越说越离题了。除此之外，你也根本不关心黑人种群方面极为特殊的情况。你所说的那些东西，我连一句话都插不上。我们以前也进行过类似这样的全盘讨论，如果不把我们黑人种群的情况包括进来，就休想了解问题的全貌。”

“还是讲回我们那个工厂小镇吧。”杰克说，“一个刚开始工作的年轻棉纺工能够拿到挺不错的工资收入，周薪达到八美元，或者十美元。他结婚了。有了第一个孩子之后，妻子也不得不到工厂里去干活。在都去工作的前提下，他们的工资加起来，每周就算有十八美元吧。嗐！为了支付工厂方面提供的棚户房租金，他们需要花费自己收入的四分之一。他们在工厂自己开办或者控制的商店里购买食品和衣物。这些商店每件商品的价格都标得很高。生到第三个抑或第四个孩子之后，他们就彻底被套牢了，仿佛在身上装上了枷锁似的。那正是农奴制度的完整要素。然而，在美国，我们却称其为自由。有趣的是，这个观念被深深烙印在了佃农和棉纺工，还有其他所有人的脑袋里，他们真相信自己就是自由的。那些人需要编织巨量的谎言，才能组织他们获知真相。”

“只有唯一一条出路……”科普兰医生说。

“两条出路，只有两条出路。曾经有一段时期，这个国家还在不停扩张。每个人都坚信自己拥有出人头地的机会。嗐！但那个年代已经过去了——一去不复返了。不到一百家的公司吞食了一切，只余下少许残羹冷炙。这些垄断行业如今已经在吸劳动人民的鲜血，喝劳动人民的骨髓了。扩张的日子已经一去不复返。整个资本主义民主制度已然腐朽败坏，前面只有两条路可走。一、法西斯主义；二、进行最具革命性且一劳永逸的改革。”

“还有黑人种群。不要忘记黑人种群。就我和我的同胞们所知，南方目前奉行的是法西斯制度，自始至终都是如此。”

“正是。”

“纳粹剥夺了犹太人的法律、经济和文化生活。在这里，黑人的这些权利同样也被人剥夺，一直如此。这里之所以没有发生像德国那样引起世人瞩目的、对财物的大规模洗掠，仅仅是因为这里的黑人从来就不曾被允许获得积累财富的机会。”

“体制便是如此。”杰克说。

“犹太人和黑人，”科普兰医生语带苦涩地说道，“我族同胞们的历史，与犹太人那漫长的历史本质上是相互对应的——相比之下只会更加血腥，更加暴力。就像某种特定族群的海鸥。如果你抓住了其中一只，并在它腿上缠上一条红绳，族群里的其他海鸥们就会将它活活啄死一样。”

科普兰医生摘下眼镜，重新绑了绑眼镜腿断掉那侧铰链处缠绕的电线。然后又在自己的睡衣上擦了擦镜片。由于情绪激动，他的手颤抖不停。“辛格先生是犹太人。”

“不对，这件事你弄错了。”

“然而我敢肯定，他就是。这个名字，辛格。我第一次见到他时，就分辨出了他的种族。从他的眼睛就能看出来。除此之外，他也这样告诉过我。”

“怎么可能，他绝对不可能说过，”杰克坚称，“他是纯正的盎格鲁-撒克逊人，我一看就知道。爱尔兰人和盎格鲁-撒克逊人的血统。”

“但是……”

“我很肯定，绝对的。”

“行吧，”科普兰医生说，“我们不要再争论了。”

屋外漆黑一片，温度明显降了下来，房间里也有些寒意了。天将破晓。清晨的天空是如丝绸般的一抹暗蓝色，月光由银色转白。万籁俱寂。唯一能够听到的声音，是屋外黑暗中某只春鸟清晰、寂寥的鸣唱。尽管有些许微风从窗户吹进来，房间里仍旧弥漫着酸臭味，空气十分浑浊。两个人有一种既紧张又疲惫的感觉。科普兰医生斜靠在枕头上，身体往前倾。他双眼充血，两只手攥紧床单。睡衣宽大的领口已经滑到了他瘦骨嶙峋的肩膀上。杰克把脚跟搁在自己坐的那张椅子的下横梁上，一双巨手规规矩矩地夹在膝盖之间，摆出一副正在耐心等待的、孩子气的姿势。他的眼睛下面看得见厚重的黑眼圈，头发一团乱麻。他们都在注视着对方，等待着。随着沉默的时间越来越长，他们之间的紧张感觉也变得越来越明显。

最后，科普兰医生清了清喉咙，说道：“我很肯定，你之所以会到这里来，并不是没有任何目的。我很肯定，我们这整个晚上讨论的各种主题，都跟你来这里的目的无关。我们现在什么都谈过了，除了最重要、最关键的那个问题——出路。究竟必须去做些什么？”

他们仍旧互相注视着，等待着。两个人的脸上都有所期待。科普兰医生后面垫着枕头，身体坐得笔直。杰克用一只手托住下巴，身体前倾。稍事休息的时间仍在继续。然后，他们犹豫片刻，在同一时刻开始了讲话的动作。

“抱歉。”杰克说，“你继续说吧。”

“不必，你来。你先说。”

“你继续。”

“啧！”科普兰医生说，“快说。”

杰克用一种云山雾罩、神秘兮兮的眼神注视着他，开口说道：“是这样一个办法。我的看法是这样的。唯一的解决方式，就是让人们知道真相。一旦他们知道了真相，就不可能继续任凭自己受压迫了。这些人当中，只要有一半知道真相，这整个斗争就赢定了。”

“正是，首先要让他们清楚这个社会的运作方式。不过，你计划怎样告诉他们这些呢？”

“听着，”杰克说，“想想连锁信骗局。如果先有一个人给十个人写信，接下来，这十个人当中的每一个，都再给另外十个人写信——你懂了吗？”他讲得有些支吾，“并不是我真要去写这种信，但办法是相通的。我只需要到处去向人们宣讲。哪怕在一个镇子里，只能向十个一无所知的人揭示真相，照我看来就觉得已经算是做得不错了。对吧？”

科普兰医生十分讶异地看着杰克，继而不屑地哼了一声。“别那么幼稚了！你不能仅仅只靠一个人到处游说来解决问题。连锁信骗局，你是认真的吗！只用区分知道真相的和不知道的？”

杰克的嘴唇颤抖着，眉头紧锁，怒气冲冲。“好啊！那你又有什么办法呢？”

“要我说的话，首先呢，在这个问题上我曾经也和你怀有相同的感觉。不过现在我已经认识到，如此的态度，其实是个彻头彻尾的错误。要知道，在长达半个世纪的时间里，我都曾经认为保持耐心是个明智的选择。”

“我可从来没说过要保持耐心。”

“面对暴虐，我一度保持着谨小慎微的态度。在不公正行为面前，我恪守着平和不抵抗的理念。我为了子虚乌有的整体利益舍弃了近在眼前的存在。我曾经相信舌头而不是拳头；我曾经教导同胞们，要他们保持耐心，相信人性本善，以此来作为对抗压迫的铠甲。如今，我已经知道自己错得有多么离谱。一直以来，对于我自己，对于我的同胞们而言，我都是个叛徒。与之相关的一切皆已腐坏。现在正是采取行动的时候，而且要尽快采取行动。兵来将挡，水来土掩。”

“但具体要如何去做呢？”杰克问，“如何开始？”

“这还用问，打开门出去，开展行动。把人们聚集起来，组织他们一起参加示威游行。”

“嗐！最后一句话出卖了你——‘参加示威游行’。你要组织他们参加示威游行，但如果他们连自己要反对什么都不知道，事儿怎么能成呢？你这样做，简直就是脱裤子放屁。”

“这种粗俗的表达，我可不喜欢。”科普兰医生拘谨而尴尬地说道。

“我的老天爷啊！这些话你喜欢不喜欢，我根本就不在乎。”

科普兰医生举起一只手来。“我们还是冷静些吧。”他说，“让我们试试看能不能达成一致。”

“这话我爱听。我可不想跟你吵架。”

他们即刻沉默了下来。科普兰医生的目光从天花板的一个角落移到另一个角落。好几次，他都已经润湿了自己嘴唇，打算开口说话，只是每一次话到嘴边都咽了下去，还是选择了继续保持沉默。他最后终于还是开口了：“我给你的建议是这样的。不要尝试单独行动。”

“但是……”

“没有什么但是。”科普兰医生教训他道，“单凭一己之力，能够做得到的最致命的事情，也就是单独采取行动了。”

“我明白你是什么意思。”

科普兰医生把睡衣的领口从自己瘦骨嶙峋的肩膀拉回到脖子上，然后又把领口收紧到喉咙位置。“你相信我的同胞们为争取人权所进行的斗争吗？”

医生激动不安的情绪，以及这个温和又有力的问题打动了杰克，他的双眼里突然就满溢了泪水。某种突如其来、急速膨胀的大爱驱使他伸出手来，抓住了床单上那只黑色的、骨瘦如柴的手，紧紧抓住它不放。“当然相信。”他说。

“相信我们的需求极为迫切？”

“是的。”

“相信我们缺少公正待遇？深受不平等之苦难？”

科普兰医生咳嗽一声，往枕头下面放着的其中一张方巾纸上吐了痰。“我有一个计划，这是个十分简单、孤注一掷式的计划。我的意思是，将力量完全集中在唯一的一个目标上面。今年八月，我计划在这个县内率领一千多名黑人，展开一次游行示威行动，一次前往华盛顿的游行。我们所有人团结一致，组成一个牢不可破的群体。如果你愿意，可以去看看那边的文件柜，你可以看到我在这个礼拜写的一堆信件——我将亲自递出这些信件。”科普兰医生将自己紧张的双手放在那张窄床的两侧，来回摩挲，“你还记得我刚刚对你说过的话吧？你要记住，我给你唯一的建议就是：不要尝试单独行动。”

“我明白了。”杰克说。

“不过，一旦你参与到这个计划中来，就必须竭尽全力。这是第一位的。你需要随时为此奋斗，并为此贡献终身。你必须舍弃整个自我，毫不吝惜，断绝期冀取得个人回报的念想，不再有安宁，甚至连取得安宁的指望都没有。”

“为了南方黑人的权利。”

“南方，还有这里——这一整个国家人民的权利。不成功便成仁，非此即彼。”

科普兰医生向后靠在了枕头上。唯有他的眼睛看起来尚且富于生气，那双眼睛仿佛烧得通红的炭火一般，在他脸上燃烧着。那种狂热，使他的颧骨呈现出可怕的紫色。杰克皱起眉头，把指关节压在自己柔软、宽厚、颤抖的嘴边。他的脸色突然变得潮红。屋外，第一缕苍白的晨曦已然降临。天花板上悬挂着的电灯泡，在晨曦普照之下，发出丑陋而刺眼的光芒。

杰克站起身来，僵硬地站在床脚位置。他很坦然地说道：“不，那根本就不是正确的方式。它不是，我对此一清二楚。首先，你们绝对不可能出镇。他们会说这场游行是对公共卫生的威胁——还有一些这样那样的理由，以此来中止游行行动。他们会逮捕你们，整个行动起不到任何后续影响。即便出现某种奇迹，你们当真到了华盛顿，也是无济于事。我为什么会这样说呢，因为这整个理念就是在发神经。”

科普兰医生的喉咙里响起痰液涌动的刺耳咕叽声，他此刻的声音极为嘶哑难听：“你既然这么急于嘲笑和谴责，那你自己又能有什么好办法呢？”

“我并没有嘲笑你。”杰克说，“我只是说你的计划过于疯狂。我今晚来这里，是因为我有一个比你那计划好得多的点子。我想让你的儿子威利，还有其他两个男孩一起坐到一辆手推车上，由我去推着他们游街。他们要当着大众的面，讲出自己身上发生的事情，这样做过之后，我再上去演讲，追本溯源。换句话说，我要就资本主义双标做法进行一次演讲——并一举揭露资本主义全部的谎言。我会详细解释，这样每一个人都能够理解，为什么这些男孩们的腿会被切断。让每一个亲眼看到的人都知道真相。”

“见鬼！真见鬼！”科普兰医生狂怒道，“说出这样的话，我不相信你的心智尚属正常。如果我是那种认为这种笑话值得浪费时间去笑的人，那我现在一定会放声大笑。我还从来没有机会听人讲出这种彻头彻尾的废话呢。”

他们彼此都在瞪着对方，难掩痛苦和愤怒之情。屋外的街上传来手推车推过的吱吱嘎嘎声。杰克咽了一口唾沫，咬了咬自己的嘴唇。“嗐！”他终于开口了，“我们之间疯掉的只有你一个。你要那样做，不过是在开历史的倒车。在资本主义制度之下，解决黑人问题的唯一方法，就是把这些州里居住着的总计一千五百万名黑人男性都给阉割了。”

“所以，这就是你在冠冕堂皇的正义辞令之下所怀抱着的真实想法了。”

“我并没有说当真应该这样做。我的意思是，你只看得见森林里的树木，却看不见整座森林。”杰克一字一顿，语带悲怆地说道，“工作必须从底层做起。旧传统被粉碎，新规程被创造出来，为整个世界开创一套崭新的模式。首次将人类发展为社会型生物，生活在有序且可控的社会当中。在这里，人们将不会为了生存而被迫展现出不公正的态度。在这样一种社会传统之下……”

科普兰医生讥讽地鼓了鼓掌。“真是太棒了。”他说，“不过，在织布之前，总归是要先摘棉花的。你还有你那套不切实际、一无是处的理论只能……”

“嘘！谁在乎你和你那一千个黑人是不是要三三两两地排队到那个名为华盛顿的、臭气烘烘的化粪池去？这样做过之后又能有什么不同？这么点人能有什么用呢——千把个人，黑人，白人，是好还是坏？毕竟我们这整个社会，都是建立在黑暗谎言的基础之上。”

“这件事意味着一切！”科普兰医生不停喘气，“一切！一切！”

“毫无意义！”

“从公义的视角来看，我们这个地球上最卑鄙、最邪恶之人的灵魂都要更有价值，比那……”

“噢，下地狱去吧！”杰克说，“全是胡说八道！”

“亵渎神灵！”科普兰医生尖叫道，“邪恶的亵渎！”

杰克开始摇晃起床架上的铁条来。他额头上的血管根根暴起，几乎都要炸裂喷血了，脸也因为暴怒而变得铁青，“短视的偏执狂！”

“白人……”科普兰医生嗓子里的声音发不出来了。他拼尽全力，但那声音就是出不来。最后，他总算能够挤出些许近乎窒息的呢喃声：“魔鬼。”

明亮的、暖黄色的清晨呈现在窗外。科普兰医生的脑袋朝后倒在了枕头上。他的脖子扭曲成一个像是断掉了的角度，一团带血的唾沫涌出他的唇边。杰克在痛哭着冲出房间之前，最后看了他一眼。

## 14

现在，她已经没办法继续待在“内室”里了。她身边必须一直有人在，手头每分钟都必须有事做。如果不得不一个人独处，她就会数数，或者统计一些数字。她会去数起居室墙纸上总共印有多少玫瑰花；她会统计整栋房子里一共有多少立方体型区域；她会细数后院里一共生长有多少根草茎，某簇灌木丛上集聚了多少片叶子。因为一旦她的脑海里没有被数字所占据，那种可怕的恐惧感就会来袭。五月的这些个下午，她放学后将要独自步行回家，到时她将不得不赶紧想一些各种各样的事情来填充自己的大脑，去想某件好事——非常好的事。或许她会去想一段节奏很快的爵士乐旋律；或许当她到家时，冰箱里会有一碗果冻在等着她；或许她可以躲在煤房后面抽一支烟；或许她会试着遥想很久以后，当她去北方看雪时的经历，或者甚至在国外某个地方旅行时的遭遇。然而，关于这些好事的想象并不能持久。果冻五分钟就吃完了，香烟很快也抽掉了。那之后又该怎么办呢？各种数字在她脑子里面混在一起。雪和国外距离现在还太远太远。既然如此，还能有什么呢？

只有辛格先生，她想跟着他去任何地方。每天早上，她都会看着他从前门台阶那儿走下去，外出上班，然后她便隔着半条街的距离，跟在他后面走。每天下午学校一放学，她都会去他工作的那家店铺附近的拐角处晃悠。下午四点整，他会出来喝可口可乐。她便看着他穿过马路，走进冷饮店，最后又从店里出来。下班后，她会跟着他走回家，甚至有时还会跟着他散步。她总是跟在他身后，走很长的路。而他并不知情。

她还会走上楼，到他房间里去见他。去之前她会先擦洗一遍脸和手，在连衣裙前面滴上一点香草精油。现在她每周只会去见他两次，因为她不想让他对自己感到厌倦。当她打开他房间的门时，基本上都会看到他正坐在那个古怪又漂亮的国际象棋棋盘前。然后，她就会跟他在一起。

"辛格先生，你有没有住过冬天会下雪的地方？"

他把椅子抵到墙上，点了点头。

"在一个不同于这个国家的国家——在国外，对吗？"

他再次点头表示"是的"，并且开始用他那支银杆铅笔在小便函本上写了起来。他曾经去过加拿大的安大略省——与底特律市之间只隔着一条河，加拿大在如此北方的地界，白雪会一直堆积到房子屋顶那么高。“五件套”[1]就出生在那里，圣劳伦斯河[2]也在那里。人们在街道上走来走去，彼此之间用法语交流。再往北走，还有深深的密林和白色的爱斯基摩人冰屋。拥有美丽极光的北极地区。

“当你在加拿大的时候，是不是会直接出门取一些新鲜的雪，然后用奶油和糖拌着吃？我曾经在书里读到过，那样吃雪是特别棒的。”

他把脑袋歪向一边，因为他不太明白这番话的意思。她也不能继续追问这个问题了，因为再问就显得很愚蠢。她唯有注视着他，等待着。他的脑袋在身后的墙上投下一道大大的、黑色的影子。电风扇让浑浊、炎热的空气冷却了下来。一切都很安静。此情此景，就仿佛两个人都在等待着对方告诉自己之前从来不曾告知过任何人的秘密似的。跟他在一起时，米克会有这样一种感觉：她那些不得不说的秘密是恐怖且令人害怕的。但他打算告诉她的话语却如此真诚，仿佛听过之后就能让一切事情都好起来。或许他要说的是某种无法用言语或字迹来表达的概念，或许他会用某种与众不同的方式来让她理解。

“我刚刚只是在问你一些关于加拿大的事情——不过，也并不算是什么值得一提的事了，辛格先生。”

楼下家人们住的房间里有一大堆麻烦。埃塔仍旧病得厉害，

1　指1934年5月，加拿大安大略省一位农妇生下了世界首例五胞胎女孩。
2　北美洲东部大河，五大湖的出水道，极为知名。

没办法三个人挤一张床。百叶窗全部拉下来，阴暗房间里的气味很糟，弥漫着病气。埃塔的工作丢了，这意味着每周减少了八美元的进账——还不算医生那边的账单。然后有一天，当拉尔夫在厨房里走动时，被厨房的炉灶给烫伤了。绷带令他手痒痒，因此，他们不得不一直看管着他，以防他把手上烫出的血泡抓破。在乔治生日那天，他们给他买了一辆红色的小自行车，车把手上装有铃铛和车筐。为了买这辆自行车给他，家里每个人都要分摊一部分。但是，当埃塔失去工作之后，他们却支付不起这辆车未清的余款了，在两次分期付款逾期之后，商店派人过来收回了这辆车。乔治只能眼睁睁地看着别人把自行车从门廊上推下来，当他从乔治面前走过时，他飞起一脚，踢了自行车的后挡泥板一下，然后就跑进煤房，把门反锁住了。

永远都是钱、钱、钱。他们欠杂货店钱，欠部分家具的最后一笔尾款。而且现在，因为他们已经失去了房子，所以还拖欠了租金。房子里的那六个房间总是有人租住，但从来都没人按时交房租。

有一段时间，他们的爸爸每天都出去找新工作。他再也没办法做木匠活儿了，因为现在只要离地超过十英尺，他就会神经过敏。他申请了很多岗位，但却没有谁真正去雇用他。最后，他琢磨出了这样一个点子：

“是广告，米克。”他说，“我已经得出结论，这就是目前我的手表维修业务所面临的登天大难题。我必须推销自己。我要出门去，让人们知道我可以修手表，修表修得又好又便宜。你好好记住我的话。我要把这笔生意好好创立起来，这样我下半辈子就能给这个家庭提供很不错的生活条件了。通过广告就能办到。”

他带回家十几块锡铁皮，还有一些红色油漆。接下来的一周时间里，他变得特别忙。在他看来，这似乎是个绝妙透顶的主意。做出来的广告牌摆满了客厅的地板。他跪在地上，双手撑地，极为小心地用印刷体涂画广告牌上的每一个字母。他一边做事，一边摇头晃脑，吹着口哨。接连好几个月时间里，他都没有这么振奋，这么开心了。整个过程中，他会时不时地穿上自己那套好西装，到街角去喝一杯啤酒，以便让自己冷静下来。最开始时，他在那些广告牌上写的是：

威尔伯·凯利

手表维修

非常便宜且专业

“米克，我希望这些话能够在一瞬间就直击你的心灵。无论你在哪里看到它们，都能起到同样的效果。”

她给他打下手，他因此给了她三个五美分硬币作为报酬。广告牌起初是做得不错的。可是后来他在上面添油加醋得太过分，把它们全给毁掉了。他希望能够加入的内容越来越多——加在各个角落，加在顶部和底部。在他最终完成之前，这些广告牌上已经被漆满了诸如“非常便宜”、“即刻前往”和“随便给我什么手表，我都能让它走起来”这样的口号。

“你试图在广告牌上写下太多内容了，没有人会去看的。”她对他说道。

于是，他又拿回来一些锡铁皮，将设计工作完全交给了她。她的写法言简意赅，使用粗体大写字母，再画上一只钟表。转眼他就拿到了一大摞广告牌。一个他认识的伙计开车带他到了郊外，方便他把广告牌钉到树干和栅栏上。他在街两端各挂了一块广告牌，每块上面都画了一只黑色的手，指向自己家的房子。房子大门上同样挂了一块广告牌。

广告牌挂完之后的第二天，他便换上干净的衬衣，系好领带，在客厅里耐心等待起来。什么事情都没有发生。有个珠宝商送过来一对座钟，但这珠宝商本来就会把一些自己店里做不完的活儿以半价外包给他来做。就这些。他很艰难地接受了这一现实。自那以后，他就再也不出门去找任何其他工作了，但他每分钟都在自家房子里外忙个不停。他把每一扇门都拆下来，给铰链上油——不管它们是不是真需要上油。他帮波西娅搅拌人造黄油，擦洗楼上的地板。他琢磨出了一种奇妙的装置，能够将冰箱里流出的水直接从厨房窗户排出去。他为拉尔夫雕刻了一些漂亮的识字木块，还发明了一个小型穿针器。他还在自己需要修的少数几块表上付出了极大的心力。

米克依旧在跟踪辛格先生，但她并不想这样做，仿佛自知在他不知情的情况下跟踪他是不太对的。有那么两三天，她甚至翘掉了学校的课。她跟着他一起去上班，在他工作的那家店铺附近的街角晃悠一整天。当他在布兰侬先生的餐厅里吃午饭时，她也进到咖啡馆里，买一袋花生，花掉一枚五美分硬币。然后到了晚上，她也跟着他在黑漆漆的街道上散很长时间的步。她一直走在他所在的街对面，距离他大约一个路口的距离。当他停下来的时候，她也跟着停下来，当他走得很快时，她就一路小跑地跟上他。只要她能够看见他，并且靠近他，她就觉得很开心。不过有时候，这种奇怪的感觉就会降临到她身上，使她觉察到自己正在做一件错事。如此这般，她回家之后便会在家里忙碌个不停。

她和她爸爸其实是一样的，如今他们俩都不得不去找些事情做，以此来麻痹自己。她时刻关注着自家房子里和邻里之间发生的一切事情。“排骨”的大姐在电影院举办的夜间抽奖活动中赢了五十美元。毛毛·威尔森头上缠着的绷带现在已经拆掉了，但她的头发却剪得跟男孩一样短。她是没办法在今年的社交晚会上跳舞了，当她妈妈带着她去看晚会时，在其中一支舞正在跳着的当儿里，毛毛突然开始大哭大闹。最后他们不得不把她拖出了歌剧院。在人行道上，威尔森夫人不得不动手抽了她好一顿耳光，才把她给制住。然后，威尔森夫人也哭了起来。乔治讨厌毛毛。每当她经过他们家那栋房子时，他都会捏住鼻子，捂住耳朵。皮特·威尔斯离家出走了三个礼拜。他是光着脚回来的，整个人饿得不行。事后他还向他们吹牛，说自己是怎么一路走到新奥尔良。

因为埃塔，米克依然睡在起居室里。那张短沙发把她折腾得神经衰弱，以至于不得不在学校的自习室里补觉。每隔一天晚上，比尔都会跟她交换，让她和乔治一起睡。再后来，他们总算得来了一个幸运的休息良机：有个住在楼上房间的家伙搬走了。当一个礼拜时间过去，还没有任何人循着报纸上刊登的广告过来寻租时，他们的妈妈便告诉比尔，他可以搬到闲置的那个房间去住了。能够拥有一个完全属于自己的地方，远离家里人，比尔感到十分高兴。于是，她搬去跟乔治住了。他睡得像一只温暖的小猫，呼吸起来十分安静。

她再一次享受到了晚上的自由时间。不过，如今的自由时间却跟去年夏天时的不一样，当时她会独自在黑暗中行走，去聆听音乐，筹谋计划。如今，她在以一种截然不同的方式感受黑夜。她躺在床上，保持着清醒。一种古怪的恐惧感向她袭来。那种感觉，就仿佛天花板正在缓缓地朝她脸上压下来。如果这栋房子突然塌了会怎么样？曾经有一次，他们的爸爸说过，这整个地方早就应该被列为危楼了。他的意思岂不是在说，或许在某个晚上，当他们全都在睡觉时，四面的墙壁将彻底碎裂，整栋房子就此倒塌？而他们将会被活埋在石膏板、碎玻璃和砸得稀烂的家具堆里？这种情况下，他们岂不是既不能移动，也不能呼吸？她保持着清醒，肌肉很僵硬。夜深人静时，屋子里会传来吱嘎吱嘎的声音。是有人正在走路吗？——除了她之外也醒着的某个人——那个人会是辛格先生吗？

她从来都没有去想哈利。她已经下定决心要忘记他了，而且，她也确实忘掉了他。他写信过来告诉她，他在伯明翰的一家修车厂找到了工作。她以一张写了“很好”的卡片回复了他，就跟他们先前计划好的一样。他每周给自己的母亲寄来三美元。自从他们一起去森林之后，时间似乎已经过去很久了。

白天，她在“外室”保持着忙碌状态。不过到了晚上，当她独自一人身处黑暗中时，数数这件事就不足以应付了。她需要有某个人在。她曾经试图让乔治保持清醒。“一直醒着，在黑暗中说话——这样做肯定很有意思。我们一起聊上一会儿吧。”

他睡眼惺忪地应允了她一声。

“你看窗外那些星星。能够意识到这些小星星当中的每一颗，实际上都是跟地球一样大的星球，真是很困难的一件事啊。”

“他们是怎么知道的呢？”

“他们就是办得到。他们有各种测量的方法，那就是科学。”

“我不相信科学。”

她试图怂恿他，让他和自己争论，如此一来他就会发脾气，并且保持清醒。但他只是任由她说话，似乎并没有留心听。过了一会儿，他开口说道：“瞧啊，米克！你看见树上那根树枝了吗？它看上去像不像是一个英国清教徒先祖，他正匍匐在那儿，手里拿着一把枪。”

“当然像啊，简直一模一样。你再看书桌那边，那个瓶子看起来像不像一个戴帽子的搞笑家伙？”

“不像。”乔治说，“我觉得一点都不像。”

她拿起放在地板上的水杯，喝了口水。“我和你来玩个游戏吧——猜名字游戏。如果你愿意的话，就由你先说。你喜欢的随便什么东西，想挑哪样就是哪样。”

他把自己的小拳头放在脸上，呼吸安静而平稳——因为他正在坠入梦乡。

“等等，乔治！”她说，“这会很好玩的。我是一个名字以M开头的人，猜猜我是谁。”

乔治叹了口气，他的声音听起来很疲惫。“你是哈勃·马克斯[1]？”

“不对，这个人根本没在电影里出现过。”

“我不知道。”

“你当然知道。我的名字是以字母M开头的，我住在意大利。你应该能猜得到。”

乔治转过身去，身体蜷缩成球形。

他没有回应。

“我的名字是以M开头的，不过有时也有人用以D开头的绰号来称呼我。在意大利。你来猜嘛。”[2]

房间里很安静，一片漆黑，乔治已经睡着了。她捏了他一下，拧了拧他的一只耳朵。他“哼哼”了一声，但并没有醒来。她紧挨着他，把脸贴在他热乎乎的、赤裸的小肩膀上。他会这样睡上一整晚，

---

1 Harpo Marx，美国电影演员。

2 答案是墨索里尼（Mussolini）。意大利人也称墨索里尼为“领袖”，在意大利语中，领袖是Duce。

与此同时，她会持续进行小数相加运算。

在楼上房间里的辛格先生，他也醒着吗？天花板之所以会吱嘎作响，是因为他正悄悄在房间里来回走动，一边喝一罐冰凉的橙味Crush汽水，一边研究摆在棋盘上的国际象棋棋子吗？他是否也曾经有过像她现在这种可怕的恐惧感呢？不会的。他从来就没有做错过任何事情。他从来就没有犯过错，他的内心在这深夜时光里是十分平和的。但即便这样，他也能够理解这种感觉。

她原本可以将这一切都告诉他，如果那样做了的话，情况就会比现在要好些。她已经设想过自己应该如何开口对他说了：辛格先生，我认识一个年纪和我差不多的女孩。辛格先生，我不知道你是否能够理解像这样的一件事。辛格先生、辛格先生……她一遍又一遍地叫着他的名字。她爱他，胜过爱任何一个亲人，甚至胜过爱乔治或她爸爸。这是一种不一样的爱意，和她有限生命中曾经体会过的任何一种感觉都不一样。

每天早上，她和乔治都会一起穿衣服，并且聊聊天。有时她很想去亲近乔治。他长得越来越高，脸色苍白，身体消瘦。他那头软软的、红棕色的头发乱糟糟地遮盖住他那对小小耳朵的上半部分。他眼神锐利，总是眯缝着眼，因此脸上一直呈现出紧张的表情。他的恒牙已经长起来了，然而这些新牙齿颜色全都发乌，彼此之间间隙很大，就跟他原先的乳牙差不多。他的下巴常常歪着，因为他有这样一个坏习惯：喜欢用舌头反复舔舐自己新长出来的牙齿。

“好好听我说，乔治。”她说，“你爱我吗？”

“当然，我爱你没商量啊！”

这是这学期最后一周里一个热气腾腾、阳光明媚的上午。乔治穿好衣服，趴在地板上做他的算数作业。他脏脏的小手指紧紧地攥住铅笔，写字的时候总是会把笔尖弄折。作业做完后，她过去搂住他的肩膀，目不转睛地注视着他的脸庞，说道：“我的意思是很多的爱，多得要命的爱。”

“放开我，我当然爱你。你难道不是我姐姐吗？”

“我知道啊。不过，假设我并不是你的姐姐。那你还会爱我吗？”

乔治向后退了几步。他的衬衣已经穿完了，现在穿在身上的是一件脏兮兮的套头针织衫。他手腕很细，蓝色的血管清晰可辨。针织衫的袖子已经被拽得很长，垂在那儿，松松垮垮的，使他那双手看起来特别小。

“如果你不是我的姐姐，那我可能连认都不认识你。所以，在那种情况下，我不可能爱你。”

“但是，如果你认识我，但我却不是你的姐姐呢。”

“可你又怎么知道我会认识你呢？你没办法证明这一点。”

“嗯，就当是假装如此好了，不用证明。”

“那我觉得，我还是会喜欢你。但我还是要说，你可没办法证明……”

“证明！你脑子里面就只有这个词。证明和诡计——世上每件事情，要么就是一个诡计，要么就需要被证明。我受不了你了，乔治·凯利。我讨厌你！”

“好吧，那我甚至连喜欢都不会喜欢你了。”

他爬到床底下，像是要去找什么东西。

“你到那下面去干什么？你最好离我的东西远点。要是你乱翻我的私人帽盒，被我抓住了的话，我可是会直接拿你的脑袋去撞墙的。说到做到，我会把你的脑子都给踩爆。”

乔治从床底下爬出来，手里拿着他自己的单词拼写课本。他把自己脏脏的小手爪子伸到床垫上的一个洞里，抠出藏在里面的弹子球。没有任何东西可以吓到这个孩子。他不慌不忙地从中挑选出三只棕色玛瑙纹弹珠，带在自己身上。“呃，抱歉哦，米克。”他如此回答她道。乔治太小了，太皮了。没有任何理由要去爱他。他对世间各种事情的了解甚至比她还要少。

学期结束了，她通过了每一项考试——部分科目拿到了A+的分数，部分则是勉强逃过一劫。白天漫长而炎热。就这样，她终于能够继续在音乐上努力奋斗了。她开始在记事本上写下小提琴和钢琴演奏的作品。她写歌。在她脑海之中，永远都有音乐萦绕。她听辛格先生的收音机，在房子周围徘徊，思考她在收音机上听过的各种节目。

“米克在为什么事而烦恼？”波西娅问道，“叼走她舌头的究竟是什么样的猫？她到处乱晃悠，却一句话都不说。她甚至都不像原来那么贪吃了。这些日子里，她逐渐变成一位举止正常的女士了。”

某种程度上讲，她自己好像也正在等待着——然而具体在等待些什么，她却并不清楚。阳光火辣辣地普照在大街小巷，光线耀眼而灼热。白天她要么努力钻研音乐，要么跟其他孩子们混在一起，以及——等待。有时候，她会飞快地环视四周，恐慌感随之而来。接下来，到了六月下旬，突然发生了这样一件事。这件事是如此紧要，天翻地覆般的改变，就此一举。

那天晚上，他们全部人都聚在外面的门廊上。暮光朦胧而柔和。晚饭几乎已经准备好了，卷心菜的香味从敞开的走道一路飘到他们这边。他们全部人都聚在一起，除了黑兹尔，因为她还没有下班回家。还有埃塔，她依旧卧病在床。他们的爸爸向后靠在椅子上，穿着袜子的脚踩在护栏上。比尔坐在台阶上，跟孩子们在一起。他们的妈妈坐在秋千上，用报纸给自己扇着风。街对面，一个新搬来的邻家女孩穿着直排轮，在人行道上滑来滑去。街区的路灯刚刚开始陆续点亮，离这里挺远的地方，有个男人正在喊着什么人。

就在这时，黑兹尔回家了，脚上穿的高跟鞋在门廊台阶上哒哒作响。走上来后，她便懒洋洋地靠在了护栏上。半暗不暗的暮色笼罩下，当她用自己那双肉感、柔软的双手抚摸已经编好辫子的头发时，手也被衬托得越发白皙了。"我可真希望埃塔也能够好好上班。"她说，"我今天发现了这样一份工作。"

"什么类型的工作？"他们的爸爸问道，"有没有我能够做的工作，又或者只招女孩？"

"只招一个女孩。伍尔沃斯[1]有一个店员将在下周结婚。"

---

1 Woolworth，曾经全球最大的连锁零售商之一。

“十美分店啊……”米克说。

“你有兴趣？”

这个问题令她吃了一惊。她刚刚还在想着，自己昨天才在那家店里买过一袋冬青糖[1]呢。此刻，她觉得浑身发热，有些紧张。她把自己额头上的刘海向后抹起来，开始细数天边最早出现的星星数量。他们的爸爸把手里的香烟弹到人行道上。“不行。”他说，“我们不希望米克在她这个年纪承担太多的责任。就让她好好长大吧。无论如何，她也确实快要长大成人了。”

“我同意你的看法。”黑兹尔说，“我真觉得，让米克去做一份全职工作是不对的，完全不觉得这有什么好。”

比尔把拉尔夫从自己的腿上放下来，两只脚在台阶上拖来拖去。“长到差不多十六岁之前，没人该去工作。米克应该还有两年时间，先完成职业培训学校的学业——如果我们挺得住的话。”

“我宁愿让米克在家里多待一阵子。即便我们必须放弃这栋房子，搬到工厂区去住。”他们的妈妈说。

有那么一小会儿，她觉得十分害怕，担心家人们会试图说服她接受那份工作。如果是那样的话，她就会告诉大家，自己打算离家出走。不过现在，他们对待这个问题时的态度打动了她。她反而觉得有些兴奋了。此时此刻，他们全都在谈论着她——并且还是以一种充满善意的方式。她为自己一开始时莫名其妙产生担惊受怕的

1 Wintergreen Candy，咬碎后能发光的一种糖果。

感觉而感到羞愧。忽然之间，她觉得自己很爱这一大家子人，喉咙里面不由得一阵发紧。

“做这工作能拿多少钱？”她问道。

“十美元。”

“每周十美元？”

“当然。”黑兹尔说，“莫非你觉得每个月只有十美元？”

“波西娅都赚不了那么多钱。”

“噢，黑人嘛……”黑兹尔说。

米克抬起一只拳头，蹭了蹭自己的头顶。“这可是很大一笔钱啊，一笔不错的交易。”

“没什么好得意的。”比尔说，“我就赚这么多。”

米克觉得自己舌头发干。她把舌头在嘴巴里转了转，搜集足够支撑她继续讲话的唾液。“每周十美元的话，能买十五只炸鸡了。要不就是五双鞋子，或者五条连衣裙，或者付清买收音机时的分期付款。”她想到了一架钢琴，但她没有向众人提及。

“这份工作能够让我们挺过去，”他们的妈妈说道，“不过话说回头，我还是宁愿让米克在家里多待一阵子。尤其现在，当埃塔还……”

“等等！”她觉得浑身发烫，情绪躁动了起来，“我想做这份工作。我能够搞定的，我知道我可以。”

“听小米克的吧。”比尔说。

他们的爸爸一边用火柴棍剔牙，一边把脚从护栏上放了下来。

"现在我们还是不要急匆匆地去决定任何事情，我宁愿让米克花时间去多考虑一下。即便她不去工作，我们也是有办法挺过去的。我的意思是说，将我修理手表的工作量快速提升百分之六十，只要……"

"噢，差点忘了，"黑兹尔说，"我记得这份工作每年还有圣诞奖金。"

米克皱起了眉头。"可我那时候没办法上班啊，我要去上学的。我只想在假期里工作，开学后就要回到学校去了。"

"当然。"黑兹尔答得很快。

"不过，明天我会跟你一起过去看看，如果我能做的话，就直接拿下这份工作。"

巨大的担忧和紧张感仿佛瞬间离开了这个家庭。在黑暗之中，他们开始有说有笑起来。他们的爸爸用火柴棍和一块手帕给乔治变了个魔术，然后，他又给了这孩子五十美分，让他到马路拐角的商店去买可口可乐，留在晚饭后饮用。走道里飘来的卷心菜的香味越发浓烈了，猪排正在锅里炸着。波西娅喊他们吃饭了。房客们已经在餐桌旁就座等待了。米克在餐厅里吃了晚饭。她盘子里的卷心菜叶子皱巴巴的，颜色发黄，她一点吃的心情都没有。当她伸手去拿面包时，还不小心撞翻了桌子上摆着的一大壶冰茶。

随后，她便独自在门廊那里等待辛格先生回家。她想见他，想到近乎绝望。一小时之前的兴奋感觉已经消失了，她现在简直恶心到反胃。她很快就要到一家十美分店里去上班了，她根本就不想在那里干活。那种感觉就仿佛她要被某种东西彻底困住一样。这份工作不会只做一个夏天就完事的——需要在那里工作很长一段时间，在她能够预计到的时间里，都要在那里上班。一旦他们习惯了这份工作将会给家里带来的那笔收入，就绝不可能再回到没有这笔收入的生活了。事情就是这样运作的。她站在黑暗中，紧紧握住护栏。很长一段时间过去了，辛格先生还没有回来。深夜十一点时，她跑了出去，想看看有没有办法能够找到他。但是突然之间，她在一片漆黑当中感到害怕极了，便返身跑回了家。

到了第二天早上，她洗了澡，很仔细地换了一身衣服。黑兹尔和埃塔把自己的衣服借给了她，并且帮她精心打扮了一番：她穿上了黑兹尔的绿色丝绸连衣裙，戴一顶绿色帽子，丝袜配上高跟鞋。她们用粉饼和唇膏给她脸上精心化了妆，还帮她修了眉毛。她们全部弄完之后，她看起来至少有十六岁了。

现在再去退缩已经太晚了。她真的长大了，准备好要外出上班赚她那份钱了。不过，如果她马上跑去找她爸爸，告诉他自己此刻的感受，那他应该会让她再等一年。哪怕现在，黑兹尔、埃塔、比尔和他们的妈妈也依旧会声称，她不一定非得去上班。但她却没办法真去这样做。她丢不起这个脸。她上楼去拜访辛格先生，一长段话急匆匆地说出了口：

“听着——我相信我能够得到这份工作。你是怎么想的？你觉得这是个好主意吗？退学，现在就出去工作，你觉得这合适吗？你觉得这样好吗？”

一开始时，他弄不懂她讲了些什么。他灰色的双眼半闭着，双手深深插进口袋里。那种曾经有过的老感觉又回来的——他们互相等待着对方告诉自己以前从来未曾说过的事情。她此刻不得不说的话其实算不上重要，但他此刻必须要告诉她的话语却重要无比——如果他说这份工作听起来还不错，那她就会对这件事感觉好一些。

她慢慢重复了一遍最后一句话，等待着。

“你觉得这样好吗？”

辛格先生仔细考虑了一会儿。然后他点了点头，表示“好”。

她得到了那份工作。经理把她和黑兹尔带到店子后面的一间小办公室里，跟她们聊了聊。聊过之后，她甚至都想不起那个经理长什么样子，也完全不记得他说过些什么。但她就是被雇用了，而且，在从那里出来回去的路上，她买了价值十美分的巧克力，还给乔治买了一套小号的橡皮泥。六月五日，她就要正式开始上班了。她在辛格先生上班的首饰店橱窗外站了好一会儿，随后又到街角那里晃悠起来。

# 15

时候又到了，辛格该去探望安东尼帕罗斯了。旅途尤为漫长，因为虽然他们之间的直线距离不足两百英里，但火车路程却相当蜿蜒曲折，夜间在一些车站的停靠时间也远远超出寻常。辛格将在下午离开镇子，坐整晚的车，直到隔天清晨才能到达。和往常一样，他提前很长时间就准备好了一切。这一次探望，他计划要跟自己的好朋友一起度过整整一周。他的衣服早已经送到洗衣工那里去清洗了，帽子也熨过了，行李也打包好了。他用彩色棉纸精心包装了自己打算带过去的礼物——除此之外，还有一提用玻璃纸扎好的豪华果篮，以及整整一木条箱的草莓，到货日期是最新的。在动身离开之前的那个早上，辛格打扫了自己的房间。他在冰盒里找到了少许吃剩下的鹅肝，便到胡同里去喂了街区里的那只猫。他照例在自己住的房间房门上贴了内容相同的一张便条，说自己有私事要处理，会暂时离开几天。他不慌不忙地进行着这些准备工作，颧骨上始终挂着两团红晕，但他的表情却十分严肃。

转眼之间，启程的时间便触手可及了。他站在月台上，拿着大大小小的手提箱和礼物，注视着车站铁轨上缓缓驶来的火车。他在硬座车厢里给自己找到了一个位置，把随身的行李悬挂在头顶的架子上。车上很拥挤，大部分地方都挤满了母亲和孩子们。绿色的短植绒座椅上散发出一种污秽的气味。车厢的窗户很脏，曾经用来撒过最近某对新婚夫妻的米粒散落在车厢地板上。辛格对身边几位同行的旅客们友善地笑了笑，然后便靠在了座位上。他闭上眼睛。眼睫毛在他两颊上方空白的皮肤上投下两道漆黑的、弯曲的刘海状阴影。他插在口袋里的右手因为紧张而动个不停。

有那么一会儿，他的思绪依旧在被他远远抛在身后的镇子上徘徊。他看到了米克、科普兰医生、杰克·布朗特和比夫·布兰侬。他们的脸庞自黑暗中浮现，挤挤攘攘地占据了他的脑海，令他感到窒息。他想起了布朗特和那个黑人之间的那次争吵。那次争吵究竟是什么性质，他已经不指望自己能够想得出来了——不过，他们两个中的每一个都因此而在他面前严厉地指责过对方，这样的情况发生了好几次。不论他们说些什么，他都会表示认同。尽管他也并不清楚他们希望他认同的东西到底是什么。还有米克——她当时表情十分迫切，说自己有一笔不错的交易，但他却完全不明白她说的都是什么。然后还有纽约咖啡馆的比夫·布兰侬，那个青黑色的下巴，还有时刻保持警惕的双眼。那些在大街小巷上跟踪他的陌生人，他们会因为一些不知所以的原因硬拉着他说话。床单店的土耳其人当着他的面使劲挥手，舌头动个不停，组织出一堆意义不明的词句。他说出那些词时的口型，辛格之前根本连想都想象不到。还有一个工厂工头和一名黑人老妪，主街上的一位生意人，以及一个专为河边妓院招徕大兵客人的流浪皮条客。辛格很不自在地活动了一下自己的双肩。火车车身摇晃得平稳又单调。他把脑袋侧靠在一侧肩膀上打盹，稍微睡了一小会儿。

当他再次睁开眼睛时，镇子离他已经很远了。镇子终于被彻底遗忘了。脏兮兮的车窗外面，能够看到盛夏时节壮丽的田野风光。烈日高悬，发出炽烈的古铜色阳光，洒在新种的绿色棉花田里。这里有好几英亩的烟草田，作物生长得极盛，郁郁葱葱宛如某种怪异的丛林植物。桃树果园里结满了诱人的水果，沉甸甸地挂在矮小的果树上，把枝头都给压弯了。这里有绵延几英里的牧场，也有横跨数十英里的荒地，废弃了的贫瘠土地上长满了坚韧的杂草。火车穿过暗绿色的松林，在这里，大地被光滑的棕色松针所覆盖，树梢肆无忌惮地向上伸展，高处直冲云霄。再往后，在镇子以南很远的地方，是一大片柏木沼泽地——大树遍布节瘤的根茎深深浸入到盐沼之中，沼泽表面，看起来破破烂烂的灰色苔藓散布生长在低垂的树枝上，热带特有的水生花卉在树荫下盛开勃发。随后，火车再一次行驶到烈日与靛青色天空之下。

辛格庄重又胆怯地端坐着，脸完全转了过去，朝着车窗。一望无际的辽阔空间和眼前蛮荒、本质化的色调几乎要令他再也看不见东西。这万花筒般丰富变化的景色，这令人眼花缭乱的生态和色彩，似乎隐约与他的好朋友之间存在着某种关联。他的思绪时刻与安东尼帕罗斯相连。他们久别重逢的幸福感几乎令他窒息。他的鼻子不通气，便微微张开嘴巴，快速而短促地呼吸着。

安东尼帕罗斯见到他也会很高兴的。他肯定很喜欢这些新鲜水果，还有礼物。现在他应该已经离开了病房，能够外出去看电影了，看完电影后，再去他第一次探视时曾经一起用过餐的那家酒店。辛格给安东尼帕罗斯写了很多信，但却从来没有寄出过它们。他完全沉浸在对自己好朋友的思念当中。

上次探望他后到现在的这半年时间似乎既不长也不短。只要是在他醒着的时间里，都会想着那个好朋友。这种与安东尼帕罗斯之间的神交愈演愈烈，不断变化，仿佛他们在现实中真的在一起似的。有时，他会以满怀敬畏与自卑的心情去想安东尼帕罗斯，有时又抱以骄傲的态度去想——不管是哪一种，永远都是怀着无可辩驳的爱意，全然释放的本心。每当深夜入梦时，好朋友的面容总在他眼前浮现，硕大而温柔。在他醒着时的思绪里，他们永远在一起。

夏天的傍晚来得很慢。夕阳沉没在远处树冠参差不齐的轮廓线下，天空黯淡了下来。暮光慵懒而柔软。天上一轮白色的满月，低悬的紫色浮云平铺在地平线上。大地、树木、未上漆的乡间住宅都在缓缓变暗。每隔一段时间，都能看到柔和的夏日闪电从空中闪过。辛格一心一意地观看着所有这一切，直到最后，夜晚降临，他自己的脸庞被反射到了眼前的玻璃窗上。

孩子们拿着不停漏水的纸杯，在车厢走道里脚步不稳地走来走去。一个坐在辛格对面，穿着工装裤的老人时不时地喝上一口装在可口可乐瓶里的威士忌。每咽下一口，他都会用一小团纸小心地塞住瓶口。右边的一个小女孩在用一只黏糊糊的红色棒棒糖梳头发。有些人打开了鞋盒，餐车那边的晚餐托盘也被陆续端到了车厢里。辛格没有吃东西。他向后靠在自己的座位上，漫不经心地观察着自己周遭的一切。最后，车厢里总算是安定下来。孩子们躺在宽大的植绒座椅上睡觉，男人和女人们则垫上了枕头，屈折了身体，尽可能地睡得舒服一些。

辛格没有睡觉。他把脸紧紧贴在窗玻璃上，试图看清楚夜间窗外的景象。暗夜深沉，有着天鹅绒一般的质感。有时能看到一道月光，有时沿途一些房屋窗户里的灯光会一闪而过。循着月光的方向，他知道火车已经转了方向，从之前的一路向南转为向东行进。他心中的渴望如此热切，甚至将鼻子完全抵在了玻璃上，完全没办法用鼻子呼吸了，两侧脸颊也变得潮红。他坐在那儿，把脸紧紧贴在冰冷的、被煤烟熏得乌黑的车窗玻璃上，度过了夜晚漫长旅程的大部分时间。

火车晚点了一个多小时，当他们到达时，已经是清新又明媚的夏日清晨了。辛格马上去了酒店，这是一间非常好的酒店，是提前就预订好的。他把行李打开，东西全都拿了出来，把带给安东尼帕罗斯的礼物放在了床上。然后，他从侍应生拿过来给他的菜单里选了一份奢华早餐——烤银鳕鱼、玉米粥、法式吐司和热的黑咖啡。

吃过早餐后，他穿着内衣，坐在电风扇前休息。到了中午，他开始捯饬自己了。先洗澡，然后刮胡子，换上干净的亚麻衣物，还有他最好的那套泡泡纱面料西装。三点，医院开放时间到了。这一天是七月十八日，星期二。

他来到疯人院。首先，去他曾经住过的病房找他。但是，当辛格来到那个房间门口时，他立刻就发现自己的好朋友并不在那里。接下来，他又穿过走廊去了之前曾经被人带去的那间办公室。他已经把自己要问的问题写在随身携带的一张卡片上。这一次，坐在办公桌后面的人跟上次不同。这次是个年轻人——几乎可以说就是个男孩，有着一张还没完全长定型的、充满稚气的脸庞，蓄着一头平直又蓬松的头发。辛格把卡片递给他，静静地站在那里，怀里抱满了东西，全身的重量都支撑在脚后跟上。

年轻人摇了摇头。他趴到写字桌上，在一摞纸上潦草地写了几个大字。辛格读了他写下的内容之后，脸颊上瞬间没了血色。他看着那张字条，看了很长时间，目光游移不定，脑袋歪向一边。因为那张纸上写下的内容是：安东尼帕罗斯死了。

回酒店的路上，他十分小心，避免将自己带着的水果压坏。他把那些东西放回到自己的房间里，然后折返回了酒店大堂。在一棵棕榈树盆栽后面有一台老虎机。他往里面投了五美分，但是，当他试图拉动拉杆时，却发现这台机器被卡住了。在这件突如其来的小事上，他闹出了很大的动静。他故意刁难酒店员工，狂怒不已地向对方展示究竟发生了什么事情。他的脸色如死人般苍白，表现得完全不像他自己，泪珠从鼻子两侧滚落下来。他不停挥动双手，甚至还用自己那双既长且窄、穿着优雅皮鞋的双脚猛踩大堂里铺的剪绒地毯。即便别人已经将硬币退还给他，他仍然不满意，坚持马上退房。他把自己的行李打包，用了很大力气，才将手提箱重新关好。除了之前带来的那些物品外，他还顺走了三条毛巾、两块肥皂、一支笔、一瓶墨水和一卷卫生纸，还有一本《圣经》。他支付了账单，走到火车站，把行李存在了寄存处。火车要到晚上九点才开，他面前有一整个无所事事的下午需要消磨。

这个镇子比他居住的那个要小。商业街彼此交叉，形成十字形。这里的商店看起来颇具乡土气息，一半店铺的橱窗里都在展示挽具和麻袋装的牲畜饲料。辛格无精打采地走在人行道上。他觉得自己喉咙肿胀，连咽一口唾沫都做不到。为了缓解这种仿佛被人扼住喉咙般的感觉，他在其中一家杂货店里买了瓶饮料。他到理发店里待了一会儿，又去一家十美分店买了些细碎物什。他根本不怎么看别人的脸，脑袋像一头生病的动物一样歪向一边。

当辛格遇到那件奇怪事情的时候，下午几乎已经要过完了。当时，他正沿着马路牙子，缓慢且漫无目的地行走。天气阴沉，空气潮湿。辛格原本一路都没有抬头，但是，当他路过镇子的台球房时，却无意间抬头瞟了一眼，看到的东西令他内心起了波澜。他脚步没停，台球房被他抛在了身后，不过在那之后，他却停了下来，站在了大街正中央。接下来，他又折返了回去，站在台球房敞开的大门前，表情冷漠地朝里面张望。里面有三个哑巴，正在互相打着手语。三个人都没有穿外套。他们戴着圆顶硬礼帽，系着亮色领结。每个人的左手都拿着一杯啤酒。这三个人之间有种类似亲兄弟般的相似之处。

辛格走了进去。过了一会儿，他把手从自己的衣服口袋里伸了出来，动作略笨拙地做了个打招呼的手势。那几个人过来拍了拍他的肩膀，还给他叫了一杯冰凉的饮料。他们聚拢在他的身边，用手指打起手语，如活塞一般灵活，询问他各种各样的问题。

他说出了自己的名字，还有自己所居住城镇的名字。在这之后，他就再也想不到应该介绍什么关于自己的内容了。他问他们是否认识斯皮诺斯·安东尼帕罗斯，然而他们并不认识他。辛格站在那里，双手低垂下来。他的脑袋仍旧歪向一边，连目光都是倾斜的。他表现得如此无精打采，如此冷漠，以至于那三个戴圆礼帽的哑巴都用奇怪的眼神打量着他。过了一会儿，他们就把他晾在那里不管，自己聊自己的去了。当他们付过啤酒钱，准备动身离开的时候，完全没有邀请他跟他们一起走的打算。

尽管辛格已经在大街上无所事事地晃悠了大半天，他还是差点没赶上自己的火车。他不明白为什么会这样，也不知道之前那几个小时都是怎么消磨掉的。反正，他在火车即将开动的两分钟之前赶到了车站，几乎连把行李拖到座位上的时间都没有了。他选的车厢几乎是空的。当他坐定之后，便打开了装草莓的木条箱，十分仔细地挑择起来。这些草莓都很大，跟核桃一样大，已经熟透了。颜色饱满的梅果，顶端的那簇绿叶子看起来就像一团小花束。辛格在自己嘴里放了一颗草莓，虽然汁水依旧丰盈，有一种野生的香甜味道，但其中还是带上了微妙的腐败气息。他吃个不停，直到味觉已经对这种味道完全麻木了才停下来，然后便重新关好了木条箱，收在座位上面的架子上。午夜时分，他拉下了车窗的遮光板，躺在了座位上。他将身体蜷缩成一团，外套往上拉，覆盖住整张脸和脑袋。他一直保持着这个姿势，半睡半醒地躺了大约十二个小时。抵达目的地后，列车调度员不得不把他摇醒。

辛格直接把行李扔在了车站中央的地板上，然后他步行去了店里，表情倦怠地向自己那位首饰商人老板点了点头，算是打过招呼了。当他再次出门时，口袋里已经装上了某样沉甸甸的东西。他低着头在街上晃悠了一会儿。可是，太阳那毫无遮挡的刺目光辉，空气中潮湿的热气都在压迫着他。于是，他便眼睛肿胀、脑袋刺痛地回到了自己的房间里。休息片刻后，他喝了一杯冰咖啡，抽了一根香烟。洗过烟灰缸和玻璃杯后，他从口袋里取出一把手枪，往自己胸口开了一枪。

# 第 三 部 分

# 1

1939年8月21日　清晨

“我办事不喜欢仓促。”科普兰医生说，“就让我按自己的步调来。发发善心，允许我在这里安静地坐一会儿吧。”

“父亲，我们也不是要催你。不过现在真的到时候了，该走了。”

科普兰医生顽固地摇晃着身体，他的灰色围巾把肩膀都给裹起来了。尽管早晨很暖和，空气也新鲜，但炉灶里还是烧了一小块柴薪。除了他此刻正坐着的一把摇椅之外，厨房里什么家具都没有了。其他房间也全是空的。大多数家具都搬去了波西娅的房子，其余则被捆在了外面的汽车上。除了他本人的内心之外，一切皆已准备妥当了。在他的思考既没有开始也没有结束，既不存在真相也找不到目的的情况下，怎么能就此离开呢？他举起一只手，稳定住自已不停颤抖的脑袋，继续慢悠悠地坐在那张吱嘎作响的摇椅上，摇晃着身体。

他听到在那扇关上的门后面，传来了他们的说话声："能做的我都做了。他还是决定坐在那里，调整好心情，做好离开的准备。"

"巴迪和我已经把东西给包好了，青花瓷盘，还有……"

"我们应该在晨露风干之前离开，"老人说，"否则，当我们赶路时，夜晚有可能会赶上我们。"

他们的声音没了，脚步声在空荡荡的走廊里回响。他不再能听到他们的声音了。在他旁边的地板上，放着一只咖啡杯和咖啡碟。他从炉灶上拿下咖啡壶，往杯子里倒满了咖啡。就这样，他一边坐在椅子上摇晃，一边喝了咖啡，用咖啡的热气温暖自己的手指。这一切不能就这样结束。其他一些人的声音在他心中无声地呼喊着。那是耶稣和约翰·布朗的声音，是伟大的斯宾诺莎和卡尔·马克思的声音；是所有曾经战斗过的人们，曾经获得允许去完成自身使命之人的呼喊声；是他同胞们凄惨的哀号声，还有死者们的声音；有哑巴辛格的声音——他是个正直的白人，能够理解真相；有弱者和强者们的声音。他那些同胞们的呼喊声：力量越来越强，始终充满了能量。强烈的、真实的目的所发出的声音。作为回应，那句话在他唇边颤动——那句话正是全人类所遭受苦难的根源——他几乎要大声说出口来："全能的主啊！宇宙间最强大的力量！我做了那些本不应该去做的事情，却没做那些我应该去做的事情。所以，这一切不能就这样结束。"

起初，他是跟自己的爱人一道搬进这座房子里的。黛西穿着她那套新娘礼服，戴着白色的蕾丝面纱。她的皮肤是美丽的黑蜂蜜色，她的笑容很是甜蜜。每天晚上，他都把自己关在灯火通明的房间里，独自研究。他曾经试过独立思考，试过努力鞭策自己进行研究。然而，只要黛西在他身边，他的身上就会升腾起一股强烈的欲望，让他没办法抛下她去做研究。因此，有时他便会向这些欲望缴械投降。在另外一些时候，他也会咬紧牙关，努力钻研那些书中所写的内容，通宵达旦。接下来就有了汉密尔顿、卡尔·马克思、威廉姆和波西娅。全部都失去了，没有一个留在他身边。

还有玛迪本和邦妮·梅，本尼迪娜·马汀和马迪·科普兰，这些继承了他名字的人们，还有那些他曾经勉励过的人们。但是，在这数以千计的人们当中，谁又能继承他的衣钵，接下他委派的任务，让他彻底放心呢？

终其一生，他都很强烈地认识到了自己的目的。他知道自己为之奋斗的原因，心中无比确定，因为他很清楚每天等在自己面前的都是什么。他会带着自己的医生包，从一栋房子走到另一栋房子，事无巨细地同他们交流，耐心地向他们解释。然后到了晚上，因为清楚这天又是目的鲜明的一天，他就会觉得很开心。即便身边没有黛西、汉密尔顿、卡尔·马克思、威廉姆和波西娅，他也可以独自坐在炉火边，从这件目的鲜明的事上收获足够的快乐。他会喝上一壶青萝卜酿的酒，吃一点玉米饼。这一天过得很不赖，他也因此觉得心满意足。

如此心满意足的时刻有成千上万次之多。然而，这样的心满意足又有什么意思呢？在所有这些年里，他想不出自己曾经做过什么拥有持久价值的工作。

过了一会儿，通往走廊的门开了，波西娅走了进来。“我发现，我需要像给小婴儿穿衣服一样给你换衣服才行。”她说，“这是你的鞋和袜子。让我来帮你把卧室穿的鞋子脱掉，换上它们吧。我们必须赶快离开这里了。”

“你为什么要这样对我呢？”他痛苦地问道。

“我现在到底对你做什么了？”

“你很清楚，我是不想离开这里的。在我状态不好、无法亲自做出决定的这个时机点上，你强迫我说了同意。我希望能够留在自己一直以来生活的地方，你知道的。”

“你就继续折腾下去吧！”波西娅愤怒地说，“你抱怨得那么多，我几乎都要被你烦死了。你除了怒气冲天就是庸人自扰，我简直替你感到害臊。”

“得了！你想说什么就说什么吧。你也就只会在我面前像只蚊子似的嗡嗡叫了。我知道自己想做什么，不会因为不堪其扰就去做那些明明不对的事情。”

波西娅脱下他那双卧室里穿的鞋子，展开一双干干净净的黑色棉袜。“父亲，我们还是不要再继续争论这个问题了。知道该怎么做的那部分，我们已经做到了最好。搬出去跟外公、汉密尔顿还有巴迪一起住，对你而言算是最佳选择。他们会好好照顾你的，你会好起来的。”

“不,在那里我好不起来。”科普兰医生说,“但是在这里,我反而能够最终恢复健康。这我是知道的。”

“那你觉得谁能付得起这里这栋房子的开支?你觉得我们有能力供养你?你住在这里,你觉得谁可以来照顾你?”

“我一直都是靠我自己的,我还是有办法的。”

“你就是想跟我们唱反调。”

“啧!别在我面前唠唠叨叨,像只蚊子似的。我才不在乎你说了些什么。”

“这样跟我讲话真是太体贴了,亏我还在给你换鞋换袜子呢。”

“对不起。原谅我,女儿。”

“你当然应该说对不起,”她说,“我们都该说对不起。我们这种人可没有起争执的资格。不过话说回来,一旦我们帮你在农场安顿下来,你就会爱上那里的。他们那儿有我见过最漂亮的蔬菜园子。光是想想我的嘴巴里面就流口水了。他们还养了鸡,有两头产崽的母猪,还有十八株桃树。那里这么好,你去了肯定会喜欢死的。我可真希望有机会过去住的那个人是我。”

“我也希望是你。”

“你为什么就偏要这么悲观呢?”

“没有悲观,只是觉得自己一败涂地。”他说。

“你说自己一败涂地,具体是指什么?”

“我不知道。你就让我一个人待着吧,女儿。让我安安静静坐在这里,再待一会儿。”

“好吧。不过我们真的马上就要启程离开这里了。”

他静默不语。他安静地坐在椅子上,继续摇晃着,直到安定的感觉再次回到他的身上。他的脑袋不停颤抖,脊骨生疼。

“我自然也希望能够那个样子,”波西娅说,“我自然也希望,在我死的时候,也会有很多人来哀悼我,就跟他们哀悼辛格先生那样。我很想搞清楚,自己是不是也能够拥有一场像他那么悲伤的葬礼,有那么多的来宾……”

“嘘!”科普兰医生粗暴地打断了她,“你说得也太多了。”

不过实话实说,随着那个白人的死去,某种黑暗的悲戚已经沉淀到了他的心底。除了他之外,他从来都不曾跟任何其他白人像那样对话过。而且,他是信任他的。他的神秘自杀令他感到困惑无比、无依无傍。这份悲戚无始无终、无边无际,完全没办法理解。他总是会去想这个白人,这是个从来都不会对别人无礼,也从来不去鄙视别人的人——他是个公正的人。死者如果依然生活在那些被抛下独活的人们的灵魂当中,又怎么能算是真的死去了呢?不过,他绝对不能任凭如此的狂想发展下去。他必须立即摈弃掉这样的想法。

因为他现在急需的是秩序。在过去的一个月里,那种黑暗、恐怖的感觉再度降临,与他的灵魂展开了搏斗。旷日持久的仇恨感,当真要令他堕入到由死亡所统治的领域。在和布朗特先生——也即那个午夜来客吵了一架之后,在他心中生出了某种满怀杀机的黑暗。不过如今,他已经记不清楚当初吵架的原因了。然后,当他注视着威利腿上剩下的残肢时，心中涌生出的又是另外一种愤怒之情。热爱与仇恨，在他心中天人交战——对自己同胞们的热爱，对压迫同胞者们的仇恨——这一过程使他整个人筋疲力尽，并对精神世界感到厌恶。

“女儿，”他开口道，“把我的手表和外套拿过来。我要动身了。”

他用手撑住摇椅扶手，站了起来。地板看起来似乎离他的脸很遥远，卧病在床这么长时间之后，他的双腿也变得十分无力。有那么一小会儿，他觉得自己都快跌倒了。他晕晕沉沉地穿过空空如也的房间，背靠着门框站住了。他开始咳嗽起来，从口袋里取出一张方巾纸，捂住自己的嘴。

“这是你的外套。”波西娅说，“不过外面这么热，你应该用不上它。”

他最后一次在这空房子里走了走。百叶窗全部关紧了，暗暗的房间里弥漫着一股尘灰气。他靠在客厅的墙上休息了一会儿，然后便走到了外面。早晨是明亮且温暖的。昨天晚上和今天黎明时分，有不少朋友过来向他道别——但现在只有家人们聚在门廊那儿。骡子拉的板车和汽车停在街上。

“来了，本尼迪克特·马迪。”老人说，“我估计你最开始几天会有一点想家。但不会持续太久的。”

“我根本没有家。既然如此，又为什么要去想家呢？”

波西娅有些紧张地舔了舔自己的嘴唇，说道：“他身体好了，做好准备之后，随时都可以回来。巴迪肯定很愿意开车载他回镇子，巴迪喜欢开车。”

汽车上装满了东西，几箱子书被捆在踏脚板上，后座上被两把椅子和文件柜塞得满满当当。他的办公桌四脚朝天地搁在了车顶上。尽管汽车上载满了东西，板车上却几乎是空的。骡子耐心地守候在那里，缰绳上拴着一块砖。

“卡尔·马克思，”科普兰医生说，“眼睛放亮点。去房子里再转一圈，确定没有任何东西落下来。把我放在地板上的咖啡杯，还有我的摇椅都拿出来。”

“启程吧。我担心吃晚饭的时候还能不能到家。”汉密尔顿说。

最后，他们终于都准备好了。高仔转动曲柄转轴，发动了汽车。卡尔·马克思坐在方向盘前面，波西娅、高仔和威廉姆一起挤在后座。

“父亲，要不你还是坐到高仔的腿上去吧。我相信那样会比跟我们还有这一大堆家具挤在一起更舒服些。”

“不要，实在太挤了。我宁愿坐到板车上去。”

“不过，你是坐不惯骡拉板车的。”卡尔·马克思说，“那上面非常颠簸，要那样赶一整天的路。”

“没关系的。这不是第一次，我已经坐过很多次板车了。”

“那就跟汉密尔顿说一声，让他和我们一起坐吧。我敢肯定，他宁愿坐在汽车里。”

骡拉的板车，那是外公昨天赶到城里来的。车上拉了一大堆农产品：桃子、卷心菜和芜菁，让汉密尔顿负责在镇上售卖。除了一袋桃子以外，其余的全部都卖掉了。

“嗯，本尼迪克特·马迪，你就跟我一起坐这辆车回家吧。”老人说。

科普兰医生爬上了板车的后车板。他很疲惫，仿佛浑身的骨头里面都灌了铅。他的脑袋颤抖不停，突如其来的恶心感觉，使他一下子躺倒在粗糙的车板上。

“我很高兴你能来。”外公说，“你知道我一向都很敬重学者。因为这种敬重，只要你是个学者，我就可以忽略并且忘记很多其他事情。一个像你这样的学者，能够再次成为家中的一分子，我感到十分开心。”

板车的车轮吱嘎作响，他们上路了。“我很快就会回来的。”科普兰医生说，“只消过一个月，或者两个月，我就会回来。”

“汉密尔顿，他是个很棒的学者。我觉得他有些像你。他能在纸上帮我算账，还会读报纸。还有惠特曼，我觉得他也是个学者。现在他已经能给我读《圣经》了，他还会算算数。像他那么小的孩子，就已经能够做到这些了。我一向都很敬重学者。”

他的后背随着板车的运动颠簸个不停。他抬头看着头顶上方的树枝。等到没了树荫遮挡之后，他便把手帕取出来，遮到自己脸上，避免双眼直视太阳。一切不可能就这样结束。他一直都能感受到自己身上所背负着的强烈而真实的目的。四十年以来，他的任务就是他的生命，他的生命就是他的任务。事到如今，一切都还等待着完成，他什么都没做到。

“就是这样，本尼迪克特·马迪，我很高兴能够再次跟你成为一家人。我一直都在等待着，等着问你这样一件事——我的右脚一直有种异样的感觉。那种感觉很古怪，就仿佛这只脚睡着了似的。我吃了666[1]，还用搽剂抹了脚。我希望你能给我好好治疗一下。”

“我会尽我所能的。”

“是的，有你在我真的很高兴。我坚信，家人就应该聚在一起——包括血亲和姻亲。我坚信，只要我们共同奋斗，互相帮扶，总有一天，我们就能在来世得到回报。”

“啧！”科普兰医生愤懑地说，“我只相信现世的公义。”

“你刚才说你相信什么来着？你说话的声音太嘶哑了，我听不清楚。”

“我相信公义会为我们而伸张，公义为会为我们黑人而伸张。”

“正是如此。”

他感受到了心中的那团火焰，心潮澎湃，完全无法平静下来。他想坐起来，用很大的声音说一些话——哪里知道，当他试图起身时，却一点力气都使不上。他心中的那些话语存在感越来越强，根本不愿保持沉默。但老人已经不再听了，没有任何人会听他说了。

“走啊，李·杰克逊。走啊，宝贝。翘起你的蹄子来，别在这儿瞎磨蹭了。我们还有很长一段路要走呢。”

1　一种兽用泻药。战前，愚昧的南方黑人常将其作为万灵药来使用。

# 2

下午

杰克以一种狂暴而笨拙的步伐奔跑着。他穿过编织工小巷，转入一条胡同，翻过一道篱墙，然后继续向前奔跑。他的胃里涌生出一种恶心的感觉，喉咙里有呕吐物的味道。一只狂吠的野狗紧紧追赶着他，直到他停下脚步，捡起一块石头威胁它之后才跑开。他的双眼因为恐惧而圆睁，双手捂住合不拢的嘴巴。

天哪！这就是一切的终结。一次争执，一场暴动，一场为了自己而与每个人为敌的斗殴。满头是血，满眼是血，被破碎的瓶口割到遍体鳞伤。天哪！一片喧嚣嘈杂声当中，尚且夹杂着旋转木马呼哧呼哧的音乐声。散落在地的汉堡包和棉花糖，尖声惊叫的年轻人们，其中也包括他自己——正在与灰尘和太阳搏斗，避免它们阻碍自己的视线。他用牙齿最尖利的部分抵住自己的指关节，然后放声大笑。天哪！他觉察到自己已经从身体里面释放出了一种野性、暴虐的节奏，这种节奏永远都不会停止。斗殴结束后，他凑近去观察那死去黑人的脸庞，心中一片迷茫，甚至都搞不清楚是不是他自己杀了他。可是，等等……天哪！没有任何人能够阻止那种节奏。

杰克放慢脚步，猛一回头，紧张地看了看自己身后。胡同里空无一人。他吐了，吐完之后，用衬衫袖子擦了擦自己的嘴和额头。接下来他休息了一会儿，感觉好些了。他跑过了大约八个街区，即使其中穿插了很多近路，也还是实打实地跑过了大约半英里的路程。此刻，他脑袋里的眩晕感已经消失了，于是，在所有这些野性之外，他总算可以记起一些曾经发生过的事情来了。他又开始跑了起来，不过这一次仅仅是稳稳当当的慢跑罢了。

没人能阻止这场斗殴。这整个夏天里，他都在化解争执，就仿佛是在扑灭突如其来的火灾一般。除了这一次以外，其他所有的争执都被成功化解了。这次的这场斗殴没有任何人可以阻止。看上去简直就像是无中生有一般。当时，他正在修理秋千的机械部分，中途停下来去找杯水喝。在横穿秀场时，他看到有个白人男孩正在跟一个黑人对峙。那两个人都喝醉了。那个下午，秀场里一半的人群都是喝醉了的，因为那天刚好是礼拜六，而且在那一周里，工厂每天都在全负荷运转。炎热的天气和高悬的太阳使人感到恶心，空气中弥漫着浓烈的恶臭味。

他眼看着这两个找架打的人越走越近。但他很清楚，这并不是斗殴真正的开始。早在很久以前，他就预感到这里会有一场大乱。有趣的是，他当时竟然还有闲工夫专门再去想了想这件事。他站在那里观望了大概五秒钟，然后便挤入了围观的人群当中。在那短短的时间里，他想到了很多事情。他想起了辛格；想起了夏日午后的沉闷，以及漆黑又炎热的夜晚；想起了他曾经劝下的每一次架、拦下的每一次争执。

这时，他看到一把小折刀在阳光下闪出了一道白光。于是，他赶紧用肩膀撞开前面聚在一起的一群人，一下子跳到那个拿着小折刀的黑人背上。那人和他一起摔了下去，双双倒在了地上。黑人身上的汗味和飞扬的尘沙混合在一起，进了他的肺叶里。有人直接踩在了他的腿上，脑袋也被人用脚踢了。当他再次站起身来时，打架已经变成了普遍现象。黑人在跟白人打，白人也在跟黑人打。每时每刻发生的事情，他都看得很清楚。打得最凶的那个白人男孩看上去似乎是个头儿。他是当地一帮家伙的首领，这伙人经常到秀场来。他们都是十六岁左右的年纪，穿着白色的帆布阔腿裤和时髦的人造丝Polo衫。黑人们正在尽全力回击，有些人已经亮出了剃刀。

他开始大喊起来："秩序！救命！警察！"然而，这就像是对着一道决堤的水坝喊叫一般。在他耳边响起了一个恐怖的声音——之所以恐怖，是因为这是人所发出的声音，但却并非任何话语。那声音逐渐提高，化作咆哮，吼得他什么声音都听不见了。他的脑袋被打中了，他看不清自己周围究竟发生了什么。只看得到眼睛、嘴巴和拳头——野性爆发的眼睛和半闭着的眼睛；嘴角湿润、完全松弛的嘴巴和紧闭着的嘴巴；黑色的拳头和白色的拳头。他从其中一只手上抢过来一把匕首，然后又抓住了一只高高抬起的拳头。随后，灰尘和太阳蒙蔽了他的双眼，他脑海中生出的第一个念头，就是跑出去找台电话，打电话求援。

但他已经被困住了。不知从什么时候开始，他也卷入到了斗殴当中。他挥舞着双拳，拳头打在人们湿乎乎的嘴巴上，能够感觉得到，自己正在将那些柔软的血肉捶扁。他闭上双眼，埋头痛击，喉咙里发出一阵疯狂的声音。他全力以赴地出击，像一头公牛一样，直接用脑袋猛撞对手。毫无意义的话语在他脑海中累积，他一边打一边笑个不停。他没有看到自己究竟打了谁，也不知道谁在打他。但他很清楚，斗殴的阵营已经完全改变了，此刻，每个人都只是为了自己而战。

然后突然之间，这一切就结束了。他跌倒了，直接向后倒了下去。他被人绊倒了，晕了过去。因此，在他再次睁开眼睛之前，倒地的时间可能是一分钟，也可能比这长得多。有几个喝醉酒的家伙还在继续打，但两个警察很快跑过来把他们扯开了。他已经看到刚才是什么把自己绊倒的：他的一半身体压在一个年纪不大的黑人小伙子身上。只消看上一眼就知道，这个黑人已经死了。他的脖子侧面有一道切口，不过，光凭这点却很难看出他为什么会死得这么快。他曾经看过这张脸，但却没办法把它跟哪个具体的人联系起来。这男孩的嘴巴是敞开着的，双眼惊讶地圆睁着。地上堆满了废纸、碎瓶子和被人践踏过的汉堡包。旋转木马其中一匹马的脑袋被弄断了,有个零售摊位被彻底砸烂了。他坐起身来,刚好看到警察,一时间惊慌失措,竟当场逃走了。现在,他们应该怎么也找不到他了。

前面只有四个街区了,只要过了这四个街区,他就百分百安全了。恐惧令他呼吸急促,使他有些喘不上气来了。他紧握双拳,低下头。突然之间,他放慢了脚步,停了下来。此刻,他独自一人藏身在主街附近的某条胡同里。胡同一侧是街上移动建筑物的外墙。他靠在墙上,身体瘫软下来,喘着粗气,额头上密布的血管涨得通红。在混沌错愕之中,他竟然一路贯穿了整个镇子,抵达了他那位朋友曾经住过的房间。辛格死了。他开始哭泣。他大声号啕,眼泪鼻涕一把抓,打湿了他的小胡子。

一堵墙,一段楼梯,面前的一条路。对于他而言,灼烧般的烈日变成了一种沉重的负担。他开始沿着来时的路返回。这一次他选择慢慢走,用油腻腻的衬衫袖子擦了擦自己湿得一塌糊涂的脸庞。他的嘴唇不停颤抖,完全没办法控制,只好用牙齿咬住,直到血液的味道涌上来。

在下一个街区的拐角处,他遇到了辛穆斯。这个怪老头正坐在一只箱子上,膝盖上摆着《圣经》。在他身后有一道很高的篱墙,上面用紫色粉笔写着如下信息:

他以死来拯救你

来听关于他的爱与慈悲故事

街上空无一人。杰克试图绕过对方，去这条街另一边的人行道，但辛穆斯却抓住了他的胳膊。

"来吧，你们心中所有的忧愁和苦痛。将你们的罪恶和困窘，放在那个以死来拯救你们的人——放在他有福的脚下。你要去哪里啊，布朗特兄弟？"

"回家拉屎。"杰克说，"我要拉屎，救世主对此有什么反对意见吗？"

"罪人！我主会记得你犯下的所有过错。就在今晚，我主会给予你一个讯息。"

"我主记得我上个星期给你的一美元吗？"

"今晚七点十五分，耶稣有个讯息要给你。你要准时到这里来，聆听福音。"

杰克舔了舔自己的小胡子。"每天晚上都有那么多人挤在这里听，我没办法凑到足够近的位置，想听也听不到啊。"

"会有位置专门留给玩世不恭之人。此外，我已收获神启，救世主很快将会要求为他造一所房子，就在第十八大道和第六街拐角处的空地上。一间足够巨大的，能够容纳五百人的临时收容所。到了那时，你们这些玩世不恭者就会恍然大悟了。我主将在我的敌人们面前，为我摆设筵席；他用油抹了我的头，使我的福杯满溢……"

"今晚我能够帮你召一群人过来。"杰克说。

"怎么做？"

"把你那支漂亮的彩色粉笔给我，我保证能召来一大群人。"

"我已经看过你写的那些口号了。"辛穆斯说，"'工人们！美国是世界上最富有的国家，然而我们当中有三分之一的人却一直在挨饿。我们什么时候才能够联合起来，要求我们应得的那份？'——都是这样的。你的口号太激进了，我是不会让你用我的粉笔的。"

"但我并不打算写口号啊。"

辛穆斯用手指抚摩着他那本《圣经》的页面，脸上写满了怀疑，等着他继续说下去。

"我会扎扎实实地给你找来一大票人，我会在街区两端的路面上画一些花枝招展、赤身裸体的妓女。全部画成彩色的，旁边还有箭头负责指路。模样甜美，身材丰满，光屁股……"

"巴比伦人！"老人尖叫道，"索多玛[1]之子！上帝会记住你这种行为的。"

杰克穿过马路，走到了街对面的人行道上，开始朝着自己住的那栋房子走去。"再见了，兄弟。"

"罪人，"老人喊道，"七点十五分，你准时回到这里来。聆听来自耶稣的福音，那将会给予你信仰。让你得救。"

辛格死了。当他刚听说辛格自杀的消息时，并不觉得难过——反而感到气愤。面前有一堵墙。他回忆起自己曾经对辛格说过的

1 索多玛城因淫乱遭到上帝惩罚而毁灭。

所有存在内心最深处的想法。现在辛格一死，在他这方面看来，这些想法也随着辛格一同逝去了。辛格为什么想要结束自己的生命呢？或许他当时已经彻底疯了。不管怎样，他都已经死了、死了、死了。再也看不到他，碰不到他，也无法再跟他说话了。他们在一起度过了那么长时间的房间，现在也已经出租给一个做打字员工作的女孩了。他再也不能去那个房间了。他现在是独自一人。一堵墙，一段楼梯，面前的一条路。

杰克反锁住自己住的房间的门。他饿了，没有什么东西可以吃。他渴了，桌旁大水壶里也只剩下一点点温水。床完全没整理过，地板上到处都是沾满了灰尘的毛团。房间里到处都散落着纸张，因为他最近做了很多内容简短的传单，并在全镇四处派发。他有些情绪化地瞟了一眼其中一张传单的标题《T.W.O.C.[1]是你最好的朋友》。有些传单上只有一句话，其他的相对而言要长一些。还有一张写满了字的宣言，标题为《我们的民主与法西斯主义之间的相似性》。

他花了一个月时间来完成这些传单，上班时间打草稿，下班后在纽约咖啡馆里用打字机在碳粉复写纸上打出来[2]，然后再外出亲手派发。他没日没夜地做这些事，不过谁又会去读这些传单呢？这样做有任何好处吗？对于任何单打独斗的个人而言，这个镇子的规

1 Textile Workers Union of America的缩写，成立于1937年，在当时属于激进劳工组织。

2 战时一种快速制作传单的方式，复写层涂油墨后可反复印刷多张。

模都太大了。况且,现在他也要离开这里了。

不过,这次又会是哪里呢?他忆起了一些城市的名字——孟菲斯、威尔明顿、加斯托尼亚、新奥尔良。他会到某个地方去,但不会离开南方。属于过去的那种焦躁不安感和饥饿感又回到了他的身上。不过这一次不一样了,他不再渴望开阔的空间和自由——他想要的恰恰完全相反。他想起了那个黑人——科普兰曾经对他说过的话:“不要尝试单独行动。”有时候,这确实是最好的选择。

杰克把床推到房间的另一边。床曾经占据的那部分地板上藏着一只手提箱、一堆书,还有些脏兮兮的衣服。他开始不耐烦地打包行李。那个老黑人的脸庞出现在他脑海里,他们当时曾经说过的一些话也渐次浮现。科普兰疯了。他是个狂热者,尝试与他合作这件事本身就是令人生畏的。那天晚上他们所感受到的恐怖愤怒,至今仍旧很难理解。科普兰是知道真相的。知道真相的人就像少数几个赤身裸体的士兵,需要面对一整支全副武装的部队。而他们当时都做了些什么?他们竟然互相吵了起来。科普兰错了——正是这样——他疯了。不过,在一些特定事情上,他们或许也是可以合作的。如果他们当时没有聊那么多就好了,那他现在就可以过去看看他。想着想着,他的心中突然涌起了一股冲动。或许那才是所有事情当中最好的选择;或许那恰恰是一个启示,是他期待已久的、来自命运的推手。

他连停下来洗掉自己脸上和手上尘垢的时间都不愿意浪费,直接关好行李箱,离开了房间。外面空气闷热,街上弥漫着恶臭味。

云在天空中凝聚。空气完全不流动,区域内一家工厂冒出的烟气循着一条笔直不间断的路径上升。杰克走路的时候,手提箱总撞到他的膝盖,很不舒服。他还会时不时地猛一转头,留意自己身后的动静。科普兰住在镇子的那头,所以必须得加紧速度。天空中凝聚的云层越来越厚,夜幕降临之前,可以预计到将会有一场夏日暴雨。

当他来到科普兰所居住的那栋房子之后,发现百叶窗全都拉了起来。他走到屋后,透过窗户往里窥视,看到了被弃置的厨房。一种空洞、绝望的失望感笼罩了他,令他手掌出汗,心慌意乱。他又去了科普兰家左边那栋房子,但没人在家。于是,除了去凯利家问波西娅之外,再没有别的办法了。

他讨厌再次靠近那栋房子。再次见到客厅里的挂帽架,还有那段曾经走过那么多次的长长楼梯,令他感到无法忍受。他走得很慢,再次横穿整个镇子,选那条胡同去了那栋房子。他进了后门。波西娅在厨房里,那个小男孩跟他在一起。

"不要这样,先生,布朗特先生,"波西娅说,"我知道你是跟辛格先生关系非常好的朋友,你也明白父亲对他的看法。可是,我们今天早上已经把父亲送到乡下去了。我深深知道,自己根本没必要告诉你他现在确切在哪儿。我宁愿直截了当地告诉你这点,不想多耽误工夫,希望你不要介意。"

"你什么工夫都没有耽误。"杰克说,"不过,你们为什么要这样做呢?"

"自从你们上次过来看过我们后,父亲病得很厉害,我们当时估计他会死掉。我们花了很长时间，才让他恢复到能够坐起来的程度。他目前状况挺不错的。在现在待的地方，他的身体将会变得很棒。现在的他，和白人不共戴天，而且非常容易暴怒，无论你是否明白这点，事情反正就是这样。而且，如果你不介意的话，不妨告诉我，你到底想在父亲那里得到什么？”

“没有什么。”杰克说，“没有什么你能够理解的东西。”

“我们黑人的感受就跟任何其他人种一样。我坚持我的看法，布朗特先生。父亲不过是个上了年纪又生病的黑人罢了，他现在的麻烦已经够多的了。我们得照顾他。他也不急着见你——我清楚这点。”

重新回到街上之后，他看见云层已转变为浓厚又狂暴的紫色。凝滞不动的空气当中，夹杂着风暴的气息。沿着人行道两旁的树木呈现出亮丽的绿色，这种绿色仿佛弥散到了周遭的空气之中，令整条街道散发出一种奇怪的绿色光芒。一切沉寂，一切静默，杰克甚至还驻足片刻，嗅了嗅空气的味道，朝四周看了看。接下来，他把手提箱夹在胳膊下面，开始跑向主街的一处遮阳棚。然而，他的速度不够快。一阵如金石碰撞般的雷电轰鸣声响起，空气突然冷却下来。巨大的银色雨滴噼里啪啦地落到了路面上，如雪崩般滚落的雨水蒙蔽了他的双眼。当他抵达纽约咖啡馆之后，衣服已经淋得湿透，紧贴在身体上，鞋子因为进了水，走起路来吧唧响。

布兰侬把报纸移开，手肘撑在柜台上，说道：“果然，这真是太奇怪了。刚才我就有这种直觉，觉得你会在暴雨刚开始下的时候来这里。我明白无误地知道你会来，而且刚好没来得及躲过这场雨。”他用拇指使劲揉自己的鼻子，揉得鼻头泛白，鼻尖都被压平了，“还带了行李箱？”

“这看起来像是个行李箱。”杰克说，“给人的感觉也像是个行李箱。所以，如果你相信手提箱这个概念确实存在，那我也不妨承认，这正是一个行李箱。”

“别再像那样傻站在那儿了。到楼上去，衣服脱下来丢给我。路易斯会用滚烫的烙铁把它们熨干的。”

杰克坐在餐厅的其中一个卡座上，双手托住自己的脑袋。“不必了，谢谢。我只想在这里休息一会儿，让自己喘口气。”

“但你嘴唇的颜色可是越变越乌青了。你看起来完全垮了。”

“我挺好的。我真正想要的其实就是吃些东西。”

“半小时以内晚饭好不了。”布兰依很耐心地说。

“随便什么剩菜都行。只要把它们盛到盘子上就好，你甚至都不需要费心加热。”

心中的空虚令他痛苦难当。他既不想回忆过去，也不想展望未来。他用两根短粗的手指在桌面上做出走路的动作。自从他第一次坐在这张桌子旁边以来，时间已经过去一年多了。如今的他比当时前进了多少呢？完全没有前进。除了交了一个朋友，然后又失去了他之外，就再没有任何其他事情发生了。他曾经把自己的一切都交给了辛格，然后这个人就自杀了。只剩他孑然一身，如同行尸走肉。此时此刻，重担又全部落到了他的肩上，他需要靠自己的力量从目前这种状态当中走出来，然后再重新开始。一想到这点，他就觉得惊恐莫名。他很疲劳，把脑袋靠在墙上，脚跷到旁边的座位上。

"给你，"布兰侬说，"这些对你应该有些帮助。"

他放下一杯热饮，还有一盘鸡肉馅饼。那杯饮料有一种香甜、浓郁的气味。杰克吸了吸那股热气，闭上了眼睛。"这里面是什么？"

"用柠檬皮在方糖上揉搓，加到兑了开水的朗姆酒里。不错的饮料。"

"我欠你多少？"

"眼下还不知道，不过我会在你离开之前算清楚的。"

杰克喝了一大口这种热棕榈酒，咽下去之前，还用酒好好漱了漱口。"你永远拿不到那笔钱，"他说，"我根本没钱付给你——就算我有，也很可能不会给你。"

"噢，我催过你的账吗？我给你开出过欠账单，要求你付清吗？"

"从来没有过。"杰克说，"你是个非常讲道理的人。细想起来，你确实是个相当正直的家伙——仅就个人观点而言。"

布兰侬坐到了他对面的位置上。他心里有些事情。他将餐桌上摆着的盐瓶来回挪动，不断抚平自己的头发。他身上闻起来有香水味，蓝色条纹衬衫干净又整洁。衬衫的衣袖卷了起来，用两条老式的蓝色袖箍固定住。最后，他用一种略显犹豫的方式清了清嗓子，说道："在你过来之前，我正在浏览今天下午的报纸。看起来，你今天似乎遇到了挺多麻烦。"

“那就对了。报纸上说什么了？”

“等等，我去把报纸拿过来。”

布兰依从柜台那边取来了报纸，把它摊开在卡座的隔板上。“头版上面说，在阳光迪克西秀场，地点这里那里什么的，发生了一起大规模骚乱。两名黑人受到了由利器导致的致命伤害。另有三人受轻伤，已被送往市立医院治疗。死者姓名为吉米·梅西和兰西·戴维斯。伤者姓名为约翰·哈姆林，来自米尔城市[1]中心的白人；各种姓威尔森的人，黑人，如此种种，等等。引用下原文：‘现场有多人被捕。据称，骚乱起因为劳工组织煽动，在现场及现场周围发现多份带有颠敷性质的传单。预期将很快对涉案人员进行抓甫。’”布兰依轻磕了一下自己的牙齿，“这份报纸的排校每天都在变差。‘颠覆’的第二个字是‘覆’不是‘敷’，‘抓捕’少印了一个提手旁。”

“他们还挺聪明，不赖。”杰克嘲笑道，“‘起因为劳工组织煽动’。真是令人印象深刻。”

“不管怎样，整件事都是非常不幸的。”

杰克伸出一只手来捂住自己的嘴，低头看着眼前的空盘子。

“你现在打算怎么办？”

“我正要离开这里。今天下午我就会出这个镇子。”

布兰依在掌心里磨了磨指甲。“噢，根本没必要这么做——不

1 Mill City，美国有多个城市使用该名称。

过这或许也算是件好事。为什么决定得这么轻率呢？没理由赶在今天这个时候启程的。”

“我就是这么突发奇想。”

“我不认为你再去别的地方从头开始有什么必要。相对的，在这件事情上，你为什么不试着接受一下我提出来的建议呢？我自己——作为一个保守主义者而言，当然认为你的选择是激进的。不过与此同时，我也想了解这件事的各个方面。无论如何，我希望能看到你振作起来。所以，你为什么不去某个能够找到几个或多或少和你相似的人的地方，然后安顿下来呢？”

杰克暴躁地把面前的盘子推开到一边。“我不知道我要去哪里，让我一个人待着吧。我累了。”

布兰侬耸了耸肩膀，回到了柜台。

杰克真的是太累了。热朗姆酒和沉重的雨声使他感到昏昏欲睡。在卡座里安全地坐下，好好吃了顿饱饭，这些使他感觉不赖。如果他愿意的话，完全可以靠在这里打个盹——短短睡一小会儿就成。他的脑袋已经开始觉得既胀痛又沉重了，闭上眼睛会更舒服。但是，肯定只能睡一小会儿，因为他必须尽快离开这里。

“这场雨会持续多久呢？”

布兰侬的声音听起来仿佛泛音协奏，惹人困倦。“可你也说不上来——这热带积雨云哪……可能突然就会烟消云散，又或者，会稍微变小一些，等到夜里再集中下。”

杰克脑袋一歪，埋进了自己的胳膊里。落雨的声音就像大海中的海浪声一样。他听到座钟嘀嘀嗒嗒走动的声音，还有远处传来的碗碟碰撞声。他的双手渐渐放松，最后彻底松开了，手掌朝上，平摊在餐桌上。

这时，布兰侬走过来摇晃他的肩膀，望向他的脸。他此刻正在做噩梦。"醒醒。"布兰侬说道，"你在做噩梦了。我这儿看得很清楚，你的嘴大张着，不停呻吟，脚踏在地板上。像这样的事情，我之前还从来没见到过呢。"

他此刻依旧沉浸在那个梦中。他感受到了自己每次醒来时都会出现的那种习以为常的恐怖。他把布兰侬推开，站起身来。"你没必要告诉我我做了噩梦。我自己记得是怎么一回事。同样的梦，我已经做过差不多十五次了。"

此刻，他确实记得那个噩梦的内容。除了这次外，之前每一次醒来之后，他都完全没办法回忆起梦的内容。他在一大群人当中行走——就跟在秀场时一样。只不过他身边的那些人也有些像是东方人。天上的太阳明亮得吓人，人们全都半裸着身体。他们一言不发，动作缓慢，脸上看得出饥馑的神色。完全没有任何声音，只有太阳，还有沉默的人群。他也在人群当中走着，随身携带一只巨大的、盖住了的篮子。他需要把篮子带到某个地方去，但却找不到那个需要放下篮子的地方。而且，在梦中，像这样在人群当中不断穿行，一直不知道应该将怀中负担放到何处的过程，会给人一种异样的恐怖感。"是个什么样的梦？"布兰侬问，"有魔鬼在追你吗？"

杰克站起身来，走到柜台后面的镜子前。他的脸上很脏，而且满是汗水。眼睛下方有明显的黑眼圈。他打开水龙头，把手帕沾湿，好好擦了擦脸。随后，他拿出一把便携梳，把自己的两撮小胡子梳理整齐。

“那个梦无关紧要。你应该睡上一觉，如此一来，你就能弄清楚这样一种噩梦是怎么回事了。”

时间指向五点三十分。雨几乎完全停了。杰克拿起手提箱，往大门方向走去。“再见，或许我会给你寄明信片的。”

“等等，”布兰侬说，“你现在还不能走。还有点小雨正在下。”

“那不过是遮阳棚上滴下来的水而已，我最好赶在天黑透之前离开镇子。”

“给我停下来。你身上有钱吗？足够过一周的钱。”

“我不需要钱。我一直都是身无分文。”

布兰侬早就准备好了一个信封，里面放了两张二十美元的钞票。杰克仔细检查过这两张钞票的正反面之后，便把它们收进了自己的口袋里。“鬼知道你为什么要这么做。你再也闻不到这两张大钞的味道了，我不会还钱的。不过，还是谢谢了。我不会忘记这件事的。”

“祝你好运，给我写信。”

“再会了。”

“再见。”

身后的门关上了。当他走到街区尽头，回头张望时，看到布兰侬正站在人行道上瞧着他。他走啊走啊，一直走到铁轨那里才停下来。铁轨两边一排排的，全是那种破旧的，只有两个房间的屋子。狭窄的后院里是充斥着腐臭味道的简易厕所，晾衣绳上挂满被烟熏得洗不干净的破衣烂衫，正在等待着晾干。方圆两英里内，完全没有任何跟舒适、个人空间、整洁这些概念相关的东西；甚至连这里的土地，看上去都是被玷污和被废弃的。时不时能够发现一些尝试成排种植的蔬菜的痕迹，但只有少数蔫巴巴的甘蓝存活了下来，还有几株果实少得可怜，患有黑粉病的无花果树。一大群小孩子，就在这种污秽不堪的环境下疯玩打闹，他们当中年纪较小的那些，完全就是赤身裸体，一丝不挂。这里的贫穷景象如此残酷，令人绝望，杰克不由得咆哮一声，握紧了自己的拳头。

他抵达镇子的边缘，走上了高速公路。汽车从他身边驶过。他的肩膀如此之宽，手臂如此之长。他生得如此强壮、丑陋，没有人会愿意让他搭便车的。不过，或许也会有这么一辆卡车，将在不久之后停下来。夕阳复现，热浪使潮湿的路面热气蒸腾。杰克稳步前行。镇子被他抛到身后，一股全新的力量涌入到他的身体里。这一次是逃之夭夭，还是主动出击？无论如何，他都已经在路上了。所有这一切将会进入新一个轮回。前方的路朝着北方，略微有些偏西。不过，他也并不会去太远的地方。他是不会离开南方的。这是肯定的。他心中满怀着希望，或许过不了多久，他这一趟旅程的轮廓，便会开始成形。

# 3

## 傍晚

这有什么用？她很想知道这个问题的答案。这到底有什么用？她所有筹谋已久的计划，还有音乐。所有这一切都掉进了这样一个陷阱里——商店，下班回家睡觉，然后再回商店上班。辛格先生曾经上班的那个地方，橱窗里摆着一只座钟，座钟的时间指向七点。她现在才刚刚准备下班回家。每次有加班任务时，经理总是会让她留下来。因为相比其他女孩，她能够站立更长时间，工作也更加努力，直到累得不行才会停下来。

暴雨过后的天空是苍白、恬静的蓝色。夜幕徐徐降临。路灯已经亮起来了。汽车喇叭在街上响起，报童们大声重复着晚报上的头条标题，沿街叫卖。她不想回家。如果现在回家，她就会倒在床上，放声大哭——她确实累到了这个地步。不过，如果她选择去一趟纽约咖啡馆，在那里吃些冰激凌，她或许会觉得好些。还要抽支烟，稍微独处个一小段时间。

咖啡馆里前面那部分很拥挤，所以她去了很后面的一个卡座。使她感到如此疲惫的，仅仅只是后背和脸部这两个小地方。他们的宣传口号理应是"时刻准备着，并保持微笑"。离开商店后，她不得不皱眉很长时间，才能令自己的面部表情恢复正常，甚至连她的耳朵都觉得很累。她摘掉耳垂上挂着的绿色耳环，捏了捏自己的耳垂。这对耳环是上周买的——外加一只银制的链扣手环。最开始时，她在炊具部门工作，不过现在他们已经把她调到人造首饰部门了。

"晚上好，米克。"布兰侬先生对她说。他用餐巾纸擦了擦玻璃杯杯底的水迹，然后把它放到桌子上。

"我想要一个巧克力圣代，还有五美分一杯的生啤。"

"一起上？"他放下菜单，用戴着一枚女士金戒指的小指头指了指上面，"瞧瞧——这儿还提供美味烤鸡和牛肉炖菜。要不你干脆跟我一起随便吃点晚餐吧？"

"不了，谢谢。我只想要圣代和啤酒，都要很冰的。"

米克将自己额前的乱发抚平。她的嘴没合拢，显得脸颊下陷得厉害。有两件事情她永远都没办法相信：辛格先生自杀了，他死了；她长大了，不得不在伍尔沃斯上班。

她正是发现他自杀的那个人。他们都以为当时的枪声不过是哪辆汽车的回火放炮声，一直拖到第二天，他们才搞清楚到底是怎么回事。她进了辛格的房间，打算开收音机听，却发现他脖子上到处都是血。她爸爸进来之后，直接把她推了出去。她跑到黑暗之中，抡起双拳打起自己来。然后，到了隔天晚上，他被装进一口棺材，放在了起居室里。送葬人给他的脸上抹了粉，还涂了口红，以便使他的表情看上去自然些。但他看起来却一点都不自然，他整个人都死透了。某种不一样的气味跟花香味混在一起，令她无法在停尸的房间里逗留。不过在那段日子里，她还是抑制住了自己的感情，把自己投入到了工作当中去。她给商品打包，从柜台上面递出去，再把收到的钱放进收银台。她在该走路的时候走路，坐在餐桌前就会吃饭。只有在最开始时，当她晚上回床后会没办法正常入睡。但是如今，她也在该睡的时候睡觉了。

米克侧过身子坐在座位上，方便自己跷腿。她的丝袜上有一处脱线了——当她走路上班的时候就开始脱了，她当时吐了口唾沫在上面。然后，开口越扯越大，她只好在口子上粘了一块口香糖，但即便这样也无济于事。现在，她必须等到回家之后才能把它缝好。她真是拿丝袜一点办法都没有。她实在太费丝袜了，除非她是那种会穿棉袜的普通女孩，才可能彻底解决这个问题。

其实不应该来这里的。她的鞋底已经完全磨坏了，应该省下这二十美分，给鞋子换个底。如果她继续穿鞋底有破洞的鞋去站班，会有什么后果？她的脚上会磨出血泡，然后她就必须用烧红的针把血泡挑破。如此一来，她就不得不待在家里休养，不能再去工作，然后她就会被炒了。再往后会发生什么?

"给你。"布兰侬先生说,"不过,我从来都没听说过这种组合。"

他把圣代和啤酒放到餐桌上,假装自己正在清理指甲,因为如果她把注意力放在他身上的话,他就要开始滔滔不绝了。如今,他对待她时再也没有之前那种满怀怨恨的感觉了,也就是说,他肯定已经忘记那包口香糖的事儿了。如今他总是想跟她讲话,但她却希望能够安安静静一个人待着。圣代挺好吃的,上面浇满了巧克力酱,撒满了坚果和樱桃。啤酒也相当令人放松。吃完冰激凌后再喝啤酒,啤酒会有一种令人意犹未尽的苦味,使她沉醉。除了音乐之外,就数啤酒最好了。

可是如今,她心中再也没有音乐了。这可真是件荒唐事。这就像是她本人也被关在了"内室"外面似的。有时,会有一小段旋律很快闪现,旋即消失——但她再也不能像以前那样,带着音乐到"内室"里去了。或许是因为她太过紧张了,也或许在商店上班这件事,已经用尽了她全部的精力和时间。伍尔沃斯跟上学不一样。以前,当她放学回家时,她的感觉很好,随时都可以开始钻研音乐。可是现在,她总是很疲惫。回家之后就是吃晚饭,睡觉,然后又是吃早饭,再去商店上班。她两个月前开始在自己私人记事本上写的一首曲子,至今都还没有完成。她希望能够留在"内室"里,但却不知道怎样才能做到。就仿佛"内室"已经被封锁在了离她很远的某个地方一样。这件事真的十分难以理解。

米克用拇指摁了摁自己松动的门牙。无论如何,她还是拿下了辛格先生的收音机。收音机的分期付款一次都没付过，于是，她便把支付分期付款的责任承担了下来。拥有一些曾经属于他的东西，总归是件好事。或许未来哪天，她也能攒下些钱，买一台二手钢琴——比如每周攒个两美元。到时候，她不会让任何人碰这台私人钢琴，除了她自己——只有一种情况例外，因为她或许也会教乔治弹上几支曲子。她将把这台钢琴放在后面的房间里，每天晚上都去弹它。星期天的时候弹一整天。可是，假设到了某一周，她突然付不出分期付款了，情况将会怎样？他们会直接过来把它拿走吗？就像那辆红色的小自行车一样？假设她不愿意让他们把钢琴拿走，假设她把钢琴藏在房子下面。或许她会在大门口等他们，然后打上一架。她会把那两个男人打倒在地，把他们打成熊猫眼，把他们的鼻梁打断，晕死在过道地板上。

米克皱起了眉头，用一只拳头使劲揉搓自己的额头。世上的事情就是如此运作的。她似乎一直都处于愤怒状态中：这种愤怒并不像小孩子发脾气那样，来得快去得也快——这是另外一种形式的愤怒。唯一的问题在于，她实际上并没有具体的愤怒对象。除非商店本身也可以算是一个对象。但是，商店也并没有要求她一定得做这份工作。照此看来，其实也没什么值得去愤怒的了。这种感觉就仿佛她被骗了，但欺骗她的却并非某个具体的人。于是也不好去追究谁的责任。尽管如此，她心中的感觉还是一样的——她被骗了。

不过，或许关于钢琴的梦想确实能够成真也说不定，分期付款兴许也能够顺利。没准她很快就能得到这样的机会。不过转念一想,这一切又有什么用呢——她对音乐的感受有什么用?她曾经在“内室”里筹谋的那些计划有什么用?如果什么东西真有意义的话,那它一定也是有些用处的。所以它也是,所以它也是,所以它也是,所以它也是。它也是有些用处的。

行吧!

没问题!

总有些用处。

# 4

深夜

万籁俱寂。比夫擦干自己的脸和双手，一阵微风吹过，使那座小小的日本佛塔上挂着的玻璃垂饰叮咚作响。他刚刚从一场小寐中醒来，抽掉了他那根专门为晚上准备的雪茄。他想起了布朗特，想知道他此刻是否已经去到了很远的地方。浴室的架子上摆着一瓶“佛罗里达之水”，他用香水瓶盖碰了碰自己的太阳穴，哼起了一首老歌。当他从狭窄楼梯上走下来时，嘴里哼唱的曲调在他身后留下了一连串断断续续的回响。此刻，路易斯应该正在柜台后面值班。

不过实际上路易斯并不在那儿——他不知去哪儿磨洋工了，纽约咖啡馆完全被遗弃了。这里大门敞开，正对着的街道上空无一人。墙上的时钟差十七分钟就走到午夜零点了。收音机开着，里面正在议论希特勒在但泽制造的危机。他回到厨房里，发现路易斯正睡在一把椅子上。这个男孩脱掉了自己的鞋子，解开了裤子。他的脑袋垂到胸前，衬衫上有一道长长的口水印，说明他已经睡着好半天了。他的手臂自然下垂到身体两侧，不过神奇的是，他整个人却没有向前栽倒下来。他睡得很熟，现在叫醒他也没什么必要。今晚多半会是个相安无事的夜晚。

比夫踮起脚尖走到厨房另一边的架子旁，架子上放着一大篮子桂花，还有两只装满了百日菊的冷水壶。他把花拿到餐厅大门处，从橱窗里取出用玻璃纸包好的盛有昨天套餐的盘子。他讨厌食物。满满一橱窗的夏日鲜花——那肯定会很棒。他闭上双眼，想象应该如何摆放这些鲜花。用桂花来垫底，看上去会很凉爽，绿意盎然。红色的陶碗里装满绚烂的百日菊。这样就够了。他开始小心仔细地布置橱窗。正常的鲜花当中有一株畸形的：其中一朵百日菊有六片青铜色花瓣和两片红色花瓣。他认真地察看了一番这朵新奇的花，然后将它放置到一边，单独保存了起来。橱窗摆好了，他站到大街上，检视自己的作品。鲜花有些蔫蔫儿的根茎弯曲成恰到好处的角度，给人一种平和放松的感觉。电灯的光影响了作品的整体氛围，但是，当太阳升起之后，橱窗便将呈现出最佳效果。彻彻底底的艺术品。

星光闪耀的黑色天空看上去似乎离地球很近。他沿着人行道漫步，中途停下来，用脚侧把一块橘子皮踢进了排水沟里。走到下个街区时，他看到街区的另一端有两个男人。因为距离很远，他们的身影看起来特别小，一动不动，手挽着手。除了这两个人之外，街上就再也见不到任何人了。他自己的餐厅是整条街上唯一还开着门、亮着灯的店铺。

那么，为什么要这样做呢？当镇子上其他餐厅全部关门歇业的时候，他的餐厅却整晚保持开放的原因是什么？经常会有人问他这个问题，但是他永远都没办法描述清楚原因。反正不是为了钱。

有时会有一帮人结伙过来喝啤酒，吃炒鸡蛋，花个五美元到十美元，但这种情况十分罕见。大多数时候一次只会来一个客人，点少许东西，待上很长时间。在部分夜晚，从午夜十二点一直到早上五点的这段时间里，连一个客人都不会进来。赚不到任何利润——这也是理所当然的。

尽管这样，他晚上也绝对不会关门——只要还是由他来负责经营，那就绝无可能。深夜就是那样的时候。他能够见到那些在其他时间根本见不到的人。有几个人每周固定会过来几次。其他人只会来这地方一次，喝上一瓶可口可乐，然后一去不返。

比夫双手交叉在胸前，走得更慢了。在路灯圆锥形的光线下，他的影子黑漆漆的，棱角分明。夜晚独有的安宁静默笼罩着他，现在正是休息与冥想的时刻。或许这正是他为什么要待在楼下，不去睡觉的原因。他最后扫视了一眼空荡荡的街道，走了进去。

广播中仍旧在聊着那场危机。天花板上的风扇舒缓地旋转着。厨房里传来路易斯的打呼声。他突然想起可怜的威利，决定尽快找个时间给他送去一夸脱威士忌。他开始把注意力放在报纸刊登的纵横字谜上。字谜的正中央位置有一张女人画像作为线索。他认识那个女人，在第一行空位写下了她的名字——Mona Lisa（蒙娜丽莎）。第一列提示是“乞丐”的同义词，以字母M开头，共计九个字母……是Mendicant（行乞者）。第二行是某个意为“消失不见”的词，共计六个字母，以字母E开头……可能是Elapse（流逝），还是Eloign（远走高飞）？他大声读出可能的字母组合……想着想着，他已经对字谜失去了兴趣。即使不去做这种字谜，面前的谜题也已经足够多了。他把报纸叠好，放到一边，打算稍后再来对付它。

他检查了一番自己曾经打算保存下来的那朵百日菊。当他把这朵花放在掌心，举起来对着灯光观察时，发现它根本算不上是多么新奇的玩意儿。不值得专门保存。于是，他便把柔软、亮丽的花瓣一片一片扯下来。爱、不爱、爱……扯到最后一片时，那一片代表的是“爱”。可是爱的那个人又是谁呢？他此刻正在爱着谁？没有谁。任何一个得体的人，从街上进到这餐厅里来，坐下消磨一个钟头，喝上一杯东西，他都喜欢。但他不爱任何人，他知道自己曾经爱过谁，那些爱意均已消逝。爱丽丝、玛德琳，还有基普……都结束了。只剩下他自己，变得更好，或者更糟。到底是更好还是更糟呢？其实在你看来，根本就无所谓。

还有米克。在过去的几个月时间里，这个人一直住在他的心里，太奇怪了。那份爱也消逝了吗？没错。对她的爱也结束了。差不多傍晚时分，米克都会进到餐厅里来，点一杯冷饮，或者一份圣代。她已经长大了。之前那种粗枝大叶、孩子气的处事方式几乎已经见不到了，取而代之的是某种淑女般的精致感觉，具体很难说清楚。耳环，叮当作响的手镯，还有交叉双腿，将裙摆拉过膝盖的全新做法。他再看她时，就只感觉得到某种形式的温柔了。在他心中，对米克的昔日感觉已然消逝。这份爱萌发得莫名其妙，并且持续了一整年。他曾经上百次地质疑过这份爱，始终未曾找到答案。然而现在，九月，夏花渐次凋零时，这份爱也结束了。再没有任何人了。

比夫用食指弹了弹自己的鼻子。广播里现在突然说起了某种外语。他无法确定那声音究竟是德语、法语，还是西班牙语，但那语气听起来像是在宣布噩耗。光是听那声音，都令他感到瑟瑟发抖。关掉收音机之后，只剩下幽深且连绵不断的沉寂。他感受着外面的黑夜。孤独感抓紧了他，使他的呼吸变得急促。现在打电话给露西尔跟毛毛说话也太晚了。他也不指望此刻会有客人进到餐厅里来。他走到大门口，环视了一眼街上。到处都是空空荡荡，漆黑一片。

“路易斯！”他大声喊道，“你醒了吗，路易斯？”

没有任何回应。他把手肘撑在柜台上，双手托住脑袋，把自己泛青的下巴从一边移向另一边，额头渐渐压低，眉毛皱成一团。

不解之谜——那个疑问已深深扎根在他心里，令他不得安宁。辛格之谜，还有与之相关的一切。自那谜题出现到如今，已经有一年多了。布朗特在这附近晃悠，第一次在这里酗酒，第一次与哑巴相遇，已经有一年多了。从那时起，米克就开始跟着他进进出出。如今，辛格死去，下葬也过了有一个月。谜题依旧在他心里，使他内心无法平静。这一连串事情当中，存在着某种不自然的因素——仿佛是个丑恶的笑话。当他思考与之相关的事情时，会感到不安，甚至莫名其妙地感到恐惧。

葬礼是他安排的。他们把这一切都交给他来处理。辛格的身后事简直是一团乱麻。他所拥有的一切都是通过分期付款买的，购买的人寿保险，受益人早已死亡。余下来的钱只够给他下葬。葬礼是在中午举行的。他们站在四周空旷又潮湿的坟墓旁，烈日当空，蛮荒的热浪在他们身上烧灼。太阳底下，鲜花枯萎蜷曲，花瓣都变成了褐色。米克哭得特别厉害，几乎要窒息过去。她父亲不得不用力拍她的背。布朗特怒气冲冲地死盯着那块墓碑，手捏成拳，抵在嘴巴上。镇上的黑人医生，那个跟可怜的威利沾亲带故的人，站在人群边缘，兀自悲叹呻吟。葬礼上还有些从来没见过，从来没听说过的陌生人到场。天知道他们是从哪里冒出来的，为什么会在这里。

餐厅里的静寂，与黑夜本身一样深沉。比夫茫然伫立在那里，迷失在自己的冥想状态里。然后，突然之间，他感到自己内心之中蓦地升腾起一股活力。他的心跳加快，需要背靠在柜台上，支撑住自己的身体。在转瞬光明之间，他窥见了人类的斗争拼搏，窥见了英勇无畏的身姿。他窥见了无尽的人潮，如过江之鲫，在无尽的时空中流转。他亦窥见那些劳作奔波之人，还有那些——用一个词来概括——有“爱”之人。他的灵魂得到了升华，但仅仅只升华了片刻。此刻在他心中，感受到的是一种警告，恐怖已无所遁形。此刻，他被悬置在两个世界之间。他看到自己正注视着柜台玻璃上所映射出的属于自己的那张面容。他太阳穴上的汗水闪闪发亮，面容扭曲变形，一只眼睛比另一只睁得更大。左眼眯成一条缝，回望过去；与此同时，右眼圆睁，密切关注着由黑暗、谬误和毁灭构筑的未来。他被悬置在光明与黑暗之间，悬置在辛辣的嘲讽与信仰之间。这时，他猛一回头。

"路易斯！"他高声喊道，"路易斯！路易斯！"

还是没有任何回应。但是，老天爷啊，他现在还算是个理智的人吗，或者他已经失去了理智？他甚至都不知道造成这种恐怖感觉的具体原因，那这种恐怖又怎么可能真的吓到他呢？他是不是就该像个瑟瑟发抖的傻瓜一样呆站在这里？或者应该努力振作精神，找回理智？无论如何，他算是个理智的人吗，或者确实已经失去了理智呢？

比夫打开水龙头，打湿自己随身带着的手帕，轻轻拍打自己疲惫、紧绷的脸颊。不知为何，他想起外面的遮阳棚还没有拉起来。他走到大门口时，步子再度变得稳健。等他重新折回餐厅之后，他便已清醒地收敛起自我，开始等候起朝阳来。

# 后记

## 卡莎·博迪[1]

"我们等待一位新作家出现，已经等了很长时间，如今终于出现了这样一位作家，是时候高呼'和散那'[2]了。"

即使在第一批书评人开始为《心是孤独的猎手》高唱赞歌之前，此书作者卡森·麦卡勒斯便已被公认为"出版代理们朝思暮想的合作作家"了。她时年二十三岁，但经常被人们弄错年龄，认为她比实际年纪要小。在为小说封面所拍的作者照片中，她身穿一件男士白衬衫，看上去"像是个长时间没有好好睡觉

1 Kasia Boddy，剑桥大学博士。主要研究领域集中在二十世纪以来的美国文学作品和文化史。

2 hosannahs，希伯来语。《圣经》中耶稣骑驴进入耶路撒冷城时，百姓的欢呼声。后引申为赞美。

的、昏昏欲睡的小孩子”。卡森·麦卡勒斯的神话便是这样诞生的，她“从一开始便是属于美国的传奇”。

所有跟这部小说相关的书评，无一例外地对这位新作家的年龄，以及她“对人性的惊人洞察力”之间形成的强烈对比给予了关注。《荷兰斯杂志》担心“对于一个如此年轻的人而言，这般深刻的洞察力该是多么沉重的负担”；“就二十二岁来说，好得太过分了”——《纽约客》评判道。麦卡勒斯在三十岁之前完成了她大部分的作品，并且在她刚满五十岁时就去世了，从某种角度而言，她把自己锁定在了年轻时代——评论家们倾向于以这样的思路去思考麦卡勒斯。对于一些人而言，麦卡勒斯作为一名作家的重要性在于，她并不是简简单单地在写一些以少女为主角的故事，她创作的时候，本身就带有少女们所独具的感性：永远十三岁，比如《心是孤独的猎手》中的米克·凯利；或者十二岁，比如《婚礼的成员》中的弗兰淇·亚当斯。但是，卡森·麦卡勒斯远不止“一个人高马大、略显不平常的孩子，因为忙于在记事本上写东西而拒绝出门玩耍”那么简单。

生于1917年，卢拉·卡森·史密斯在佐治亚州首府哥伦布一个受人尊敬的上层中产阶级家庭中长大，她是三个孩子中最大的那个。十三岁时，她放弃了女孩子气的名字“卢拉”，将更加中性的教名“卡森”正式作为自己的名字。她的母亲相信，她命中注定会成名。在很长一段年月里，母女两人都坚信，这个勤学苦练且拥有无可辩驳才华的女孩将会成为一名钢琴演奏家。

在经历过一系列与未确诊的风湿热相关的严重呼吸系统疾病之后，卡森意识到，自己缺乏从事表演事业必须具备的身体素质。不管怎样，她从高中毕业时便已设想到，自己最后或许会成为一名作家。最开始时，她曾以尤金·奥尼尔[1]的风格创作剧本，但很快便转向了短篇小说创作。无论想在什么领域成名，都意味着先要到纽约去（至少卡森是这么认为的）——于是，在十七岁时，她选择了为期三天的蒸汽轮船旅程，北上前往纽约。故事的一个版本是，她原先计划在茱莉亚音乐学院[2]学习音乐专业，却意外弄丢了自己所有的钱，因此不得不放弃这个想法。在另一个版本中，她一开始就已经决定学习写作了。无论如何，她在纽约找了一系列工作，包括餐厅服务员、打字员、舞蹈课音乐伴奏员，以及她自认为做得最成功的职业——兼职遛狗员。与此同时，她报名参加了哥伦比亚大学由怀特·伯奈特[3]主讲的短篇小说写作课。在这之后的一年，她还参加了纽约大学由西尔维娅·查特菲尔德·贝茨[4]主讲的、当时十分知名的虚构写作研讨会。贝茨对卡森的帮助是十分重要的，主要是以相当实际的方式，就哪些故事适合发表在具体哪本杂志上提出建议。例如，她认为《神童》（一个年轻钢琴家的故事，主角在十五岁时意识到，

1 Eugene O'Neill（1888—1953），美国剧作家，表现主义文学代表作家。

2 Juilliard School，始建于1905年，纽约最著名的专业音乐院校。

3 Whit Burnett（1900—1972），美国作家。二十世纪三十年代至四十年代在哥伦比亚大学主讲短篇小说写作课。该写作课的另外一位知名学生是塞林格。

4 Sylvia Chatfield Bates（1882—1968），美国作家。

自己在十三岁时许下的承诺已经无法实现）适合发表在《故事》杂志（该杂志由伯奈特担任编辑）上，因为“这是一个在特殊领域内发生的故事，你很清楚《故事》杂志鼓励创作者们去满足读者的好奇心”。贝茨是对的，《神童》于1936年12月正式发表在了《故事》杂志上。在接下来的一年里，卡森回到了佐治亚州，并在那里和李维·麦卡勒斯结了婚。两年前，她曾经和李维·麦卡勒斯见过面，两人结婚时，李维刚刚服完四年的兵役退伍——他在部队里担任文职工作。他们搬到了北卡罗来纳州的夏洛特市，在这里，李维找到了一份信贷调查员工作，彻底放弃了自己在写作方面的雄心壮志。卡森则选择继续创作，为自己的第一部长篇小说而努力。1938年，贝茨写信给她这位以前的学生，建议她参加霍顿·米夫林[1]虚构创作大赛。麦卡勒斯为此准备好了一份故事大纲，还有已经完成的六个章节，以这部当时暂名为《哑巴》的长篇小说向组委会提出了申请。她赢得了比赛，签下了出版合同，并得到了500美元的预付版税。最初的故事大纲以及她早期的一些小说（大部分小说实际上都是在练习人物塑造、情境处理和主题编排，为她稍后写作更长的小说打下基础）在麦卡勒斯过世之后，由她的妹妹玛格丽特·史密斯编订并出版《抵押出去的心》。

麦卡勒斯最终完成的作品情节与她向霍顿·米夫林出版公

1 简称HM，是一家有着一百七十多年历史的美国大型出版公司，出版业巨头。

司提交的故事大纲十分接近，她当年所创作的大纲囊括了如今关于这部小说的大部分讨论焦点。麦卡勒斯在大纲的开头部分便宣称，该小说所讨论"最广泛、最重要的主题"乃是个体对"自己内心疏离感的背弃"，以及"尽可能全面地对外表达自我的迫切需求"。而这种表达自我的冲动往往会创造出"某种至高无上的原则，或者神明"。在"非自然"的社会当中，这些原则或神明最终"很可能会被证实是投机取巧、宛若一梦"。如此这般，从这一角度上讲，《心是孤独的猎手》便是这些"原则或神明"概念的集中展示。书中共有五个主要角色，但小说的"枢纽"只在其中唯一的一个人身上，也即名为约翰·辛格的那个聋哑人。其他四个主要角色全都"认为辛格拥有他们希望他能够拥有的全部品质"。他们会向他"吟唱"自己认为再没有任何其他人会去聆听的歌曲。在选取这四枚"卫星"的时候，麦卡勒斯着重强调了不同种类的孤独或异化——这取决于角色的种族、阶层、年龄和性别。十三岁的米克·凯利向辛格坦承了自己对音乐的热忱；五十一岁的本尼迪克特·科普兰医生聊起自己在唤起镇上黑人民权意识问题上所遭遇的挫折（从他自己的家庭开始）；杰克·布朗特，一个二十九岁、四处漂泊的劳工权益倡导者、酗酒者，向辛格揭示了自己的革命计划；唯有四十四岁的咖啡馆老板比夫·布兰依认识到，辛格实际上是他们所有人"自创的神祇"。

从某种意义上讲，麦卡勒斯似乎希望我们将辛格视作一个如耶稣基督般的人物。他是一个很好的聆听者，吸引了一些门徒，死的时候也是三十三岁。另一方面，他实际上不了解别人究竟告诉了他什么，甚至对此并不关心。有些人更倾向于将辛格视作某种莫比·迪克[1]式的角色——一张空白的画布，几乎可以投射出任何东西。尽管他身边的人们穿的多是色彩鲜艳夺目的衣服，演讲内容亦相当生动，但辛格本人却永远保持沉默，他的主色调是单调的灰色。不过，与白鲸类比也算不上有多正确。如我们所知，莫比·迪克是不会跟任何人说话的，但辛格却可以跟斯皮诺斯·安东尼帕罗斯交流——安东尼帕罗斯不只又聋又哑，性格更是简单单纯（从某种意义上说，这两人之间的关系令人回忆起约翰·斯坦贝克[2]1937年发表的小说《人鼠之间》当中莱尼·斯莫和乔治·弥尔顿[3]）。辛格与其他主角之间如“四重奏”般的关系创建，实际上只是重复了辛格与安东尼帕罗斯之间的关系。辛格自己也已认识到了这一点，尽管只是在潜意识当中：当他做梦时，梦到了一座金字塔，小说中的所有角色都赤身裸体出现在这里。安东尼帕罗斯身处金字塔顶端，注视着握在手中的某样东西。辛格跪在他面前，另外四个主角位于下方，再往下是镇上其他的人们。《心是孤独的猎手》是

1　Moby Dick，赫尔曼·梅尔维尔小说《白鲸》中白鲸的名字。
2　John Steinbeck（1902—1968），美国著名作家。
3　《人鼠之间》里的主角乔治个子矮小、精明能干，莱尼则是个力大无比、智力低下的大个莽汉。

一部充斥着梦境描述的小说，不过这个梦境却是被分析得最多的。很多讨论都涉及安东尼帕罗斯手中拿着的东西。那或许是个十字架——因为他是在看到自己那位好朋友摸索怀里那个“黄铜小十字架”时才记起那个梦的。不过，或许辛格所做的那个梦，实际上是关于他朋友手淫记忆的复杂投影。在小说中，我们曾经被告知这样的信息，说安东尼帕罗斯享有“某种独处时的私密愉悦方式”，他对此事的喜爱程度，几乎跟喝酒吃饭一样多。而且，辛格为安东尼帕罗斯支付保释金和罚款的诸多原因中，包括“公共猥亵”。除了这一场景外，手淫也是书中大部分话语的隐喻：尝试与别人沟通，与其说是想要交流，还不如说是在取悦自己。爱情通常是种利己主义的行为——尽管从表面看似乎是在针对另一个人。辛格望着安东尼帕罗斯的眼睛，看到的却是“有他自己存在的、各种各样的小小映像”，而在安东尼帕罗斯死后，他也杀死了他自己。假使这种针对自我的爱意根本远非理想中的状态，那么，想要治愈这种错位爱意所需付出的代价，往往更为惨重——对于麦卡勒斯而言，她在小说中采取的是威权主义的镇压形式。米克的弟弟巴伯尔曾经也很喜欢“自慰一会儿”，直到米克发现后，决定每当他这样做时就“狠狠抽他一耳光”。三天之后，巴伯尔“改掉了”这个坏毛病——他被“治愈”了。从此以后，“他甚至都不能再像其他孩子们一样正常小便了——每当小便时，他都会把双手挡在自己后面。”稍后，当米克再次试图“管教”她弟弟时，他就再也不愿意跟她说话了。

如果尝试在麦卡勒斯的作品中寻找对“手”的描述，你将会发现这类描述到处都是。玛格丽特·史密斯记得她的姐姐曾经用“修长又有力的手指”弹奏巴赫。一个天资敏慧的钢琴演奏家会对“手”感兴趣，这或许称不上是什么奇怪的事情。由于受到“青春期”情绪的折磨，《神童》的主角越来越痴迷于自己老师弹在琴键上的双手，“她想要伸出手来，去触碰他那肌肉紧绷、指点着乐段的手指，想要去感受那闪闪发光的金戒指，以及他手背上茂密浓厚的毛发”[1]。曾经是明星学生的她，没办法继续弹奏了：由她的双手“塑成的曲段，还来不及放入她心中所感受到的深意”，那双手“看来却像是软塌塌的意大利粉那样，粘在了琴键上”。整个故事以女孩冲出房间的方式结束，她最后瞥了一眼自己老师的手——那双手“松懈无力、无所适从”。在这一部分，麦卡勒斯或许是在描绘自己的亲身经历，但她心中同样也有一个对应的文学模型——舍伍德·安德森[2]那本拥有巨大影响力的短篇小说集《小城畸人》(1919年初版)。安德森描绘了一个美国中西部小城温斯堡，城中居民们的种种经历一同构成了故事本身。各个角色之间故事上的分歧表达了城中居民们(安德森称他们为“畸人”)之间不可调和的矛盾；离开小城温斯堡

---

1　译文节选自人民文学出版社出版的《抵押出去的心》，下同。

2　Sherwood Anderson (1876—1941)，美国作家。

是唯一可能的救赎方法。在思考关于《心是孤独的猎手》创作方式的早期阶段，麦卡勒斯曾经对将自己的作品“切割为多个短篇故事”后是否会表现得更好产生过好奇，但是在经过一番“灵感突发”之后，她开始坚信，自己亲手创造的“畸人”们完全可以通过辛格这个核心角色在文章中实现和谐统一。实际上，这一想法并没有真正发生。小说中的“四重奏”角色仅仅相聚过一次，而且纯属偶然——圣诞节，在辛格的房间里。在存在其他人的情况下，他们以谈论天气的方式逃避交流，很快便分道扬镳。相比“四重奏”相聚时的孤独感，他们离别时的孤独感分毫未减。

对手部的表现主义描绘遍布安德森的《小城畸人》这本书，但这一切表现得都不及书中一个名为《手》的故事更为直接——这是一位学校老师的悲剧，他对自己学生们头发和肩膀的温柔抚摸被误解了。二十年后，飞翼·比德尔鲍姆[1]那些“修长纤细”的手指“始终活跃，始终竭力藏在衣袋里面或者身后”。由于没办法用那些“表情达意机器上的活塞杆”来讲故事，飞翼便将十指紧握成拳，不停捶打桌子或者自家墙壁。约翰·辛格的手同样修长纤细，自安东尼帕罗斯离开后，他也将它们塞到了裤子口袋里。只有当他前往探访自己的好朋友时，他的这些手指才会重新恢复活力，打起手语来“动作满怀爱意，形态精确无

1 Wing Biddlebaum，短篇《手》中的主角。

比”而且“速度飞快”。与此同时，他发现用嘴说话太不自然（也即常人看来“正常”的沟通方式）乃至“令人作呕”——他嘴里的那条舌头“感觉就像是一条大鲸鱼似的”。麦卡勒斯初步设想的辛格自杀方案是服毒，但在最终的版本中，他“从口袋里取出一把手枪”，对于他一直藏在口袋里的、带有阳具崇拜性质的手指而言，这是个更合乎逻辑的延伸。辛格并非小说中唯一一个用手势来表达自己深陷挫折的情绪及性欲的角色。米克的邻居哈利·米诺维奇一直在摸自己眼皮上垂下来的一颗针眼，因为“似乎它令他感到很难受”。但当他想起班上喜欢的女孩，还有他痛恨的法西斯分子时，却选择出拳猛击空气。米克一直用手去拉自己上装的前衬，以免布料摩擦到那对刚刚开始成长起来的、新鲜又娇嫩的乳头。但是，当她听到贝多芬的《英雄交响曲》[1]时，竟开始用双拳捶击自己的大腿。在不能“很真切地感受到自己已经泪流满面”的情况下，她抓起了一把石头，在身体的同一个位置上上下下不停摩挲，直到双手变得鲜血淋漓。过了一会儿，“她的呼吸缓和了下来，整个人如释重负”——和哈利之间的性爱都不能与此相提并论。比夫·布兰侬同样倾向于将手“插”在自己的裤子口袋里，有时还会把手“紧张不安地伸向自己的私处”。只有当他把自己死去妻子常用的香水放到自己毛茸茸的腋下时，他才会“僵硬”，然后摩挲摩挲自己的鼻子。不

---

1　即正文中提到的“第三交响曲”。

过实际上，手只是偶尔用来提供性爱方面的慰藉，大多数情况下它们还是用来表达不满或愤怒的。《心是孤独的猎手》一书中，到处都是握紧后的拳头猛击沙袋、桌子、墙壁、地板、机器、空气，以及拳头主人脑袋的例子。“我曾经相信舌头而不是拳头。”科普兰医生曾经这样告诉过杰克·布朗特，“如今，我已经知道自己错得有多么离谱。”

麦卡勒斯希望创造出一个比安德森《小城畸人》更加具有统一性的结构，于是便将《心是孤独的猎手》置于赋格比兴式的对位模式之下，在此模式中，多个不同声音之间可以彼此对照、交织。小说中唯一的一个不“唱歌”的角色便是辛格[1]本人。他的故事是以“寓言般的简单形式”所呈现的。在创造除辛格外的其他角色们时，麦卡勒斯运用了被她自己称为“内在非精神层面律动”[2]的概念——她从如今拥趸已经大量减少的安德森和欧内斯特·海明威的散文（在这两人之前的，尚有格特鲁德·斯泰因[3]）当中学到了很多——经常坚持节奏感和复调性。他们所运用的，实际上是一种植根于行为心理学的方法——换句话说，以麦卡勒斯本人的描述来讲，相比以言语和行动来呈现人物，他们更倾向于让人物“陷入无法理解的无意识当中”。这也是一种在很大程度上扎根于当下的写法。麦卡勒斯往往对自己所创

1 辛格即Singer，意为歌手，诚如《人鼠之间》里的斯莫（Small）实际上块头巨大一般。

2 麦卡勒斯所创造出的这一概念是对应Inner Spirit Rhythm的，后者影响十分广泛。

3 Gertrude Stein（1874—1946），美国作家，诗人。

造角色（或者他们的祖先）过去的生活不感兴趣。在这一方面，她与那位经常被拿来和她联系起来讨论的作家——威廉·福克纳（美国南方文学的诺贝尔奖获得者）大不相同。通读全书后，我们只知道米克所在的家族，也即凯利家，有一个在美国南北战争中当过兵的祖先。当米克举办聚会时，她把这张祖先的照片藏在了挂帽架下面，因为"它看起来太普通了"。过去的罪孽负担，这是福克纳小说中的宏大命题，在《心是孤独的猎手》中根本无足轻重。麦卡勒斯小说中的宿命论集中在同时代的经济和政治上，与历史并无关系，她所创造的角色更倾向于幻想自己未来生活在好莱坞、纽约或瑞士，以此来逃避对现实的失望。尽管有着上述的种种不同，由于她来自佐治亚州并且是女性，麦卡勒斯（与尤多拉·韦尔蒂[1]和弗兰纳里·奥康纳[2]一道）被誉为"女性化的福克纳"；再加上她来自佐治亚州，又和杜鲁门·卡波特[3]一样在休闲杂志上发表作品，她被嘲讽为"时尚芭莎福克纳"。然而，福克纳对于麦卡勒斯的影响，实际上远不及安德森、海明威和三十年代那些所谓的"无产阶级"文学家们重要。人们普遍认为作家处女作与作家本人自传比较接近。可是，《心是孤独的猎手》所反映出的麦卡勒斯个人阅读印记，却与她的个人生活经历一样多（甚至有可能比个人生活经历更多）。

---

1 Eudora Welty（1909—2001），美国著名女作家，在美国当代文学史上占有重要地位。

2 Flannery O'Connor（1925—1964），美国著名女作家，美国文学的重要代言人。

3 Truman Capote（1924—1984），美国著名作家。

麦卡勒斯从海明威那里衍生出了对并列句式结构的偏爱——“窗户上的雨是银色的，天空看上去湿冷而灰白”。将深夜餐厅或咖啡馆作为戏剧场景来设计，也与海明威作品相仿。咖啡馆这个设定，在海明威那些最好的小说中起到了举足轻重的作用。麦卡勒斯在自己的短篇小说《树·石·云》中再次使用了这个设置，以及在《伤心咖啡馆之歌》中——这也是理所当然。在《心是孤独的猎手》中，比夫·布兰侬似乎是以《一个干净明亮的地方》[1]中的“年长侍者”为原型的，年长侍者不愿意让咖啡馆关门，“因为可能会有人需要这间咖啡馆开着”，而这间咖啡馆最忠实的客户是个上周试图自杀未遂的双耳失聪者。比夫的咖啡馆“亮得棱角分明”，咖啡馆里的灯光“在人行道上投影出一个轮廓分明的黄色矩形光斑”。读到这些描写时，很难不去联想到爱德华·霍珀[2]的画作《夜鹰》[3](1942)。不过，麦卡勒斯笔下通宵营业的咖啡馆与海明威和霍珀作品中的区别在于，她并不满足于保持驻扎其中的客人们的神秘性。麦卡勒斯作品中“夜鹰”的身份往往是工厂工人，在结束晚班后回家的路上进来喝杯啤酒，或者在去上早班的路上来喝咖啡。这是现代主义的手法，将社会内容置入小说当中。

1 *A Clean, Well-Lighted Place*，海明威的著名短篇，描写的是发生在短短数小时之内的故事，发表于1933年。

2 Edward Hopper(1882—1967)，美国绘画大师，以描绘寂寥的美国当代生活风景闻名。

3 *Nighthawks*，霍珀的代表画作之一。

但是，并不是每个人都想知道工厂工人们的动向。不得不说，有时《心是孤独的猎手》中的做法并不怎么能让读者们买账，因为就连麦卡勒斯本人都无法决定究竟是应该“忠实记录现实世界”还是“给小说赋予诗意”。这个看似二分法的说法起源于四十年代和五十年代“新批评派”[1]亲诗歌、反记录思潮的余波。从某种程度上说，麦卡勒斯之后的著作也是如此。自《心是孤独的猎手》之后，她再也不曾撰写过具有如此广泛、招摇的政治相关内容的小说了。不过话说回来，在1938年和1939年，麦卡勒斯写小说时选择将政治与诗歌结合起来，选择将纪实风格与所谓的“无产阶级式光怪陆离”结合起来，是没有任何问题的。迈克尔·丹宁[2]在比莉·哈乐黛[3]代表作《奇异的果实》[4]“刻意拖长的元音发音”中同样觉察出了这种“无产阶级式光怪陆离”。它是电影《公民凯恩》开头时的建筑滴水嘴兽[5]，是威基[6]《不夜城》[7]中的事故牺牲者照片。我还会在“无产阶级式光怪陆

1 New Criticism，二十世纪二十年代至五十年代英美批评界影响较大的一支批评流派，得名于美国约·兰塞姆所著论文集《新批评》(1941)。

2 Michael Denning (1954— )，美国文化史学者，耶鲁大学教授。

3 Billie Holiday (1915—1959)，美国爵士乐天后。

4 *Strange Fruit*，“奇异的果实”指的是黑人被挂在树上的尸体。

5 Gargoyles，西方建筑输水管道喷口终端的一种雕饰，通常雕刻成动物或鬼怪的模样。

6 Weegee (1900—1968)，美国著名摄影师，专注于纽约的事故现场摄影，被誉为凶杀案街拍大师。

7 *Naked City*，出版于1945年。

离”作品列表中加入理查德·赖特[1]的《土生子》[2]、纳撒尼尔·韦斯特[3]的《寂寞芳心小姐》(1933)和《蝗虫之日》(1939),以及这本《心是孤独的猎手》。

长期以来,文学批评界在《心是孤独的猎手》上的主要分析论述方法,是强调其对隔阂与孤独等“普适”主题的关注,或者按照近年来的观点,对其中性别和性向方面问题进行考察,而忽视麦卡勒斯本人所声称的、二十世纪三十年代“美国在许多方面特有的一些问题”——更具体点说,是所谓“美国南部地区特有的问题”。这个问题早在小说出版之前,她的编辑坚持要求她将原书名《哑巴》改为某个形式上更古老、更有诗意的标题时便已开始了。实际上,本书标题是来自菲欧娜·麦克李奥德[4]的一首短诗:“然而我的心是孤独的猎手/四处狩猎/在一处孤独的山丘之上。”这两个标题给出的信息完全不同。麦克李奥德的这行诗揭示了一个明确无误且相当浪漫的主题;麦卡勒斯原创的标题则更为宽松、更加开放。《哑巴》可以用来指代个人或者团体,甚至整个社会。

跟三十年代许多有思想的年轻人一样,卡森和李维每天晚上都会读斯坦贝克和马克思的书来消磨时间。白天,卡森经常

1 Richard Wright(1908—1960),黑人作家。

2 *Native Son*,赖特的代表作。西方部分评论家认为,只有在《土生子》出版后,黑人文学才正式在美国文学中取得地位。

3 Nathanael West(1903—1940),美国黑色幽默小说之父。

4 Fiona McLeod,这是知名苏格兰作家威廉·夏普的一个笔名。

会到镇上的穷人居住区散步，向人们询问他们的日常生活方式。比夫、杰克、米克、科普兰医生和小说中的其他角色们谈论的不止于孤独和异化。他们谈论张伯伦、慕尼黑和但泽走廊，他们谈论破坏罢工行为和工会化的失败，他们谈论贫困带来的疾病和种族隔离的后果；他们读《大众机械》和《国家地理》杂志，想象自己是发明家或探险家；他们像乔·路易斯一样朝着空气挥拳，在收音机上听有他参与的拳赛，或者化一个卡洛尔·隆巴德式的妆，在电影院看她演的电影。《心是孤独的猎手》生动地捕捉了当时的美国人对电影和电台的迷恋。在麦卡勒斯最初的写作计划中，她强调自己所创造的角色们身处于“水深火热的环境”中。据她所说，米克是“一个没有任何原则性的、铺张浪费的社会”的受害者；科普兰医生因为“国家没有像样的黑人医院”而难受；杰克·布朗特作为“绝对贫穷与地位低下”童年的“产物”，其行动是受“如今普遍存在，带有掠夺性质且不自然的社会条件”所驱使的。麦卡勒斯在小说中解剖的环境是“深南中部”一个“相当大”的工厂小镇（居民约三万人）。在大纲中，麦卡勒斯将镇子设定为查特胡奇河（跟她的家乡小镇，佐治亚州的哥伦布类似的镇子），但在最终版本中，她选择完全不提及这个小镇的名字，这也令其更具有代表性。我们在小说中被告知“镇里的很大一部分人口”都在棉花工厂里工作，虽然小说的中心人物没有一个是在工厂里工作的，但他们的生计却依赖于工厂的命运。在小说中，我们了解到了许多关于工资、租金和价格方面的细节。十美元是工厂工人们的周薪，哈利的母亲给一位裁缝打下手，米克在伍尔沃斯上班，她的哥哥比尔在装瓶厂上班。米克的姐姐黑兹尔在美容院当助手，周薪只有八美元，埃塔负责卖电影票，周薪只有五美元。作为凯利家膳宿公寓的管家，科普兰医生的女儿波西娅的周薪仅仅只有三美元，甚至更少——因为凯利夫人总是少给她钱。我们同样了解到了啤酒、炸鸡和游乐场的价格，还有最便宜的香烟：价格为十七美分。对于这种香烟，据我们那位酒吧间里的经济学家杰克·布朗特估计，只有五厘钱去了“种烟草的车把式”那里，五厘钱去了“卷烟草的傻子”那里，一美分给了咖啡馆吧台后面的比夫。这是一个哪怕最细微的变化也至关重要的世界，在这里，米克的父亲在自己的鞋子里藏着五美分、十美分的硬币，“有时又藏到专门在皮带上切出来的小缝里面”。他的儿子在选择故事书类型时，要求的是“故事里面讲到和吃相关内容的”书。

然而匮乏的不仅仅是食物。在麦卡勒斯的早期小说《西八十街区廊道》中，她将大量大萧条时期文学作品中所描述的心情进行了总结：“有一类古怪的饥渴，”她的叙述者如此说道，“是为了食物，也为了其他什么。”《心是孤独的猎手》的大部分内容都是关于这“其他什么”的——电影之旅、分期付款买的收音机、香水、杂志、啤酒、冰激凌和“周末夜狂热”。在逃脱已不可能的前提下，逃避现实就成了必要手段。米克阅读《国家地理》杂志，对西班牙语老师谈起的欧洲生活经历如数家珍，还写了一首名为《我想要的这样东西，我不知道它是什么》的曲子。有一天，她爬到了一座尚未完工的房子的屋顶上，张开双臂，"仿佛它们是一对翅膀似的"。她觉得自己未来或许能够发明出"飞行机器，可以把它固定在后背上，就跟背包一样，可以嗖嗖地飞遍全世界"。1940年3月，就在麦卡勒斯这本小说出版之前几个月，理查德·赖特发表了他的第一本小说《土生子》，这是另一个关于青春期的故事，主角梦想着从他令人感到窒息的生活环境中"远走高飞"。别格·托马斯[1]和他的朋友古斯一起站在芝加哥南区的一条街上，望着天空中飞过的一架飞机。"如果有机会的话，我也能开一架飞机。"别格这样说。古斯对他这句话的回应是："如果你不是黑人，如果你有点钱，如果他们允许你去上那个什么航空学校，那你就能开飞机了。"牵制住米克·凯利的并不是贫穷加种族，而是贫穷加性别。她所有的野心——发明一台微型无线电收音机、建造通往中国的隧道、打倒法西斯，或者成为一名作曲家——都是向男性看齐的。无论是在家里、学校还是镇上，男孩们比自己轻松得多的情况比比皆是。例如她的朋友哈利，他就可以半工半读，但女孩能够做的就只有全职工作。因此，米克刻意抗拒女性化也就毫不奇怪了，她没有选择去上速记课，而是"进入机械车间学习"，穿着和举止也尽量跟男孩一样。

1 Bigger Thomas，《土生子》中的主角。

关于米克最引人在意的事情之一，就是属于她自身的空间实在少得可怜。这在某种程度上与生活在半公共的家庭式膳宿公寓内有关，不过这本身也是一个家庭内部的优先权问题。她的哥哥比尔拥有那栋房子里“最好的房间”，只需要跟小婴儿弟弟同住一间房，与此同时，米克则需要跟她那两个已经长大成人的姐姐一起住，最后甚至睡到了起居室的沙发上。整个家里唯一能够称得上是她私人空间的地方，就是那个装满了自制宝藏的帽盒——她也一直奋力守护着这个帽盒。照此观之，也难怪米克会有幽闭恐惧症倾向，她有时会感觉“天花板正在缓缓地朝她脸上压下来”。她很珍惜自己找到的那几个避难所——纽约咖啡馆（这是最接近她想去的纽约市的地方），辛格那个安静平和的房间，还有心理层面的“内室”。有一次，米克闯进了一栋空房子。她在客厅的墙上用彩色粉笔写下了爱迪生、狄克·崔西和墨索里尼（三十年代男性影响力的集中体现）的名字，还有她本人的名字缩写M.K.（这一情节带有强烈的性别隐喻）。然后，她又在正对面的墙壁上写下了一个“十分恶劣的词——‘屄’，并在这个词下方也写下了自己的名字缩写”。《心是孤独的猎手》中的性别差异似乎是泾渭分明，麦卡勒斯通过参照好莱坞电影来强化这一点，这样的做法贯串了整部小说。

小说中几乎每个角色都会去看电影。辛格和安东尼帕罗斯每周五晚上去。当辛格有次去疯人院探望安东尼帕罗斯时，他带去了一台电影放映机，还有一些米老鼠和大力水手动画片。

小说中几乎每个角色都想去演电影，而且希望自己看起来像电影明星。米克的姐姐埃塔满脑子想的都是电影明星，以及自己怎样才能去演电影。她曾经给珍妮特·麦克唐纳写信，然后“收到一封用打字机打出来的回信，里面写着，如果她去好莱坞的话，可以顺路来她家串个门，在她的游泳池里游泳”。收到这样的回信，埃塔当然会魂不守舍——她只需要“攒够长途汽车费，就能够找一个秘书工作，跟珍妮特·麦克唐纳成为好伙伴，然后自己也能在电影里成为角儿”。要做到“像”一个电影明星，在很大程度上意味着需要去穿正确的衣服。米克非常了解这一点，她告诉自己的姐姐们，她之所以穿着男孩子的衣服，是因为“我不希望自己像你们当中的任何一个，也不希望跟你们穿得一样”。她决定举办一场舞会，穿上“华丽”的衣服，这标志着她开始尝试着变得更像姐姐们。化过妆之后，她认为自己看上去可能真的“像个电影明星”了。在这件事之前，当看到米克总是将卡其布短裤往上扯时，比夫认为她看起来就像是“电影中的牛仔一样”。与此同时，米克认为比夫看起来像“电影里的黑帮成员”。

比夫的小姨子露西尔·威尔森跟一个常常殴打她的男人结过婚。“只有这样，人才不会多去回忆往事，或者多余想些无关紧要的事情。”她对比夫说，“我唯一能够让自己的大脑思考的事情就是：每天好好上班，管好家中三餐，还有毛毛未来的职业生涯。”露西尔确信，毛毛——这个四岁大的、穿着粉色绉纱小蓬蓬裙的美好小家伙——将会成为好莱坞的下一位“最具魅力小天使”，正如纳撒尼尔·韦斯特在《蝗虫之日》中所描述的那样。在韦斯特的小说中，另一位母亲梅贝勒·洛米斯——“充满渴望，体型丰满，十分美国人”——对于自己的儿子阿德尔还没有成为明星感到愤怒。“这件事并不是靠天赋，而是靠人为推动的。”她说，“秀兰·邓波儿有的，他一样不缺。只需花十五美分，一个美国人就可以去看场电影，在大银幕上看到婴儿的笑脸，并且忘掉自己所有的烦恼——罗斯福总统或许认为这是件很伟大的事情。”但韦斯特和麦卡勒斯却并不是很确定。在《心是孤独的猎手》中，最有趣也最令人感到震惊的场景之一，是米克的弟弟巴伯尔举枪射中了毛毛那头金色鬈发。巴伯尔哭诉道：“我不是有意让毛毛摔倒的。她是那么小不点儿，那么可爱——我觉得自己就是忍不住想要逗逗她。”毛毛后来康复了，但她那种神圣不可侵犯般的可爱感却完全消失了。

就跟在好莱坞电影中一样，音乐向麦卡勒斯的角色们提供了逃离现实的途径。不过，音乐同样也展示了麦卡勒斯作为一个典型的三十年代左派，重视大众文化偏向感官艺术和民间艺术的行为。流行歌曲无法给予米克任何自由感，因为它们“都以同样的方式收尾”——这句话大概是指在跳舞结束后，男孩和女孩之间都将彼此配对。秀场那台旋转木马发出的“机器驱动的干瘪演奏声”也不尽如人意。旋转木马承诺的逃离是带有欺骗性的：经过短暂的骑行，你最终还是回到最开始时的地方。能够取得更多自由的方式，是米克在收音机上聆听的欧洲古典交响曲，是比夫用曼陀林琴弹奏的老歌，是威利·科普兰在口琴上演奏的布鲁斯。

理查德·赖特同样也能感受到麦卡勒斯对于大众文化的关怀，他可以称得上是《心是孤独的猎手》最具洞察力的评论者之一。赖特在评论中写道，这本书实际上是汲取了“格特鲁德·斯泰因的文体风格实验和剪辑手法，以及舍伍德·安德森和欧内斯特·海明威那冷峻的散文笔法”，并赞扬了其中所表现出的“惊人的人性”——“这是南方文学中首次出现一位白人作家，能够做到以与对待自己种族相同的方式来处理黑人角色。”《心是孤独的猎手》中最具破坏性的故事涉及其中一名“黑人角色”——威利·科普兰。他在一次夜总会斗殴中被捕，被判戴上镣铐去服九个月的苦役。服刑期间，作为对另外一名黑人违规的惩罚，他被绑了整整三个晚上，双脚裸露在冰冷的空气中。当波西娅告诉自己的父亲，威利的双脚是怎样被截肢时，科普兰医生说自己已经聋了，听不见了。不过，赖特所赞扬的，并不只是麦卡勒斯在小说中对南方黑人恐怖境遇的忠实记录。两位作家都对共产主义在美国黑人斗争中所起作用的思辨感兴趣。杰克·布朗特和科普兰医生最后以争吵的方式结束了关于种族不公正与阶级不公正之间谁先谁后的讨论，但是，他们关于“被扼制的南方”的判断却极为相似。

如果说约翰·辛格这一角色在塑造上有一部分应归功于安德森，那么比夫·布兰依便是对海明威充满讽刺的认同，本尼迪克特·科普兰医生身上也承载着格特鲁德·斯泰因塑造固着行为[1]人物的印记。斯泰因作品《三个女人》(1909)中所描绘的其中一个女人与杰夫·坎贝尔医生休戚相关——这位黑人医生爱上了一个名为梅兰克莎·赫伯特的年轻混血女子。梅兰克莎喜欢“寻求刺激”与“放浪形骸”;杰夫则相信“规律”的生活,不断为“自己以及其他所有黑人应该选择的正确生活方式”操心。这两个人之间的关系在各个不同方面都存在着“斗争”:总之,在依靠“感觉”指导的生活和依靠“思考”指导的生活之间存在斗争。麦卡勒斯在科普兰(代表“脑”)和他女儿波西娅(代表“心”)之间的关系上再次就这一问题展开了辩论。相比坎贝尔,科普兰表现得更为激进,不过他也忧心究竟应该如何去解释和实现他“强烈的、真实的目的”(在书中,这个短语就代表了他这个人)。在这一点上,他反对麦卡勒斯所说的“他自己天生种族的恩赐”。所谓“黑人生活方式”,诚如她在小说大纲中所提到的,是事关家族、快乐和“来世得到回报”的。在《心是孤独的猎手》中,这代表了波西娅、她兄弟威利,还有她丈夫高仔这个三人组的观点。这三个人在一起,组成了整部小说中最快乐的小群体——“一直以来,我们都像是三胞胎一样”。他们共同承担所有的花销,享受周六晚上的外出活动(弟弟、姐姐和配偶这样的理想三人组,自然是《婚礼的成员》中的弗兰淇·亚当斯

1 Insistent Repetition,心理学术语,一般指病人固着在某一心理防御机制上,使之成为他们的整个人格中心。

所渴望得到的)。某种角度上讲,波西娅形同米克·凯利的孪生姐妹:这个年轻女子的乐观主义,同样映衬了年长男性角色的悲观情绪。然而,在米克梦想着去纽约的同时,波西娅却认为她外公那十五亩半的田地才是地球上真正的天堂。

《心是孤独的猎手》早在开篇时便宣告了自己对孪生现象的兴趣:"镇上有两个哑巴,他们总在一起。"辛格和安东尼帕罗斯不但很不一样,甚至可以说是完全相反的两个人。辛格又"高"又"瘦",他选择坐在笔直的靠背椅上,睡在一张很窄的床上;安东尼帕罗斯"痴肥",喜欢鼓鼓囊囊的沙发和松软的大床。我们似乎可以从杰克·斯布拉特和他妻子的故事[1]中找到些共性:"杰克·斯布拉特不吃肥肉,他的夫人不吃瘦肉。所以,你知道,他们一起吃饭的时候,盘子被舔得干干净净。"我们可以将《心是孤独的猎手》看作一则以童谣价值观来看待成人社会的寓言。辛格与安东尼帕罗斯之间关系的象征性与图像式对应早在小说开始的前几页里便已得到了实证:当他们开始下国际象棋时,安东尼帕罗斯似乎只喜欢白棋,于是辛格便下黑棋。如此这般,"胖或瘦"便对应为"黑或白"。书中描绘的是一个种族隔离社会,这便否认了歧义或者不确定性的存在,使对白棋的偏好变得十分明显。肤色黝黑的安东尼帕罗斯要求辛格在给他绘制画像时使用"金黄色"来描绘头发,并用"青花蓝"来画他的眼睛。

1 Jack Sprat,一首经典英文童谣。

波西娅的外公在做梦时梦到了一个长得跟秀兰·邓波儿一样的白人小天使。

然而，角色身份之间的界限，就跟城镇中黑人居住区与白人居住区之间的界限一样，难以简单分辨。区分胖与瘦、高与矮、黑与白、男与女之间的冲突十分容易，这种冲突常常集中在同一个人身上。例如，比夫·布兰侬这个名字，便是在暗示一个极度男性化的、具有海明威小说风格的拳击手。某种程度上而言，他本身的体格也支持了这一印象——他有一个铁青色的下巴，每天会剃须两次。可是，比夫也喜欢使用香水，并且私下里相信“所有人都是同时具有两种性别的”。况且，摇摆不定的也并不仅仅只有性别。当比夫第一次在咖啡馆里看到杰克·布朗特时，他对此人的“很多东西”感到好奇，因为这些事情在此人身上有很多“看起来自相矛盾的地方”。不知为何，布朗特看起来似乎很年轻但又人到中年，看起来很壮但又很纤细。后来，当一个喝醉酒的家伙抱怨科普兰医生的存在，说“黑鬼竟然到白人喝酒的地方来”时，布朗特突然大嚷道，“我有黑鬼血统，还是意大利难民，也是东欧苦工后代，以及中国人……我还是荷兰人，是土耳其人，是日本人，是美国人。”另一方面，米克聚会上的孩子们自豪地宣称自己是苏格兰裔爱尔兰人血统、法国或者德国血统。对于麦卡勒斯而言，将各种元素混合到一起，在政治和审美角度都势在必行。当比夫说他喜欢“怪胎”时，不仅表示自己接受多元化的性向和种族认同（他告诉杰克，自己“有八分之一的犹太血统”)，他也是在公开自己的艺术审美倾向。比夫与自己妻子爱丽丝这个“无从分割的整体形象”之间的关系，绝对不如与各不相同的人们产生细节上的关联来得有趣。在比夫看来，只有通过积累“独一无二”(通常也是自相矛盾)的细节，你才能“从中找出真相”。

《心是孤独的猎手》中的种种行动都被限定在一个小小的工厂城镇，以及故事所涵盖的时期内——总计十五个月，从1938年6月到1939年8月——以此时空来表达麦卡勒斯心中对全球时政和当地民生的关注。她本人将《心是孤独的猎手》描述为“一个关于法西斯主义的讽刺隐喻，法西斯主义在此处得到了最为广泛的表达……相关现象更多表现在精神领域，而非政治领域”。麦卡勒斯从法西斯主义的历史特征层面，退却到了其更加难以捉摸的精神意义层面，这一行为无疑会让她的读者们感到困惑。她在小说中反复提到欧洲和美国南部存在的法西斯主义，也是一件颇微妙的事情。

麦卡勒斯对欧洲犹太人的迷恋，能够从她最早的一些短篇小说中看出端倪。《神童》中的钢琴教师，比尔德巴赫先生的性魅力部分归功于他彬彬有礼的德国犹太人魅力。“有多少次了啊，”主角心想，“她希望自己不是只在辛辛那提出生和长大。”另一方面，麦卡勒斯笔下的犹太人身份往往是珠宝商，就跟她父亲曾经服务过的那个人——弗雷德·勋伯格一样。在她的一个早期短篇、被收录于《抵押出去的心》当中的《无题篇章》中，哈利·米诺维奇是从主角父亲那里借用工作台的修表匠的名字。米诺维奇与约翰·辛格之间有许多相通之处(在这部小说的早期版本中,辛格用的是米诺维奇的名字)。他有“细薄的手掌”和“乌黑的双眼”,喜欢下国际象棋。对于主角而言,哈利身上有某种“棒极了”的东西。“他曾在像是洛杉矶和纽约这样的城市居住过,于是他知道一些相比他爸爸这样的人来说,属于迥然不同的东西——俚语、轶闻。”在《心是孤独的猎手》中,哈利·米诺维奇这个名字被赋给了住在凯利家隔壁的犹太男孩,米克和他发展出了一段友谊,但最终被性爱给破坏掉了。哈利十分热心地关注广播和报纸上的新闻,借由他对米克施行的“教育”尝试,麦卡勒斯可以直接谈论法西斯主义,也可以进行譬喻式讨论。

美国社会内部沮丧的挫折感可能会催生出某种形式的法西斯主义——如此的恐惧在当时是很普遍的,并且渗透到了三十年代后期的各种小说和电影当中。理查德·赖特说过,“整个世界都被卷入到了战争与变革的痛苦当中。”在赖特自己为《土生子》写的导读中,他将自己的青少年主角别格·托马斯跟那些“纳粹德国的别格,俄罗斯的别格”在情绪紧张程度这方面进行了比较:“所有这些别格·托马斯,白皮肤和黑皮肤的,感到紧张、害怕、神经质、歇斯底里和惶恐不安的”,所有这些人物都是“错位”社会的产物。在《心是孤独的猎手》中,科普兰医生比较了南方黑人和欧洲犹太人的情况,杰克·布朗特很直白地回应道:“在所有南方人当中,至少有三分之一过得还不如欧洲法西斯主义国家里地位最低下的农奴。”所有这些南方黑人紧握着的拳头里累积的怨气,断无可能消解。最开始时,危机仅仅存在于米克的那些画中:爆炸、暴风雨和火灾。然后,她那场“狂野”的聚会以陷入混乱告终。可是随后,她的弟弟开枪打中了毛毛。接下来,威利·科普兰的双脚被锯掉了。整部小说以发生在极具讽刺意味的“荒原”即阳光迪克西秀秀场的一场暴乱结尾——黑人对抗白人的种族暴乱。随着世界徘徊在大战的边缘,麦卡勒斯构建的工厂城镇陷入了暴力之中。未来的年月里会有灾祸吗?抑或发生和睦友好的转型?米克会被在伍尔沃斯人造首饰部门上班的生活打败吗?抑或坚持梦想,保持蔑视一切的态度?《心是孤独的猎手》通篇散发着不确定性。小说结束时,比夫·布兰侬正聆听着广播中那仿佛宣布噩耗般的声音,等待着一个新的黎明。它和1939年时的许多美国人一样,“悬置在辛辣的嘲讽与信仰之间”。

**图书在版编目（CIP）数据**

心是孤独的猎手 /（美）卡森·麦卡勒斯(Carson McCullers)著；文泽尔译.—南京：译林出版社，2021.1（2023.7重印）

书名原文：The Heart is a Lonely Hunter

ISBN 978-7-5447-8394-1

Ⅰ.①心… Ⅱ.①卡… ②文… Ⅲ.①长篇小说－美国－现代 Ⅳ.①I712.45

中国版本图书馆 CIP 数据核字（2020）第183471号

**心是孤独的猎手 ［美国］卡森·麦卡勒斯／著 文泽尔／译**

责任编辑 宗育忍 鲍迎迎
特约编辑 解文佳
装帧设计 王晓旭 陈忆航
校　　对 戴小娥 孙玉兰
责任印制 颜 亮

原文出版 Mariner, 2004
出版发行 译林出版社
地　　址 南京市湖南路 1 号 A 楼
邮　　箱 yilin@yilin.com
网　　址 www.yilin.com
市场热线 025-86633278
排　　版 南京展望文化发展有限公司
印　　刷 安徽新华印刷股份有限公司
开　　本 850 毫米 × 1168 毫米 1/32
印　　张 16.375
版　　次 2021 年 1 月第 1 版
印　　次 2023 年 7 月第 3 次印刷
书　　号 ISBN 978-7-5447-8394-1
定　　价 42.00 元